U0090907

古典文學研究輯刊

二八編

第7冊

王維論叢

譚 莊 著

國家圖書館出版品預行編目資料

王維論叢／譚莊 著 -- 初版 -- 新北市：花木蘭文化事業有限公司，2023〔民 112〕

序 6+ 目 2+196 面；19×26 公分

（古典文學研究輯刊　二八編；第 7 冊）

ISBN 978-626-344-451-5（精裝）

1.CST：（唐）王維 2.CST：唐詩 3.CST：詩評

820.8　　112010490

古典文學研究輯刊

二八編　第 七 冊　　ISBN：978-626-344-451-5

王維論叢

作　　者　譚　莊

總 編 輯　杜潔祥

副總編輯　楊嘉樂

編輯主任　許郁翎

編　　輯　張雅淋、潘玟靜　美術編輯　陳逸婷

出　　版　花木蘭文化事業有限公司

發 行 人　高小娟

聯絡地址　235 新北市中和區中安街七二號十三樓

　　　　　電話：02-2923-1455／傳真：02-2923-1452

網　　址　http://www.huamulan.tw 信箱 service@huamulans.com

印　　刷　普羅文化出版廣告事業

初　　版　2023 年 9 月

定　　價　二八編 18 冊（精裝）新台幣 47,000 元

版權所有・請勿翻印

王維論叢

譚莊 著

作者簡介

譚莊，重慶市人，自由撰稿人，主要從事古籍整理。

提　　要

王維乃唐詩大宗匠之一，亦為盛唐詩名之冠首者，其詩歌甚有認真作研琢之價值，其行實亦有仔細作稽考之必要。雖然當前學術界對王維行實與詩文之研究在大體上已無異議，但個別問題仍存有爭論，間或到了眾多而雜亂之境地，迄今猶無一個基本共識，而在今後相當長的一段時期內，諒亦未必會有。本書就目前學術界諸家歧說的矛盾處，予以研判，評析中允、考辨審慎，以期引起進一步之探究。

序

陳鐵民

譚莊這本《王維論叢》的書（下面簡稱「《論叢》」），是他歷年發表的王維研究論文的修訂增補和結集。我與譚莊相識，始於 2009 年。當年他二十三歲，是大學四年級學生，帶著一篇〈王維卒年析疑〉的論文，參加在西安召開的中國王維研究會第五屆年會，他將這篇論文拿給我看，我讀後覺得此文論證有理有據，正確地指出了「王維非卒於上元二年七月」之說的偏頗和謬誤，是一篇優秀的考證文章（此文後來發表在《唐都學刊》上）。從這以後，我們雖然很少有機會見面，卻一直保持著聯繫，他每寫一篇論文，大抵都要寄給我一份。

《論叢》中的〈王維集異文釋例〉，是譚莊參加 2014 年 5 月在南通召開的中國王維研究會第七屆年會時提交的論文，也是他學習、研究校勘學的一個成果，文中對王維集異文的分析，有一定的參考價值，如他認為〈工部楊尚書夫人贈太原郡夫人京兆王氏墓誌銘〉中之「朱簾紺幰，無復飾乘」，應作「牛車紺幰，無復餘乘」，就很正確，我對拙作《王維集校注》作修訂時，採納了他的這個意見。

〈王維生年駁異〉一文，對多達六種王維生年的說法，逐一作辨析、鑒別，皆言之成理，信而有徵。例如有學者將《唐會要》貞觀九年「明經兼習《周禮》並《儀禮》者，於本色內量減一選」的敕文，作為初盛唐及第明經與進士「必須守選方能釋褐授官」的最主要證據，進而認為王維也是如此，並在此基礎上推算出王維的生年為 694 年。譚莊經過內容比對，發現敕文的頒布時間應該是貞元九年，「貞觀」乃是「貞元」之誤，也就從源頭上否定了初盛唐及第明經與進士必須守選的說法，這對於深化學術界對銓選制以及王維行實的認識，具有積極意義。

〈王維行實證偽〉是〈王維轉官吳越辨偽〉一文的修訂增補版，而〈辨偽〉則是譚莊參加 2011 年 8 月在首都師範大學召開的中國王維研究會成立二十周年國際學術討論會時帶上的論文。此前學術界有一種說法，認為王維曾南下吳越做官或漫遊，其主要依據是元人鄧牧的《伯牙琴》說過，王維在會稽雲門山有題句，但鄧牧未說明王維的題句是哪一首詩。譚莊通過爬梳史料，發現鄧牧的說法，應該是來源於北宋《會稽掇英總集》或者南宋《剡錄》，兩書皆將王維的〈宿道一上方院〉附會作為「雲門寺律詩」或「詩中有及剡者」，而實際上這是張冠李戴。致誤的源頭找到了，其餘也就不攻自破。自此文發表後，王維曾遊吳越的說法，也就沒有人再提了。

還有，《論叢》針對《王維資料彙編》所作補遺三篇，彌補了《彙編》的「遺珠之憾」，並著重強調收錄「近代」資料的下限應以資料形成的時間為依據，而不應以撰者卒年作為取捨標準，凡是 1949 年 10 月以前的資料均符合收錄的條件，這就進一步擴大了收錄範圍，豐富了資料內容，有助於客觀真實地反映「近代」有關王維研究的情況。

《論叢》中的〈王維書迹證偽〉，是對石刻墓誌作偽的揭露。拙作《王維集校注》修訂本〈修訂說明〉後附了一個〈補充說明〉，記述了發現王維書迹作偽的過程：

> （2018 年）一月十六日（譚莊）發給我的一封電子郵件說：「去年之初，中華書局出版《洛陽新獲墓誌（二〇一五）》，收有右丞開元十年書〈佛頂尊勝陀羅尼石幢贊並序〉，不知先生經眼否？」我答以未曾看過，譚莊隨即發來此書第一六七頁的拓片圖版，圖版左下角為編者的說明文字，共六行，首行為「佛頂尊勝陀羅尼石幢贊並序」，次行為「大樂丞王維書」……第六行為「開元十年（七二二）四月十三日」；……圖版右下角刊出某一面拓片文字的放大截圖，共四行，首行為「大樂丞王維書」……特別刊出這一截圖的用意，顯然是想說明這一經幢係王維所書。……看來，王維所書經幢的真偽問題，我既無法迴避，又必須自己做出分析判斷，因為如果此文是真品，則王維開元十年四月仍官大（通「太」）樂丞，拙撰〈王維年譜〉中關於他謫濟州司倉參軍的時間就應作修改，有關詩歌的繫年也應更動；如果是贗品，則無須作任何改動。然而，圖版字迹模糊不清，自己想作分析判斷又該從何處著手？思之再三，擬出了兩

個問題：一是右下角的截圖處在（經幢）八面中的哪一面，居於什麼位置？二是左下角第六行編者所說年月日在圖版中是如何表述的，處於什麼位置？因為譚莊年紀輕，目力強，手頭又有這部《新獲墓誌》，所以我就把這兩個問題發給他，請他盡力在這部書上搜尋、辨認，找到問題的答案。很快，搜尋的結果就出來了。一月十九日，譚莊給我發了一封電郵，說經用放大鏡仔細辨認，幢石每面四行，行三十八字，右下角的截圖處在右起第一面的中間靠上位置，第一面從第一行第一字起，為「佛頂尊勝陀羅尼石幢贊並序（後空一字）大樂丞王維書」……左下角編者所說的年月日，在右起第三面，從第三行第十二字起，作「開元十年歲次甲午四月乙酉朔十三日丁酉與夫人口於萬安山……」。又說：據陳垣《二十史朔閏表》，王維所書經幢之年月日，當作「開元十年歲次壬戌四月辛未朔十三日癸未」，而此或即作偽之迹？……過了一天，譚莊又發來一函，說王維所書經幢，「蓋抄襲自長壽三年〈大周故汝州司馬牛公墓誌銘〉」。

〈書迹證偽〉一文，即通過比勘，證實〈經幢序〉（經幢前四面）係以〈牛公墓誌銘〉為底本刻石偽造者，這樣，所謂王維書迹乃偽刻的結論，便可以確定無疑了。如果沒有平時的積累，沒有對唐代墓誌的熟悉，譚莊怎能在四天之內就識破石刻偽造者的伎倆！這一發現，對於王維早年事迹的研究，也有意義，起碼可為後續研究者掃除障礙，不致為偽刻所誤。

除上述各文外，《論叢》中的其他文章和兩種附錄，也都能持之有故，言之成理。譚莊擅長史料考證，對所考問題涉及的史料，皆能廣泛搜羅，認真鑒別、辨析，還善於沿波討源，追尋史料的最早源頭，所以得出的結論，往往切實可信。

《論叢》全書皆論析中允，考辨審慎，如果說尚有不足的話，那就是偶有失考之處。例如〈王維卒年析疑〉中說王維〈送邢桂州〉之邢桂州即邢濟，詩非作於京口，並引述了陳恩維的說法（下面簡稱「陳文」）：

> 陳鐵民先生依首二句以為此詩寫於京口，實未為圓照。「鐃吹喧京口，風波下洞庭」並非指在京口送別。「京口」、「洞庭」、「赤岸」、「赭圻」，不過是泛指沿途所歷之處。送別詩不從送別地點而從途中著筆的寫法，在唐詩中十分常見。……此外，鐃歌也並不是只在送人出發時纔演奏。……因此，僅憑首二句，似難得出〈送邢桂州〉

> 寫於京口的結論。上元元年，王維雖任職長安，但完全有可能於長安送別時作〈送邢桂州〉詩。唐官自長安赴桂州，一般路線是長安—藍田武關道—荊襄—洞庭沅湘—道永—桂州。……「鐃吹」一聯，京口乃為對仗起見所虛設的陪襯之語，舉之以證作於京口，並據此疑邢桂州非邢濟，即不可信。

按，郁賢皓《唐刺史考全編》（下面簡稱「郁編」）考出的桂州刺史，邢姓者只有邢濟一人，所以研究者很容易以為邢桂州非邢濟莫屬，然而他們往往未看到一個重要的事實，即由於史料不足的限制，郁編缺略之處尚多，如一些偏遠地區的某州刺史，有唐三百年間，能考出的只有一二十人，所以不能以為凡名不見於郁編的刺史，就不存在。即以桂州刺史為例，自開元十九年至開元末，郁編考出四人，但皆稱「約開元中」，具體時間未敢確定；而自開元末至天寶八載，則一個刺史也未考出。所以我考出開元二十九年有一邢姓桂州刺史，完全可能存在，與郁編也並不矛盾，或許還是對郁編的一個補充呢。

考證必須以對詩意的正確詮解為基礎，下面我們就先說說對〈送邢桂州〉的銓解吧。詩云：「鐃吹喧京口，風波下洞庭。赭圻將赤岸，擊汰復揚舲。日落江湖白，潮來天地青。……」詩寫邢就要自京口乘舟溯江而上赴桂州，故有風波、擊汰、揚舲、潮來等語；唐代送別詩交代地點，無非以下三項，未見有例外：送別地點、被送者途中所經和目的地，具體的送別詩不必三項俱全，有一項也就可以了。然〈送邢桂州〉卻是三項俱全：赭圻（在今安徽蕪湖繁昌區西北，臨長江）、赤岸（在今南京六合區東南，臨長江）、洞庭，為赴桂州途中所經，桂州為目的地，而京口（今鎮江）自然是送別地了。至於邢是否自京口首途，無關緊要，也無從得知。此詩所用地名，都是實指，且極確切，哪裡是什麼「泛指」、「虛設」？唐詩中的地名也有泛指的，主要是邊塞詩或送人赴邊詩，但這類詩的泛指也有一個「度」，不能胡用的，如寫西北邊塞的詩，就不能用東北邊塞的地名，否則將貽笑大方；至於送別詩中所用內地地名，則未見有泛指的，內地地名如果泛指，將會被時人譏為「不識地理」，不信就請翻一翻《全唐詩》，找出一兩個用內地地名卻是泛指的例子來看看？陳文談到自長安赴桂州經行的路線，非常正確，但這條路線並不經過京口、赭圻、赤岸啊，作者又作何解釋？陳文又稱「『鐃吹』一聯，京口乃為對仗起見所虛設的陪襯之語」，然此聯乃律詩首聯，不一定非對仗不可啊！「鐃吹喧京口」，當指邢自京口的住地出發，一路吹吹打打前往碼頭上船。總而言之，陳文的理解明顯與

〈送邢桂州〉的詩意不合，不宜採納。

譚莊還曾用多種筆名，發表許多篇指摘謬誤的駁難之文。其中涉及古籍校點之誤、古語釋義之誤、清及近現代名人事迹的記載或考證之誤、近現代日記的編輯之誤、現代名家文章的漏輯之誤、出土印章的考釋之誤、唐人墓誌的錄文之誤，等等。其內容包括文與史，時間涉及古代與現代。譚莊自稱「興趣廣泛，讀書較雜」，信然！「雜」的另一個涵義為廣博，沒有廣博的知識，確實是不可能寫出這麼多篇（包括《論叢》的十多篇文章）糾繆文章的。當代學術領域，犯常識性低級錯誤的考證文章比比皆是，我曾稱這類考證為「添亂式」考證，它不僅惑人視聽，而且有礙於學術的發展和進步。所以，我希望有更多的學者站出來撰寫這類指摘繆誤的文章，使「添亂式」考證無所遁形。

由於多種原因，譚莊 2012 年碩士畢業後，即回到故鄉工作，這也就是說，他的上述研究，都是在業餘時間進行的。他自稱「自由撰稿人」，實際上是一個業餘研究者。據我對他的觀察、了解，他的古書閱讀能力與史料考證能力，都明顯優於同齡的專業人員，他還出版過幾種古籍整理著作，可以說是一個年輕有為的古籍整理優秀人才，相信將來他會取得更大成就。

陳鐵民　2023 年 2 月於中國社會科學院文學研究所

目次

序　陳鐵民
王維生年駁異……1
王維卒年析疑……23
王維行實證偽……39
王維集異文釋例……49
王維詩繫年辨詰……67
《洛陽新獲墓誌》王維書迹證偽……79
王維研究領域又一扛鼎之作——評修訂本《王維集校注》……83
《王維資料彙編》拾遺……97
《王維資料彙編》續拾……113
《王維資料彙編》三拾……149
附錄一　裴迪行實訂訛……177
附錄二　趙殿成考……187
跋……195

王維生年駁異

王維生年，史無明載。《舊唐書》卷一九〇下〈王維傳〉:「乾元二年七月卒。」〔註1〕《新唐書》卷二〇二〈王維傳〉:「上元初卒，年六十一。」〔註2〕前人藉此相矛盾之卒年來推考其生年，故而引出兩種歧說：明人顧起經〈唐右丞年譜〉即取《舊唐書》本傳卒年以配《新唐書》本傳享歲〔註3〕，考出王維生於聖曆二年（699）〔註4〕；清人趙殿成〈右丞年譜〉則謂「至舊史稱右丞全歸之日，在『乾元二年七月』，新史則云『上元初卒，年六十一』，集中有〈謝弟縉新授左散騎常侍狀〉，其繫尾年月，乃『上元二年五月四日』。……則新史之說為優也。自上元二年起，逆數而前，至中宗長安元年，得六十一歲」〔註5〕，即將王維生年考在長安元年（701），《舊唐書》本傳所齒及之「乾元」實乃「上元」之訛。而考王維集內可繫年之詩文，其最末者確止於上元二年，則王維卒於是年已無疑。故而長安元年說得到了學術界大多數且長時間之認同，諸種著

〔註1〕（後晉）劉昫：《舊唐書》，中華書局1975年版，第5053頁。

〔註2〕（宋）歐陽修、宋祁：《新唐書》，中華書局1975年版，第5765頁。

〔註3〕顧起經〈唐右丞年譜〉:「公卒之歲，舊史稱『乾元二年七月』，新史稱『上元初卒，年六十一』，相去半年。其集載〈為弟縉謝散騎常侍表〉尾又繫以上元年月，則上元時公尚未亡，豈二史不合耶，抑『乾』、『上』二字有訛耶，今姑從舊傳所紀云。」（見氏著《類箋唐王右丞詩集》，明嘉靖三十五年無錫顧氏奇字齋刊本。）

〔註4〕聖曆二年，顧起經〈唐右丞年譜〉原作「聖曆元年」。按，入谷仙介《王維研究》指出「顧起經的聖曆元年說，則是根據《舊唐書》裡乾元二年的卒年前推六十一年，本應定生年為聖曆二年，因計算失誤說成了元年」（中華書局2005年版，第5頁），所言是，此從之。

〔註5〕（清）趙殿成：《王右丞集箋注》，上海古籍出版社1984年版，第548頁。

述均襲此說，如聞一多《唐詩大繫》〔註 6〕、莊申〈王維年表〉〔註 7〕、陳鐵民〈王維年譜〉〔註 8〕。

然趙譜之說顯然忽視了其餘史料之驗證。《舊唐書》卷一一八〈王縉傳〉：「王縉字夏卿，河中人也。少好學，與兄維早以文翰著名。……建中二年（781）十二月卒，年八十二。」〔註 9〕《新唐書》卷一四五〈王縉傳〉所載同之〔註 10〕。據此逆推，王縉生於久視元年（700），反比胞兄王維長了一歲〔註 11〕，故有學者以此為憑，謂趙譜不可信，重新考訂王維生年，從而衍生出了幾種新說：（一）如意元年（692）說，見王從仁〈王維生卒年考辨〉〔註 12〕；（二）延載元年、證聖元年（694、695）說，見姜光斗、顧啟〈王維生卒年新證〉〔註 13〕；（三）久視元年說，見張清華《王維年譜》〔註 14〕；（四）聖曆二年（699）說，見畢寶魁〈王維生年考辨〉〔註 15〕、王達津〈王維的生平和詩〉〔註 16〕。

不過，諸說均無鐵證實據，間有為逞新說而誤解辭意之處，難以令人首肯，如持如意元年說者謂王維〈贈從弟司庫員外絿〉「徒聞躍馬年」之語「出《史記》卷七十九〈范睢蔡澤列傳〉，（蔡澤）曰：『吾持粱刺齒肥，躍馬疾驅，懷

〔註 6〕聞一多：《唐詩大繫》，見《聞一多全集》，第 7 卷，湖北人民出版社 2004 年版，第 88 頁。

〔註 7〕莊申：〈王維年表〉，見氏著《王維研究》，香港萬有圖書公司 1971 年版，第 226 頁。

〔註 8〕陳鐵民：〈王維年譜〉，見氏著《王維集校注》（修訂本），中華書局 2018 年版，第 1429 頁。

〔註 9〕（後晉）劉昫：《舊唐書》，第 3416、3418 頁。按，《寶刻叢編》卷八引《京兆金石錄》：「唐門下侍郎王縉碑，唐李紓撰，從任（缺）書，建中三年。」（浙江古籍出版社 2012 年版，第 621 頁。）《冊府元龜》卷七八四〈總錄部・壽考〉：「王縉為相時，元載用事，縉卑附之，元載得罪連坐，貶處州刺史。德宗登極，徵為太子賓客，東郡留守，卒時年八十三。」（鳳凰出版社 2006 年版，第 9096 頁。）據此，王縉卒於建中三年之前，享年或作八十三歲。

〔註 10〕（宋）歐陽修、宋祁：《新唐書》，第 4717 頁。

〔註 11〕莊申〈王維年表〉謂王維胞弟王縉生年為「唐武后長安二年（702）」（第 226 頁），恐無實據，想其當然而已。

〔註 12〕王從仁：〈王維生卒年考辨〉，見《文學評論叢刊》，第 16 輯，中國社會科學出版社 1982 年版，第 356～361 頁。

〔註 13〕姜光斗、顧啟：〈王維生卒年新證〉，見《學術月刊》，1983 年第 8 期，第 28 頁。

〔註 14〕張清華：《王維年譜》，學林出版社 1988 年版，第 7～13 頁。

〔註 15〕畢寶魁：〈王維生年考辨〉，見《文獻》，1996 年第 3 期，第 3～8 頁。

〔註 16〕王達津：〈王維的生平和詩〉，見氏著《唐詩叢考》，南開大學出版社 2019 年版，第 130～131 頁。

黃金之印，結紫綬於要，揖讓人主之前，食肉富貴，四十三年足矣。』王維詩中的躍馬年，當指其開元二十二年（734）任右拾遺之事，時年四十三。當然，對詩歌之用典，不可過於拘泥，但為四十三歲左右，還是可信的。由此可以推定，王維約生於武后如意元年，卒於唐肅宗上元二年（？公元692～761年），享年七十左右」〔註17〕；又謂王維〈慕容承攜素饌見過〉「年算六身知」之內「『六身』為七十三歲，典出《左傳．襄公六年》師曠、史趙、士文伯釋絳縣老人自言其年事，趙箋亦曾注引。則『年算六身知』，正謂年近七十（三）」〔註18〕。然核《史記》卷七九〈范雎蔡澤列傳〉：「蔡澤者，燕人也。遊學干諸侯小大甚眾，不遇。而從唐舉相。……蔡澤知唐舉戲之，乃曰：『富貴吾所自有，吾所不知者壽也，願聞之。』唐舉曰：『先生之壽，從今以往者四十三歲。』蔡澤笑謝而去，謂其御者曰：『吾持粱刺齒肥，躍馬疾驅，懷黃金之印，結紫綬於要，揖讓人主之前，食肉富貴，四十三年足矣。』去之趙，見逐。」〔註19〕可見「四十三年」乃指蔡澤所剩餘之壽命，而非時年四十三歲。所謂「躍馬」，乃貴顯得志意。左思〈吳都賦〉：「躍馬疊迹，朱輪累轍。」李善注：「躍馬，騰躍之謂，言富貴也。」〔註20〕那麼，「躍馬年」一詞自非王維官右拾遺之專指了。復按《左傳》襄公卅年（並非六年）：「晉悼夫人食輿人之城杞者。絳縣人或年長矣，無子，而往與於食。有與疑年，使之年。曰：『臣小人也，不知紀年。臣生之年，正月甲子朔，四百有四十五甲子矣，其季於今三之一也。』吏走問諸朝，師曠曰：『……七十三年矣。』史趙曰：『亥有二首六身，下二如身，是其日數也。』士文伯曰：『然則二萬六千六百有六旬也。』」〔註21〕即使「二首六身」為七十三歲之典，然而「後世詩文用典，但求舊典新用，不必與原義盡合」〔註22〕，故宜考量其意義在流傳中之遷變，不可拘泥。諸如《全唐文》卷二四五李嶠〈為王及善請致仕表〉：「直以頹齡向盡，衰疹逾加。二首六身，甲子催其歲月；百骸九竅，寒溫煎其骨髓。」〔註23〕又卷九四〇杜光庭〈張崇胤修廬山九天真君還願醮詞〉：「乞為臣更蠲罪錄，永削災躔。成匡堯贊禹之

〔註17〕王從仁：〈王維生卒年考辨〉，第359頁。

〔註18〕趙昌平：〈王維生卒年考補〉，見《中華文史論叢》，第41輯，上海古籍出版社1987年版，第40頁。

〔註19〕（漢）司馬遷：《史記》，中華書局1959年版，第2418頁。

〔註20〕（梁）蕭統、（唐）李善：《文選》，上海古籍出版社1986年版，第218頁。

〔註21〕（春秋）左丘明：《左傳》，嶽麓書社1988年版，第255頁。

〔註22〕朱自清：《詩言志辨》，商務印書館2011年版，第68頁。

〔註23〕（清）董誥：《全唐文》，中華書局1983年版，第2484頁。

功，享二首六身之壽。得傾忠孝，以奉君親。」〔註24〕又卷九四一杜光庭〈莫庭乂為安撫張副使生日周天醮詞〉:「鑒茲醮酌之誠，錫以昭彰之福；延二首六身之壽，除五行三命之災。」〔註25〕各例均以「二首六身」作長命高壽解，故與「享壽」、「延壽」之語相對。其中，李嶠〈為王及善請致仕表〉撰於「聖曆二年（699）己亥」〔註26〕，而王及善卒於聖曆二年九月庚辰〔註27〕、「年八十二」〔註28〕，則此處之「二首六身」並非七十三歲。倘以「二首六身」拘執於七十三歲，則其「享二首六身之壽」、「延二首六身之壽」則無異於短其壽歲，於理不合。故而王詩「年算六身知」乃指其年老而已，非謂「年近七十（三）」。

而陳鐵民〈王維生年新探〉復為趙譜之說補充兩條內證，間可質疑或否定諸說：

一為王維〈與魏居士書〉，內有「僕年且六十」之語，此文「是王維集中唯一的一篇談及自己的具體年齡的文章，如果我們能夠考證出這篇文章的寫作時間，也就可以推知王維的生年了。這篇文章中的『偷祿苟活，誠罪人也』、『德在人下』等語，應當引起我們的注意。查考王維的詩文，不難發現，他在安史之亂發生以前的作品中，從未說過類似的話；而在安史之亂爆發後寫的作品中，則說過類似的話。……『偷祿苟活，誠罪人也』、『德在人下』云云，正是指自己曾受安祿山偽職、又被宥罪復官說的，同樣反映了王維當時的愧疚心情。考維被宥罪復官在乾元元年春，因此這篇文章當作於乾元元年春之後。依趙說，乾元元年王維五十八歲，正宜謂之『年且六十』」〔註29〕。

二為王維〈大唐故臨汝郡太守贈秘書監京兆韋公神道碑銘〉，內有「維稚弱之契」之語，趙殿成謂「韋公」即韋斌。「維稚弱之契，指已年幼時即與斌意氣相投。……陟、斌昆弟，在韋安石卒後，常與王維等唱和遊處。考安石卒於開元二年，則維之與斌相交，應在開元二年之後。又斌為『京兆萬年人』，其守喪期間當居於唐都長安（治長安、萬年二縣）；而維為蒲州（治所在今山西永濟縣西）人，所以在他離鄉赴長安之前不大可能與斌相交。前已述及，王維十五歲離鄉赴長安，依趙殿成所定的生年推算，是時即開元三年，這同維之

〔註24〕（清）董誥：《全唐文》，第9782頁。

〔註25〕（清）董誥：《全唐文》，第9789頁。

〔註26〕陳冠明：《蘇味道、李嶠年譜》，中央文獻出版社2000年版，第121頁。

〔註27〕（宋）歐陽修、宋祁：《新唐書》，第100頁。

〔註28〕（後晉）劉昫：《舊唐書》，第2911頁。

〔註29〕陳鐵民：〈王維生年新探〉，見氏著《王維論稿》，人民文學出版社2006年版，第111～112頁。

與斌相交應在開元二年之後的說法正好相合。另外，維開始與斌相交的年齡大抵為十五歲，這同〈碑銘〉中『維稚弱之契』的記述也正好相合」〔註30〕。

另從考證方法而言，趙譜之說乃以兩唐書為據依，而部分學者用以懷疑其說之王縉生年亦自兩唐書而來，根據相同或相似的史籍而獲得相左之結論〔註31〕，其中必有一訛，亦即「兩《唐書》關於王縉生年的記載完全有可能是錯的」〔註32〕，故在此情況下，趙譜所考長安元年仍有其可信之處。

長安元年得到有力補證之後，有關王維生年之論爭已漸停歇。近來復有學者重論此段公案，提出王維生於延載元年（694）或久視元年（700）兩種新說，前者見王勛成〈王維進士及第之年及生年新考〉（原題〈王維進士及第與出生年月考〉，結集時改今題，以下簡稱「王文」），後者見劉孔伏、潘良熾〈王維生年辨析〉（以下簡稱「劉文」）。

王文認為：「清人趙殿成《王右丞集箋注·右丞年譜》、今人陳鐵民先生《王維新論·王維年譜》均謂王維開元九年（721）進士擢第，釋褐太樂丞，時年二十一，並據以推其生年為武后長安元年（701）。這一說法已為學術界普遍接受，似成定論。其實，這並不符合歷史事實。按唐制，進士及第後並不能立即授官。……得守選數年。……所謂守選，就是守候吏部所規定的銓選期限。這是唐朝政府為解決選人多而官職少這一社會矛盾所制訂的一項政策。一般來說，進士及第得守選三年。……總之，王維於開元九年就已經任太樂丞了，則他進士及第決不會也在開元九年。……《新唐書》說他『開元初，擢進士』，

〔註30〕陳鐵民：〈王維生年新探〉，第112～113頁。

〔註31〕或謂「於一書之同類記載而持不同標準」。吳小如〈雜覽餖飣錄〉：「時賢用清人趙殿成說，定王維生年為唐中宗長安元年（701）。然王維弟縉，官至宰相，新舊《唐書》縉本傳皆言縉年八十二卒，則上推其生年，尚早於王維一年（或同年，即公元700年或701年）。故趙說是否可信，近人屢有疑義。檢陳鐵民兄〈王維生年新探〉（見陳著《王維新論》，第57至71頁），力駁時賢諸說而堅從趙譜。其結論大略云，《唐書》王縉本傳卒年八十二之說未必可信。然而稱王維卒年六十一（維本傳言維『上元初卒』）者，亦《新唐書》之言也。同為《唐書》，一則信之，一則謂為不可信，於一書之同類記載而持不同標準；縱陳文考證不憚周詳，論點似亦立於不敗之地，其奈所據最早資料乃以己意斷其可信或不可信何！於是趙說終不能毫無動搖。鐵民兄於其論文之最後云：『綜上所述，我認為，在目前還無法找出證據證明兩《唐書》關於王縉享年的記載準確無誤的情況下，趙說還是可以相信的。』然則《唐書》所載縉年果竟無誤，則又當如何！信夫考據之學戛戛乎其難也。」（見《古典文學知識》，2009年第3期，第122～123頁。）

〔註32〕陳鐵民：〈王維生年新探〉，第113頁。

當是指開元元年了。《舊唐書》說他『開元九年，進士擢第』，『九』與『元』形相似，『九年』當為『元年』之訛。……故《舊唐書》說王維『開元九年，進士擢第』，必為『開元元年，進士擢第』了。……若按《集異記》所載推算：先天元年，王維十九歲，應京兆府試，舉解頭；第二年，即開元元年，二十歲，擢進士第。由此逆數，其生年當為武后延載元年（694）。」〔註33〕

約而言之，王文所據者乃「唐代及第進士必須守選三年方能釋褐授官」之說。然學術界對此尚多爭議，如陳鐵民、李亮偉〈關於守選制與唐詩人登第後的釋褐時間〉即據傳世史籍與出土墓誌考辨認為「初、盛唐時新及第明經的守選尚未形成定制；或者說，雖已形成定制，卻又存在多種複雜情況（譬如制度難以嚴格執行，由於門蔭或科考成績優異破例給予優待等等）。至於新及第進士的守選制，也有其形成、發展過程，自唐初至於唐末一成不變的現象是不可能存在的。『王書』（指王勛成《唐代銓選與文學》）稱進士及第必須守選三年纔能授官，大抵符合中、晚唐的實際，而初、盛唐時卻未必如此。所以，按照『守選三年』的框框來對若干初、盛唐詩人的生平事迹進行改寫，不一定靠得住」〔註34〕。其說甚辨，亦即王維生於延載元年之說並不可信，但尚可就此作一些補充。

「唐代及第進士必須守選三年方能釋褐授官」之說，出自《唐代銓選與文學》，其云：「及第舉子有了出身，成了吏部的選人後，仍不能即刻作官，得先守選數年。如進士及第守選三年，明經（明二經）及第守選七年，明法及第守選五年，童子科及第守選十一年等。守選期間，世稱他們為前進士、前明經、前明法等。及第舉子的守選自唐初貞觀年間就開始了。……在唐代，進士及第不守選即授官，可以說是沒有的。」〔註35〕然考之於唐史，初盛唐時即有及第舉子不守選數年即授官之反例：

（一）《唐代墓誌彙編》儀鳳〇二九郎餘令〈唐故尚書吏部郎中張府君墓誌銘並序〉：「君諱仁禕，字道穆。……郭泰神仙，俯遊於槐肆；郄詵秀茂，爰標於桂林。以對策甲科，起家岐州參軍事，即貞觀十八年也。」〔註36〕

〔註33〕王勛成：〈王維進士及第之年及生年新考〉，見氏著《唐代銓選與文學論稿》，中華書局2022年版，第14～22頁。

〔註34〕陳鐵民、李亮偉：〈關於守選制與唐詩人登第後的釋褐時間〉，見《文學遺產》，2005年第3期，第115頁。

〔註35〕王勛成：《唐代銓選與文學》，中華書局2021年版，第2、5頁。

〔註36〕周紹良、趙超：《唐代墓誌彙編》，上海古籍出版社1992年版，第644頁。

（二）《唐代墓誌彙編》咸亨〇七四佚名〈唐故德州平原縣丞畢君墓誌銘並序〉：「諱粹，字思溫。……貞觀五年，蒙召預本州進士。一枝升第，七步呈材，利用雖騁亨衢，敏學猶精通誥。其年遂授密州博士，戴席標折角之譽，吳筠資栝羽之工，暫齒饘庠，遂階鴻陸。」〔註 37〕

（三）《唐代墓誌彙編》垂拱〇〇七佚名〈大唐故朝散大夫行大學博士賈府君殯記〉：「君諱玄贊，字沖思。……貞觀十有八載，齒冑庠門。廿一年，以明經擢第，初任洛州博士，尋除大學國子等助教，又遷大學博士及詳正學士。嗣聖初，授朝散大夫行大學博士，仍於弘文館教王子讀書。」〔註 38〕貞觀廿一年至嗣聖元年只十年耳，賈玄贊歷官洛州博士、大學助教、國子助教、大學博士、詳正學士，其中似乎並無守選數年之間隙。

（四）《唐代墓誌彙編》天授〇三五佚名〈唐遂州方義縣主簿河南元府君墓誌銘並序〉：「公諱罕，字客子。……以唐貞觀十九年州辟孝廉，射策上第，解褐任商州上雒縣尉。……俄而考績課最，黜幽陟明，改授遂州方義縣主簿。……以唐永徽元年十月一日寢疾，終於官第。春秋卌有九。」〔註 39〕考績、黜幽、陟明，均見《尚書・舜典》：「三載考績，三考，黜陟幽明。」孔安國傳：「三年有成，故以考功。九歲則能否幽明有別，黜退其幽者，升進其明者。」〔註 40〕課最，見《資治通鑒》卷二〇漢武帝元鼎四年條：「課更以最，上由此愈奇寬。」胡三省注：「課上上曰最。」〔註 41〕所謂「考績課最，黜幽陟明」，即指元罕經過考核政績優異獲得升遷。《通典》卷一五〈選舉〉三「歷代制下」條：「凡居官以年為考，六品以下四考為滿。」〔註 42〕元罕所官縣尉，例為六品以下，則其改授遂州方義縣主簿，當屬四年秩滿徙官。然自貞觀十九年及第至永徽元年寢疾，中間只有五年而已，除卻上雒縣尉四年，則餘下僅一年，故其斷然不曾守選數年。

（五）《唐代墓誌彙編》開元二三七佚名〈唐銀青光祿大夫太子賓客岳陽縣開國伯食邑五百戶陳公墓誌銘並序〉：「公諱憲，字令將。……年卅，鄉貢進

〔註 37〕周紹良、趙超：《唐代墓誌彙編》，第 563 頁。
〔註 38〕周紹良、趙超：《唐代墓誌彙編》，第 732 頁。
〔註 39〕周紹良、趙超：《唐代墓誌彙編》，第 818 頁。
〔註 40〕（漢）孔安國、（唐）孔穎達：《尚書正義》，北京大學出版社 1999 年版，第 82 頁。
〔註 41〕（宋）司馬光、（元）胡三省：《資治通鑒》，中華書局 1956 年版，第 663 頁。
〔註 42〕（唐）杜佑：《通典》，中華書局 1988 年版，第 361 頁。

士，對策上第，其年解褐滎澤主簿。」〔註 43〕

（六）《唐代墓誌彙編續集》天寶〇六八佚名〈唐故國子祭酒趙君壙〉:「府君諱冬曦，字仲慶。……奏以進士試，對策甲科。是歲調集有司，即授校書郎，旌異等也。」〔註 44〕

（七）《全唐文補遺》（千唐誌齋新藏專輯）佚名〈大唐故承議郎行豪州招義縣令楊君墓誌銘並序〉:「君諱玄肅。……以貞觀廿二年，國子學生，於時皆妙選英才，甲科及第。其年，即授鄧王府參軍。」〔註 45〕

據此可見所謂守選制在初盛唐時尚未成為定制恒規〔註 46〕。如從制度史角度來說，初盛唐時亦無具備發生守選制之條件。

王文認為「在唐代，由於選人多而員闕少的矛盾日益突出，於是，對選人的限制就被提到了議事日程上。自貞觀元年（627）起開始沙汰官吏，凡一任職滿的六品以下官吏，都要停官而重新參加吏部銓選，有的當年就被銓選上，而有的則要等到第二年、第三年，甚至一二十年纔能被銓選上」〔註 47〕，此說實即《唐代銓選與文學》所謂「及第舉子守選的根本原因，與六品以下官員守選的原因一樣，是為了緩和官缺少而選人多這一社會矛盾」〔註 48〕。

〔註 43〕周紹良、趙超：《唐代墓誌彙編》，第 1320 頁。

〔註 44〕周紹良、趙超：《唐代墓誌彙編續集》，上海古籍出版社 2001 年版，第 630 頁。

〔註 45〕吳鋼：《全唐文補遺》（千唐誌齋新藏專輯），三秦出版社 2006 年版，第 57～58 頁。

〔註 46〕王佺《唐代干謁與文學》:「現存唐代史料，還不足以證明，初盛唐時期及第進士必須守選三年才能釋褐。然而，可以肯定的是，常科及第即刻授官釋褐的現象一般是沒有的，及第舉子必須守選才能釋褐。古代文獻對於文人及第後釋褐，甚至釋褐後選調的過程，習慣以簡歷的方式表述，有時簡短數言便可表示一個跨越數年的過程，往往給人幾件事似乎發生在同一年的錯覺，況且，古人的文字記錄也沒有現代的標點輔助，因此，解讀時難免產生誤會。即使是守選期限已經有嚴格規定的中、晚唐時期，也是用簡歷式的語言來記述文人及第釋褐的過程。……對於初、盛唐的及第進士而言，即使在及第同年就可以參加冬集的假設下，最短的守選期也要八個月左右，即通過關試、取得春關後，至參加同年吏部銓選之間的這段時間，而釋褐授官則最早也在第二年春天。如果銓選未果，則會繼續守選，等待第二年的銓選，因此就會有一些守選不滿一年、滿一年或兩年便釋褐的情況。至於及第明經，則一般須守選若干年後，方能釋褐。特別是童子科及第舉子，守選時間較長更是合情合理的了。」（中華書局 2011 年版，第 50 頁。）按，此說既與上引諸方唐誌所載相悖，其誤自明。

〔註 47〕王勛成：〈關於初盛唐是否存在守選制說〉，見氏著《唐代銓選與文學論稿》，第 167 頁。

〔註 48〕王勛成：《唐代銓選與文學》，第 66 頁。

所謂貞觀元年沙汰官吏之說，首見《貞觀政要》卷三〈擇官〉，唐太宗謂房玄齡云「當須更併省官員，使得各當所任，則無為而治矣。卿宜詳思此理，量定庶官員位」，因而「玄齡等由是所置文武總六百四十員」〔註49〕。後出《通典》卷一九〈職官〉一「歷代官制總序」條〔註50〕、《新唐書》卷四六〈百官志〉一〔註51〕、《資治通鑒》卷一九二唐太宗貞觀元年條〔註52〕，大體從之。然而據楊希義〈唐太宗「精簡官員」說考辨〉〔註53〕、〈讀《貞觀政要》札記〉（二）〔註54〕所作考辨，「唐太宗在貞觀年間對中央或地方政府的官員根本沒有、也不可能進行大刀闊斧的精簡裁撤」，至於「書中所記文武總六百四十餘名，當為太宗所定官品令中的職官數，而不是精簡後保留在中央或全國的官吏實數」，所以「所謂唐太宗的『精簡官員』說是根本不能成立的，是缺乏事實根據的腹測臆斷」，因而王文據以認為貞觀初選人與官闕之間已有日益突出矛盾也就不盡確實。而據現有資料看來，貞觀年間，選人與官闕之間所存在之矛盾，尚未激烈突出到必須運用守選制方可解決之境。《舊唐書》卷八一〈劉祥道傳〉：「貞觀初，再遷吏部侍郎。初，隋代赴選者，以十一月為始，至春即停，選限既促，選司多不究悉。時選人漸眾，林甫奏請四時聽選，隨到注擬，當時甚以為便。時天下初定，州府及詔使多有赤牒授官，至是停省，盡來赴集，將萬餘人，林甫隨才銓擢，咸得其宜。時人以林甫典選，比隋之高孝基。」〔註55〕《新唐書》卷四五〈選舉志〉下：「初，武德中，天下兵革新定，士不求祿，官不充員。有司移符州縣，課人赴調，遠方或賜衣續食，猶辭不行。至則授用，無所黜退。不數年，求者寖多，亦頗加簡汰。貞觀二年，侍郎劉林甫言：『隋制以十一月為選始，至春乃畢。今選者眾，請四時注擬。』十九年，馬周以四時選為勞，乃復以十一月選，至三月畢。」〔註56〕貞觀初，劉林甫遷吏部侍郎，鑒於「選人漸眾」，奏請「四時聽選，隨到注擬」，選人「咸得其宜」，

〔註49〕（唐）吳兢：《貞觀政要》，上海古籍出版社1978年版，第87頁。

〔註50〕（唐）杜佑：《通典》，第471頁。按，其原文云：「貞觀六年，大省內官，凡文武定員，六百四十有三而已。」其中「六年」應為「元年」之訛。

〔註51〕（宋）歐陽修、宋祁：《新唐書》，第1181～1182頁。

〔註52〕（宋）司馬光、（元）胡三省：《資治通鑒》，第6043頁。

〔註53〕楊希義：〈唐太宗「精簡官員」說考辨〉，見《學術月刊》，1984年第5期，第36～38頁。

〔註54〕楊希義：〈讀《貞觀政要》札記〉（二），見《文史》，第31輯，中華書局1988年版，第182頁。

〔註55〕（後晉）劉昫：《舊唐書》，第2750頁。

〔註56〕（宋）歐陽修、宋祁：《新唐書》，第1174頁。

可見是時選人與官闕大體持平。《資治通鑒》卷二〇〇唐高宗顯慶二年條：「以吏部侍郎劉祥道為黃門侍郎，仍知吏部選事。祥道以為：『今選司取士傷濫，每年入流之數，過一千四百，雜色入流，曾不銓簡。即日內外文武官一品至九品，凡萬三千四百六十五員，約準三十年，則萬三千餘人略盡矣。若年別入流者五百人，足充所須之數。望有釐革。』既而杜正倫亦言入流人太多。上命正倫與祥道詳議，而大臣憚於改作，事遂寢。祥道，林甫之子也。」胡三省注：「劉林甫貞觀初為吏部侍郎，請四時聽選。」〔註 57〕從貞觀年間之「四時聽選」，到顯慶年間之「入流人太多」，不難看出，唐代選人與官闕之矛盾是在高宗時方顯突出。然因「大臣憚於改作」，針對兩者間之矛盾並未予以解決，此亦從側面表示是時矛盾尚不激烈。《資治通鑒》卷二〇一唐高宗總章二年條：「時承平既久，選人益多，是歲，司列少常伯裴行儉與員外郎張仁禕設長名姓歷榜，引銓注之法。」〔註 58〕長名姓歷榜亦作長名榜。《封氏聞見記》卷三〈銓曹〉：「高宗龍朔之後，以不堪任職者眾，遂出長榜放之冬集，俗謂之『長名』。」〔註 59〕及至總章二年，裴行儉、張仁禕設立長名姓歷榜，方纔緩解選人多而官闕少之矛盾，但其實未涉及守選制。

王文又謂「從源頭上，從入仕人數上也就開始了限制，對那些已獲得出身而尚未入仕的各色吏部選人，其中包括各類及第舉子在內，都規定了先授散當番，然後再定冬集的制度，也就是守選制度」〔註 60〕。即將明經授散亦歸因於解決選人與官闕之間的矛盾，亦與史實不相符合。

《唐代墓誌彙編》垂拱〇四二佚名〈唐故徵士樊君墓誌銘並序〉：「君諱赤松，字貞白。……爰以弱年，聿膺太學。……未下仲舒之帷，已擢孫弘之第。選曹以例授君文林郎，蓋鴻漸也。」〔註 61〕其中所齒及的「仲舒」、「孫弘」分指董仲舒、公孫弘，河元洙〈從舉子的立場來看唐代的科舉：關於禮部試特點的一篇試論〉指出「墓主樊赤松在《登科記考補正》中為進士科合格者，以董仲舒和公孫弘所類比他的及第科目反而更可能為明經科」〔註 62〕。如果樊赤松

〔註 57〕（宋）司馬光、（元）胡三省：《資治通鑒》，第 6308 頁。

〔註 58〕（宋）司馬光、（元）胡三省：《資治通鑒》，第 6362 頁。

〔註 59〕（唐）封演：《封氏聞見記》，見《全唐五代筆記》，三秦出版社 2008 年版，第 610 頁。

〔註 60〕王勛成：〈關於初盛唐是否存在守選制說〉，第 167 頁。

〔註 61〕周紹良、趙超：《唐代墓誌彙編》，第 758 頁。

〔註 62〕河元洙：〈從舉子的立場來看唐代的科舉：關於禮部試特點的一篇試論〉，見《科舉制的終結與科舉學的興起》，華中師範大學出版社 2006 年版，第 89 頁。

確如河文所云為明經及第，則墓誌銘「選曹以例授君文林郎」尤當注意，亦即明經及第授散乃屬常例，其與守選制並無關涉。《全唐文補遺》第八輯佚名〈大周故將仕郎張君墓誌銘並序〉:「弱冠筮仕，甲科擢第，爰授將仕郎，從班例也。」〔註 63〕此處「班例」謂「從眾例也」〔註 64〕。《唐代墓誌彙編》貞觀一七一佚名〈大唐故將仕郎楊君墓誌銘並序〉:「君諱全，字寶行。……以貞觀九年，爰應旌命，射策高第，泛授散官。論例既多，俯同將仕。」〔註 65〕所謂「論例」，義與「班例」略同。前引數者實與《唐會要》卷七六〈貢舉〉中「三傳」條之「國朝舊制，明經授散」〔註 66〕相合。

而具體到授散當番，「是指獲得文武散官者，需按固定番第（分組）和番期（時間），到吏部、兵部為國家服役，服役期滿後可參加簡試（吏部、兵部考試），合格後纔有資格參加銓選，從而正式邁上仕途。去吏部、兵部番上是唐代官員走入仕途的第一步，在官員仕宦生涯中具有重要地位」〔註 67〕，而且「散官必須番上，文散官歸吏部管理，武散官則歸兵部」〔註 68〕。

據王德權〈試論唐代散官制度的成立過程〉，「唐代散官制度包括兩項內容，一是純粹無職事的散官，一是作為職事官繫品秩的散位，前者具有培訓人才的意義」〔註 69〕。是以授散當番成因，應是為著滿足貯才育才之需，而非王文所謂解決選人與官闕之間的矛盾。「貯才機關對於人才的來源，必須有公開而適當的途徑，或經考試，或經負責薦舉，或憑考核成績的選拔等等，因此，必須與取才的制度有嚴密的連繫。貯才機關通常使貯備的人才有各種學識的磨練時間與政事工作的學習機會的，它的本身有繼續育才的功用，這都是備用的預備工夫，如備而不用，則等於置之閒散，了無意義，必須有公開而適當的遷轉分發的途徑」〔註 70〕。《隋書》卷二八〈百官志〉下:「散官番直，常出使

〔註 63〕吳鋼:《全唐文補遺》，第 8 輯，三秦出版社 2005 年版，第 296 頁。

〔註 64〕佚名:《唐鈔文選集注彙存》，第 3 冊，上海古籍出版社 2000 年版，第 661 頁。

〔註 65〕周紹良、趙超:《唐代墓誌彙編》，第 117 頁。

〔註 66〕（宋）王溥:《唐會要》，上海古籍出版社 2006 年版，第 1655 頁。

〔註 67〕李錦繡:〈唐前期散官番上制度考論〉，見《歷史研究》，2023 年第 1 期，第 73～74 頁。

〔註 68〕王德權:〈試論唐代散官制度的成立過程〉，見《唐代文化研討會論文集》，文史哲出版社 1991 年版，第 866 頁。

〔註 69〕王德權:〈試論唐代散官制度的成立過程〉，第 867 頁。

〔註 70〕曾資生:〈漢唐貯才的制度與精神〉，見《新東方》，1944 年第 9 卷第 2 期，第 24 頁。

監檢。」〔註 71〕唐承隋制，及第明經授散當番以後，雖無正式職務，卻亦受到差遣。《舊唐書》卷四二〈職官志〉一：「朝議郎已下，黃衣執笏，於吏部分番上下承使及親驅使，甚為猥賤。每當上之時，至有為主事令史守局鑰執鞭帽者。兩番已上，則隨番許簡，通時務者始令參選。一登職事已後，雖官有代滿，即不復番上。」〔註 72〕這些事務雖係臨時派遣，終究多與行政事務相關，實可以將之視為針對及第明經在行政事務上的實踐與培訓。

由於授散當番類似於實習或見習，故而及第明經相對於有職事者，資歷尚淺，地位頗低，以致「至有為主事令史守局鑰執鞭帽者」，「甚為猥賤」，有時亦可不必番上，而代之以納資。《新唐書》卷四六〈百官志〉一：「自四品，皆番上於吏部；不上者，歲輸資錢。」〔註 73〕然此散官納資頂替當番之法，「十分奇特且於古無徵，在漢晉南朝制度中看不到太多痕迹。不過，一個制度總不會憑空出現」，故閻步克〈北魏北齊「職人」初探〉認為「北魏的職人如想提高品階和獲得實官，就必須為王朝作出進一步的貢獻，如番上輪直、從軍立功、承擔臨時差使等等；此外的途徑，就是在必要時提供資財了。……唐代的散官納資之法，似乎是驟然出現在文官制度史上的，但它不會是無源之水、無本之木，其青萍之末，或許就是北朝的職人制度」〔註 74〕，可備一說。

再則，王文所引《唐會要》貞觀九年五月敕，其旨在乃提升《周禮》、《儀禮》之地位與鼓勵《周禮》、《儀禮》之研習。換句話說，貞觀九年五月之前，必然存在明經諸生對於《周禮》、《儀禮》鮮有研習之現象或趨勢，否則，斷不會出現如是之勸學與加獎。但考之於唐史，這種現象或趨勢實出現在開元年間或稍前。

有唐一代，「正經有九」，其中「《禮記》、《左傳》為大經，《毛詩》、《周禮》、《儀禮》為中經，《周易》、《尚書》、《公羊》、《穀梁》為小經。通二經者，一大一小，若兩中經；通三經者，大、小、中各一；通五經者，大經並通」〔註 75〕。但因各經難易程序不一，明經諸生大多避難就易。《通典》卷一五〈選舉〉三「歷代制下」條：「開元八年七月，國子司業李元瓘上言：『《三禮》、《三傳》及《毛詩》、《尚書》、《周易》等，並聖賢微旨。生人教業，必事資經遠，則斯

〔註 71〕（唐）魏徵：《隋書》，中華書局 1973 年版，第 792 頁。

〔註 72〕（後晉）劉昫：《舊唐書》，第 1807 頁。

〔註 73〕（宋）歐陽修、宋祁：《新唐書》，第 1187 頁。

〔註 74〕閻步克：〈北魏北齊「職人」初探〉，見氏著《樂師與史官：傳統政治文化與政治制度論集》，生活．讀書．新知三聯書店 2001 年版，第 380 頁。

〔註 75〕（唐）李林甫：《唐六典》，中華書局 2014 年版，第 45 頁。

道不墜。今明經所習，務在出身，咸以《禮記》文少，人皆競讀。《周禮》經邦之軌則，《儀禮》莊敬之楷模，《公羊》、《穀梁》，歷代崇習，今兩監及州縣，以獨學無友，四經殆絕。事資訓誘，不可因循。其學生請各量配作業，並貢人參試之，日習《周禮》、《儀禮》、《公羊》、《穀梁》。並請帖十通五，許其入策。以此開勸，即望四海均習，九經該備。』」〔註76〕亦見《冊府元龜》卷六〇四〈學校部·奏議〉三〔註77〕。又《唐會要》卷七五〈貢舉〉上「明經」條：「開元十六年十二月，國子祭酒楊瑒奏：『今之明經，習《左氏》者十無一二，恐《左氏》之學廢。又《周禮》、《儀禮》、《公羊》、《穀梁》，亦請量加優獎。』遂下制，明經習《左氏》，及通《周禮》等四經者，出身免任散官。」〔註78〕亦見《冊府元龜》卷六三九〈貢舉部·條制〉〔註79〕。既然《周禮》與《儀禮》的「殆絕」本在開元年間，那麼，在貞觀九年時，提升地位，鼓勵研習，也就不具有針對性了。而相反的，正是因為開元年間諸生對於禮學的忽視，方纔促成貞元九年五月敕之產生。其云：「王者設教，勸學攸先；生徒肄業，執禮為本。故孔子曰：『不學禮，無以立。』又曰：『安上治人，莫善於禮。』然則禮者，蓋務學之本，立身之端；居安之大猷，致治之要道。屬辭比事，而不裁之以禮則亂；疏通知遠，而不節之以禮則誣。實百行之本源，為五經之戶牖。雖聖人設教，罔不會通；而學者遵行，宜有先後。自頃有司定議，計功記習，不量教化淺深、義理難易，遂使《傳》學者例從冬集，習《禮經》者獨授散官。敦本勸人，頗乖指要；姑務宏獎，以廣儒風。」〔註80〕這段引文亦見《全唐文》卷五二，題為〈令應選人習三禮詔〉〔註81〕，概括地說，主要涉及兩個內容：其一，勸學崇禮；其二，矯枉糾偏。其中，「自頃有司定議，計功記習，不量教化淺深、義理難易，遂使《傳》(指《左傳》) 學者例從冬集，習《禮經》(指《禮記》) 者獨授散官」顯係針對開元十六年「遂下制，明經習《左氏》，及通《周禮》等四經者，出身免任散官」而言。

其實，《唐會要》卷七五〈貢舉〉上「帖經條例」條所載貞觀九年五月敕與《唐大詔令集》卷一〇六所引貞元九年五月〈條流習禮經人敕〉「自今已後，

〔註76〕（唐）杜佑：《通典》，第355頁。
〔註77〕（宋）王欽若：《冊府元龜》，第6965頁。
〔註78〕（宋）王溥：《唐會要》，第1627頁。
〔註79〕（宋）王欽若：《冊府元龜》，第7390頁。
〔註80〕（宋）宋敏求：《唐大詔令集》，商務印書館1959年版，第550頁。
〔註81〕（清）董誥：《全唐文》，第568頁。

明經……如中經兼習《周禮》若《儀禮》者，量減一選」〔註82〕是相同的，亦見《冊府元龜》卷六四〇〈貢舉部・條制〉二〔註83〕。「貞觀九年五月」、「貞元九年五月」兩者僅有一字之別，則不能不令人懷疑此係文獻之錯抄誤寫，而非歷史之偶同巧合。且在《唐會要》之中，誤「貞元」為「貞觀」者亦不乏其例。例如其卷七一〈州縣改制〉下「嶺南道」條：「崖州，臨高縣，貞觀七年，割屬瓊州。」〔註84〕然據《舊唐書》卷四一〈地理志〉四〔註85〕、《太平寰宇記》卷一六九〈嶺南道〉一三「瓊州」條〔註86〕，臨高縣之由崖州割屬瓊州實在貞元七年。又如其卷八二〈冬薦〉：「貞觀五年六月十一日敕：『准貞觀四年正月一日制，春秋舉薦官。』」〔註87〕而考《通典》卷一五〈選舉〉三「歷代制下」條〔註88〕、《全唐文》卷五四九韓愈〈冬薦官殷侑狀〉〔註89〕，冬薦實見貞元五年六月十一日敕。故考量到《唐會要》對於詔敕一般予以摘錄節選之編撰體例，其卷七五所引貞觀九年五月敕，當係貞元九年五月敕之節文，只不過在摘節之時，誤將「貞元九年五月」寫作「貞觀九年五月」而已〔註90〕。

〔註82〕（宋）宋敏求：《唐大詔令集》，第550頁。

〔註83〕（宋）王欽若：《冊府元龜》，第7398頁。

〔註84〕（宋）王溥：《唐會要》，第1517頁。

〔註85〕（後晉）劉昫：《舊唐書》，第1764頁。

〔註86〕（宋）樂史：《太平寰宇記》，中華書局2007年版，第3236頁。

〔註87〕（宋）王溥：《唐會要》，第1790頁。

〔註88〕（唐）杜佑：《通典》，第366頁。

〔註89〕（清）董誥：《全唐文》，第5562頁。

〔註90〕李錦繡《唐代制度史略論稿》：「貞元九年，三《禮》也成了科目舉、科目選的內容。《通典》卷一五記貞元九年五月二十日敕云：『自今以後，諸色人中有習三《禮》者，前資及出身人依科目選例，吏部考試；白身依貢舉例，禮部考試。每經問大義三十條，試策三道。所試大義，仍委主司於朝官、學官中，揀擇精通經術三五人聞奏，主司與同試問。義策全通為上等，特加超獎；大義每經通二十五條以上，策通兩道以上為次等，依資與官。如先是員外、試官者，聽依正員例。其諸學生願習三《禮》及《開元禮》者，並聽。』……《通典》原文作『五年五月敕』，下文又有關於《開元禮》的『九年五月敕』，這兩個敕為同敕令的兩項內容，見《唐大詔令集》卷一〇六『條流習《禮經》人敕』及《冊府元龜》卷六四〇貞元九年五月詔。此詔《會要》卷七六《開元禮》舉門作『五月二十日』，三《禮》門作『五月二日』，《冊府》卷六三九『（貞觀）九年五月二十日敕，自今已後，明經兼習《周禮》若《儀禮》者於本色內量減一選』，顯係貞元九年五月敕節文，『貞觀』應為『貞元』之誤。據此，可知貞元九年詔為五月二十日，《會要》卷七五明經門作『貞元元年五月二日敕』，『元』乃『九』之誤，『二』乃『二十』之誤。」（中國政法大學出版社1998年版，第220、227頁。）

既然「明經兼習《周禮》並《儀禮》者，於本色內量減一選」出自貞元九年，那麼，《唐代銓選與文學》據以論證或支撐初盛唐時已有及第明經守選制度，進而推出及第進士亦須守選，則是不可信的，王文據以推考王維生於延載元年，更是不可從的。另檢王維〈青龍寺曇壁上人兄院集並序〉內有「時江寧大兄持片石命維序之」一句，「江寧大兄」即「詩人王昌齡」〔註 91〕，王維稱呼王昌齡為兄，生年自當後之。而王昌齡生年，聞一多《唐詩大繫》考為聖曆元年（698）〔註 92〕，為學術界普遍認同沿襲。而傅璇琮〈王昌齡事迹新探〉則謂「他的生年雖早於王維，但當相近，確切的年份還不能斷定，但大致當在698 至 701 年間」〔註 93〕，未出聖曆元年至長安元年間，即王昌齡生年之上限在聖曆元年。如從王文之說而謂王維生於延載元年，則亦「兄生弟後」〔註 94〕。

至於劉文所持之說，即謂王維、王縉伯仲乃孿生於久視元年，亦如延載元年之說一般，難以令人首肯。劉文認為：「王維與王縉之間有著特殊的感情，有異於其他幾個弟妹。王縉先上書請削官職，以贖安史之亂中王維陷敵受偽職之罪；王維後上〈責躬薦弟表〉，『乞盡削臣官，放歸田里，賜弟散職，令在朝廷』，與王縉『倘得同居，相視而沒，泯滅之際，魂魄有依』。如此同生共死的深情厚誼，難道沒有透露出他們是孿生兄弟嗎？張清華《王維年譜》中傾向此說，但沒有提出更有力的證據，令人不無遺憾！王維與王縉是孿生兄弟，同生於武則天久視元年，這是有確鑿證據的。王維〈與魏居士書〉末……言『年且六十』，意思是說將近六十歲了，大約差幾個月或一年。如果差得太多，那麼

〔註 91〕陳鐵民：《王維集校注》（修訂本），第 254、257 頁。

〔註 92〕聞一多：《唐詩大繫》，第 61 頁。

〔註 93〕傅璇琮：〈王昌齡事迹新探〉，見氏著《唐詩論學叢稿》，文史哲出版社 1995 年版，第 3 頁。

〔註 94〕胡嗣坤、羅琴《王昌齡集編年校注．前言》：「王維稱王昌齡為『兄』，其年齡可能比王維大些。但是，古人朋友間也常以『兄』為尊稱，因此，這也不能成為確證。王維生於 701 年（武則天長安元年），王昌齡並非一定生在這一年之前。」（巴蜀書社 2000 年版，第 2 頁。）按，唐人重視譜系、輩行、長幼，如《新唐書》卷七六〈則天武皇后傳〉：「詔（薛懷義）與太平公主婿薛紹通昭穆，紹父事之。」又卷一二六〈張九齡傳〉：「時張說為宰相，親重之，與通譜系，常曰：『後出詞人之冠也。』」又卷一八四〈馬植傳〉：「初，左軍中尉馬元贄最為帝寵信，賜通天犀帶。而植素與元贄善，至通昭穆，元贄以賜帶遺之。」又卷二一〇〈羅紹威傳〉：「紹威多聚書，至萬卷。江東羅隱工為詩，紹威厚幣結之，通譜系昭穆，因目己所為詩為『偷江東集』云。」（中華書局 1975 年版，第 3480、4427、5391～5392、5943 頁。）據此，王維與王昌齡既屬同姓（並不同源），而又以兄弟稱，必係依據年齒長幼。

古人就會說五十有八或五十有七，不會說『年且六十』。這是王維文章中間唯一談及自己年齡的一篇，只要考證出此文作於何時，就可以確定其生年。……陳文（指陳鐵民〈王維生年新探〉、〈再談王維的生年與及第之年〉）考證出此文作於乾元元年（758）……是正確的。……王維時年五十九歲，生於武則天久視元年。」〔註95〕

其實，認為王維、王縉伯仲乃孿生者，並非劉文首創，其前之朱仲玉〈「王維前期事迹新探」質疑〉已然提過，不過朱文考訂王維與王縉伯仲乃孿生於長安元年〔註96〕。然王維與王縉伯仲孿生事並不見於任何史料記載，而史籍或文集之屬並不乏記載孿生之先例。《西京雜記》卷三〈霍妻雙生〉：「霍將軍妻一產二子，疑所為兄弟。或曰：『前生〔者〕為兄，後生者為弟。今雖俱日，亦宜以先生為兄。』或曰：『居上者宜為兄，居下〔者〕宜為弟，居下者前生，今宜以前生為弟。』時霍光聞之曰：『昔殷王祖甲一產二子，曰嚚，曰良。以卯日生嚚，以巳日生良，則以嚚為兄，以良為弟。若以在上者為兄，嚚亦當為弟。昔許釐公一產二女，曰妜，曰茷。楚大夫唐勒一產二子，一男一女，男曰貞夫，女曰瓊華。皆以先生為長。近代鄭昌時、文長蒨並生二男，滕公一生二女，李黎生一男一女，並以前生者為長。』霍氏亦以前生為兄焉。」〔註97〕雙生猶言孿生。《春秋公羊傳》隱公元年條：「立子以貴不以長。」何休解詁：「其雙生也，質家據見立先生，文家據本意立後生：皆所以防愛爭。」〔註98〕《魏書》卷六六〈崔亮傳〉：「亮從父弟光韶，事親以孝聞。初除奉朝請。光韶與弟光伯雙生，操業相侔，特相友愛。」〔註99〕《舊唐書》卷一八三〈王仁皎傳〉：「王仁皎，玄宗王庶人父也。……子守一。守一與后雙生。」〔註100〕後兩例所齒及之「雙生」，《北史》卷四四〈崔亮傳〉〔註101〕、《新唐書》卷二〇六〈王仁皎傳〉〔註102〕均作「孿生」。假使王維與王縉伯仲果如朱文及劉文所云之孿

〔註95〕劉孔伏、潘良熾：〈王維生年辨析〉，見《王維研究》，第5輯，江蘇大學出版社2011年版，第241、243頁。

〔註96〕朱仲玉：〈「王維前期事迹新探」質疑〉，見《晉陽學刊》，1983年第6期，第82頁。

〔註97〕（晉）葛洪：《西京雜記》，中華書局1985年版，第21～22頁。

〔註98〕（漢）公羊壽、（漢）何休、（唐）徐彥：《春秋公羊傳注疏》，北京大學出版社1999年版，第13頁。

〔註99〕（北齊）魏收：《魏書》，中華書局1974年版，第1482頁。

〔註100〕（後晉）劉昫：《舊唐書》，第4745頁。

〔註101〕（唐）李延壽：《北史》，中華書局1974年版，第1635頁。

〔註102〕（宋）歐陽修、宋祁：《新唐書》，第5845頁。

生者，但以王維一代文宗而王縉數朝宦顯，頗足談助，歷代史料特別是筆記小說類斷然不會語焉不詳，故劉文謂王維與王縉伯仲孿生似缺乏確鑿之證。

而王維亦無生於久視元年之可能，蓋以劉文認為「『年且六十』，意思是說將近六十歲了，大約差幾個月或一年。如果差得太多，那麼古人就會說五十有八或五十有七，不會說『年且六十』」〔註 103〕，即謂「年且」之年與實際之年僅差一年或數月，卻與其他事證是牴牾的。

（一）《新唐書》卷一五三〈顏真卿傳〉：「至河南，河南尹鄭叔則以希烈反狀明，勸不行，答曰：『君命可避乎？』既見希烈，宣詔旨，希烈養子千餘拔刃爭進，諸將皆慢罵，將食之，真卿色不變。……真卿叱曰：『若等聞顏常山否？吾兄也，祿山反，首舉義師，後雖被執，詬賊不絕於口。吾年且八十，官太師，吾守吾節，死而後已，豈受若等脅邪！』諸賊失色。」〔註 104〕《全唐文》卷三九四令狐峘〈光祿大夫太子太師上柱國魯郡開國公顏真卿墓誌銘〉：「建中四年（783），賊臣李希烈阻兵淮右，詔公奉使宣慰。」〔註 105〕知顏真卿宣慰李希烈在建中四年。檢留元剛《唐顏魯公真卿年譜》景龍三年條：「公生於是年。」〔註 106〕則至建中四年，顏真卿七十五歲。如據劉文所持「年且」之年與實際之年僅差一年或數月之論，「年且八十」當指七十九歲，實則不然。

（二）陸游〈子遹入城三宿而歸獨坐悽然示以此篇〉：「我年且九十，亦覺去汝難。」錢仲聯注：「此詩開禧三年（1207）春作於山陰。」〔註 107〕《宋史》卷三九五〈陸游傳〉：「陸游字務觀，越州山陰人。……嘉定二年（1209）卒，年八十五。」〔註 108〕推其一歲時為宣和七年（1125），至開禧三年得八十三歲，亦非八十九歲。

（三）《全唐文》卷三八一元結〈別王佐卿序〉：「癸卯歲（763），京兆王契佐卿年四十六，河南元結次山年四十五。時次山頃日浪遊吳中，佐卿頃日去西蜀，對酒欲別，此情易邪。……今與佐卿年近五十。」〔註 109〕孫望《元次

〔註 103〕劉孔伏、潘良熾：〈王維生年辨析〉，第 241 頁。
〔註 104〕（宋）歐陽修、宋祁：《新唐書》，第 4859～4860 頁。
〔註 105〕（清）董誥：《全唐文》，第 4012 頁。
〔註 106〕留元剛：《唐顏魯公真卿年譜》，臺北商務印書館 1981 年版，第 1 頁。
〔註 107〕錢仲聯：《劍南詩稿校注》，上海古籍出版社 1985 年版，第 3907 頁。
〔註 108〕（元）脫脫：《宋史》，中華書局 1977 年版，第 12057、12059 頁。
〔註 109〕（清）董誥：《全唐文》，第 3874 頁。

山年譜》繫此序於寶應二年（廣德元年，763）〔註110〕，而楊承祖〈元結年譜〉編年亦同〔註111〕，則序內之「今」即「癸卯歲」，王契時年四十六，元結時年四十五，均與「年近五十」相差何止「幾個月或一年」。

（四）《全宋文》卷九一九蘇洵〈上歐陽內翰第三書〉：「自思平生羈蹇不遇，年近五十，始識閣下，傾蓋晤語，便若平生，非徒欲援之於貧賤之中，乃與切磨議論，共為不朽之計。」〔註112〕此歐陽內翰即歐陽修。孔凡禮《三蘇年譜》卷六：「嘉祐元年（1056）丙申，蘇洵四十八歲。……拜謁歐陽修，上修書，並獻所為〈洪範論〉、〈史論〉，始見知於修。」〔註113〕蘇洵「始見」歐陽修於嘉祐元年，則其「年近五十」指四十八歲。

（五）《舊唐書》卷六七〈李勣傳〉：「（乾封）二年，加太子太師，增食實封通前一千一百戶。其年寢疾，詔以勣弟晉州刺史弼為司衛正卿，使得視疾。尋薨，年七十六。……自遇疾，高宗及皇太子送藥，即取服之；家中召醫巫，皆不許入門。子弟固以藥進，勣謂曰：『我山東一田夫耳，攀附明主，濫居富貴，位極三臺，年將八十，豈非命乎？修短必是有期，寧容浪就醫人求活！』竟拒而不進。」〔註114〕此例「年將」之年與實際之年相差數年。

（六）《舊唐書》卷八四〈劉仁軌傳〉：「垂拱元年，從新令改為文昌左相、同鳳閣鸞臺三品。尋薨，年八十四。……初為陳倉尉，相工袁天綱謂曰：『君終當位鄰臺輔，年將九十。』後果如其言。」〔註115〕此例實際之年距其「年將」之年不止一年。

以上考察「年且」及與之義同的「年近」、「年將」所指，並無一例符合劉文所持「年且」之年與實際之年僅差一年或數月之說，故其所謂考證王維乃生於久視元年之「確鑿證據」並不確鑿。當然，即使「年且」、「年近」、「年將」之年或亦確有可指相差一年或數月之例，如李德裕〈論田群狀〉：「況臣年近六十，位忝上公，唯願竭肺肝，上俾聖德。」據傅璇琮、周建國《李德裕文集校箋》，此狀大約作於「會昌五年（845），德裕年五十九」，因為「德裕此前已加

〔註110〕孫望：《元次山年譜》，見《孫望選集》，南京師範大學出版社2001年版，第399、448頁。

〔註111〕楊承祖：〈元結年譜〉，見《楊承祖文錄》，華東師範大學出版社2017年版，第319、338頁。

〔註112〕曾棗莊：《全宋文》，第43冊，上海辭書出版社2006年版，第29頁。

〔註113〕孔凡禮：《三蘇年譜》，北京古籍出版社2004年版，第170、190頁。

〔註114〕（後晉）劉昫：《舊唐書》，第2488、2489頁。

〔註115〕（後晉）劉昫：《舊唐書》，第2796頁。

司空、司徒、太尉，即所謂『位忝上公』，故訂本文作於此時」〔註116〕，雖無確證，卻並不是「以意為之」。至於王維，在尚無過硬旁證支撐其所云「年且六十」指五十九歲的情況下，劉文之說未免失之武斷，不可據信。

劉文又謂「關於王維生於武則天久視元年，還有一個被論者忽略的證據。唐代士子盛行投獻，往往將自己創作的詩賦集為『行卷』。王維也有行卷，凡是其詩題下注有寫作年代的都是。因為他登第入仕後，也就沒有再注明寫作年代了，亦無此必要。查他早年詩作中，有十首詩注有寫作年代：一、〈過秦皇墓〉詩自注：『時年十五。』二、〈題友人雲母幛子〉詩自注：『時年十五。』三、〈九月九日憶山東兄弟〉詩自注：『時年十七。』四、〈洛陽女兒行〉詩自注：『時年十八。』五、〈哭祖六自虛〉詩自注：『時年十八。』六、〈李陵詠〉詩自注：『時年十九。』七、〈桃源行〉詩自注：『時年十九。』八、〈賦得清如玉壺冰〉詩自注：『京兆府試，時年十九。』九、〈息夫人〉詩自注：『時年二十。』十、〈燕支行〉詩自注：『時年二十一。』這十首詩中最晚的是〈燕支行〉，王維時年二十一歲。唐代禮部試是每年正月舉行，因此開元九年王維登第時已經二十二歲了」〔註117〕。

劉文認為「王維也有行卷，凡是其詩題下注有寫作年代的都是」，別無旁證，無足論者。而檢薛用弱《集異記》卷中載有王維夤緣干進之事：「王維右丞年未弱冠，文章得名。性閑音律，妙能琵琶，遊歷諸貴之間，尤為岐王之所眷重。時進士張九皋聲稱籍甚，客有出入九公主之門者，為其致公主邑司牒京兆試官，令以九皋為解頭。維方將應舉，具其事言於岐王，仍求庇借。岐王曰：『貴主之強，不可力爭，吾為子畫焉。子之舊詩清越者，可錄十篇，琵琶新聲之怨切者，可度一曲，後五日當詣此。』維即依命，如期而至。」〔註118〕或因王維有注明「時年」之詩十首，按之《集異記》所云「子之舊詩清越者，可錄十篇」正合，故為劉文引來作為王維行卷之證。不過，《集異記》本屬小說家言，不可輕率引作考證王維行實之據〔註119〕，而且《集異記》所載「鬱輪

〔註116〕傅璇琮、周建國：《李德裕文集校箋》，中華書局2018年版，第390頁。

〔註117〕劉孔伏、潘良熾：〈王維生年辨析〉，第243頁。

〔註118〕（唐）薛用弱：《集異記》，見《全唐五代筆記》，第865頁。

〔註119〕陳鐵民〈《唐才子傳．王維傳》箋證〉：「《集異記》所載維夤緣干進之事，未必合於事實。維〈賦得清如玉壺冰〉詩題下注云：『京兆府試，時年十九。』知維於開元七年（719）十九歲時赴京兆府試。張九皋事迹，見唐蕭昕〈張公神道碑〉，云：『公諱九皋，其先范陽人也。……弱冠，孝廉登科，始鴻漸也。……以天寶十四載（755）四月二十日疾亟，薨於西京常樂里之私第，春秋六十有

袍」之事當發生在中唐，此從《集異記》所反映之應試舉子推崇京兆府解送事可知。

《唐國史補》卷下〈禮部置貢院〉:「開元二十四年，考功員外郎李昂，為士子所輕詆，天子以郎署權輕，移職禮部，始置貢院。天寶中，則有劉長卿、袁成用分為朋頭，是時常重東府、西監。至貞元八年，李觀、歐陽詹猶以廣文生登第，自後乃群奔於京兆矣。」〔註 120〕《唐摭言》卷一〈兩監〉:「開元已前，進士不由兩監者，深以為恥。……爾後物態澆瀉，稔於世祿，以京兆為榮美，同、華為利市，莫不去實務華，棄本逐末。……繇是貞元十年已來，殆絕於兩監矣。」〔註 121〕又卷二〈京兆府解送〉:「神州解送，自開元、天寶之際，率以在上十人，謂之『等第』，必求名實相副，以滋教化之源。小宗伯倚而選之，或至渾化。不然，十得其七八。苟異於是，則往往牒貢院請落由。」〔註 122〕又卷二〈爭解元〉:「同、華解最推利市，與京兆無異，若首送，無不捷者。元和中，令狐文公鎮三峰，時及秋賦，榜云:『特加置五場。』蓋詩、歌、文、賦、帖經為五場。常年以清要書題求薦者，率不減十數人，其年莫有至者。」〔註 123〕據此，應試舉子推崇京兆府解送始於開元、天寶之際，自非王維所及，且至貞元、元和之間為烈，以致柳宗元於貞元二十一年（805）所撰〈送辛生下第序略〉內有「京兆尹歲貢秀才，常與百郡相抗。登賢能之書，或半天下，取其殊尤以為舉首者，仍歲皆上第」〔註 124〕之語。（柳文繫年，見施子愉《柳宗元年譜》貞元二十一年條〔註 125〕。）上引諸史實乃《集異記》之中「若使京兆今年得此生為解頭，誠為國華矣」以及「不得首薦，義不就試」諸語所本，

六。』弱冠，謂二十歲左右；孝廉，唐人常以之為明經之稱。據碑所載卒年與享年推算，中宗景龍三年（709），九皋二十歲。即景龍三年前後，九皋已明經及第，似不可能又於開元七年至京兆府求舉。又，篇中於諸人皆直稱其名號，獨於公主不明言為何人，或此事乃得自傳聞，作者亦不能確知其為誰，故籠統謂之曰『貴主』。稽之史籍，中宗諸女貴盛者，是時（開元七年）有已死者（如安樂公主），有遭貶者（如長寧公主），睿宗諸女，又恐無貴盛逾於岐王者；而玄宗諸女，是時又皆年幼（玄宗長女永穆公主開元十年方及下嫁之年，參見《唐會要》卷六、《通鑒》卷二一二），故事有可疑。」（見氏著《王維論稿》，第 68 頁。）

〔註 120〕（唐）李肇:《唐國史補》，見《全唐五代筆記》，第 844 頁。

〔註 121〕（五代）王定保:《唐摭言》，見《全唐五代筆記》，第 2803 頁。

〔註 122〕（五代）王定保:《唐摭言》，第 2809 頁。

〔註 123〕（五代）王定保:《唐摭言》，第 2811 頁。

〔註 124〕（唐）柳宗元:《柳河東集》，上海人民出版社 1974 年版，第 399～400 頁。

〔註 125〕施子愉:《柳宗元年譜》，湖北人民出版社 1958 年版，第 46 頁。

而且「若首送，無不捷者」更直接被《集異記》轉述成了「維遂作解頭，而一舉等第矣」〔註 126〕。又《新唐書》卷五九〈藝文志〉三：「薛用弱……字中勝，長慶光州刺史。」〔註 127〕《太平廣記》卷三一二〈徐煥〉：「弋陽郡東南，有黑水河，河滑有黑水將軍祠。太和中，薛用弱自儀曹郎出守此郡，為政嚴而不殘。」〔註 128〕知薛用弱乃中唐人，故其能對應試舉子推崇京兆府解送之事尚有所瞭然，或因「王維右丞年未弱冠，文章得名」，故偽託在了王維名下而演繹之。

由於《集異記》所載王維行卷之事本屬偽託，故而劉文在引以為證時難免出現前後矛盾之處。如據《集異記》之內「維即出獻懷中詩卷。公主覽讀……則召試官至第，遣宮婢傳教，維遂作解頭，而一舉登第矣」數語，可知上引十詩乃王維為應京兆試所行之卷，均當作於「時年十九」之前。可是〈息夫人〉、〈燕支行〉兩詩各有題注「時年二十」、「時年二十一」，並不作於應京兆試之前，可見兩詩並不屬於「子之舊詩清越者，可錄十篇」之一，故而劉文認為「這十首詩中最晚的是〈燕支行〉，王維時年二十一歲。唐代禮部試是每年正月舉行，因此開元九年王維登第時已經二十二歲了」，即將〈燕支行〉視作開元八年（720）行卷之作，又自行推翻了其文所引為證據之《集異記》所載。誠如上文所述，《集異記》所載王維行卷之事本屬偽託，亦即目前尚無任何過硬材料可證王維及第之前有行卷事，劉文徑謂〈燕支行〉乃王維開元八年作，自然非是。

另外，劉文謂王維所應者為禮部試，恐非。《封氏聞見記》卷三〈貢舉〉：「玄宗時，士子殷盛，每歲進士到省者常不減千餘人。在館諸生更相造詣，互結朋黨，以相漁奪，號之為『棚』，推聲望者為『棚頭』。權門貴盛，無不走也，以此熒惑主司視聽。其不第者，率多喧訟，考功不能御。開元二十四年冬，遂移貢舉屬於禮部，侍郎姚奕頗振綱紀焉。」〔註 129〕知開元末貢舉始由吏部轉歸禮部司管，而王維應舉在開元初，故為嚴謹起見，所云「禮部試」當作「吏部試」為宜。

〔註 126〕（唐）薛用弱：《集異記》，第 865 頁。
〔註 127〕（宋）歐陽修、宋祁：《新唐書》，第 1541 頁。
〔註 128〕（宋）李昉：《太平廣記》，中華書局 1961 年版，第 2471 頁。
〔註 129〕（唐）封演：《封氏聞見記》，第 607 頁。

王維卒年析疑

王維卒年，《舊唐書》本傳作「乾元二年七月」〔註1〕，《新唐書》本傳作「上元初」〔註2〕。趙殿成〈右丞年譜〉據其集中上元元年所撰詩文以及〈謝弟縉新授左散騎常侍狀〉繫尾年月「上元二年五月四日」，考訂王維卒於上元二年，《舊唐書》本傳「乾元」乃「上元」之訛，此與《佛祖歷代通載》卷一七所載「上元辛丑，尚書左（右？）丞王維卒」〔註3〕相合，故學術界對之無異議，已為定讞。然王輝斌〈王維生卒年陳說質疑〉獨倡新說，認為「王維的卒年不為上元二年，或者說將王維的卒年定為上元二年者，乃是存在著許多與史實相背的問題和無法解決的矛盾的」〔註4〕，稽其所論，並不足信。

首先，王文認為「趙譜之所以認為王維卒於上元二年者，所據主要為王維的〈謝弟縉新授左散騎常侍狀〉一文。其云：『集中有〈謝弟縉新授左散騎常侍狀〉，且繫尾年月，乃上元二年五月四日。又集中有〈送邢桂州〉詩，而邢濟為桂州都督，亦上元二年事，則新史之說為優也。自上元二年起，逆數而前，至中宗長安元年，得六十一歲，故斷自是年始。』而值得指出的是，《校注》（指陳鐵民《王維集校注》）將〈送邢桂州〉一詩已改繫於開元二十九年，如此，則趙譜認為王維卒於上元二年者，其證據實際上就只有王維的〈謝弟縉新授左散騎常侍狀〉一文了」。不過，「此文是否為王維所作，乃大可懷疑，原因

〔註1〕（後晉）劉昫：《舊唐書》，中華書局1975年版，第5053頁。

〔註2〕（宋）歐陽修、宋祁：《新唐書》，中華書局1975年版，第5765頁。

〔註3〕（元）釋念常：《佛祖歷代通載》，見《卍續藏經》，第132冊，新文豐出版公司1993年版，第511頁。

〔註4〕王輝斌：〈王維生卒年陳說質疑〉，見氏著《王維新考論》，黃山書社2008年版，第24頁。

是其中存在著兩個與史實明顯不符的疑點：其一是此文最後一句所署王維職官與唐代官制明顯不符，其二為此文題目所表述的內容與王縉任職的實際情況迴不相及。先看前者。該文的最後一句為：『通議大夫守尚書右丞王維狀進。』據《舊唐書．職官志．一》可知，唐代的通議大夫（散官）與尚書右丞（職事官）二職，均為正四品下階，則二職合署時是不得用『守』以關聯的。對此，《舊唐書》卷四二乃有明載，其云：『凡九品已上職事，皆帶散位，謂之本品。……〈貞觀令〉，以職事高者為守，職事卑者為行，仍各帶散位。』此外，岑仲勉《金石論叢》之〈依唐代官制說明張曲江集附錄誥命的錯誤〉一文，曾就此一問題進行了專門考述。……王維是時既為正四品下階的尚書右丞，難道他不懂得本朝的職官制度嗎？難道是曾任過宰相之職的王縉在替王維編集時因不懂唐代官制而使之成誤嗎？難道是《舊唐書》對〈貞觀令〉的錄載有誤嗎？核之有關史料，可知其均不是。既然如此，則其答案就只能為一個，即此文極有可能並非出自王維的手筆」〔註5〕。

按，王維〈送邢桂州〉：「鐃吹喧京口，風波下洞庭。赭圻將赤岸，擊汰復揚舲。日落江湖白，潮來天地青。明珠歸合浦，應逐使臣星。」趙殿成注引《舊唐書》「上元二年，以邢濟兼桂州都督、侍御史，充桂管防禦都使」〔註6〕，即謂邢桂州為邢濟，並將王詩繫在上元二年。陶敏《全唐詩人名彙考》持說相同，且謂「此邢桂州為濟則無可疑」〔註7〕。但陳鐵民《王維集校注》卻認為「頗可疑」，原因在於，「尋繹詩首二句之意，此詩應是作者在京口送邢赴桂州刺史任時所作。考安史之亂後，維一直在長安任職，上元元年正官尚書右丞，不大可能遠赴京口，故此詩之邢桂州當非邢濟。又開元二十九年（741）春，維自嶺南北歸，嘗過潤州江寧縣，京口即此行需經之地，故繫此詩於開元二十九年」〔註8〕。當然，對於開元二十九年之說，也有學者持不同的看法〔註9〕。要之，

〔註5〕王輝斌：〈王維生卒年陳說質疑〉，第19～21頁。

〔註6〕（清）趙殿成：《王右丞集箋注》，上海古籍出版社1984年版，第147頁。

〔註7〕陶敏：《全唐詩人名彙考》，遼海出版社2006年版，第174頁。

〔註8〕陳鐵民：《王維集校注》（修訂本），中華書局2018年版，第185頁。

〔註9〕陳恩維〈王維「送邢桂州」寫作年代補證〉：「陳鐵民先生依首二句以為此詩寫於京口，實未為圓照。『鐃吹喧京口，風波下洞庭』並非指在京口送別。『京口』、『洞庭』、『赤岸』、『赭圻』，不過是泛指沿途所歷之處。送別詩不從送別地點而從途中著筆的寫法，在唐詩中十分常見。如王維〈送楊少府貶郴州〉首句云『明到衡山與洞庭』，而衡山、洞庭顯然不是送別之地。李白〈送賀賓客歸越〉詩『鏡湖流水漾清波，狂客歸舟逸興多。山陰道士如相見，應寫黃庭換白鵝』，作於長安，卻徑直從越地之鏡湖寫起而完全不及送別之地長安。此外，鐃歌也

在邢桂州是否邢濟尚無確據或共識前，如據王維〈送邢桂州〉的繫年來質疑《舊唐書》本傳所載王維「乾元二年七月卒」為不可信，雖說力度有所不足，但也並不是不可以。另外，王維集內尚有其他可以考知作於上元二年的詩及文，詳見《王維集校注》。

至於〈謝弟縉新授左散騎常侍狀〉所署職官「通議大夫守尚書右丞」之疑，王文實亦未安。唐制，通議大夫係散官，正四品下；尚書右丞係職事官，亦正四品下。《舊唐書》卷四二〈職官志〉一：「凡九品已上職事，皆帶散位，謂之本品。……〈貞觀令〉，以職事高者為守，職事卑者為行，仍各帶散位。」〔註10〕《唐六典》卷二〈尚書吏部〉：「凡注官階卑而擬高則曰『守』，階高而擬卑則曰『行』。」〔註11〕通議大夫、尚書右丞既屬同階，則是無須楦入「守」字的，可見〈謝弟縉新授左散騎常侍狀〉確實存有問題。但如僅是因此便云此文並非出自王維手筆，則是甚輕率且武斷的。王文論述之時曾引岑仲勉〈依唐代官制說明張曲江集附錄誥命的錯誤〉進行類比佐證，然而岑文雖據唐代官制指出所引制誥奪漏「守」、「行」以及混淆「賜」、「借」諸端錯誤，但未懷疑其是否出自張九齡之手筆，並云「上述那種制誥，經過長期及多次傳鈔、轉刻，加以後人不瞭解唐代的複雜官制，自然免不了舛誤、奪漏」〔註12〕。而唐集中實在亦多散官與職事官同階而楦入「守」字例，諸如《舊唐書》卷一八下〈宣宗紀〉：「以翰林學士承旨、通議大夫、守尚書戶部侍郎、知制誥、上護軍、賜紫金魚袋蔣伸為兵部侍郎，充職。」〔註13〕又《全唐文》卷八三唐懿宗〈授杜審權平章事制〉：「翰林學士承旨、通議大夫、守尚書兵部侍郎、知制誥、上柱

並不是只在送人出發時纔演奏。王維〈送宇文太守赴宣城〉云『寥落雲外山，迢遙舟中賞，鐃吹發西江，秋空多清響』，表明『鐃吹』也可在旅途上吹奏。〈送康太守〉云『鐃吹發夏口，使君居上頭』，鐃歌即在康太守（使君）之目的地（夏口）發生。因此，僅憑首二句，似難得出〈送邢桂州〉寫於京口的結論。上元元年，王維雖任職長安，但完全有可能於長安送別時作〈送邢桂州〉詩。唐官自長安赴桂州，一般路線是長安—藍田武關道—荊襄—庭洞沅湘—道永—桂州。……『鐃吹』一聯，京口乃為對仗起見所虛設的陪襯之語，舉之以證作於京口，並據此疑邢桂州非邢濟，即不可信。」（見《欽州師範高等專科學校學報》，2002 年第 4 期，第 29 頁。）

〔註10〕（後晉）劉昫：《舊唐書》，第 1785 頁。

〔註11〕（唐）李林甫：《唐六典》，中華書局 2014 年版，第 28 頁。

〔註12〕岑仲勉：〈依唐代官制說明張曲江集附錄誥命的錯誤〉，見氏著《金石論叢》，中華書局 1981 年版，第 460～475 頁。

〔註13〕（後晉）劉昫：《舊唐書》，第 641 頁。

國、賜紫金魚袋杜審權。」〔註14〕又韓愈〈黃陵廟碑〉:「碑有石本，首題云『通議大夫、守尚書兵部侍郎、上柱國、賜紫金魚袋韓愈撰』。」〔註15〕通議大夫為散官，尚書戶部侍郎、尚書兵部侍郎為職事官，悉屬正四品下階，亦以「守」字相關聯。據此，可見唐官制之「官階相當，無行無守」〔註16〕在具體施用時甚雜亂，不宜因上引狀文與之有異而疑作者是否王維。至於陳鐵民注所云「『守』字當為衍文」〔註17〕，可備一說，而且較王文更審慎。然考量到可資鈎索之史料甚匱乏，似可將其成因暫付闕如。

其次，王文指出「題目既為〈謝弟縉新授左散騎常侍狀〉，而其繫尾時間又為『上元二年五月四日』，合勘之，知王縉『新授左散騎常侍』這一官銜乃在上元二年五月前後即可遽斷。然而存在於此文中的這一事實，卻與王維〈責躬薦弟表〉一文之記載乃大相違背。是文有云:『臣維稽首言。……臣弟蜀州刺史縉，太原五年，撫養百姓，盡心為國，竭力守城，臣即陷在賊中，苟且延命，臣忠不如弟，一也。』據其中的『臣弟蜀州刺史縉』七字可知，王維寫是文時，其弟王縉乃在蜀州刺史任上。王縉牧守蜀州，《校注》卷十一認為『約在上元元年秋至二年五月之間』，實誤。這是因為，據聞一多〈少陵先生年譜會箋〉、周勛初《高適年譜》、郁賢皓《唐刺史考》等著述可知，是時的蜀州刺史乃為高適」〔註18〕。

按，王縉刺蜀之事，未載《舊唐書》卷一一八〈王縉傳〉〔註19〕、《新唐書》卷一四五〈王縉傳〉〔註20〕，惟散見於王維〈責躬薦弟表〉、《全唐詩》卷二二六杜甫〈和裴迪登新津寺寄王侍郎〉〔註21〕、又卷三一三皇甫澈〈賦四相詩並序〉〔註22〕以及《新唐書》卷二〇二〈王維傳〉〔註23〕。陳譜據以考訂王縉刺蜀約在「上元元年秋至二年五月之間」〔註24〕，這一結論是翔實而審慎的。

〔註14〕（清）董誥:《全唐文》，中華書局1983年版，第865頁。
〔註15〕（宋）魏仲舉:《新刊五百家注音辯昌黎先生文集》，清乾隆五十一年（1786）刻本。
〔註16〕（唐）杜佑:《通典》，中華書局1988年版，第938頁。
〔註17〕陳鐵民:《王維集校注》（修訂本），第1255頁。
〔註18〕王輝斌:〈王維生卒年陳說質疑〉，第21頁。
〔註19〕（後晉）劉昫:《舊唐書》，第3416～3418頁。
〔註20〕（宋）歐陽修、宋祁:《新唐書》，第4715～4717頁。
〔註21〕（清）彭定求:《全唐詩》，中華書局1960年版，第2436頁。
〔註22〕（清）彭定求:《全唐詩》，第3524頁。
〔註23〕（宋）歐陽修、宋祁:《新唐書》，第5765頁。
〔註24〕陳鐵民〈王維年譜〉上元二年條:「維〈責躬薦弟表〉曰:『……臣弟蜀州刺史縉，

至於王文之所以會否定陳譜所論，乃過信聞一多〈少陵先生年譜會箋〉〔註25〕、周勛初《高適年譜》、郁賢皓《唐刺史考》〔註26〕所持高適上元元年九月刺蜀之說所致，蓋其既與陳譜所考定的王縉仕履相互抵牾，亦與高適仕履相互矛盾。

《舊唐書》卷一一一〈高適傳〉：「蜀中亂，出為蜀州刺史，遷彭州。劍南自玄宗還京後，於梓、益二州各置一節度，百姓勞敝，適因出西山三城置戍，論之曰：『……而嘉、陵比為夷獠所陷，今雖小定，瘡痍未平。又一年已來，耕織都廢。……比日關中米貴。……』疏奏不納。後梓州副使段子璋反，以兵攻東川節度使李奐，適率州兵從西川節度使崔光遠攻子璋，斬之。」〔註27〕據

太原五年，撫養百姓，盡心為國，竭力守城，臣即陷在賊中，苟且延命，臣忠不如弟，一也。……臣之五短，弟之五長，加以有功，又能為政，顧臣謬官華省，而弟遠守方州。……』華省，即畫省，謂尚書省，可見此表乃維官尚書右丞時所作。……杜甫〈和裴迪登新津寺寄王侍郎〉曰：『何恨倚山木，吟詩秋葉黃。……風物悲遊子，登臨憶侍郎。』詩題下原注：『王時牧蜀。』《文苑英華》注：『即王蜀州。』《杜詩詳注》曰：『夢弼曰：王侍郎，王維弟縉也。』又曰：『鶴注：此必公暫如新津，與裴同至寺中，故有此作，當在上元元年。蜀州至成都纔百里，故可唱和也。』據此，知縉上元元年秋正官蜀州刺史。……縉官蜀州刺史，當在為工部侍郎之後、除左散騎常侍之前。維〈謝弟縉新授左散騎常侍狀〉曰：『右。臣之兄弟，皆迫桑榆，每至一別，恐難再見。匪躬之節，誠不顧家；臨老之年，實悲遠道。……斷行之雁，飛鳴接翼。……上元二年五月四日，通議大夫守尚書右丞臣王維狀進。』按，狀文中『臣之兄弟』四句，意同〈薦弟表〉中的『弟之與臣』四句；『遠道』即謂『弟遠守方州』；『斷行之雁』二句，喻己與弟遠別之後，又復相聚。玩狀文之意，縉除左散騎常侍之前，當官蜀州刺史；若縉除左散騎常侍之前官工部侍郎，則狀文中的『實悲遠道』、『斷行之雁，飛鳴接翼』等語便沒有了著落。又，杜甫所和裴迪原詩稱縉為『王侍郎』，亦可證縉官蜀州刺史，當在其為工部侍郎之後。所以，縉無疑是做過蜀州刺史的，其時間約在上元元年秋至二年五月之間。」（見氏著《王維集校注》（修訂本），第1484～1486頁。）

〔註25〕聞一多〈少陵先生年譜會箋〉上元元年條：「高適改蜀州刺史。……公四十九歲。在成都。……秋晚，至蜀州，晤高適。〈奉簡高三十五使君〉：『行色秋將晚，交情老更親。天涯喜相見，披豁對吾真。』仇曰：『高由彭州改蜀州，公時在蜀；《年譜》云「上元元年，間常至蜀州之青城、新津」，是也。』」（見《聞一多全集》，第6卷，湖北人民出版社2004年版，第163～164頁。）

〔註26〕郁賢皓《唐刺史考》卷二二五「蜀州」條：「高適，上元元年至二年（760～761）。《舊書》本傳：『李輔國惡適敢言，短於上前，乃左授太子少詹事。未幾，蜀中亂，出為蜀州刺史，遷彭州。……代〔崔〕光遠為成都尹、劍南西川節度使。』《新書》本傳略同。周勛初《高適年譜》謂上元元年九月，由彭州轉蜀州刺史。」（江蘇古籍出版社1987年版，第2615頁。）其修訂本《唐刺史考全編》（安徽大學出版社2000年版，第2986頁）及增訂本《唐刺史考全編》（鳳凰出版社2022年版，第2880頁）說同。

〔註27〕（後晉）劉昫：《舊唐書》，第3330、3331頁。

此所載，高適係先刺蜀後刺彭。杜甫〈寄彭州高三十五使君適虢州岑二十七長史參三十韻〉：「高岑殊緩步，沈鮑得同行。……彭門劍閣外，虢略鼎湖旁。」朱鶴齡注：「黃曰：新、舊《史》皆以適由太子少詹事出為蜀州刺史，遷彭州。考公前後詩，有不然者。如適先刺蜀而移彭，則此乃乾元二年秋公在秦州作，何以題云『寄高彭州』？詩有『彭門劍閣外』之句，適為蜀州時寄公詩云：『人日題詩寄草堂。』而上元元年人日，公未有草堂，當是二年寄之。以此二詩論，則是先刺彭，後移蜀也。……柳芳《唐曆》亦云：適乾元初刺彭，上元初刺蜀。房琯作〈蜀州先主廟碑〉載：州將高適建，末言公頃自彭遷蜀。皆與杜詩合，《史》誤其先後耳。」〔註28〕錢謙益注：「按適〈謝上彭州刺史表〉云：『始拜宮允，今列藩條，以今月七日到所部上訖。』則適自詹事即出刺彭。」〔註29〕是則高適應係先刺彭後刺蜀，此點已為學術界所普遍認可。

《舊唐書》所載「不納」之「奏疏」，《全唐文》卷三五七題作〈請罷東川節度使疏〉〔註30〕。《冊府元龜》卷五三三〈諫諍部・規諫〉一〇：「高適為彭州刺史。時劍南自玄宗還京後，於綿、益州各置一節度，百姓勞擾，適上疏論西山三城事。」〔註31〕可知〈請罷東川節度使疏〉進於高適刺彭之時。此疏所齒及的「嘉、陵比為夷獠所陷」、「比日關中米貴」所指次為《資治通鑒》卷二二一所載唐玄宗乾元二年十月「邛、簡、嘉、眉、瀘、戎等州蠻反」〔註32〕以及上元元年六月「歲荒，米斗至七千錢，人相食」〔註33〕。復據「又一年已來」之語，可知〈請罷東川節度使疏〉繫年當在上元元年秋，是時高適尚官彭州刺史。又檢《資治通鑒》卷二二二唐玄宗上元二年條：「（五月）乙未，西川節度使崔光遠與東川節度使李奐共攻綿州，庚子，拔之，斬段子璋。」〔註34〕知崔光遠攻段子璋在上元二年五月乙未（十一日）。而據前引本傳所云「適率州兵從西川節度使崔光遠攻子璋」，「州兵」二字尤可注意，則是時其應仍刺彭。又《全唐詩》卷二一一高適〈酬裴員外以詩代書〉有「辛酸陳侯誄」句，自注：「陳二補闕銘誄，即裴所為。」〔註35〕此裴員外即裴霸，陳二補闕即陳兼，說

〔註28〕（清）朱鶴齡：《杜工部詩集輯注》，河北大學出版社2009年版，第240頁。
〔註29〕（清）錢謙益：《錢注杜詩》，上海古籍出版社1979年版，第362頁。
〔註30〕（清）董誥：《全唐文》，第3627～3628頁。
〔註31〕（宋）王欽若：《冊府元龜》，鳳凰出版社2006年版，第6077頁。
〔註32〕（宋）司馬光、（元）胡三省：《資治通鑒》，中華書局1956年版，第7088頁。
〔註33〕（宋）司馬光、（元）胡三省：《資治通鑒》，第7092頁。
〔註34〕（宋）司馬光、（元）胡三省：《資治通鑒》，第7114頁。
〔註35〕（清）彭定求：《全唐詩》，第2195頁。

見陶敏《全唐詩人名彙考》〔註36〕。《全唐文》卷三一七李華〈三賢論〉:「潁川陳兼不器行古之道。」〔註37〕《全唐詩》卷一五三李華〈雲母泉詩並序〉:「潁川陳公,天寶中,與華同為諫官。公性與道合,忽於權利,方挂冠投簪,顧華以名山之契。乾元初,公貶清江丞,移武陵丞,華貶杭州司功,恩復左補闕。上元中,俱奉詔徵,公自清江至武陵,道路多虞,制書不至,華泝江而西,次於岳陽。……秋風露寒,洞庭微波,一聞猿聲,不覺涕下。」〔註38〕其中所及「上元中」指上元二年〔註39〕,又據「秋風露寒」之語,可見上元二年之秋陳兼尚在,是則裴霸為其撰寫誄文必在其後。高適〈酬裴員外以詩代書〉「此詩自敘至彭州刺史止,當在彭州作」〔註40〕,並無隻字齒及刺蜀事,則其刺蜀之時則更後矣。而此亦與王縉離蜀州刺史任時間相距不算太久,高適當即王縉繼任無疑〔註41〕。

至於周譜將高適刺蜀時間誤繫在上元元年秋,乃附從黃鶴所考訂之高適

〔註36〕陶敏:《全唐詩人名彙考》,第359頁。

〔註37〕(清)董誥:《全唐文》,第3215頁。

〔註38〕(清)彭定求:《全唐詩》,第1587～1588頁。

〔註39〕陳鐵民〈李華事迹考〉:「華母卒後,華理當去職守喪三年(指前後歷經三個年頭,但究其實不過兩周年);又前謂華母卒於乾元二年(759),所以華除喪的時間應在上元二年(761)。華除喪後,不久即詔除為左補闕。獨孤及序云:『因屏居江南……無何,詔復授左補闕,又加尚書司封員外郎。璽書連徵,公卿已下,傾首延佇,至之日,將以司言處公,公曰:「焉有驕節奪志者可以荷君之寵乎?」移疾請告。』《新唐書》本傳云:『上元中,以左補闕、司封員外郎召之。華喟然曰:「烏有驕節危親,欲荷天子寵乎?」稱疾不拜。』按,李華〈雲母泉詩〉……此詩係華詔復左補闕後應召入京途次岳陽樓(在今湖南岳陽)之作,其時間為上元二年秋。』」(見氏著《唐代文史研究叢稿》,中國社會科學出版社2013年版,第178頁。)

〔註40〕劉開揚:《高適詩集編年箋注》,中華書局1981年版,第309頁。

〔註41〕陳鐵民〈王維年譜〉上元二年條附注:「杜甫〈奉簡高三十五使君〉曰:『當代論才子,如公復幾人?驊騮開道路,鷹隼出風塵。行色秋將晚,交情老更親。天涯喜相見,披豁對吾真。』仇注:『高由彭州刺蜀州,公時在蜀。《年譜》云:上元元年,間常至蜀州之青城、新津,是也。』以為高適上元元年秋轉蜀州刺史。按,甫此詩並未言己與適『相見』於蜀州,因此據此詩絲毫不能證明是時適已『由彭州刺蜀州』。又,是年甫居成都,自成都至彭州不到一百里(較成都、蜀州間的距離為近),甫顯然隨時都可以至彭州與適相晤。杜甫〈因崔五侍御寄高彭州一絕〉:『百年已過半,秋至轉饑寒。為問彭州牧,何時救急難?』《杜詩詳注》:『朱注:公〈追酬高蜀州人日〉詩考之,上元二年,高已刺蜀,此云彭州牧,必元年作也。』則上元元年秋高猶為彭州刺史。疑上元二年五月縉除左散騎常侍後,適方繼之為蜀州刺史。」(見氏著《王維集校注》(修訂本),第1489～1490頁。)

〈人日寄杜二拾遺〉繫年。詩云:「人日題詩寄草堂,遙憐故人思故鄉。柳條弄色不忍見,梅花滿枝空斷腸。身在遠藩無所預,心懷百憂復千慮。今年人日空相憶,明年人日知何處。一臥東山三十春,豈知書劍老風塵。龍鍾還忝二千石,愧爾東西南北人。」〔註42〕「人日」指農曆的正月初七。「古俗,正月初一至初七,每天各有所屬,一日為雞,二日為狗,三日為豬,四日為羊,五日為牛,六日為馬,七日為人」〔註43〕。前人在編次杜甫詩集時曾將高詩附於〈追酬故高蜀州人日見寄〉之後,黃鶴注云:「上元元年人日,杜公未有草堂,殆是二年人日所寄也。」〔註44〕即將高詩之繫年確定為上元二年正月七日。又據杜甫〈追酬故高蜀州人日見寄〉詩序所云,「開文書帙中,檢所遺忘,因得故高常侍適往居在成都時高任蜀州刺史〈人日相憶〉見寄詩,淚灑行間,讀終篇末,自枉詩已十餘年,莫記存沒又六七年矣。老病懷舊,生意可知。今海內忘形故人,獨漢中王瑀與昭州敬使君超先在,愛而不見,情見乎辭。大曆五年正月二十一日卻追酬高公此作,因寄王及敬弟」,可知高詩作於其刺蜀時。既然上元二年正月高適已在蜀州刺史任上寄詩杜甫,則其始任蜀州刺史時間必然更早,故而周譜將之繫在上元元年秋。但據以上考辨可知,高適不可能在上元二年秋前刺蜀,則高詩之具體繫年尚須略作修正。

杜甫〈追酬故高蜀州人日見寄〉序有「自枉詩已十餘年」之句,詩則作於大曆五年,即自大曆五年上推十年〔註45〕,當在上元二年左右,故黃鶴謂高詩

〔註42〕(清)彭定求:《全唐詩》,第2218頁。

〔註43〕孫欽善:《高適集校注》,上海古籍出版社1984年版,第264頁。

〔註44〕(清)仇兆鰲:《杜詩詳注》,中華書局2015年版,第2472頁。

〔註45〕按,「十餘年」,概數而已,不必實解。蕭滌非《杜甫全集校注》卷二〇〈追酬故高蜀州人日見寄〉:「此詩作於大曆五年(770)正月二十一日,而高適贈詩在上元二年(761)正月初七,前後整十個年頭,曰『十餘年』,乃約略言之。」(人民文學出版社2013年版,第5942頁。)鄧紹基《杜詩別解》:「人日為正月初七。注家都以為高詩作於上元二年人日,時已任蜀州刺史。……隨即發生一個問題。王維〈責躬薦弟表〉請求『賜弟散職,令在朝廷』,上元二年五月四日寫的〈謝弟縉新授左散騎常侍狀〉中說『自天之命,特出宸衷,塗地之心,難酬聖造』,肅宗的答詔也說『幸求獻替,久擇勛賢』,『鶺行並列,承明晚下;雁序同歸,乃眷家肥』。這三份文書(表、狀、詔)正好銜接,而從『新授』字樣,王縉由蜀州刺史而『趨侍玉墀』,似在上元二年四、五月間,高適接任當在這年四、五月後,那末,他的人日寄杜詩就不可能作於上元二年人日,因杜甫詩序明說高寫詩時係蜀州刺史。但如果判斷高詩作於上元二年的明年(寶應元年)的人日,又同杜詩詩序中『十餘年』不甚相合,從寶應元年到大曆五年,只有九個年頭。或者對這『十餘年』之說不得呆看,因即使高詩作於上元二年

作於上元二年是沒有大的問題的，不過未必即在正月七日人日，蓋以上元二年實有兩個人日：一為夏曆人日，一為周曆人日。

「我國封建社會基本上是以正月為歲首，也就是以建寅之月為歲首。但在這以前，並不都是以建寅之月為歲首。在春秋戰國時代，傳說有夏曆、殷曆、周曆不同的三種曆，其不同處在於歲首的月建不同，所以名為『三正』」，其中「夏曆以建寅之月為歲首，即以建寅之月為正月，今天我們的農曆仍是以建寅月為歲首，故又稱夏曆。殷曆以建丑之月為歲首，即以夏曆十二月為歲首。周曆以建子之月為歲首，即以夏曆十一月為歲首。周曆比殷曆早一個月，比夏曆早兩個月。殷曆比周曆晚一個月，比夏曆早一個月」〔註46〕。以上「三正」的月份及季節之對應關係如下：

月建	寅	卯	辰	巳	午	未	申	酉	戌	亥	子	丑
夏曆	春正月	春二月	春三月	夏四月	夏五月	夏六月	秋七月	秋八月	秋九月	冬十月	冬十一月	冬十二月
殷曆	春二月	春三月	夏四月	夏五月	夏六月	秋七月	秋八月	秋九月	冬十月	冬十一月	冬十二月	春正月
周曆	春三月	夏四月	夏五月	夏六月	秋七月	秋八月	秋九月	冬十月	冬十一月	冬十二月	春正月	春二月

太初元年（前104）五月，漢武帝「改正朔，定曆數」，使用夏曆，「一直到今天，已二千多年，仍是以建寅之月為歲首」〔註47〕。當然，其間並非無所更易，即以唐代（包括武周在內）論之，便有武則天與唐肅宗的先後兩次改曆，只是各自持續時間較為短暫而已。

永昌元年（689）十一月，「神皇」武則天「親享明堂，大赦天下。依周制建子月為正月，改永昌元年十一月為載初元年正月，十二月為臘月，改舊正月為一月，大酺三日。神皇自以『曌』字為名，遂改詔書為制書」〔註48〕。《唐大詔令集》卷四〈改元載初赦〉：「我國家創業，有意乎改正朔矣，所未改者，

人日，到大曆五年也只有十個年頭。」（中華書局1987年版，第97頁。）

〔註46〕劉乃和：〈中國歷史上的紀年〉（上），見《文獻》，1983年第3期，第242頁。

〔註47〕劉乃和：〈中國歷史上的紀年〉（上），第245頁。

〔註48〕（後晉）劉昫：《舊唐書》，第120頁。

蓋有由焉。高祖草創百度，因循隋氏；太宗緯地經天，日不暇給。高宗嗣曆，將弘丕訓，改作之事，屢發聖謨，言猶在耳，永懷無極。……是知夏之人統，不逮殷之地正；殷之地正，有殊周之天統。元命所苞，實在茲矣。周文稽古，制禮於成王之日；漢高握德，改元於武皇之代。則知文物大備，未遑於上葉；損益之道，諒屬於中平。朕所以遵式禮經，奉成先志。今推三統之次，國家得天統，當以建子月為正。考之群藝，厥義昭矣，宜以永昌元年十有一月為載初元年正月，十有二月改臘月，來年正月改為一月。」〔註49〕所謂「三統」猶言「三正」。《後漢書》卷四六〈陳寵傳〉:「三微成著，以通三統。周以天元，殷以地元，夏以人元。」李賢等注:「統者，統一歲之事。王者三正遞用，周環無窮，故曰通三統。《三禮義宗》曰:『三微，三正也。言十一月陽氣始施，萬物動於黃泉之下，微而未著，其色皆赤，赤者陽氣。故周以天正為歲，色尚赤，夜半為朔。十二月萬物始牙，色白，白者陰氣。故殷以地正為歲，色尚白，雞鳴為朔。十三月萬物始達，其色皆黑，人得加功以展其業。夏以人正為歲，色尚黑，平旦為朔。故曰三微。王者奉而成之，各法其一以改正朔也。』」〔註50〕按照「三統三正」理論，每一朝代之始，「故必徙居處、更稱號、改正朔、易服色者」〔註51〕。武則天將李唐所沿用的夏曆改為周曆，此為有唐一代首次改曆。聖曆三年（700）「冬十月甲寅，復舊正朔，改一月為正月，仍以為歲首，正月依舊為十一月，大赦天下」〔註52〕。自永昌元年至聖曆三年，改曆凡十一年。

而唐代另一次改曆在唐肅宗上元二年（761），是年「九月壬寅，大赦，去『乾元大聖光天文武孝感』號，去『上元』號，稱元年，以十一月為歲首，月以斗所建辰為名」〔註53〕，仍然是將夏曆改為周曆，故而《唐大詔令集》卷四〈去上元年號敕〉有謂「其以今年十一月為天正歲首」〔註54〕，《全唐文》卷三八七孤獨及〈送宇文協律赴西江序〉亦謂「復周正之年」〔註55〕，「天正」猶言「周正」。另外，杜甫〈草堂即事〉「荒村建子月」〔註56〕、〈戲贈友二首〉

〔註49〕（宋）宋敏求:《唐大詔令集》，商務印書館1959年版，第19頁。

〔註50〕（宋）范曄、（晉）司馬彪:《後漢書》，中華書局1965年版，第1551、1552頁。

〔註51〕（清）蘇輿:《春秋繁露義證》，中華書局1992年版，第18頁。

〔註52〕（後晉）劉昫:《舊唐書》，第129頁。

〔註53〕（宋）歐陽修、宋祁:《新唐書》，第164頁。

〔註54〕（宋）宋敏求:《唐大詔令集》，第23頁。

〔註55〕（清）董誥:《全唐文》，第3932頁。

〔註56〕謝思煒:《杜甫集校注》，上海古籍出版社2015年版，第1863頁。

「元年建巳月」〔註 57〕，均是改曆之後所作，「史筆森嚴」〔註 58〕，可謂實錄。不過，此次改曆僅持續了六個多月。唐肅宗元年建巳月「甲寅，聖皇天帝崩。乙丑，皇太子監國。大赦，改元年為寶應元年，復以正月為歲首，建巳月為四月」〔註 59〕。《唐大詔令集》卷三〇〈肅宗命皇太子監國制〉：「其元年宜改為寶應元年，建巳月改為四月，其餘月並依常數，仍舊以正月一日為歲首。」〔註 60〕

「在唐代，於十一月的冬至及正月元日，有百官會聚於朝廷，向皇帝祝賀冬至、新年到來的所謂『朝賀』之禮。朝賀後如備酒餚，則稱為『會』，與朝賀並稱為『朝會』。特別是元日的朝會被作為新年的儀式而備受重視，稱為『元會』」〔註 61〕。《舊唐書》卷四三〈職官志〉二：「凡元日，大陳設於含元殿，服袞冕臨軒，展宮懸之樂，陳歷代寶玉輿輅，備黃麾仗，二王後及百官朝集使、皇親，並朝服陪位。大會之日，陳設如初。凡冬至，大陳設如元正之儀。其異者，無諸州表奏祥瑞貢獻。」〔註 62〕而唐肅宗改曆之後，「單稱元年，月首去正、二、三之次，以『建』冠之」〔註 63〕，並無所謂「正月」，遑論「元日」、「元正」，但唐肅宗元年仍舉行了朝賀之禮。《冊府元龜》卷一〇七〈帝王部・朝會〉：「元年建子月壬午朔，帝御含元殿受朝賀。」〔註 64〕《資治通鑒》卷二二二唐肅宗上元二年條：「建子月，壬午朔，上受朝賀，如正旦儀。」胡三省注：「以其月為歲首也。」〔註 65〕唐肅宗以建子月為歲首，則其「元年建子月壬午朔」即相當於該年「元正」，於是循例「在該月的朔日舉行了與元日朝賀同樣的禮儀。當然，在次年 762 年正月（元年建寅月）無朝賀」〔註 66〕。官方既將「元年建子月壬午朔」視作該年「歲首」、「正旦」，所謂「歲後七日，其

〔註 57〕謝思煒：《杜甫集校注》，第 767、768 頁。

〔註 58〕（宋）黃徹：《䂬溪詩話》，見《歷代詩話續編》，中華書局 1983 年版，第 349 頁。

〔註 59〕（宋）歐陽修、宋祁：《新唐書》，第 164、165 頁。

〔註 60〕（宋）宋敏求：《唐大詔令集》，第 112 頁。

〔註 61〕金子修一：〈唐代長安的朝賀之禮〉，見《唐史論叢》，第 11 輯，三秦出版社 2008 年版，第 129 頁。

〔註 62〕（後晉）劉昫：《舊唐書》，第 1829 頁。

〔註 63〕（後晉）劉昫：《舊唐書》，第 1324～1325 頁。

〔註 64〕（宋）王欽若：《冊府元龜》，第 1167 頁。

〔註 65〕（宋）司馬光、（元）胡三省：《資治通鑒》，第 7117 頁。

〔註 66〕金子修一、小澤勇司：〈唐代後半期的朝賀之禮〉，見《唐史論叢》，第 12 輯，三秦出版社 2010 年版，第 4 頁。

名曰人」〔註67〕，民間自然應以建子月七日為人日。

如果高適刺蜀時間最早約在上元二年之秋，則其上元二年夏曆人日並無在蜀州寄詩杜甫之可能，則其詩繫年應在唐肅宗改曆之後的周曆人日，即相當於上元二年十一月七日。如是，方纔符合王縉與高適各自之仕履情況。周譜因未注意改元與改曆問題，誤解詩題，錯算繫年，在所難免，因為此類問題在唐代也曾出現。如唐睿宗昭成順聖皇后竇氏，「長壽二年（693），為戶婢團兒誣譖與肅明皇后厭蠱咒詛。正月二日，朝則天皇后於嘉豫殿，既退而同時遇害。梓宮秘密，莫知所在。睿宗即位，謚曰昭成皇后，招魂葬於都城之南，陵曰靖陵。又立廟於京師，號為儀坤廟。睿宗崩，后以帝母之重，追尊為皇太后，謚仍舊，祔葬橋陵，遷神主於太廟」〔註68〕。長壽二年正月二日，值武則天改曆期間，是為周曆，後人以之作為竇氏忌日，「復舊正朔」之後仍然，甚而至於「開元中猶循中宗行香之舊」〔註69〕。永貞元年（805）十二月，中書門下奏稱「昭成皇后竇氏，按國史長壽二年正月二日崩，其時緣則天臨御，用十一月建子為歲首。至中宗復舊用夏正，即正月行香，廢務日須改正，以十一月二日為忌」〔註70〕，沿誤一百餘年。

又據前列「三正」的月份及季節之對應關係表，「雖然月建不同，但夏、殷、周三曆的春夏秋冬四季的月份不變，都以正、二、三月為春季，四、五、六月為夏季，七、八、九月為秋季，十、十一、十二月為冬季。夏曆正月是春季，殷曆正月為夏曆的十二月，周曆正月為夏曆的十一月，都相當於夏曆的冬季，故如按月份說，季節的冷暖各不相同」〔註71〕。如謂高適〈人日寄杜二拾遺〉作於上元二年夏曆冬十一月，然其詩內「柳條弄色」、「梅花滿枝」之句，易於予人並非冬景而係春色之感，而疑其說之可能性。但據相關研究，唐代屬於「比較溫暖的時代」〔註72〕，而在植物物候方面，梅花「得氣最先，首出群卉」〔註73〕，

〔註67〕（宋）張耒：〈人日飲酒賦〉，見《全宋文》，第127冊，上海辭書出版社2006年版，第236頁。

〔註68〕（後晉）劉昫：《舊唐書》，第2176頁。

〔註69〕（清）朱彝尊：《曝書亭集》，見《清代詩文集彙編》，第116冊，上海古籍出版社2010年版，第431頁。

〔註70〕（宋）王溥：《唐會要》，上海古籍出版社2006年版，第524頁。

〔註71〕劉乃和：〈中國歷史上的紀年〉（上），第243頁。

〔註72〕竺可楨：〈中國近五千年來氣候變遷的初步研究〉，見《竺可楨全集》，第4卷，上海科技教育出版社2004年版，第444頁。

〔註73〕（明）張寧：《方洲先生集》，見《明別集叢刊》，第1輯，第49冊，黃山書社2013年版，第38頁。

柳樹「抽青早」〔註 74〕，故唐集內所載「早梅」、「早柳」甚而兩者並時出現的為數頗不少。例如《全唐詩》卷一五九孟浩然〈早梅〉：「園中有早梅，年例犯寒開。」〔註 75〕又卷三〇三劉商〈柳條歌送客〉：「露井夭桃春未到，遲日猶寒柳開早。」〔註 76〕又卷三〇九韋同則〈仲月賞花〉：「梅花似雪柳含煙，南地風光臘月前。」〔註 77〕又卷四一四元稹〈西歸絕句十二首〉之十二：「寒花帶雪滿山腰，著柳冰珠滿碧條。」〔註 78〕又卷五四八薛逢〈奉和僕射相公送東川李支使歸使府夏侯相公〉：「寒柳翠添微雨重，臘梅香綻細枝多。」〔註 79〕又卷六八〇韓偓〈梅花〉：「梅花不肯傍春光，自向深冬著艷陽。」〔註 80〕即以蜀地而論，春季回暖較快，冬季嚴寒較少，此據杜甫相關詩句可證。例如〈石櫃閣〉：「季冬日已長，山晚半天赤。蜀道多早花，江間饒奇石。」〔註 81〕又如〈通泉驛南去通泉縣十五里山水作〉：「冬溫蚊蚋在，人遠鳧鴨亂。」〔註 82〕又如〈重簡王明府〉：「甲子西南異，冬來只薄寒。」〔註 83〕又如〈江梅〉「梅蕊臘前破，梅花年後多。」〔註 84〕又如〈早花〉：「臘日巴江曲，山花已自開。」〔註 85〕另有〈和裴迪登蜀州東亭送客逢早梅見寄〉，「此詩題云『逢梅相憶見寄』，則是上元元年冬在成都作」〔註 86〕。即便上元二年冬十一月天氣未必好於上年同期，但回歸到高詩本身，「這篇詩前四句憶杜」〔註 87〕，所謂「人日題詩寄草堂，遙憐故人思故鄉。柳條弄色不忍見，梅花滿枝空斷腸」者也，其中「柳條」二句，承接上句「遙憐」而來，刻畫的是杜甫在人日的眼見心感，「柳條弄色」、「梅花滿枝」是為所見，「不忍見」、「空斷腸」是為所感。只不過這所見卻非實景，而其所感亦非實情，均是高適所臆造出來的，即在「高適想像

〔註 74〕竺可楨：《物候學》，見《竺可楨全集》，第 4 卷，第 496 頁。
〔註 75〕（清）彭定求：《全唐詩》，第 1629 頁。
〔註 76〕（清）彭定求：《全唐詩》，第 3450 頁。
〔註 77〕（清）彭定求：《全唐詩》，第 3494 頁。
〔註 78〕（清）彭定求：《全唐詩》，第 4584 頁。
〔註 79〕（清）彭定求：《全唐詩》，第 6333 頁。
〔註 80〕（清）彭定求：《全唐詩》，第 7792 頁。
〔註 81〕謝思煒：《杜甫集校注》，第 540 頁。
〔註 82〕謝思煒：《杜甫集校注》，第 697 頁。
〔註 83〕謝思煒：《杜甫集校注》，第 1796 頁。
〔註 84〕謝思煒：《杜甫集校注》，第 2619 頁。
〔註 85〕謝思煒：《杜甫集校注》，第 2827 頁。
〔註 86〕謝思煒：《杜甫集校注》，第 1802 頁。
〔註 87〕程千帆：《古詩今選》（上），見《程千帆全集》，第 10 卷，河北教育出版社 2000 年版，第 262 頁。

中」〔註88〕，杜甫之眼見及心感應當如是，不必坐實。

再次，王文認為陳鐵民〈王維年譜〉「以《佛祖歷代通載》卷十三之『上元辛丑，尚書左丞王維卒』為據，認為王維之卒為上元二年者，亦乃不的。這是因為，這一記載一則無任何材料可以佐證，另則對《佛祖歷代通載》的材料來源所為何籍，〈年譜〉並未作隻字考察與說明，又焉可對一句述說之辭信而不疑呢？更何況這一述說之辭已將王維所任之尚書右丞誤為『尚書左丞』，而此誤的存在表明，《佛祖歷代通載》的記載是既粗率又不可靠的」〔註89〕。

按，陳垣《中國佛教史籍概論》卷六：「《佛祖通載》二十二卷，元釋念常撰。此書全名《佛祖歷代通載》。清四庫著錄。……本書為編年體。先是有隆興府石室沙門祖琇撰《僧寶正續傳》，又撰《隆興佛教編年通論》廿八卷，附一卷。始自漢明帝，終於五代。曰隆興者，作書之時地；曰佛教者，書之內容；曰編年者，書之體制；曰通論者，每條之後，多附以論斷也。其書採摭佛教碑碣及諸大家之文頗備。編纂有法，敘論嫻雅，不類俗僧所為，然不甚見稱於世，遂為《佛祖通載》所掩襲。今《通載》前數卷，二十八祖悉抄《景德傳燈錄》，自漢明帝至五代十餘卷，悉抄《隆興通論》，其所自纂者，僅宋元二代耳。其抄《通論》，不獨史料抄之，即敘論亦抄之。……至其自纂一部分，體例亦多可議。《通論》編年，悉依『正史』本紀之法，《通載》則改之，只以甲子二字標題，而不盡著年號及年數，每條起始，多以『某月』或『是歲』等字冠之。欲知其事在何年，輒翻數葉或十數葉而未得其確數，此本書之大病也」〔註90〕。據此，《佛祖歷代通載》內載有王維卒年之「自漢明帝至五代十餘卷」，乃係「悉抄《隆興通論》」而來，即其「材料來源」為此。惟檢《隆興佛教編年通論》卷一七所載之「上元元年，尚書左丞王維卒」〔註91〕，實記王維卒於「上元元年」，而非《佛祖歷代通載》所載「上元辛丑」（上元二年）。惟考量到《隆興通論》、《佛祖通載》兩者頗有源流關係，加以前者編年「悉依『正史』本紀之法」而後者則改之，「只以甲子二字標題，而不盡著年號及年數」，故疑後者所載「上元辛丑」當係標題時之手誤，即將上年（上元元年）之事竄入翌年（上元二年）之內。當然，此處亦不排除《佛祖通載》所改別有所據之可能性，只

〔註88〕程千帆：《古詩今選》（上），第261頁。

〔註89〕王輝斌：〈王維生卒年陳說質疑〉，第24頁。

〔註90〕陳垣：《中國佛教史籍概論》，見《陳垣全集》，第17冊，安徽大學出版社2009年版，第635、636～637頁。

〔註91〕（宋）釋祖琇：《隆興佛教編年通論》，見《卍續藏經》，第130冊，第592頁。

是目前尚無蛛絲馬迹可予支撐，故以前一種可能性為更宜。至於《隆興通論》所載「上元元年」之說，當襲《新唐書》本傳「上元初卒」之語。如以王維集內上元二年所作詩文（例如〈河南嚴尹弟見宿弊廬訪別人賦十韻〉、〈送元中丞轉運江淮〉）參證，可知史載「上元初卒」即上元二年卒。蓋以「上元」年號只有兩年，故而《隆興通論》誤斷「上元初」為上元元年了。不過，通過以上梳理，已然發現《佛祖通載》抄改《隆興通論》而《隆興通論》抄改《新唐書》本傳，雖其所改或均出於錯會誤解，但歸根結底上兩者係以史傳為其史源，故亦不可謂之全非，此為對待古人記載應該持有的一種審慎態度。王文未追尋其源流，即以「焉可對一句述說之辭信而不疑呢」否之，似太輕率而武斷了。另如「尚書右丞」之作「尚書左丞」，顯係抄刻舛誤，此據《新唐書》卷七二中〈宰相世系表〉一二中「河東王氏」條所作「維字摩詰，尚書左丞」〔註92〕可證，不煩詳辨。

〔註92〕（宋）歐陽修、宋祁：《新唐書》，第2642頁。

王維行實證偽

王維行實，兩唐書本傳之記載已備大體，而趙殿成〈右丞年譜〉、陳鐵民〈王維年譜〉又據王維詩文以及其他史籍為之拾遺補闕，間或正誤糾偏，業已臻於詳實。《舊唐書》卷一九〇下〈王維傳〉:「代宗時，縉為宰相，代宗好文，常謂縉曰:『卿之伯氏，天寶中詩名冠代，朕嘗於諸王座聞其樂章。今有多少文集，卿可進來。』縉曰:『臣兄開元中詩百千餘篇，天寶事後，十不存一。比於中外親故間相與編綴，都得四百餘篇。』翌日上之，帝優詔褒賞。」〔註1〕經歷安史亂後，王維「開元中詩百千餘篇」多有亡佚，「十不存一」，加以「為詩人作年譜者，蓋以次第其出處之歲月，略見其為文之時，得以考其辭力，少壯老之不同，有如此耳。然參伍考訂，以驗其說，往往先後牴牾，時月踳駮，多不能盡善。又其甚者，年經月緯，拾取其一字一句之間，而支離其說，以強麗為某年所作，尤不可解」〔註2〕，故有學者以為兩譜所考開元時之行實多疑滯，王維此間尚有轉官吳越（主要指越，即今浙江）一事。首倡其說者為譚優學〈王維生平事迹再探〉，後王輝斌〈王維轉官吳越考略〉則在譚文基礎之上有所推繹，且云「譚文由對王維集中〈宿鄭州〉、〈淮陰夜宿〉等詩的箋釋，以及結合有關材料進行考察後首次提出的『轉官吳越』說，實在是對王維生平研究的一大貢獻，因為這一『再探』成果表明，王維在開元年間確曾自北國而南下遊吳越一次，其學術價值之大，乃是不言自喻的」，而且「它的存在，不僅表明了王維確曾『寓家於越』與『浪迹水鄉』，而且也反映了王維在開元年

〔註1〕（後晉）劉昫:《舊唐書》，中華書局1975年版，第5053頁。

〔註2〕（清）趙殿成:《王右丞集箋注》，上海古籍出版社1984年版，第548頁。

間的思想變化，以及他以詩人兼畫師的雙重身份對江南秀美山川的贊美之情」〔註3〕，但稽之於史籍，實不如是。

譚文所謂「轉官」只是在肯定了「王維在開元年間確曾自北國而南下遊吳越一次」之後所作臆測，並無實據〔註4〕，無足論者，故問題只在於王維行止是否到過吳越一帶。對此，莊申《王維研究》已著先鞭，不僅認為王維曾有吳越之行，且謂之為「越東探親」，其云「王維在開元十四年，辭掉濟州司倉參軍的官職後，隱於河南嵩山。但就現存史料看來，在他離開濟州以後與退隱嵩山之前，似曾有越東之行。他的這一行旅的時、地、因，也都斑斑可考。但近千年來，王維的越東之行，卻從未被發現。……此行是在開元十四年或次年的秋天。促成這次遠行的原因，是利用辭官之後的自由身，探視幼弟與雙妹」〔註5〕，而其以證王維「越東探親」之據則為王維集中〈別弟妹二首〉、〈休假還舊業便使〉、〈淮陰夜宿二首〉諸詩，詩中有涉及與吳越相關之語，諸如「宛作越人語，殊甘水鄉食」、「夜入丹陽郡，天高氣象秋」、「孤行舟已倦，南越尚茫茫」等等。

然而〈別弟妹二首〉、〈休假還舊業便使〉三詩，《唐詩紀事》卷二六以之為盧象所作，總題〈自江東止田園移莊慶會未幾歸汶上小弟幼妹尤悲其別賦詩〉〔註6〕。至於《全唐詩》之內，則重見王維及盧象名下，盧詩題作〈八月十五日象自江東止田園移莊慶會未幾歸汶上小弟幼妹尤嗟其別兼賦是詩三首〉。趙殿成《王右丞集箋注》指出「考右丞本傳及他書，未有言其寓家於越、浪迹水鄉者。『宛作』二語，合之盧象江東之說，乃為得之。讀者試辨焉」〔註7〕。聞一多《全唐詩辨證》認為盧詩三首「第一首曰：『衰柳日肖條，秋光清邑里。』與題中『八月十五日』合，第三首曰：『宛作越人言。』與題『自江東』合。

〔註3〕王輝斌：〈王維轉官吳越考略〉，見氏著《唐代詩人探賾》，貴州人民出版社2005年版，第58、57頁。

〔註4〕譚優學〈王維生平事迹再探〉：「試看王維的〈宿鄭州〉（卷四）：『朝與周人辭，暮投鄭人宿。他鄉絕儔侶，孤客親僮僕。宛洛望不見，秋霖晦平陸。……明當渡京水，昨晚猶金谷。此去欲何言，窮邊徇微祿。』一般把它看成貶赴濟州之作。但從內容上看不出謫宦的情緒，而且濟州在今濟南市西南，也不好說是『窮邊』。看似從洛陽出發（『周人』、『金谷』）有可能是去吳越。……似乎他從濟州曾轉官吳越，末秩下吏，故有『窮邊徇微祿』之歎。」（見氏著《唐詩人行年考續編》，巴蜀書社1987年版，第70頁。）

〔註5〕莊申：《王維研究》，香港萬有圖書公司1971年版，第62、65頁。

〔註6〕（宋）計有功：《唐詩紀事》，上海古籍出版社1987年版，第388頁。

〔註7〕（清）趙殿成：《王右丞集箋注》，第60頁。

疑三首俱是盧詩，元刊本始誤入王集，《唐詩紀事》二十六正作盧象」〔註 8〕。

陳鐵民〈王維詩真偽考〉則進一步指出「王維蒲州人，少時隨其母居於蒲，後移家長安，確乎未嘗『寓家於越』。〈八月十五日象自江東……〉其一云：『謝病始告歸，依然入桑梓。家人皆佇立，相候衡門裡。疇類皆長年，成人舊童子。上堂家慶畢，願與親姻邇。……入門乍如客，休騎非便止。中飯顧王程，離憂從此始。』告歸，謂請假而歸；王程，指官家規定的期限。細玩詩意，可知是時盧象在汶上（汶水之上，汶水即今山東省大汶河）為官，謝病告假歸江東探親，不久復返汶上。《唐才子傳》卷二：『（盧）象字緯卿……攜家來居江東最久。』……三詩所云，與盧象之行止頗相合，故其作者當以作盧象為是」〔註 9〕；〈淮陰夜宿二首〉雖然「載於奇字齋本外編，且注云：『宋本作公詩。』然宋蜀本、述古堂本實無此……其他各本亦皆未載」，其復見於「唐《孫逖集》，《文苑英華》、《全唐詩》亦均作逖詩。按，《舊唐書．孫逖傳》曰：『開元初，應哲人奇士舉，授山陰尉。』逖嘗官山陰（唐越州治所，今浙江紹興）尉，集中有不少越中詩。……（〈淮陰夜宿二首〉）詩中明言將赴越，且寫秋景，又有『思洛』之意，無疑當是逖入越途中經淮陰（今江蘇淮陰西南）時所作」〔註 10〕。既然〈別弟妹二首〉、〈休假還舊業便使〉、〈淮陰夜宿二首〉諸詩均非王維所作，莊文所考「越東探親」或者行止曾至吳越自非信事。

譚文所持理據大致不出上引諸詩之外，明顯屬於盲從誤考，然其尚有一條可證「王維不但到過浙江雲門，還留下了詩句」〔註 11〕之新史料：「筆者多年前偶然讀宋末元初人鄧牧所著《伯牙琴》（侯外廬氏作序）中的〈自陶山遊雲門〉，其中有這麼一段：『涉溪水，有亭榜曰『雲門山』。山為唐僧靈一、靈澈居。蕭翼、崔顥、王維、孟浩然、李白、孟郊來遊，悉有題句。遐想其一觴一詠，固亦如我輩今日，斯人皆歸盡也。所直（遙見）秦望山，為始皇東遊處。』雲門山在越州（今浙江紹興市）城南，寺在山中，即以山名寺。山下的水就是有名的若耶溪。……鄧牧所舉唐代詩僧、名士八人，七人來遊都鑿鑿有據，就

〔註 8〕聞一多：《全唐詩辨證》，見《聞一多全集》，第 7 卷，湖北人民出版社 2004 年版，第 545 頁。

〔註 9〕陳鐵民：〈王維詩真偽考〉，見氏著《王維論稿》，人民文學出版社 2006 年版，第 353～354 頁。

〔註 10〕陳鐵民：〈王維詩真偽考〉，第 360 頁。

〔註 11〕史雙元：〈王維漫遊江南考述〉，見《南京師範大學學報》，1985 年第 4 期，第 56 頁。

不容王維之來遊不真」〔註12〕。不過，鄧牧〈自陶山遊雲門〉所載終究屬於外證，並未齒及王維「題句」為何，倘能在其集中尋出此一內證，再作研判，想來王維是否到過吳越必能趨向於明朗化。

今檢孔延之《會稽掇英總集》卷七：「若耶溪，在會稽東南。……遊雲門寺者，必經是溪。……〈宿道一上方院〉，王維：『一公棲太白，高頂出雲煙。梵流諸洞遍，花雨一峰偏。迹為無心隱，名因立教傳。鳥來還語法，客去更安禪。晝涉松路盡，暮投蘭若邊。洞房隱深竹，靜夜聞遙泉。向是雲霞裡，今成枕席前。豈唯暫留宿，服來將窮年。』」〔註13〕所引王詩亦為高似孫《剡錄》卷六著錄，目為「詩中有及剡者」，惟文字有小異，「松路」作「松溪」、「服來」作「服事」〔註14〕。《會稽掇英總集》作為「越中第一部文學總集」〔註15〕，「延之以會稽山水人物，著美前世，而紀錄賦詠，多所散佚。因博加搜採，旁及碑版石刻，自漢迄宋，凡得銘誌歌詩等八百五篇。輯為二十卷，各有類目。……所錄詩文，大都由搜巖剔藪而得之，故多出名人集本之外，為世所罕見。……其蒐訪之勤，可謂有功於文獻矣」〔註16〕。《剡錄》則為「嵊縣十一部縣志中之第一部」〔註17〕，「凡山川城池、版圖官治、人傑地靈、佛廬仙館、詩經畫史、草木禽魚，無所不載」〔註18〕，「徵引極為該洽，唐以前佚事遺文，頗賴以存。……統核全書，皆序述有法，簡潔古雅，迴在後來武功諸志之上，殊不見其怪澀可笑」〔註19〕。《會稽掇英總集》編就於「熙寧壬子」即熙寧五年（1072），《剡錄》刊刻於「宋嘉定八年（1215）歲次乙亥」，晚於前者百餘年。但從兩者所載王詩文字之異來看，《剡錄》似非襲從《會稽掇英總集》之載，惟其先後將王詩著錄在「若耶溪」、「雲門寺」條下，即以王詩所寫者乃「越中」、「剡中」風物，則甚一致，而此正與〈自陶山遊雲門〉所云「雲門山……王維……來遊……有題句」相合。《伯牙琴》卷末〈鄧文行先生傳〉：

〔註12〕譚優學：〈王維生平事迹再探〉，第65、66頁。

〔註13〕（宋）孔延之：《會稽掇英總集》，清道光元年（1821）山陰杜氏浣花宗塾刻本。

〔註14〕（宋）高似孫：《剡錄》，見《宋元方志叢刊》，中華書局1990年版，第7236頁。

〔註15〕鄒志方：〈越中第一部文學總集——讀《會稽掇英總集》〉，見《海峽兩岸越文化研究》，人民出版社2005年版，第263頁。

〔註16〕（清）愛新覺羅．永瑢：《四庫全書總目》，中華書局1965年版，第1694頁。

〔註17〕張秀民：〈《剡錄》跋〉，見《文獻》，1986年第3期，第105頁。

〔註18〕（宋）高似孫：《剡錄》，第7195頁。

〔註19〕（清）愛新覺羅．永瑢：《四庫全書總目》，第599頁。

「鄧牧，字牧心，家世錢塘。……大德丙午正月八日，葉公坐蛻，公誌其墓，踰半月，亦無疾而化，信然，瘞劍履石室洞下，壽六十。……眾稱曰文行先生。」〔註20〕大德丙午即大德十年(1306)，逆溯鄧牧一歲時在淳祐七年(1247)，已甚後於《會稽掇英總集》、《剡錄》編撰或刊刻之時，則其所云王維「題句」應當襲自《會稽掇英總集》或者《剡錄》無疑。這樣一來，判定王維與吳越之關係也就具體落實到了王詩之上，亦即，倘若王詩乃其在會稽所作，則其行止曾至吳越一帶也就自不待言，轉官吳越之事亦隨之而成為可能。

然事實上，王詩並不作於會稽，此據詩內「太白」一語可知，趙殿成注：「《水經注》:『地理志曰：縣有太一山。古文以為終南，杜預以為中南也。亦曰太白山，在武功縣南，去長安二百里，不知其高幾何。俗云：武功太白，去天三百。杜彥達曰：太白山南連武功山，於諸山最為秀傑，冬夏積雪，望之皓然。』《太平寰宇記》:『太白山在鳳翔府郿縣東南五十里。』《一統志》:『太白山在西安府武功縣南九十里。』」〔註21〕可見王詩所謂「太白」為陝西郿縣之太白山，此與王維行止相契，故陳鐵民注因襲之，且將之繫在開元廿九年條下，並謂「此詩言已登上太白，宿於道一寺中，又稱已將在此長期服事道一，或是時維正隱居終南（太白屬終南山的一部分），故有此語」〔註22〕。推想《會稽掇英總集》、《剡錄》徑將王詩作為「雲門寺律詩」、「詩中有及剡者採焉」之由，或在於誤解了王詩「太白」之所指者。

《剡錄》卷二:「然剡山之奇深重複，皆聚乎西。其西曰太白山、小白山，峻極崔嵬，吐雲含景，趙廣信所仙也。雙石筍對立如闕，有趙廣信丹井。瀑泉怒飛，清波崖谷，稱瀑布嶺。宋褚伯玉嘗隱茲峰（……土人亦稱西白山）。在東白山立嘯猿亭、疏山軒。在西白山有一禪師道場、二禪師道場。」〔註23〕知會稽有太白山。據孔延之《會稽掇英總集序》:「會稽稱名區，自《周官》、《國語》、《史記》，其衣冠文物、紀錄賦詠之盛，則自東晉而下，風亭月榭，僧藍道館，一雲一鳥，一草一木，覼縷而曲盡者。自唐迄今，名卿碩才，毫起櫛比，碑銘頌誌，長歌短引，究其所作，宜以萬計。而時移代變，風摩雨剝，見於今者蓋亦僅有。……故自到官，申命吏卒，遍走巖穴，且捃之編籍，詢之好事，

〔註20〕（宋）鄧牧：《伯牙琴》，中華書局1959年版，第46～47頁。
〔註21〕（清）趙殿成：《王右丞集箋注》，第210頁。
〔註22〕陳鐵民：《王維集校注》(修訂本)，中華書局2018年版，第214頁。
〔註23〕（宋）高似孫：《剡錄》，第7210頁。

自太史所載至熙寧以來，其所謂銘誌歌詠，得八百五篇，為二十卷。」是其編撰之目的實與地志無實質性的差異。而撰地志之人為求誇飾鄉里、攀附人文，常不加深考地將名人詩文與地方山川聯繫起來，張冠李戴之例不勝枚舉。例如：

（一）崇禎《吳縣志》卷二五〈僧坊〉：「吳境占勝幽奇，歷代高衲率寓迹，開創精藍，紀載最繁，悉宜核志。……寒山禪寺在閶門西十里楓橋下，不詳所始。舊名妙利普明塔院，宋太平興國間，節度使孫承祐建浮圖七成，嘉祐中，改普明禪院，然唐人已稱寒山寺矣。相傳寒山、拾得嘗止此，故名，然不可考也。……韋應物〈宿寒山寺留題〉：『心絕去來緣，迹住人間世。獨尋秋草徑，夜宿寒山寺。今日郡齋閒，思問楞嚴字。』」〔註24〕以韋詩所寫為蘇州寒山寺。其詩見於《韋蘇州集》卷三，題作〈寄恒璨〉，「迹住」作「迹斷」，「楞嚴」作「楞伽」，而陶敏注：「詩建中四年秋在滁州作。恒璨，即集中〈宿永陽寄璨律師〉中之璨律師，為滁州僧人。」〔註25〕又孫望注：「按此詩之『寒山』，蓋謂有寒意之山，『寺』，即指西山寺（琅琊寺）；『獨尋秋草徑，夜宿寒山寺』，屬釋子恒璨之事，乃應物想當然之詞。然《古今圖書集成》以為此係蘇州之寒山寺，遂列此詩於〈方輿彙編．職方典〉第六百七十卷蘇州部之下，誤矣。又聞人倓《古詩箋》亦選箋此詩，引《一統志》謂寒山寺在蘇州府城西十里云云，亦誤。」〔註26〕可見韋詩所寫乃滁州琅琊寺，非蘇州寒山寺〔註27〕，地志蓋望文而誤收。

〔註24〕崇禎《吳縣志》，見《天一閣藏明代方志選刊續編》，第17冊，上海書店出版社1990年版，第255、258～259、272頁。

〔註25〕陶敏、王友勝：《韋應物集校注》，上海古籍出版社1998年版，第161頁。

〔註26〕孫望：《韋應物詩集繫年校箋》，中華書局2002年版，第340頁。

〔註27〕何劍平〈論韋應物的詩歌創作與《楞伽經》之關係〉：「中唐著名詩人韋應物也與《楞伽經》關係密切。《韋蘇州集》（四部叢刊本）中有〈寄恒璨〉一詩，值得我們關注，詩云：『心絕去來緣，迹順人間事。獨尋秋草徑，夜宿寒山寺。今日郡齋閒，思問楞伽字。』這首詩是韋應物寫給一位名叫恒璨的僧人的作品。除了這篇之外，韋集中還有四篇寫給恒璨上人的詩：〈偶入西齋院示釋子恒璨〉、〈寄璨師〉、〈簡恒璨〉、〈宿永陽寄璨律師〉（皆卷三）。這是韋集中寫給僧人贈詩最多的，於此足見二人交誼之深。那麼，釋恒璨是何方僧人？……上列韋應物寫給釋恒璨有一首詩的詩題明確標示為『宿永陽』，據《新唐書》卷四一〈地理志〉五，淮南道有滁州永陽郡，所屬縣有三，即清流、全椒、永陽。『宿永陽』，即指永陽郡，由此可知，這些詩皆作於滁州刺史任，此其一。其二，釋恒璨，乃滁州律僧，居於琅邪寺之西齋院。其三，恒璨精於《楞伽經》，韋應物於公務閒暇時常與之相期問法。」（見《文學遺產》，2011年第2期，第46頁。）

（二）咸淳《臨安志》卷七六〈寺觀〉二：「梵天寺，乾德中，錢氏建，舊名南塔。治平中，改賜今額。中興後，僅存小寺，今地近有塔幢者皆故基也。……東坡〈寒食遊南塔寺寂照堂〉云：『城南鐘鼓鬬清新，端為投荒洗瘴塵。總是鏡空堂上客，誰為寂照境中人。紅稀掃去風驚曉，綠葉成陰雨洗春。記取明年作寒食，杏花曾與此翁鄰。』」〔註 28〕所引蘇詩見於《蘇軾詩集》卷四五，題作〈寒食與器之遊南塔寺寂照堂〉〔註 29〕。據卷首之王文誥注，此卷「起徽宗建中靖國元年辛巳，正月度嶺至虔州，四月抵當塗，五月自金陵過儀真，六月歸毘陵，請老，以本官致仕，止七月作」〔註 30〕，知此卷所載諸詩乃蘇軾自嶺南北歸時作。蘇詩既有「寒食」之語，則必作於自虔州至當塗途中，而南塔寺之所在亦在其間，按之光緒《吉安府志》卷八〈建置志〉所云「南塔寺在水府廟之南。有塔，吳赤烏二年建。宋黃庭堅、蘇軾有詩。……蘇詩云：『城南鐘鼓鬬清新……』」〔註 31〕正合，亦即蘇詩所齒及的南塔寺應在吉安，而非臨安，《臨安志》失考而誤收之。

（三）萬曆《杭州府志》卷九七〈寺觀〉一：「開寶仁王寺在七寶山。……薩天錫〈登橫山閣〉詩：『千尺青蓮座，煙霞擁地靈。山川幾緉屐，日月兩浮萍。鳥度天垂海，龍歸水在瓶。深堂說法處，應有石頭聽。』」〔註 32〕以此所載薩詩按之《雁門集》卷一〇，其題乃作〈登烏石山仁王寺橫山閣〉，薩龍光注：「王應山《閩都記》：仁王寺，晉天福三年閩連重遇建，初名道清天王院，後改今名。有雨花閣、橫山樓。《名勝志》：寺在神光寺西。《福州府志》：在侯官縣右三坊。謹案，此詩《榕陰新檢》及《福建通志》、《福州府志》並載之，而《杭州府志・寺觀部》亦採此詩，題作『開寶仁王寺』，誤也。」〔註 33〕是薩詩所云者乃福州仁王寺，而非杭州仁王寺，《杭州府志》掠美誤收。

此類誤例尚多，不煩覼舉。胡震亨《唐音癸籤》卷三三謂「諸書中惟地志一類載詩為多，顧所載每詳於今而略於古。或以今人詩冒古人名，又或改古人詩題，以就其地。甚有並其詩句亦稍加潤色者。以故詩之偽不可信者，十

〔註 28〕咸淳《臨安志》，見《宋元方志叢刊》，第 4044 頁。

〔註 29〕（宋）蘇軾、（清）王文誥：《蘇軾詩集》，中華書局 1982 年版，第 2446 頁。

〔註 30〕（宋）蘇軾、（清）王文誥：《蘇軾詩集》，第 2423 頁。

〔註 31〕光緒《吉安府志》，見《中國方志叢書》，第 251 號，成文出版社有限公司 1975 年版，第 319 頁。

〔註 32〕萬曆《杭州府志》，見《中國方志叢書》，第 524 號，成文出版社有限公司 1983 年版，第 5359～5360 頁。

〔註 33〕（元）薩都拉：《雁門集》，上海古籍出版社 1982 年版，第 258 頁。

居七八」〔註 34〕。即以王詩而論，《古今圖書集成·方輿彙編·山川典》卷一一四〈雲門山部〉〔註 35〕、道光《會稽縣志稿》卷二三〈外志〉「雲門廣孝寺」條〔註 36〕，均將詩題徑直改作〈宿雲門上方道一上人院〉，則謂之為「改古人詩題，以就其地」當不為過。

且宋前人多稱會稽太白山為「東白山」、「西白山」，而非「太白山」、「小白山」，陸羽《茶經》卷八所云「浙東以越州上，明州、婺州次。明州鄮縣生榆筴村，婺州東陽縣東白山，與荊州同」可證。即以宋人而言亦然，例如《剡錄》卷二所引仲皎〈遊西白山一禪師二禪師道場〉「勝景東西白，高僧一二禪」以及〈題西白山觀雪〉「西白名山處，那堪帶雪觀」〔註 37〕等等。嘉泰《會稽志》卷九：「東白山在縣東九十里，一名太白峰，連跨三邑，其在剡曰西白，在東陽曰北白。」〔註 38〕或許正是因為會稽太白山「連跨三邑」，其名各異，故而鮮有直以「太白山」相稱之例，何況會稽「太白山」應以「大白山」為是，前揭《會稽志》卷九即作「大白山」、「小白山」〔註 39〕，蓋其既云「小白山」，自然該當「大」、「小」對舉，「太白山」、「小白山」之謂殊嫌不辭，寶應《四明志》卷一二〈鄞縣志〉一亦云「太白山，縣東六十里，視諸山為最高。……又曰近有小白嶺，故此為大白，非太白也」〔註 40〕。而顧祖禹《讀史方輿紀要》亦從此說，其卷九二〈浙江〉四：「大白山，縣西七十里。絕高者為大白，次為小白，面東者為西白，面西者為東白，入東陽縣界者為北白。《剡錄》云：『山峻極崔嵬，吐雲納景，瀑布懸流，清被巖谷，仙茗生焉。』一名白石山。」〔註 41〕又卷九三〈浙江〉五：「東白山，縣東北八十里。志云：山高七百三十丈，周五十里，峰巒層疊，與會稽、天台諸山相連屬，中有水流入東陽溪。其西南有西白山，高四百五十丈，與東白相峙。《嵊志》云：『東陽有北白山，蓋即大白山也，隨地異名耳。』又有嵬山，亦與大白相接。」〔註 42〕

〔註 34〕（明）胡震亨：《唐音癸籤》，見《全明詩話》，第 5 冊，齊魯書社 2005 年版，第 3830 頁。

〔註 35〕（清）陳夢雷：《古今圖書集成》，第 37 冊，廣陵書社 2011 年版，第 73 頁。

〔註 36〕道光：《會稽縣志稿》，見《中國方志叢書》，第 551 號，成文出版社有限公司 1983 年版，第 882 頁。

〔註 37〕（宋）高似孫：《剡錄》，第 7210 頁。

〔註 38〕嘉泰《會稽志》，見《宋元方志叢刊》，第 6869 頁。

〔註 39〕嘉泰《會稽志》，第 6867 頁。

〔註 40〕寶慶《四明志》，見《宋元方志叢刊》，第 5146 頁。

〔註 41〕（清）顧祖禹：《讀史方輿紀要》，中華書局 2005 年版，第 4232 頁。

〔註 42〕（清）顧祖禹：《讀史方輿紀要》，第 4296 頁。

既然王詩並非「雲門寺律詩」或者「有及剡者」,《會稽掇英總集》、《剡錄》、《伯牙琴》三者據之認為王維曾經遊越自不可信,譚文再據以考證王維轉官吳越更屬以訛傳訛。而王文為使譚文之說更為可信,便在譚文基礎上補充了一條史料:「清季光緒刻本《黃巖縣志》卷九〈建置·叢祠〉『福祐廟』條下,收錄明萬曆年間袁應祺在黃巖任縣令時撰寫的一篇〈重建福祐廟記〉,頗資參考。是文有云:『黃巖縣治西,古有福祐廟,祀唐右丞尚書王侯。侯諱維,號摩詰,長安藍田人也,登開元進士第。其得祀於茲者,唐元和間……遂寄籍奉侯。』文中記載,黃巖縣以廟祀王維者,乃始於唐元和年間,時距王維去世僅四十餘年。又,該縣志著錄黃宗羲〈宿黃巖〉詩云:『臨海饒風物,旅情亦漸移。朱欒催客餉,方石野僧遺。村酒成紅麯,山肴脯柿狸。明朝直令節,社鼓賽王維。』這一文一詩,所表明的是王維當曾到過黃巖無疑。按黃巖縣即唐初永甯縣,武則天天授元年改是名。……其治所即今浙江台州黃巖區。」〔註 43〕

王文引黃宗羲之詩未載《黃巖縣志》,見於《南雷詩曆》卷一,題作〈寓黃巖〉,「催客」當作「山客」,並附注云「縣有王維廟」〔註 44〕。因黃巖縣有廟祭祀王維,王文即謂王維行止當曾至於此間,中間似乎缺少必要之邏輯論證。且複核所謂袁應祺〈重建福祐廟記〉(實則原文無題),其有一段為王文所刪省者:「唐元和間,婺源令陳英夫攜侯香火道永甯江,舟幾覆,賴侯拯得全,遂寄籍奉侯。侯靈顯,凡災祲水旱,有求必應,士民建廟祀之。」〔註 45〕可見黃巖之祀王維,蓋其「靈顯,凡災祲水旱,有求必應」而已,實與王維行止無關。對於此載,王文視而不見或見而不引,似難免於「隱匿證據或曲解證據,皆認為不德」〔註 46〕之嫌。另據《黃巖縣志》卷三九〈遺聞〉:「舊志云:『福祐廟神為尚書右丞王維,邑人稱為總帥神,每降筆賦詩,多麗句,闔郡士大夫咸有贈章。』……案《三台詩話稿》:『右丞足迹未至台,而黃巖西城祀之,香火至盛,且冠幞頭,稱總帥,以武職易文階,尤異之異也。』」〔註 47〕更見前人亦非王維足迹至越之說。其實,王文所補史料乃轉引自李亮偉〈浙江黃巖王

〔註 43〕王輝斌:〈王維轉官吳越考略〉,第 66 頁。

〔註 44〕(明)黃宗羲:《南雷詩曆》,見《黃宗羲全集》,第 21 冊,浙江古籍出版社 2012 年版,第 792 頁。

〔註 45〕光緒《黃巖縣志》,見《中國方志叢書》,第 211 號,成文出版社有限公司 1975 年版,第 710 頁。

〔註 46〕梁啟超:《清代學術概論》,中華書局 2020 年版,第 83 頁。

〔註 47〕光緒《黃巖縣志》,第 3057、3058 頁。

維廟考辨〉，李文認為「浙江黃巖曾長期有王維廟存在是事實，但就目前據有的材料，還看不出與王維生平行蹤有何聯繫。因學術界關於王維是否到過浙江，是有不同看法的，今本文關於黃巖曾有王維廟的事實一經披露，可能有人會詢問或聯想到黃巖的王維廟與王維生平行蹤是否有關。……然而王維集中現存所謂明確涉足越地的詩，難於斷為屬於王維。……更沒有材料證明王維曾到過黃巖，上引光緒《黃巖縣志》中亦明確有『右丞足迹未至台，而黃巖西城祀之……』語。因此，就現有材料看，浙江黃巖有王維廟，與王維生平行蹤無關」〔註48〕，可見李文針對黃巖王維廟有一基本判斷，即其與王維生平事迹無關。王文參考李文，但引其史料來用，而棄其結論不提，已與嚴謹之學風相違背，而其所考之不實亦不待言。

〔註48〕李亮偉：〈浙江黃巖王維廟考辨〉，見《浙江學刊》，2003年第6期，第197頁。

王維集異文釋例

王維乃唐詩大宗匠之一，亦為盛唐詩名之冠首者，其詩「榮光外映，秀色內含，端凝而不露骨，超逸而不使氣，神味綿渺，為詩之極則，故當時號為『詩聖』」〔註1〕，李白、杜甫均難與之頡頏〔註2〕。其後之名望雖讓挹與李、杜，實亦不失「三分鼎足」〔註3〕之勢，「唐無李、杜，摩詰便應首推」〔註4〕，故王維之詩甚有細玩之意義與深究之價值。錢謙益《牧齋初學集》卷八三〈跋王右丞集〉云：「《文苑英華》載王右丞詩，多與今行槧本小異。如『松下清齋折露葵』，清齋作行齋；『種松皆作老龍鱗』，作『種松皆老作龍鱗』。並以《英華》為佳。〈送梓州李使君〉詩：『山中一夜雨，樹杪百重泉。』作『山中一半雨』，尤佳。蓋送行之詩，言其風土，深山冥晦，晴雨相半，故曰『一半雨』。」〔註5〕此種歧異之處，在校讎學與訓詁學上名為「異文」。據考，《全唐詩》內收錄王維詩凡 384 首，異文則有 481 處之多〔註6〕，倘若復按王維全數詩文，諒必更多。對於這些異文，前人多從文學評鑒角度來作研琢，如上揭之錢謙益語便是一例，缺乏系統概賅而信實謹密的考量，而趙殿成《王右丞集箋注》（以下簡稱「趙校」）、陳鐵民《王維集校注》（以下簡稱「陳校」）則因撰述體例之

〔註1〕陳伯海：《唐詩彙評》（增訂本），上海古籍出版社 2015 年版，第 424 頁。

〔註2〕陳鐵民：《新譯王維詩文集》，三民書局 2009 年版，第 1 頁。

〔註3〕（明）王世貞：《讀書後》，見《明詩話全編》，江蘇古籍出版社 1997 年版，第 4546 頁。

〔註4〕（清）賀裳：《載酒園詩話又編》，見《清詩話續編》，上海古籍出版社 2016 年版，第 300 頁。

〔註5〕（清）錢謙益：《牧齋初學集》，上海古籍出版社 1985 年版，第 1754～1755 頁。

〔註6〕鄧亞文：〈論唐詩異文〉，見《咸寧師範專科學校學報》，2002 年第 5 期，第 68 頁。

囿，校語甚為審慎，少有是非之斷。惟郭在貽〈唐詩異文釋例〉認為「對古代詩文中的異文進行探討，是一件很有意義的工作，它一方面可以為漢語詞義學提供感性材料，另一方面也將有助於我們對這些詩文本身進行深入致密的研究，藉以抉其精微，探其奧窔」〔註7〕，故今擬對王維集內之異文作一試探，以為引玉之資。郭文既將唐詩之異文歸納為六種類型（亦可目為異文之六種成因），即「一是後人不曉原文的意思而妄改，從而造成了異文；二是被同義詞或近義詞替代，從而造成了異文；三是被音同或音近的字替代，從而造成了異文；四是形近訛誤，從而造成了異文；五是異文的雙方為異體字；六是異文為同一聯綿詞的不同變體」，甚為該當，茲則從而論焉。

（一）後人不曉原文之意而妄改例

〈送元中丞轉運江淮〉：「東南御亭上，莫使有風塵。」陳校：「御，宋蜀本、述古堂本、元本等作『高』，《錢集》作『卸』，俱非。」〔註8〕按，「御亭」乃一專名，蓋後人不知其地而以常名改之。《太平寰宇記》卷九二〈江南東道〉四「常州」條：「御亭驛，在州東南百三十八里。《輿地志》：『御亭，在吳縣西六十里，吳大帝所立。梁庾肩吾詩云：「御亭一回望，風塵千里昏。」即此也。』開皇九年置為驛，十八年改為御亭驛。李襲譽改為望亭驛。」〔註9〕王詩既用庾詩，則作「高亭」、「卸亭」者非。

〈謁璿上人〉：「誓從斷葷血，不復嬰世網。」趙校：「葷，顧玄緯本、凌本俱作臂。」〔註10〕按，顧起經《類箋唐王右丞詩集》卷二：「《舊唐書・方技傳》：慧可嘗斷其左臂，以求其法。《傳燈錄》：慧可，初名神光，事達摩，即與改名。嘗夜大雪侍立不動，念曰：『昔人求道，敲骨取髓，刺血濟饑，布髮掩泥，投崖飼虎，古尚如此，我又何人。』遲明積雪過膝，曰：『願和尚開甘露門，廣度群品。』遂潛取利刀斷左臂，置於師前。」其以慧可斷臂之事作解，乃從「臂」而祛「葷」，然而「誓從斷臂血」實不成文。《舊唐書》卷一九〇下〈王維傳〉明載「維弟兄俱奉佛，居常蔬食，不茹葷血」〔註11〕，則此當以「誓從斷葷血」為宜，蓋紀實也。

〔註7〕郭在貽：〈唐詩異文釋例〉，見《郭在貽文集》，第3卷，中華書局2002年版，第78頁。
〔註8〕陳鐵民：《王維集校注》（修訂本），中華書局2018年版，第597、599頁。
〔註9〕（宋）樂史：《太平寰宇記》，中華書局2007年版，第1843頁。
〔註10〕（清）趙殿成：《王右丞集箋注》，上海古籍出版社1984年版，第40頁。
〔註11〕（後晉）劉昫：《舊唐書》，中華書局1975年版，第5052頁。

〈遊感化寺〉:「雁王銜果獻，鹿女踏花行。」陳校:「雁，宋蜀本作『鳳』。」〔註12〕按，作「雁王」是，釋典內無「鳳王」之謂。《大方便佛報恩經》卷四:「乃往過去，不可計劫，有大國王喜食雁肉，使一獵師常網捕雁。時有五百群雁從北方來，飛空南過，中有雁王墮獵網中。爾時獵師心大歡喜，即出草庵，欲取殺之。時有一雁悲鳴吐血，徘徊不去。爾時獵師彎弓欲射，不避弓矢，目不暫捨，即鼓兩翅來投雁王。五百群雁徘徊虛空，亦復不去。爾時獵師見此一雁悲鳴吐血，顧戀如是。爾時獵師作是念言:『鳥獸尚能共相戀慕，不惜身命，其事如是。我今當以何心而殺是雁王。』尋時開網，放使令去。爾時一雁悲鳴歡喜，鼓翅隨逐，五百群雁前後圍繞，飛空而去。……爾時大王即斷雁肉，誓不復捕。」〔註13〕故以「雁王」為是。

〈從軍行〉:「笳悲馬嘶亂，爭渡金河水。」趙校:「金，一作黃。」〔註14〕按，作「金河」是，作「黃河」非。《通典》卷一七九〈州郡〉九「單于府」條:「單于大都護府，戰國屬趙，秦漢雲中郡地也。大唐龍朔三年，置雲中都護府，又移瀚海都護府於磧北（瀚海都護舊曰燕然都護府），二府以磧為界。麟德元年，改雲中都護府為單于大都護府。領縣一：金河（有長城。有金河，上承紫河及象水。又南流入河）。」〔註15〕《太平寰宇記》卷四九〈河東道〉一〇「雲州」條:「金河水，《郡國志》云:『雲中郡有紫河鎮，界內有金河水，其泥色紫，故曰金河。』」〔註16〕王詩所指即此，後人不知實有其地，輒以較常見之「黃河」妄改〔註17〕。

〈老將行〉:「願得燕弓射大將，恥令越甲鳴吾君。」趙校:「吾君，劉本、《樂府詩集》、《唐詩正音》、《唐詩品彙》俱作吳軍。」〔註18〕按，作「吾君」

〔註12〕陳鐵民:《王維集校注》(修訂本)，第481、482頁。

〔註13〕佚名:《大方便佛報恩經》，見《永樂北藏》，第51冊，線裝書局2000年版，第198頁。

〔註14〕（清）趙殿成:《王右丞集箋注》，第11頁。

〔註15〕（唐）杜佑:《通典》，中華書局1988年版，第4744～4745頁。

〔註16〕（宋）樂史:《太平寰宇記》，第1034頁。

〔註17〕張清華《詩佛王摩詰傳》:「金河，一說是黃河，實際是黃河的一條支流。它與黃河相去不遠，不是親身到過那裡，或深入研究，往往不會知道這裡還有條金河，況後世只知此處有條大黑河。今存早出的宋蜀刻本作『金河』，世稱校點精良的劉須溪評本《王右丞集》和後稱殫精撰述、箋注功力尤深的趙殿成《王右丞集箋注》亦作『金河』，可見『金河』不誤。」(河南人民出版社1991年版，第148頁。)

〔註18〕（清）趙殿成:《王右丞集箋注》，第93頁。

是，「吳軍」乃後人不諳其事及不審其律而妄改者。《說苑・立節》：「越甲至齊，雍門子狄請死之。齊王曰：『鼓鐸之聲未聞，矢石未交，長兵未接，子何務死之為？人臣之禮邪？』雍門子狄對曰：『臣聞之：昔者王田於囿，左轂鳴，車右請死之，而王曰：「子何為死？」車右對曰：「為其鳴吾君也。」……遂刎頸而死，知有之乎？』齊王曰：「有之。」雍門子狄曰：『今越甲至，其鳴吾君也，豈左轂之下哉？車右可以死左轂，而臣獨不可以死越甲也？』遂刎頸而死。是日，越人引甲而退七十里，曰：『齊王有臣，鈞如雍門子狄，擬使越社稷不血食。』遂引甲而歸。」王詩正用其事，故以「吾君」為是。楊慎《升庵詩話》卷三：「古書不可妄改，聊舉二端。……王維〈老將行〉『恥令越甲鳴吾君』，此舊本也。近刊本為不知者改作『吳軍』，蓋『越甲吳軍』，似是連對，不思前韻已有『詔書五道出將軍』，五言古詩有用重韻，未聞七言有重韻也。維豈謬至此邪！按劉向《說苑》……正其事也。見其事與字之所出，始知改者之妄。」〔註19〕

〈送梓州李使君〉：「萬壑樹參天，千山響杜鵑。山中一半雨，樹杪百重泉。」趙校：「《文苑英華》作『鄉音聽杜鵑』。半，二顧本、凌本、《唐詩品彙》俱作夜。」〔註20〕按，後之淺人妄改王詩此數句者甚多。王士禛《古夫于亭雜錄》卷三：「右丞詩：『萬壑樹參天，千山響杜鵑。山中一夜雨，樹杪百重泉。』興來神來，天然入妙，不可湊泊。而《詩林振秀》改為『山中一丈雨』。《潼川志》作『春聲響杜鵑』，《方輿勝覽》作『鄉音響杜鵑』。此何異點金成鐵？故古人詩一字不可妄改。」〔註21〕袁枚《隨園詩話》卷一：「愚謂荊公古文直逼昌黎，宋人不敢望其肩項；若論詩，則終身在門外。尤可笑者，改杜少陵『天闕象緯逼』為『天閱象緯逼』，改王摩詰『山中一夜雨』為『一半雨』……皆是點金成鐵手段。」〔註22〕兩說所辨甚是。

〈賦得清如玉壺冰〉：「氣似庭霜積，光言砌月餘。」趙校：「言，毛氏試帖本作涵。」〔註23〕按，作「言」是。徐仁甫《廣釋詞》卷五：「言猶『似』，

〔註19〕（明）楊慎：《升庵詩話》，見《歷代詩話續編》，中華書局 1983 年版，第 693～694 頁。

〔註20〕（清）趙殿成：《王右丞集箋注》，第 144 頁。

〔註21〕（清）王士禛：《古夫于亭雜錄》，見《王士禛全集》，第 6 冊，齊魯書社 2007 年版，第 4875 頁。

〔註22〕（清）袁枚：《隨園詩話》，見《袁枚全集新編》，第 4 冊，浙江古籍出版社 2018 年版，第 23 頁。

〔註23〕（清）趙殿成：《王右丞集箋注》，第 232 頁。

今謂『像』，副詞。王僧孺〈為人有贈〉：『似出鳳凰樓，言發瀟湘渚。』『似』、『言』互文，『言』猶『似』也。」〔註24〕王詩「言」、「似」互文同義，合於句意，「涵」蓋出於後人之妄改。又《欽定四庫全書考證》卷八九：「王維〈清如玉壺冰〉：『光含砌月餘。』刊本『含』訛『言』，據右丞集改。」〔註25〕此「含」或係「涵」之音同（均為胡南切，匣紐覃部）互替者。

〈工部楊尚書夫人贈太原郡夫人京兆王氏墓誌銘〉：「同德大師大照和尚，睹如來之奧，昭群有之源，夫人一入空門，便蒙法印。朱簾紺幰，無復飾乘；龍藏寶經，悉通至義。」陳校：「朱簾，宋蜀本、明十卷本俱作『牛車』。飾，底本原作『餘』，此從宋蜀本。」〔註26〕按，此處所言皆及佛事，「朱簾紺幰，無復飾乘」二句不與之諧，而且「朱簾」亦與「龍藏」不對，故其當作「牛車紺幰，無復餘乘」（宋蜀本之「飾」，當即「餘」之形訛）。《妙法蓮華經》卷一〈方便品〉：「舍利弗，如來但以一佛乘故，為眾生說法，無有餘乘。若二若三，舍利弗，一切十方諸佛法亦如是。……十方世界中尚無二乘，何況有三？……諸佛以方便力，於一佛乘分別說三。……無有餘乘，惟一佛乘。」〔註27〕又卷二〈譬喻品〉：「如此種種羊車、鹿車、牛車，今在門外，可以遊戲，汝等於此火宅，宜速出來，隨汝所欲，皆當與汝。……是時長者見諸子等安隱得出，皆於四衢道中露地而坐，無復障礙，其心泰然，歡喜踴躍。時諸子等各白父言：『父先所許玩好之具，羊車、鹿車、牛車，願時賜與。』舍利弗，爾時長者各賜諸子等一大車。其車高廣，眾寶莊校，周帀欄楯，四面懸鈴。又於其上張設幰蓋，亦以珍奇雜寶而嚴飾之，寶繩交絡，垂諸華纓，重敷婉綖，安置丹枕。駕以白牛，膚色充潔，形體姝好，有大筋力，行步平正，其疾如風。……若有眾生，從佛世尊聞法信受，勤修精進，求一切智、佛智、自然智、無師智、如來知見、力無所畏，愍念、安樂無量眾生，利益天人，度脫一切，是名大乘，菩薩求此乘故，名為摩訶薩；如彼諸子為求牛車出於火宅。」〔註28〕其中「無有餘乘」、「牛車」、「幰蓋」諸語，不僅合於「一入空門，便蒙法印」之指，而且可證王詩取式於此。所謂「牛車紺幰，無復餘乘」，乃謂「夫人京兆王氏」

〔註24〕徐仁甫：《廣釋詞》，中華書局 2014 年版，第 152 頁。

〔註25〕（清）王太岳：《欽定四庫全書考證》，書目文獻出版社 1991 年版，第 2198 頁。

〔註26〕陳鐵民：《王維集校注》，中華書局 1997 年版，第 983 頁。

〔註27〕（後秦）鳩摩羅什：《妙法蓮華經》，見《釋氏十三經》，書目文獻出版社 1989 年版，第 25、26 頁。

〔註28〕（後秦）鳩摩羅什：《妙法蓮華經》，第 35、36～37 頁。

親近大乘真宗，一門深入，長時薰修。估推後人妄改之由，一則不諳其語出自於釋典，二則或係先誤「牛車」而為「朱車」，再改「朱車」而為「朱簾」。

（二）為同義詞或近義詞替代例

此例之內異文雙方為同義詞或近義詞，難以判定孰是孰非。

〈迎神曲〉：「陳瑤席，湛清酤，風淒淒兮夜雨。」趙校：「兮，《河嶽英靈集》作而。」〔註29〕按，「兮」、「而」為同義詞。徐仁甫《廣釋詞》卷四：「兮猶『而』，連詞。《楚辭・九歌・雲中君》：『極勞心兮忡忡。』〈湘君〉：『望夫君兮未來。』〈湘夫人〉：『洞庭波兮木葉下。』王逸注『兮』皆作『而』。〈湘夫人〉『罔薜荔兮為帷』，《御覽》七百引『兮』作『而』。……又『結桂枝兮延佇』，與〈離騷〉『結幽蘭而延佇』句法相同，是『兮』猶『而』。〈東君〉『杳冥冥兮東行』，與〈哀郢〉『杳冥冥而薄天』句法相似，是『兮』猶『而』。」〔註30〕

〈從岐王過楊氏別業應教〉：「楊子談經所，淮王載酒過。」趙校：「所，《文苑英華》、《唐詩正音》、《唐詩品彙》俱作處。」〔註31〕按，「所」、「處」同義。《呂氏春秋・達鬱》：「厥之諫我也，必於無人之所。」高誘注：「所，處也。」〔註32〕《說文解字》：「所，伐木聲也。」段玉裁注：「伐木聲乃此字本義，用為處所者，假借為処字也。若『王所』、『行在所』之類是也。」〔註33〕釋玄應《一切經音義》卷二「無所」條：「《三蒼》：所，處也。所猶據也，在也。」〔註34〕

〈扶南曲歌詞〉其四：「拂曙朝前殿，玉墀多珮聲。」趙校：「墀，《樂府詩集》作除。」〔註35〕按，「墀」、「除」皆指臺階，乃同義詞。班固〈西都賦〉：「玄墀釦砌，玉除彤庭。」張銑注：「墀，階也。」〔註36〕曹植〈贈丁儀〉：

〔註29〕（清）趙殿成：《王右丞集箋注》，第6～7頁。

〔註30〕徐仁甫：《廣釋詞》，第133頁。

〔註31〕（清）趙殿成：《王右丞集箋注》，第115頁。

〔註32〕（漢）高誘、王利器：《呂氏春秋注疏》，巴蜀書社2002年版，第2536頁。

〔註33〕（漢）許慎、（清）段玉裁：《說文解字注》，鳳凰出版社2015年版，第1245頁。

〔註34〕徐時儀：《一切經音義三種校本合刊》（修訂版），上海古籍出版社2012年版，第39頁。

〔註35〕（清）趙殿成：《王右丞集箋注》，第11頁。

〔註36〕（梁）蕭統、（唐）李善、呂延濟、劉良、張銑、呂向、李周翰：《六臣注文選》，中華書局1987年版，第29頁。

「凝霜依玉除，清風飄飛閣。」李善注：「玉除，階也。《說文》曰：除，殿階也。」〔註37〕

〈過福禪師蘭若〉：「巖壑轉微徑，雲林隱法堂。」陳校：「轉，述古堂本、元本作『傳』，《文苑英華》作『帶』。『傳』蓋即『轉』之形訛字。」〔註38〕按，「帶」、「轉」均有纏繞之意。《戰國策》卷二二〈魏策〉一：「殷紂之國，左孟門，而右漳、釜，前帶河，後被山。」〔註39〕鮑照〈登大雷岸與妹書〉：「南則積山萬狀，爭氣負高，含霞飲景，參差代雄，淩跨長隴，前後相屬，帶天有帀，橫地無窮。」〔註40〕此為「帶」釋纏繞例。《九章・思美人》：「佩繽紛以繚轉兮，遂萎絕而離異。」蔣天樞注：「繚，纏也。繚轉，繽紛之佩飾繚繞周匝於己身，極言所佩眾多。」〔註41〕姜亮夫注：「繚轉，義近複合詞。猶言糾纏。《九章・思美人》：『佩繽紛以繚轉兮。』王逸注：『德性純美，能絕異也。』洪補云：『繚音了，繚繞也。』朱熹注：『繽紛繚轉，言佩之美。』《九章・悲回風》：『氣繚轉而自締。』王逸注：『思念緊卷而成結也。』朱熹注：『繚轉自締，謂繚戾回轉而自相結也。』按繚轉義近複合狀態詞，《說文》『繚纏也』，又車部『轉還也』(從小徐本)。還即環繞之環，故二字同義。《九章》兩見，則已習用為一詞，叔師以純美釋繽紛，以絕異釋繚轉，蓋探其義蘊，非詁詞也。又緊卷成結，緊卷亦即纏繞之義。」〔註42〕俞琰《席上腐談》卷上：「韓退之〈元和聖德詩〉云『以紅帕首』，蓋以紅綃轉其頭，即今之抹額也。」〔註43〕此為「轉」釋纏繞例。「帶」、「轉」同義而為異文，上揭王詩乃謂小徑盤山而上。

〈西施詠〉：「持謝鄰家子，效顰安可希。」趙校：「持謝，《河嶽英靈集》、《唐詩紀事》俱作寄言，一作寄謝。」〔註44〕按，「謝」、「言」同義。《史記》卷八九〈張耳陳餘列傳〉：「有廝養卒謝其舍中曰：『吾為公說燕，與趙王載歸。』」

〔註37〕（梁）蕭統、（唐）李善：《文選》，上海古籍出版社1986年版，第1119頁。
〔註38〕陳鐵民：《王維集校注》(修訂本)，第641頁。
〔註39〕（漢）劉向：《戰國策》，遼寧教育出版社1997年版，第178頁。
〔註40〕（清）嚴可均：《全上古三代秦漢三國六朝文》，中華書局1958年版，第2693頁。
〔註41〕蔣天樞：《楚辭校釋》，上海古籍出版社1989年版，第356頁。
〔註42〕姜亮夫：《楚辭通故》，第4輯，見《姜亮夫全集》，第4卷，雲南人民出版社2002年版，第665頁。
〔註43〕（宋）俞琰：《席上腐談》，商務印書館1936年版，第5頁。
〔註44〕（清）趙殿成：《王右丞集箋注》，第80頁。

裴駰集解：「晉灼曰：『以辭相告曰謝也。』」〔註45〕《集韻》卷八：「謝，詞夜切。《說文》：辭去也。一曰告也。」〔註46〕又「持謝」、「寄謝」、「寄言」之內「持」、「寄」無義，蓋其與動詞相配時，可視之為襯字〔註47〕。沈約〈江蘺生幽渚〉：「願回昭陽景，持照長門宮。」〔註48〕「持照」意即映照，「持」無實義。高琳〈宴詩〉：「寄言寶車騎，為謝霍將軍。」〔註49〕「寄言」、「為謝」之句式與詞義相對，是則「寄」、「為」之義已然虛化。

〈嘆白髮〉：「我年一何長，鬢髮日已白。」趙校：「一，《唐詩品彙》作亦。」〔註50〕按，「一」猶言「亦」，「一何」亦即「亦何」。徐仁甫《廣釋詞》卷三：「亦猶『一』，『一』猶『乃』，副詞。曹丕〈折揚柳行〉：『西山亦何高，高高殊無極。』『亦』，一本作『一』。謝靈運〈答中書一首〉：『亦有假日，嘯歌宴喜。』亦有，一有也。劉孝儀〈行過康王故第苑〉：『靈光一照遠，衡館亦蒙籠。』『亦』、『一』互文。……孟雲卿〈放歌行〉：『吾觀天地圖，世界亦何小。』按古詩多用『一何』，乃何也。世界亦何小，言世界一何小，乃何小也。《樂府·隴西行》：『健婦持門戶，亦勝一丈夫。』此『亦』字上無所承，『亦勝』猶一勝，言乃勝一丈夫。」〔註51〕

〈淇上即事田園〉：「牧童望村去，獵犬隨人還。」趙校：「獵，《瀛奎律髓》作田。」〔註52〕按，「田」、「獵」皆打獵意。《易·恒》：「田，無禽。」孔穎達疏：「《正義》曰：田者，田獵也。」〔註53〕司馬相如〈子虛賦〉：「楚使子虛使於齊，王悉發車騎與使者出畋。」李善注：「司馬彪曰：畋，獵也。」〔註54〕「田」、「畋」為古今字。

〈登辨覺寺〉：「窗中三楚盡，林上九江平。」趙校：「上，凌本、《瀛奎律

〔註45〕（漢）司馬遷：《史記》，中華書局1959年版，第2576、2577頁。

〔註46〕趙振鐸：《集韻校本》，上海辭書出版社2012年版，第1222頁。

〔註47〕魏耕原《全唐詩語詞通釋》「持照」條：「『持』字加動詞的構詞方式和『持作』相同，『持』字可以看作陪椿的襯字。」（中國社會科學出版社2001年版，第32頁。）

〔註48〕逯欽立：《先秦漢魏晉南北朝詩》，中華書局1983年版，第1617頁。

〔註49〕逯欽立：《先秦漢魏晉南北朝詩》，第2325頁。

〔註50〕（清）趙殿成：《王右丞集箋注》，第87～88頁。

〔註51〕徐仁甫：《廣釋詞》，第82～83頁。

〔註52〕（清）趙殿成：《王右丞集箋注》，第126頁。

〔註53〕（魏）王弼、（唐）孔穎達：《周易正義》，北京大學出版社1999年版，第145頁。

〔註54〕（梁）蕭統、（唐）李善：《文選》，第348頁。

髓》俱作外。」〔註55〕按，「林上」猶言「林外」，即「上」有「外」義。王鍈《詩詞曲語辭例釋》「外」條：「外，方位詞，在詩詞中運用極為靈活，可以表示『內中』、『邊畔』、『上』、『下』等方位。……岑參〈早秋與諸子登虢州西亭觀眺〉詩：『亭高出鳥外，客到與雲齊。』此『上』義，猶言勢出飛鳥之上。」〔註56〕

〈敕賜百官櫻桃〉：「飽食不須愁內熱，大官還有蔗漿寒。」趙校：「蔗，《文苑英華》作柘。」〔註57〕按，「蔗」、「柘」音義皆同。司馬相如〈子虛賦〉：「茳蘺蘪蕪，諸柘巴苴。」李善注：「張揖曰：諸柘，甘柘也。」〔註58〕王灼《糖霜譜》：「自古食蔗者，始為蔗漿。宋玉作〈招魂〉，所謂胹鱉炮羔有柘漿是也。（原引王逸注：柘，藷蔗也。又云：柘，一作蔗。）其後為蔗餳。」〔註59〕

（三）為音同字或音近字替代例

此例之內分為兩種：一為同音相假，無是非之分；一為近音或同音相替，有正誤之辨。

〈桃源行〉：「月明松下房櫳靜，日出雲中鷄犬喧。」陳校：「靜，《全唐詩》注：『一作淨。』」〔註60〕按，「房櫳靜」正與「鷄犬喧」相對，則作「靜」者是。「靜」為疾郢切，從紐靜部；「淨」為疾政切，從紐勁部；兩字以音近而相訛。

〈燕支行〉：「衛霍纔堪一騎將，朝廷不數貳師功。」趙校：「纔，凌本作才。」〔註61〕按，「纔」、「才」乃音同字，即昨哉切，從紐咍部。《說文解字》：「才，艸木之初也。」段玉裁注：「引伸為凡始之稱。〈釋詁〉曰：『初、哉，始也。』哉即才，故哉生明，亦作才生明。凡才、材、財、裁、纔字，以同音通用。」〔註62〕

〈送張道士歸山〉：「先生何處去，王屋訪毛君。」趙校：「毛，諸本皆作茅，唯顧玄緯本、凌本作毛，今從之。」〔註63〕按，陶弘景《真誥》卷五：「昔

〔註55〕（清）趙殿成：《王右丞集箋注》，第150頁。
〔註56〕王鍈：《詩詞曲語辭例釋》（第二次增訂本），中華書局2005年版，第301～302頁。
〔註57〕（清）趙殿成：《王右丞集箋注》，第175頁。
〔註58〕（梁）蕭統、（唐）李善：《文選》，第350頁。
〔註59〕（宋）王灼：《糖霜譜》，見《王灼集校輯》，巴蜀書社1996年版，第3頁。
〔註60〕陳鐵民：《王維集校注》（修訂本），第12、13頁。
〔註61〕（清）趙殿成：《王右丞集箋注》，第95頁。
〔註62〕（漢）許慎、（清）段玉裁：《說文解字注》，第478頁。
〔註63〕（清）趙殿成：《王右丞集箋注》，第136頁。

毛伯道、劉道恭、謝稚堅、張兆期皆後漢時人也，學道在王屋山中，積四十餘年，共合神丹。毛伯道先服之而死，道恭服之又死，謝稚堅、張兆期見之如此，不敢服之，並捐山而歸去。後見伯道、道恭在山上，二人悲愕，遂就請道，與之茯苓持行方，服之皆數百歲，今猶在山中，遊行五嶽。此人知神丹之得道，而不悟試在其中，故但陸仙耳，無復登天冀也。」〔註64〕王詩即用毛伯道事，故以「毛君」為是。「毛」為莫袍切，明紐豪部；「茅」為莫交切，明紐肴部；兩字音近而訛。

〈故太子太師徐公輓歌四首〉其一：「留侯常辟穀，何苦不長生。」陳校：「常，宋蜀本作『嘗』。」〔註65〕按，「常」、「嘗」均為市羊切，禪紐陽部，乃同音字，故可相假。《禮記．少儀》：「國家靡敝，則車不雕幾，甲不組縢，食器不刻鏤，君子不履絲屨，馬不常秣。」鄭玄注：「常如字，恒也，本亦作嘗。」〔註66〕

〈投道一師蘭若宿〉：「晝涉松露盡，暮投蘭若邊。」趙校：「露，一作路。」〔註67〕按，據詩意斷，當以「路」為是。韋應物〈遊靈巖寺〉：「始入松路永，獨忻山寺幽。」〔註68〕「露」、「路」均為洛故切，來紐暮部，乃音同字而訛。

〈雜詩〉：「對人傳玉椀，映竹解羅襦。」陳校：「竹，趙殿成曰：『諸本皆作燭。』按，述古堂本、元本、明十卷本俱作『竹』，作『竹』是。」〔註69〕按，在中古音內，「竹」為張六切，知紐屋部；「燭」為之欲切，章紐燭部；兩字音近而訛。李白〈宮中行樂詞〉其四：「笑出花間語，嬌來竹下歌。」李洞〈感知上刑部鄭侍郎〉：「鄰僧照寒竹，宿鳥動秋池。」兩詩「竹」他本均音訛作「燭」〔註70〕。祖詠〈宿陳留李少府揆廳〉：「風簾搖燭影，秋雨帶蟲聲。」白居易〈觀幻〉：「次第花生眼，須臾燭過風。」方干〈書桃花塢周處士壁〉：「細泉出石飛難盡，孤燭和雲濕不明。」三詩「燭」他本均音訛作「竹」〔註71〕。

〔註64〕（梁）陶弘景：《真誥》，見《四庫提要著錄叢書》，子部，第124冊，北京出版社2010年版，第447頁。

〔註65〕陳鐵民：《王維集校注》（修訂本），第316、318頁。

〔註66〕（漢）鄭玄、（唐）孔穎達：《禮記正義》，北京大學出版社1999年版，第1048頁。

〔註67〕（清）趙殿成：《王右丞集箋注》，第210頁。

〔註68〕（清）彭定求：《全唐詩》，中華書局1960年版，第1977頁。

〔註69〕陳鐵民：《王維集校注》（修訂本），第624～625、626頁。

〔註70〕（清）彭定求：《全唐詩》，第409、8289頁。

〔註71〕（清）彭定求：《全唐詩》，第1334、5060、7466～7467頁。

〈送宇文三赴河西充行軍司馬〉:「蒲類成秦地，莎車屬漢家。」趙校:「類，劉本、顧可久本俱作壘，誤。車，劉本、顧可久本俱作居，誤。」〔註72〕按，「蒲壘」、「莎居」乃「蒲類」、「莎車」之音訛。《後漢書》卷八八〈西域傳〉:「延光二年，敦煌太守張璫上書陳三策，以為『北虜呼衍王常展轉蒲類、秦海之間，專制西域，共為寇鈔』。……於是龜茲、疏勒、于竇、莎車等十七國皆來服從。」〔註73〕乃知「蒲類」、「莎車」皆古西域國名，其作「蒲壘」、「莎居」者非。「類」為力遂切，來紐至部；「壘」為力軌切，來紐旨部；兩字因音近而相訛。又《說文解字》:「車，輿輪之總名也。夏后時奚仲所造。象形。」段玉裁注:「古音居，在五部。今尺遮切。〈釋名〉曰:『古者曰車，聲如居。言行所以居人也。今曰車，車，舍也。行者所處若屋舍也。』韋昭〈辯釋名〉曰:『古惟尺遮切，自漢以來，始有居音。』按，三國時尚有歌無麻，遮字衹在魚歌韻內，非如今音也。古音讀如祛，以言車之運行，不讀如居但言人所居止。《老子》:『當其無，有車之用。』音義去於反，此車古音也。然《考工記》『輿人為車』，是自古有居音。韋說未愜也。」〔註74〕「車」、「居」因為音同而訛。

〈遊李山人所居因題屋壁〉:「翻嫌枕席上，無那白雲何。」趙校:「那，一作奈。」〔註75〕按，「無那」實乃「無奈」一聲之轉。顧炎武《日知錄》卷三二「奈何」條:「《左傳》華元之歌曰『牛則有皮，犀兕尚多，棄甲則那』，直言之曰『那』，長言之曰『奈何』，一也。……六朝人多書『奈』為『那』。《三國志・注》文欽〈與郭淮書〉曰:『所向全勝，要那後無繼何。』《宋書・劉敬宣傳》:牢之曰:『平玄之後，令我那驃騎何。』唐人詩多以『無奈』為『無那』。」〔註76〕王引之《經傳釋詞》卷六:「奈何，或但謂之『奈』。……那者，『奈』之轉也。……故《廣韻》曰:『奈，那也。』那者，『奈何』之合聲也。」〔註77〕

〈故西河郡杜太守輓歌三首〉其二:「返葬金符守，同歸石窌棲。」趙校:

〔註72〕（清）趙殿成:《王右丞集箋注》，第148頁。
〔註73〕（宋）范曄、（晉）司馬彪:《後漢書》，中華書局1965年版，第2911、2912頁。
〔註74〕（漢）許慎、（清）段玉裁:《說文解字注》，第1250頁。
〔註75〕（清）趙殿成:《王右丞集箋注》，第154頁。
〔註76〕（清）顧炎武:《日知錄》，見《顧炎武全集》，第19冊，上海古籍出版社2011年版，第1224頁。
〔註77〕（清）王引之:《經傳釋詞》，嶽麓書社1984年版，第131頁。

「棲，一本作妻為是。」〔註78〕按，所謂「石窌妻」，典出《左傳》成公二年條：「齊侯見保者，曰：『勉之，齊師敗矣。』辟女子，女子曰：『君免乎？』曰：『免矣。』曰：『銳司徒免乎？』曰：『免矣。』曰：『苟君與吾父免矣，可若何。』乃奔。齊侯以為有禮，既而問之，辟司徒之妻也，予之石窌。」誤「妻」為「棲」者，蓋其音近，「妻」為七稽切，清紐齊部；「棲」為先稽切，心紐齊部。

（四）形近而互訛例

〈同盧拾遺韋給事東山別業二十韻給事首春休沐維已陪遊及乎是行亦預聞命會無車馬不果斯諾〉：「侍郎文昌宮，給事東掖垣。謁帝俱來下，冠蓋盈邱樊。」趙校：「韋，一本作章，非。」〔註79〕按，「章」為「韋」之形訛。顧起經《類箋唐王右丞詩集》卷首〈正訛〉：「韋給事東山別業，乃韋恒官給事，而東山即其舊第也，諸本不考二傳，並作『章給事』，豈以『章』、『韋』點畫相類耶。況玄、肅二紀臣僚初無章姓，故二傳無之，今改『章』作『韋給事』云。」《全唐文》卷二二六張說〈東山記〉：「兵部尚書、同中書門下三品、修文館大學士韋公，體含真靜，思協幽曠。……東山之曲，有別業焉。……皇上聞而賞之，乃命掌舍設帟，金吾劃次，太官載酒，奉常抱樂；停輿輦於青靄，佇翬褕於紫氛；百神朝於谷中，千官飲乎池上。緹騎環山，朱旆焰野；縱觀空巷，途歌傳壑。是日即席拜公逍遙公，名其居曰清虛原幽棲谷。」〔註80〕此與王詩謂韋給事東山別業之句相合，則其題作「章給事」者非。

〈送崔五太守〉：「長安廄吏來到門，朱文露網動行軒。」趙校：「朱文，一作未央，誤。」〔註81〕按，「未央」當為「朱文」之訛。顧起經《類箋唐王右丞詩集》卷首〈正訛〉：「〈送崔五太守〉云『朱文露網動行軒』，此用《漢書·輿服志》語，諸本並以『朱文』二字誤作『未央』，文義不通，尤可笑也，今姑從《漢志》正之。」《後漢書》卷五六〈王龔傳〉：「然則立德者以幽陋好遺，顯登者以貴塗易引。故晨門有抱關之夫，柱下無朱文之軫也。」李賢等注：「朱文，畫車為文也。」〔註82〕

〔註78〕（清）趙殿成：《王右丞集箋注》，第164頁。
〔註79〕（清）趙殿成：《王右丞集箋注》，第15頁。
〔註80〕（清）董誥：《全唐文》，中華書局1983年版，第2277頁。
〔註81〕（清）趙殿成：《王右丞集箋注》，第108頁。
〔註82〕（宋）范曄、（晉）司馬彪：《後漢書》，第1821、1822頁。

〈春日與裴迪過新昌里訪呂逸人不遇〉:「桃源一向絕風塵，柳市南頭訪隱淪。」趙校:「一向，顧玄緯本、凌本俱作四面，《唐詩正音》、《唐詩鼓吹》、《唐詩品彙》俱作面面。」〔註83〕按，「四面」、「面面」當為「西面」之訛。朱亦棟《群書札記》卷一一〈桃源西面〉:「王摩詰〈訪呂逸人不遇〉詩起聯云:『桃源西面絕風塵，柳市南頭訪逸淪。』毛河西（西河？）云『西面』、『南頭』對起，初以『西』字類『面』字，誤作『面面』，既又云一『面』字，將一『面』分拆作『一向』二字，大誤。』案，唐人律詩多用對起法，毛說甚允，別本亦有作『四面』者，皆『西』字之訛也。《漢書・游俠傳》『萬章字子夏，居城西柳市，號曰城西萬子夏』,〈漢宮闕疏〉『細柳倉有柳市』，王詩本此。」〔註84〕褚人穫《堅瓠補集》卷二〈詩字辨〉:「王右丞詩……『桃源面面絕風塵』，陳可一辨云『桃源西面』，正對『柳市南頭』。」〔註85〕然王維集之古本實作「一向」,「四面」、「西面」、「面面」云云皆其形訛，諸家所辨或可「顛倒」來看。

〈奉和聖製慶玄元皇帝玉像之作應制〉:「願奉無為化，齋心學自然。」趙校:「齋，一本作齊，非是。」〔註86〕按，「齊」乃「齋」之形訛。《莊子・內篇・人間世》:「顏回曰:『回之家貧，唯不飲酒不茹葷者數月矣，如此則可以為齋乎？』曰:『是祭祀之齋，非心齋也。』回曰:『敢問心齋。』仲尼曰:『若一志，無聽之以耳而聽之以心，無聽之以心而聽之以氣，聽止於耳，心止於符。氣也者，虛而待物者也，唯道集虛。虛者，心齋也。』」王詩正本「齋心」之旨，故作「齊心」者非。

〈和僕射晉公扈從溫湯〉:「王禮尊儒教，天兵小戰功。」趙校:「王禮，《文苑英華》作玉醴，誤。」〔註87〕按，作「王禮」是。「玉醴」所具諸義（甘泉、仙藥、美酒），均與句意相隔，當為「王禮」之訛。《禮記・明堂位》:「凡四代之服、器、官，魯兼用之。是故魯，王禮也，天下傳之久矣，君臣未嘗相弒也。」鄭玄注:「王禮，天子之禮也。」〔註88〕此與「天兵」之指正合。戴

〔註83〕（清）趙殿成:《王右丞集箋注》，第189頁。
〔註84〕（清）朱亦棟:《群書札記》，見《續修四庫全書》，第1155冊，上海古籍出版社2003年版，第155頁。
〔註85〕（清）褚人穫:《堅瓠補集》，1926年柏香書屋印本，第5頁。
〔註86〕（清）趙殿成:《王右丞集箋注》，第194頁。
〔註87〕（清）趙殿成:《王右丞集箋注》，第205頁。
〔註88〕（漢）鄭玄、（唐）孔穎達:《禮記正義》，第953～954頁。

叔倫〈送崔融〉:「王者應無敵，天兵動遠征。」〔註89〕

〈少年行四首〉其三:「一身能擘兩彫弧，虜騎千重只似無。」趙校:「《樂府詩集》擘作臂。」〔註90〕按，「臂」乃「擘」之形訛。《說文解字》:「擘，撝也。從手，辟聲。」段玉裁注:「今俗語謂裂之曰『擘開』。」〔註91〕《漢書》卷四二〈申屠嘉傳〉:「以材官蹶張，從高帝擊項籍，遷為隊率。」顏師古注:「如淳曰:『材官之多力，能腳踏彊弩張之，故曰蹶張。律有蹶張士。』師古曰:『今之弩，以手張者曰擘張，以足蹋者曰蹶張。蹶音厥。擘音布麥反。』」〔註92〕王詩所齒及之「擘弧」猶言「擘張」，即開弓意，如作「臂」則非。

〈大唐大安國寺故大德淨覺禪師碑銘並序〉:「開口萬言，音和水鳥。」趙校:「鳥，顧本作馬，誤，今校正。」〔註93〕按，作「鳥」是。《長阿含經》:「菩薩生時，其聲清徹，柔軟和雅，如迦羅頻伽鳥聲。」〔註94〕《佛說頂生王因緣經》卷二:「其間須彌山王高出眾山，此山王東有大天王，名曰持國，所居宮城亦號持國。……清涼甘美水滿池中。……復有種種水鳥遊戲池中，出妙音聲，謂高遠聲、悅意聲、美妙聲等。」〔註95〕《北磵集》卷二〈南翔寺九品觀堂記〉:「塵剎幢蓋，樹林水鳥，法音宣流，佛願力故。」〔註96〕諸例可證「音和水鳥」者是，其作「馬」者乃形近而訛。

（五）異文之雙方為異體字例

此例所謂異體字與一般之論述略異，即其所涵括者有所擴大，包括古今字、正俗字、正誤字在內。

〈酬諸公見過〉:「我聞有客，足掃荊扉，簞食伊何，副瓜抓棗。」趙校:「副，顧玄緯本、凌本俱作疈。」〔註97〕按，「疈」、「副」為古今字。《說文解字》:「副，判也。從刀，畐聲。《周禮》曰:『副辜祭。』疈，籒文副從畐。」段玉裁注:「鄭注《周禮》作『疈』，云:『疈，疈牲胸也。疈而磔之，謂磔禳及

〔註89〕（清）彭定求:《全唐詩》，第3075頁。
〔註90〕（清）趙殿成:《王右丞集箋注》，第259頁。
〔註91〕（漢）許慎、（清）段玉裁:《說文解字注》，第1054頁。
〔註92〕（漢）班固:《漢書》，中華書局1962年版，第2100頁。
〔註93〕（清）趙殿成:《王右丞集箋注》，第435頁。
〔註94〕（南北朝）佛陀耶舍、竺佛念:《長阿含經》，宗教文化出版社1999年版，第14頁。
〔註95〕（宋）施護:《佛說頂生王因緣經》，見《永樂北藏》，第72冊，第33、34頁。
〔註96〕（宋）釋居簡:《北磵集》，明文書局1981年版，第25頁。
〔註97〕（清）趙殿成:《王右丞集箋注》，第8頁。

蜡祭。』許所據作『副』，蓋副者，古文小篆所同也。鄭所據用籀文。」〔註98〕

〈送秘書晁監還日本國並序〉：「晁司馬結髮遊聖，負笈辭親；問禮於老聃，學詩於子夏。」趙校：「晁，舊本作朝，蓋古字朝晁通用故也。顧玄緯以朝字為誤，真誤矣。」〔註99〕按，「晁」、「朝」為古今字。《漢書》卷五〈景帝紀〉：「斬御史大夫晁錯以謝七國。」顏師古注：「晁，古朝字。」〔註100〕司馬相如〈上林賦〉：「晁採琬琰。」李善注：「晁，古『朝』字。」王詩所及「晁監」即晁衡，亦作朝衡。《唐會要》卷一〇〇〈日本國〉：「倭國之別種，以其國在日邊，故以日本國為名。……開元初，又遣使來朝，因請士授經，詔四門助教趙玄默就鴻臚教之，乃遺玄默闊幅布，以為束脩之禮，題云『白龜元年調布』，人亦疑其偽為題。所得錫賚，盡市文籍，泛海而還。其偏使朝臣仲滿，慕中國之風，因留不去，改姓名為朝衡，歷仕左補闕，終右常侍、安南都護。」〔註101〕

〈酬郭給事〉：「晨搖玉珮趨金殿，夕奉天書拜瑣闈。」趙校：「奉，一作捧。」〔註102〕按，「奉」、「捧」為古今字。「捧」不見於《說文解字》。《廣韻》：「捧，兩手承也。」〔註103〕《集韻》卷五：「奉，捧。父勇切。《說文》：承也。或作捧。」〔註104〕柳宗元〈寄許京兆孟容書〉：「忽捧教命。」柳集世綵堂本句下注：「『捧，一作『奉。』音辯本作『奉』。」〔註105〕

〈送孫秀才〉：「玉枕雙文簟，金盤五色瓜。」趙校：「文，《文苑英華》、《唐詩紀事》俱作紋。」〔註106〕按，「文」、「紋」為古今字。《說文解字》：「文，造畫也，象交文。」朱駿聲注：「今字作『紋』。」〔註107〕《太平御覽》卷七〇八〈服用部〉一〇：「《東宮舊事》曰：『太子納妃有赤花雙文簟。』」〔註108〕歐陽修〈涼州令〉：「佳人攜手弄芳菲，綠陰紅影，共展雙紋簟。」〔註109〕

〔註98〕（漢）許慎、（清）段玉裁：《說文解字注》，第318～319頁。
〔註99〕（清）趙殿成：《王右丞集箋注》，第220頁。
〔註100〕（漢）班固：《漢書》，第142頁。
〔註101〕（宋）王溥：《唐會要》，上海古籍出版社2006年版，第2129～2130頁。
〔註102〕（清）趙殿成：《王右丞集箋注》，第185頁。
〔註103〕周祖謨：《廣韻校本》，中華書局2011年版，第240頁。
〔註104〕趙振鐸：《集韻校本》，第636頁。
〔註105〕吳文治：《柳宗元詩文十九種善本異文彙錄》，黃山書社2004年版，第488頁。
〔註106〕（清）趙殿成：《王右丞集箋注》，第141頁。
〔註107〕（漢）許慎、（清）朱駿聲：《說文通訓定聲》，武漢市古籍書店1983年版，第777頁。
〔註108〕（宋）李昉：《太平御覽》，中華書局1960年版，第3154頁。
〔註109〕唐圭璋：《全宋詞》，中華書局1965年版，第146頁。

〈魏郡太守河北採訪處置使上黨苗公德政碑〉:「戶外多保汝之履,恐為亂階。」趙校:「階,舊作堦,非。」〔註 110〕按,「階」、「堦」為正俗字。《集韻》卷二:「階,堦。《說文》:陛也。或從土。」〔註 111〕郎知本《正名要錄》:「階,堦。……右字形雖別,音義是同,古而典者居上,今而要者居下。」〔註 112〕張衡〈東京賦〉:「乃羡公侯卿士,登自東除。」薛綜注:「天子從中階,諸侯從東西階。」〔註 113〕李善注:「東除,堦也。」〔註 114〕此處「階」、「堦」並用。

(六)異文為同一聯綿詞之不同變體例

〈送高道弟耽歸臨淮作〉:「少年客淮泗,落魄居下邳。……都門謝親故,行路日逶遲。」趙校:「魄,劉本作拓。……遲,顧玄緯本作迤。」〔註 115〕按,「落魄」為疊韻聯綿詞,亦作落拓、落託、落度、落薄、洛薄。《史記》卷九七〈酈生陸賈列傳〉:「酈生食其者,陳留高陽人也。好讀書,家貧落魄,無以為衣食業,為里監門吏。」裴駰集解:「應劭曰:『落魄,志行衰惡之貌也。』晉灼曰:『落薄,落託,義同也。』」司馬貞索隱:「案:鄭氏云『魄音薄』。」〔註 116〕《資治通鑒》卷七三魏明帝青龍三年條:「又語禕曰:『往者丞相亡沒之際,吾若舉軍以就魏氏,處世寧當落度如此邪?』」胡三省注:「度,徒洛翻。落度,失意也。」〔註 117〕《敦煌變文集》卷一〈李陵變文〉:「其時將軍遭洛薄(落魄),在後遺兵我遣收。」〔註 118〕又「逶遲」亦為疊韻聯綿詞(或謂為非疊韻雙聲之聯綿詞),亦作逶迤、逶迱、逶蛇、委隋、委隨、倭泥、倭遲,不一而足〔註 119〕。《詩・小雅・四牡》:「四牡騑騑,周道倭遲。」毛亨傳:「倭遲,歷遠之貌。」《楚辭・九思・逢尤》:「望舊邦兮路逶隨。」王逸注:「逶隨,

〔註 110〕(清)趙殿成:《王右丞集箋注》,第 406 頁。
〔註 111〕趙振鐸:《集韻校本》,第 215 頁。
〔註 112〕(唐)郎知本:《正名要錄》,見《續修四庫全書》,第 236 冊,第 338、340 頁。
〔註 113〕(梁)蕭統、(唐)李善、呂延濟、劉良、張銑、呂向、李周翰:《六臣注文選》,第 70 頁。
〔註 114〕(梁)蕭統、(唐)李善:《文選》,第 109 頁。
〔註 115〕(清)趙殿成:《王右丞集箋注》,第 52、53 頁。
〔註 116〕(漢)司馬遷:《史記》,第 2691 頁。
〔註 117〕(宋)司馬光、(元)胡三省:《資治通鑒》,中華書局 1956 年版,第 2304 頁。
〔註 118〕王重民、王慶菽、向達、周一良、啟功、曾毅公:《敦煌變文集》,人民文學出版社 1957 年版,第 87 頁。
〔註 119〕詳姜亮夫《詩騷聯綿字考》(見《姜亮夫全集》,第 17 卷,第 290~298 頁)。

迂遠也。逶，一作『委』。」顏延之〈秋湖行〉其二：「驅車出郊郭，行路正威遲。」〔註 120〕

〈老將行〉：「茫茫古木連窮巷，寥落寒山對虛牖。」趙校：「寥，一作遼。」〔註 121〕按，「寥落」、「遼落」為同一聯綿詞之不同書寫形式。方以智《通雅》卷七：「牢落者，寥落也。一作遼落、廖落。……〈上林賦〉『牢落陸離』。《文賦》『心牢落而無偶』，一作遼落。退之用『廖落』，即寥落。權德輿詩『牢落寒原會素車』，蓋牢為寥之洪聲，古常通呼。」〔註 122〕符定一《聯綿字典》寅集「寥落」條：「稀貌也。《文選》謝玄暉〈京路夜發〉詩：『曉星正寥落，晨光復泱漭。』善注：『寥落，星稀之貌也。』定一按，『寥』，《說文》作『廫』，空虛也。艸部：『落，凡艸曰零，木曰落。』空虛零落，正合『稀貌』之訓。《古文苑・王孫賦》曰：『時遼落以蕭索。』章注：『遼一作寥。』《文選・上林賦》：『牢落陸離。』善注：『牢落猶遼落也。』定一謂，『廫（俗作寥）落』是本字，牢遼與廫一聲之轉，均借字。」〔註 123〕

〈東溪翫月〉：「清澄入幽夢，破影抱空巒。」趙校：「清澄，《唐文粹》作澄清。」〔註 124〕按，「清澄」為聯綿詞，亦作「清瀓」，其作「澄清」者乃倒而言之，其義不變〔註 125〕。《說文解字》：「瀓，清也。」段玉裁注：「瀓之言持也，持之而後清。《方言》曰：『瀓，清也。』瀓、澄古今字。」〔註 126〕楊素〈山齋獨坐贈薛內史詩〉其二：「巖壑澄清（《文苑》作清澄）景，景清巖壑深。」〔註 127〕

〈京兆尹張公德政碑〉：「其守汾也，仍歲大旱，郡祠介推，雖屢舞僊僊，而靈應未若。」趙校：「僊僊，舊作仙仙，非。」〔註 128〕按，「僊僊」，亦作「仙仙」、「躚躚」、「蹮蹮」，均一聯綿詞之異寫。《說文解字》：「僊，長生僊去。」段玉裁注：「按，上文『偓佺，仙人也』，字作仙，蓋後人改之。〈釋名〉曰：

〔註 120〕（宋）郭茂倩：《樂府詩集》，中華書局 1979 年版，第 531～531 頁。

〔註 121〕（清）趙殿成：《王右丞集箋注》，第 93 頁。

〔註 122〕（清）方以智：《通雅》，見《方以智全書》，第 4 冊，黃山書社 2019 年版，第 322 頁。

〔註 123〕符定一：《聯綿字典》，寅集，中華書局 1954 年版，第 86 頁。

〔註 124〕（清）趙殿成：《王右丞集箋注》，第 268 頁。

〔註 125〕王念孫《讀書雜志》卷七〈連語〉：「凡連語之字，皆上下同義。……或言『儀表』，或言『表儀』，其義一也。」（中國書店 1985 年版，第 32 頁。）

〔註 126〕（漢）許慎、（清）段玉裁：《說文解字注》，第 956 頁。

〔註 127〕逯欽立：《先秦漢魏晉南北朝詩》，第 2676 頁。

〔註 128〕（清）趙殿成：《王右丞集箋注》，第 396 頁。

『老而不死曰仙。仙，遷也，遷入山也，故其制字人旁作山也。』成國字體與許不同，用此知漢末字體不一，許擇善而從也。漢碑或從䙴，或從山。《漢·郊祀志》『僊人羨門』，師古曰：『古以僊為仙。』《聲類》曰：『仙，今僊字。』蓋仙行而僊廢矣。」〔註129〕釋玄應《一切經音義》卷七「僊僊」條：「《聲類》：俗仙字，同。……《詩》云：屢舞僊僊。《傳》曰：僊僊，醉舞貌也。」〔註130〕曹植〈妾薄命〉其二：「袖隨禮容極情，妙舞仙仙（一作僊僊）體輕。」〔註131〕

（七）餘論

以上從六個方面略要地考查了王維集之異文，其中因為音義近同而成異文之例較多，後人妄改、字形互訛兩者次之，而異體字及聯綿詞稍少。不過，此種評估或將隨著研究之深入而作修正。程千帆〈詹詹錄〉：「考證與批評是兩碼事，不能互相代替。但如果將它們完全割裂開來，也會使無論是考證還是批評的工作受到限制和損害。從事文學研究的人，同時掌握考證與批評兩種手段，是必要的。」〔註132〕而前人以王維「松下清齋折露葵」、「種松皆作老龍鱗」之句當作「松下行齋折露葵」、「種松皆老作龍鱗」尤佳，顯然在批評與考證上有所偏廢，不顧訓詁學之訛音與校讎學之倒文。毛奇齡《西河詩話》卷八認為「王維詩『種松皆作老龍鱗』，或云原本是『皆老作龍鱗』，老在松，不在鱗，以為極得。初亦信之，後觀唐試士詩，題是〈謝真人還舊山〉，而范傳正試卷中有『種松鱗未老』，正同摩詰此句。然老在鱗，不在松，未嘗不是也。近改前人文，動云『原本』，此亦學古之不可不一察者」〔註133〕，何況「錢牧齋所謂『山中一半雨』本也，其『松下行齋折露葵』、『種松皆作老龍鱗』二句，已非古本舊文」〔註134〕，可見考證與批評之不可或分。然此處並非施苛責於前人，而是寄深望於時輩也。

〔註129〕（漢）許慎、（清）段玉裁：《說文解字注》，第672頁。
〔註130〕徐時儀：《一切經音義三種校本合刊》（修訂版），第156頁。
〔註131〕（宋）郭茂倩：《樂府詩集》，第902頁。
〔註132〕程千帆：〈詹詹錄〉，見氏著《閒堂文藪》，齊魯書社1984年版，第345～346頁。
〔註133〕（清）毛奇齡：《西河文集》，第13冊，商務印書館1937年版，第2229頁。
〔註134〕張元濟：《涵芬樓燼餘書錄》，見《張元濟全集》，第8卷，商務印書館2009年版，第380頁。

王維詩繫年辨詰

王維詩之注本，明清以來蓋有三家，即顧起經《類箋唐王右丞詩集》、顧可久《唐王右丞詩集注說》、趙殿成《王右丞集箋注》。趙注本雖後出而轉精，然因囿於所處之時代與所見之史籍，缺失在所難免，故學術界另需一新注本來作拾補，而陳鐵民《王維集校注》（以下簡稱「陳注」）之出正副其望，不惟校讎精審、箋注確當，而且在詩文繫年上尤為劬力。趙注本之〈例略〉指出「敘詩之法，編年為上，別體次之，分類又其次也。今四家敘次，互有不同，擬欲編年，苦無所本，不敢強作解事」〔註1〕，陳注本則「多方搜尋材料，抉隱發微，精考細辨，終於為大部分詩文作了較為可靠的繫年」〔註2〕，沾溉於學術界，其澤甚遠。然王輝斌《王維新考論》之內〈王維作品綜考〉一章針對陳注本之繫年作了一些商辨工作，「或揭示其誤，或訂正其謬，或重新繫年，以期最大程度地還原王維詩歌作年的歷史真實」。學術乃天下之公器，因有疑義而與之作商榷，如切如磋，如琢如磨，是甚有裨益的。但筆者謂王文所考實多因盲目破舊、一味立新而轉致錯訛之處，故茲揀取數例較突出者撰文與之商訂，兼就正於學術界。

一、〈送李睢陽〉：「將置酒，思悲翁；使君去，出城東。……天子當殿儼衣裳，太官尚食陳羽觴，彤庭散綬垂鳴璫。黃紙詔書出東廂，輕紈疊綺爛生光。宗室子弟君最賢，分憂當為百辟先。布衣一言相為死，何況聖主恩如天！鸞聲噦噦魯侯旗，明年上計朝京師。須憶今日斗酒別，慎勿富貴忘我為！」陳注：

〔註1〕（清）趙殿成：《王右丞集箋注》，上海古籍出版社 1984 年版，第 1～2 頁。

〔註2〕傅璇琮、羅聯添：《唐代文學研究論著集成》，第 5 卷，三秦出版社 2004 年版，第 473 頁。

「作於天寶十二載（753）夏，說見〈年譜〉。李睢陽：即李峘，信安王禕長子，太宗第三子吳王恪曾孫。」〔註3〕王文卻謂「李睢陽」為李少康，所持理由有四：（一）《新唐書》卷七〇上〈宗室世系表〉上「畢王房」條明載「睢陽郡太守少康」〔註4〕，此與王詩「宗室子弟」扣合。（二）李少康之牧睢陽，亦見於《全唐文》卷三九〇孤獨及〈唐故睢陽太守贈秘書監李公神道碑並序〉：「公諱少康，字某。……玄宗後元年，改宋州為睢陽郡，命公為太守。」〔註5〕（三）郁賢皓《唐刺史考》、吳汝煜《全唐詩人名考》皆謂「李睢陽」為李少康。（四）李峘之牧睢陽乃遭排擠所致，其與王詩「明年上計朝京師」抵牾。「李睢陽」既非李峘，王詩繫年自誤〔註6〕。

按，王文誤。（一）李少康之為宗室、太守見於《新唐書》、《全唐文》，而李峘之為宗室、太守亦見於《新唐書》、《全唐文》。《新唐書》卷八〇〈李峘傳〉：「峘性質厚，歷宦有美名，以王孫封趙國公。楊國忠亂政，悉斥不附己者。峘由考功郎中拜睢陽太守，以清簡為二千石最。」〔註7〕《全唐文》卷三六二封利建〈大唐睢陽郡柘城縣令李公德政碑並序〉：「今太守越國李公，明照肝膽。」〔註8〕（二）郁賢皓《唐刺史考》雖將王詩所及「李睢陽」作李少康〔註9〕，然其修訂本即《唐刺史考全編》已易作李峘〔註10〕，知以「李睢陽」為李少康不確。至於吳汝煜《全唐詩人名考》持李少康說，實是未能準確理解詩句。王詩「太官尚食陳羽觴」、「輕紈疊綺爛生光」二句寫賞宴賜綾事。《舊唐書》卷

〔註3〕陳鐵民：《王維集校注》，中華書局1997年版，第309頁。

〔註4〕（宋）歐陽修、宋祁：《新唐書》，中華書局1975年版，第1986頁。

〔註5〕（清）董誥：《全唐文》，中華書局1983年版，第3969頁。

〔註6〕王輝斌：〈王維作品綜考〉，見氏著《王維新考論》，黃山書社2008年版，第188頁。

〔註7〕（宋）歐陽修、宋祁：《新唐書》，第3568頁。

〔註8〕（清）董誥：《全唐文》，第3674頁。

〔註9〕郁賢皓《唐刺史考》卷五六「宋州」條：「李少康，天寶元年至三載（742～744）。……《全詩》卷一二五王維有〈送李睢陽〉，卷二一三高適有〈畫馬篇（同諸公宴睢陽李太守，各賦一物）〉，卷二一四有〈奉酬睢陽李太守〉。『李睢陽』、『李太守』皆指李少康。」（江蘇古籍出版社1987年版，第672頁。）

〔註10〕郁賢皓《唐刺史考全編》卷五六「宋州」條：「李峘，天寶十二載至十四載（753～755）。……《全文》卷三六二封利建〈大唐睢陽郡柘城縣令李公德政碑並序〉：『今太守越國李公明照肝膽，首加賞譽。』『太守越國李公』當指李峘。《全詩》卷一二五王維〈送李睢陽〉詩，即指李峘。」（安徽大學出版社2000年版，第773頁。）其增訂本《唐刺史考全編》（鳳凰出版社2022年版，第751頁）說同。

一一二〈李峘傳〉:「楊國忠秉政,郎官不附己者悉出於外,峘自考功郎中出為睢陽太守。尋而弟峴出為魏郡太守。」〔註11〕留元剛《顏魯公年譜》天寶十二載條:「六月,詔補尚書十數人為郡守,宰相楊國忠怒公不附己,謬稱精擇,以公出守平原郡。」據此,李峘當與顏真卿同時出守。另據《全唐詩》卷一九八岑參〈送顏平原〉詩序:「十二年春,有詔補尚書十數公為郡守,上親賦詩觴群公,宴於蓬萊前殿,仍贈以繒帛,寵餞加等。參美顏公是行。」〔註12〕是此賞宴賜綾事與王詩所云相扣合,而李少康無之,「李睢陽」即李峘已無可疑之點。(三)王文認為李峘之牧睢陽乃遭排擠所致,故與王詩「明年上計朝京師」抵牾,言下之意即遭貶之官不得入朝上計,此乃昧於唐制而誤。所謂「上計」,上乃上呈,計指計簿。《後漢書・百官志》五:「皆掌治民,顯善勸義,禁奸罰惡,理訟平賊,恤民時務,秋冬集課,上計於所屬郡國。」胡廣注:「秋冬歲盡,各計縣戶口墾田,錢穀入出,盜賊多少,上其集簿。」〔註13〕《唐六典》卷三〈尚書戶部〉:「凡天下朝集使皆令都督、刺史及上佐更為之;若邊要州都督、刺史及諸州水旱成分,則佗官代焉。皆以十月二十五日至於京都,十一月一日戶部引見訖,於尚書省與群官禮見,然後集於考堂,應考績之事。元日,陳其貢篚於殿庭。」〔註14〕可見上計乃是都督或刺史之本職與例差,並不因其受寵或遭貶而致有所不同。而且,正是因為上計屬於唐代常制,所以王詩纔可預知「明年上計」。另據《新唐書》卷八〇〈李峘傳〉:「峘由考功郎中拜睢陽太守,以清簡為二千石最。方入計,而玄宗入蜀,即走行在。」〔註15〕明言李峘天寶十四載上計,王文所持之說不攻自破。惟此載與王詩所及「明年」即天寶十三載相差一年,蓋李峘天寶十四載上計正遇玄宗避亂幸蜀,「即走行在」,故史載之,據此並不說明天寶十三載李峘未嘗上計。

二、〈送徐郎中〉:「東郊春草色,驅馬去悠悠。況復鄉山外,猿啼湘水流。島夷傳露版,江館候鳴騶。卉服為諸吏,珠官拜本州。孤鶯吟遠墅,野杏發山郵。早晚方歸奏,南中絕忌秋。」陳注:「徐郎中:即徐浩。……尋繹詩意,此詩蓋送都官郎中徐浩赴嶺南選所桂州為嶺南選補使時所作(關於南選之事,可參見〈年譜〉)。考張九皋為嶺南五府經略等使兼南海郡(廣州)都督、太守,

〔註11〕(後晉)劉昫:《舊唐書》,中華書局1975年版,第3342頁。
〔註12〕(清)彭定求:《全唐詩》,中華書局1960年版,第2036頁。
〔註13〕(宋)范曄、(晉)司馬彪:《後漢書》,中華書局1965年版,第3622~3623頁。
〔註14〕(唐)李林甫:《唐六典》,中華書局2014年版,第79頁。
〔註15〕(宋)歐陽修、宋祁:《新唐書》,第3568頁。

在天寶十載至十二載（說見《唐刺史考》卷二五七），本詩之作，當即在此一期間。『徐』，宋蜀本、明十卷本、奇字齋本等俱作『禰』。按，『禰』古或書作『祢』，此處蓋因『徐』、『祢』形近而致誤。」〔註16〕王文認為：（一）改「禰」作「徐」，沒有版本依據。（二）王詩「南中絕忌秋」之內「南中」乃夷越地，並非徐浩所知選之嶺南桂州。王詩所送之人既非徐浩，其繫年不可信〔註17〕。

按，王文誤。（一）陳注本以趙注本為工作本（底本），而據趙注本〈例略〉云「諸家刻本予所見者，廬陵劉氏須溪、武陵顧氏玄緯、句無顧氏可久、吳興淩氏初成四家而已。……據所見而論，惟須溪評本為最善」〔註18〕，知其嘗用四個本子互校，擇其善者而從之。具體地說，「送徐郎中」採用的即劉須溪本，可謂淵源有自（而今所能見的南宋麻沙刊本、四部叢刊影印元刊本亦作「送徐郎中」），故王文謂其沒有版本依據是不可從的。（二）林寶《元和姓纂》序言：「上謂相國趙公：『有司之誤，不可再也。宜召通儒碩士辯卿大夫之族姓者，綜修《姓纂》，署之省閣，始使條其原系，考其郡望，子孫職位，並宜總緝，每加爵邑，則令閱視，庶無遺謬者矣。』寶末學淺識，首膺相府之命，因案據經籍，窮究舊史，諸家圖牒，無不參詳，凡二十旬，纂成十卷。」〔註19〕知其收羅史料家牒甚是完備，「不僅可以增補兩《唐書》列傳的不足，在研究唐代文獻遇到生疏的姓名時也可試翻此書來查考」〔註20〕，然其於禰姓但收禰衡一人。而郎中者，雖非顯達，亦非平庸，且林寶所在之憲宗朝距離玄宗朝將近百年而已，假若朝廷果有一位禰姓郎中，《元和姓纂》斷不至於闕載〔註21〕。陳垣《校勘學釋例》卷六指出「校法四例」，其一為對校法，「即以同書之祖本或別本對讀，遇不同之處，則注於其旁」，雖然「此法最簡便，最穩當，純屬機械法。其主旨在校異同，不校是非，故其短處在不負責任」〔註22〕；其四為理

〔註16〕陳鐵民：《王維集校注》，第301～302頁。

〔註17〕王輝斌：〈王維作品綜考〉，第187～188頁。

〔註18〕（清）趙殿成：《王右丞集箋注》，第1頁。

〔註19〕（唐）林寶：《元和姓纂》，中華書局1994年版，第1頁。

〔註20〕黃永年：《唐詩史料學》，上海書店出版社2002年版，第121頁。

〔註21〕陶敏《全唐詩人名彙考》：「〈送禰郎中〉，唐代絕少禰姓，更無仕宦顯達者，『禰』當從原校作『徐』。『禰』或作『祢』，與『徐』形近故訛。徐郎中，徐浩。詩云『島夷』、『卉服』、『珠官』，又云『早晚方歸奏，南中纔忌秋』，知徐乃出使嶺南者。」（遼海出版社2006年版，第177頁。）

〔註22〕陳垣：《校勘學釋例》，見《陳垣全集》，第7冊，安徽大學出版社2009年版，第309頁。

校法，「段玉裁曰：『校書之難，非照本改字不譌不漏之難，定其是非之難。』所謂理校法也。遇無古本可據，或數本互異，而無所適從之時，則須用此法」〔註23〕，是陳注改「禰」而為「徐」，不惟符合「對校」之法，亦且契合「理校」之旨。（三）王詩：「南中絕忌秋。」趙殿成注引《華陽國志》：「晉太始六年，初置蜀之南中諸郡。南中在昔，蓋夷越之地。」王文據之而謂「南中」乃夷越地，並非嶺南。其實，此說並不準確，「南中」應即嶺南地區。孫楚〈為石仲容與孫皓書〉：「南中呂興深睹天命，蟬蛻內向，願為臣妾。」李善注引《吳志》：「交趾郡吏呂興等殺太守孫諝，使使如魏。」其以南中、交趾對舉。交趾轄境相當於今廣東、廣西大部與越南北部、中部，亦即嶺南地區。又白居易〈秦吉了〉：「秦吉了，出南中。」《舊唐書》卷二九〈音樂志〉二：「今案嶺南有鳥，似鸜鵒而稍大，乍視之，不相分辨，籠養久，則能言，無不通，南人謂之吉了，亦云料。」〔註24〕張岱《夜航船》卷一七〈秦吉了〉：「嶺南異鳥，一名了哥。行似鸜鵒，黑色，兩肩獨黃，頂毛有縫，如人分髮，耳聰心慧，舌巧能言。」是則「南中」所指實即嶺南。《全唐文》卷四四五張式〈大唐故銀青光祿大夫彭王傅上柱國會稽郡開國公贈太子少師東海徐公神道碑銘〉：「公姓徐氏，諱浩，字季海。……遷金部員外郎，轉都官郎中，充嶺南選補使。……五嶺百越，頌聲四合。」〔註25〕（參校王昶《金石萃編》卷一〇四〈徐浩碑〉〔註26〕、陸增祥《八瓊室金石補正》卷六七〈彭王傅徐浩碑〉〔註27〕。）徐浩嘗官嶺南選補使，王詩所及「南中」與之正合。

三、〈酬郭給事〉：「洞門高閣靄餘輝，桃李陰陰柳絮飛。禁裡疏鐘官舍晚，省中啼鳥吏人稀。晨搖玉珮趨金殿，夕奉天書拜瑣闈。強欲從君無那老，將因臥病解朝衣。」陳注：「作於天寶十四載（755），說見〈年譜〉。」〔註28〕據陳鐵民〈王維年譜〉天寶十四載條：「杜甫〈奉同郭給事湯東靈湫作〉云：『飄飄青瑣郎，文采珊瑚鉤。』『青瑣郎』即指郭給事，仇注曰：『《漢舊儀》：給事黃門侍郎，每日暮，向青瑣門拜，謂之夕郎。』『強欲』句意謂，自己極想跟從

〔註23〕陳垣：《校勘學釋例》，第313頁。

〔註24〕（後晉）劉昫：《舊唐書》，第1061頁。

〔註25〕（清）董誥：《全唐文》，第4541～4542頁。

〔註26〕（清）王昶：《金石萃編》，見《續修四庫全書》，第889冊，上海古籍出版社1996年版，第254～258頁。

〔註27〕（清）陸增祥：《八瓊室金石補正》，文物出版社1985年版，第460～461頁。

〔註28〕陳鐵民：《王維集校注》，第358頁。

郭給事，無奈年老，力不從心。蓋是時維亦官給事中（唐門下省有給事中四人），故有此語。又，維詩中之『郭給事』與甫詩中之『郭給事』當為一人，仇兆鼇繫甫此詩於天寶十四載（即是年郭為給事中），故知維任給事中亦應在此年。」〔註29〕王文對此予以質疑，認為：（一）對於王詩與杜詩所及「郭給事」之為一人，陳注並無必要考證。（二）史載門下省有給事中四員，天寶十四載前後，門下省難免出現兩個「郭給事」。（三）據吳汝煜《全唐詩人名考》，「郭給事」為郭慎微。是以王詩之酬人與繫年均誤〔註30〕。

按，王文誤。（一）王詩有云「強欲從君無那老，將因臥病解朝衣」，蓋王郭同為給事中，故有此語。陳思《寶刻叢編》卷八引《京兆金石錄》：「唐贈汝南太守郭慎微碑，族弟汭撰，顧戒奢分，天寶中立。」〔註31〕是則郭慎微天寶中卒。而據《舊唐書》卷一九〇下〈王維傳〉：「天寶末，為給事中。」〔註32〕可見王詩所及「郭給事」非郭慎微。（二）《舊唐書》卷五〇〈刑志〉：「肅宗方用刑名，公卿但唯唯署名而已。於是河南尹達奚珣等三十九人，以為罪重，與眾共棄。珣等十一人，於子城西伏誅。陳希烈、張垍、郭納、獨孤朗等七人，於大理寺獄賜自盡。」〔註33〕《資治通鑒》卷二二〇唐肅宗至德二載條：「（十二月）壬申，斬達奚珣等十八人於城西南獨柳樹下，陳希烈等七人賜自盡於大理寺。」〔註34〕知郭納卒於至德二載，終官陳留太守。林寶《元和姓纂》卷一〇：「納，給事中、陳留採訪使。」〔註35〕又知郭納是自給事中出為陳留太守。《全唐文》卷三二三蕭穎士〈蓬池禊飲序〉：「粵天寶乙未，暮春三月，河南連帥領陳留守李公，以政成務簡，方國多暇，率府郡佐吏，二三賓客，帳飲於蓬池。」〔註36〕《舊唐書》卷二〇〇上〈安祿山傳〉：「（天寶十四載）十二月，度河至陳留郡，河南節度張介然城陷死之，傳首河北。陳留郭門祿山男慶緒見誅慶宗榜，泣告祿山，祿山在輿中驚哭曰：『吾子何罪而殺之！』狂而怒，官軍之降者夾道，命交相斫焉，死者六七千人，遂入陳留郡。太守郭納初拒戰，

〔註29〕陳鐵民：〈王維年譜〉，見氏著《王維集校注》，第1361～1362頁。
〔註30〕王輝斌：〈王維作品綜考〉，第191頁。
〔註31〕（宋）陳思：《寶刻叢編》，浙江古籍出版社2012年版，第635頁。
〔註32〕（後晉）劉昫：《舊唐書》，第5052頁。
〔註33〕（後晉）劉昫：《舊唐書》，第2151～2152頁。
〔註34〕（宋）司馬光、（元）胡三省：《資治通鑒》，中華書局1956年版，第7049頁。
〔註35〕（唐）林寶：《元和姓纂》，第1550頁。
〔註36〕（清）董誥：《全唐文》，第3282頁。

至是出降。」〔註37〕據此，郭納之官陳留太守最早在天寶十四載四月、最遲在其年十一月。另據杜甫〈奉同郭給事湯東靈湫作〉:「東山氣濛鴻，宮殿居上頭。君來必十月，樹羽臨九州。」仇兆鼇注:「安祿山反，在天寶十四載十一月，此詩當是其年十月所作。」〔註38〕是則天寶十四載十月郭納在給事中任，並於其年十一月出為陳留太守。天寶十四載十月，郭納在給事中任，此與王維官給事中之時間是接近或吻合的。王詩「晨搖玉珮趨金殿，夕奉天書拜瑣闈。強欲從君無那老，將因臥病解朝衣」數句，又係明言給事中職事、生活，是以陳注認為「郭給事」即郭納是可信的。至於王文所持（一）、（二）兩端質疑，可謂吹毛求疵之極。陳注以王詩與杜詩所及「郭給事」為同一人，所運用的乃比較考證法，即邏輯學所稱「對稱性關係推理」，並非無根據地臆斷〔註39〕，而岑

〔註37〕（後晉）劉昫:《舊唐書》，第5370頁。

〔註38〕（清）仇兆鼇:《杜詩詳注》，中華書局2015年版，第342頁。

〔註39〕岑仲勉〈讀全唐詩札記〉:「郭汭〈同崔員外溫泉宮即事〉一首，按《會要》三〇，『開元十一年，十月五日，置溫泉宮於驪山，至天寶六載十月三日，改溫泉宮為華清宮』，觀其題，當是開、天時作，格調亦然。考郎官柱題名封外有郭納，據《姓纂》，後官至給事中、陳留採訪使，詠詩者應是當日侍從之臣，余以為郭汭者郭納之訛也。」（見《國立中央研究院歷史語言研究所集刊》，1947年第9本，第128頁。）胡可先〈出土碑誌與杜甫研究〉:「杜甫有〈奉同郭給事湯東靈湫作〉，《全唐詩》卷七七七則有郭汭〈同崔員外溫泉宮即事〉詩，岑仲勉〈讀全唐詩札記〉、張忱石《全唐詩作者索引》均以為『郭汭』為『郭納』之訛。按:據《唐代墓誌彙編》貞元一一三〈唐故宣義郎京兆府藍田縣尉樂安孫府君（嬰）墓誌銘並序〉（貞元十八年二月九日）:『父造，天寶初，應文詞清麗舉，與郭納同登甲科，官至詹事府司直。』又《北京圖書館藏中國歷代石刻拓本彙編》第二十六冊〈（上缺）太子舍人贈尚書兵部郎中李公神道碑〉，署『朝請大夫守樂安郡太守郭納撰，翰林院待詔右司禦率府兵曹參軍顧誡（奢）書』。墓主天寶八載（749）十一月二十九日卒，證作『郭納』是。《全唐文補遺·千唐誌齋新藏專輯》郭文應〈唐安州都督府法曹參軍郭文應亡妻范陽盧氏墓誌銘並序〉:『文應，大父納，給事中、陳留郡太守、河南道採訪處置使。』墓主元和十四年（819）二月廿五日葬。《全唐文補遺·千唐誌齋新藏專輯》郭德元〈唐故安州司法參軍郭公（文應）墓誌並序〉:『公諱文應，字瑞之，先世太原人也。……祖納，皇朝給事中、陳留郡太守、兼河南道採訪使。』杜甫詩所謂『郭給事』即郭納其人。」（見《文史交融：中國古代文學創作論》，商務印書館2018年版，第269～270頁。）胡可先〈石刻史料與王維文學家族研究〉:「王維有〈酬郭給事〉詩……『郭給事』即郭納，『洞門』二句描寫給事中的生活情景，說明其時作者與郭納同為給事中。杜甫有〈奉同郭給事湯東靈湫作〉詩，『郭給事』亦為郭納，仇兆鰲注繫於天寶十四載，其時王維正在給事中任。……王維、杜甫詩所謂『郭給事』即郭納其人。」（見《王維研究》，第7輯，齊魯書社2015年版，第23、24頁。）

仲勉《唐人行第錄》(附錄〈讀全唐詩札記〉、〈讀全唐文札記〉、〈唐集質疑〉三種)、陶敏《全唐詩人名彙考》多用此法，即如王文作者所盛贊的「一部扎根在『冷板凳』上的碩果，一部集當今唐詩人名考訂的大成之作」《全唐詩人名考》〔註40〕亦不例外。如王文之邏輯可以成立，所謂「人名考證」則無進行之必要了，因為難以確保無同姓同名甚而同時同僚者。古云「吏苟吹毛，人安措足」，似不必論之矣。

四、〈和使君五郎西樓望遠思歸〉:「高樓望所思，目極情未畢。枕上見千里，窗中窺萬室。悠悠長路人，曖曖遠郊日。惆悵極浦外，迢遞孤煙出。能賦屬上才，思歸同下秩。故鄉不可見，雲水空如一！」陳注:「居濟州時作。使君:謂州郡長官。此指濟州刺史。」〔註41〕王文對其提出三點疑問，認為王詩非居濟州時作:(一)王維遭貶濟州，始於開元九年，止於開元十三年，其間刺濟州者僅有裴耀卿一人，王詩所齒及之「使君五郎」未必即裴耀卿前任。而且陳注對於「使君五郎」生平事迹並無隻字相及。(二)「使君五郎」年歲較王維少。(三)王詩「西樓望遠思歸」乃指「使君五郎」而言，並非王維，而且所謂「望遠」未必「向西」〔註42〕。

按，王文誤。(一)據「思歸同下秩」句，可知王維所居為偏遠州縣、所任為低微官職。據此，大抵可以判定王詩繫年當在居濟州時，亦即開元九年至開元十四年間(按，王文謂其止於開元十三年，不確，詳陳鐵民〈考證古代作家生平事迹易犯的幾種錯誤〉〔註43〕)。又《文苑英華》卷七七五孫逖〈唐濟州刺史裴公德政頌〉:「公以甲子歲秋八月蒞於是邦。」知裴耀卿刺濟州在「甲子歲」即開元十二年，則王詩所齒及之「使君」究竟是指裴耀卿或其前任，自必難以準確考訂。古云「闕疑寡尤」，故陳注對「使君五郎」生平事迹未予隻字相及，其所持之態度是甚審慎的。(二)據陳鐵民〈王維年譜〉，王維居濟州時，年在廿一歲至廿六歲間〔註44〕。按照王文所謂「使君五郎」年較王維少之說，則其當在廿歲左右。試問廿歲青年焉得擔任三品刺史？(按，濟州屬上州，

〔註40〕王輝斌:〈評《全唐詩人名考》〉，見氏著《唐代文學探論》，黃山書社2009年版，第265頁。

〔註41〕陳鐵民:《王維集校注》，第50頁。

〔註42〕王輝斌:〈王維作品綜考〉，第165頁。

〔註43〕陳鐵民:〈考證古代作家生平事迹易犯的幾種錯誤〉，見《南京師範大學文學院學報》，2006年第1期，第56～57頁。

〔註44〕陳鐵民:〈王維年譜〉，第1328～1333頁。

刺史從三品階。）雖說考諸唐史，確有未及廿歲即為刺史之人，如《舊唐書》卷八六〈高宗中宗諸子傳〉，高宗之子「燕王忠，字正本，高宗長子也。……顯慶元年，廢忠為梁王，授梁州都督，賜實封二千戶，物二萬段，甲第一區。其年，轉房州刺史。……麟德元年，又誣忠與西臺侍郎上官儀、宦者王伏勝謀反，賜死於流所，年二十二，無子」〔註45〕，中宗之子「殤皇帝重茂，中宗第四子也。……開元二年，轉房州刺史。尋薨，時年十七」〔註46〕。然其終究是宗室子嗣，恐非王詩「使君五郎」所能及的，可見王文認為「使君五郎」年歲較王維少是錯誤乃至荒誕的。其實，「郎」字在王詩中乃兒郎、兒子意。王維另有〈和陳監四郎秋雨中思從弟據〉，岑仲勉《唐人行第錄》考證「陳監四郎應希烈之孫，《姓纂》言希烈子汭為少府少監，元和初尚存，疑此四郎為汭之子（希烈尚有子洌為秘書少監），名已不可知矣」〔註47〕，亦將「郎」字作兒郎解。同此解者尚有《全唐詩》卷二三二杜甫〈送大理封主簿五郎親事不合卻赴通州主簿前閬州賢子余與主簿平章鄭氏女子垂欲納鄭氏伯父京書至女子已許他族親事遂停〉〔註48〕、又卷二七八盧綸〈同耿拾遺春中題第四郎新修書院〉〔註49〕等等。當然，「郎」字亦可作男子尊稱解，如權德輿〈酬崔千牛四郎早秋見寄〉。至於究竟何時以兒郎解、何時以尊稱解，固宜根據具體語境判斷，不可太過武斷。（三）王文認為望遠思歸者乃「使君五郎」，並非王維，實未注意王詩「思歸同下秩」句內「同」字，失在眉睫間矣。至於王文認為「望遠」未必「向西」，實為陳注未有之意，亦為王文無稽之辭，可置不論。

五、〈林園即事寄舍弟紞〉：「寓目一蕭散，消憂冀俄頃。青草肅澄陂，白雲移翠嶺。後浦通河渭，前山包鄢郢。松含風裡聲，花對池中影。地多齊后痞，人帶荊州癭。徒思赤筆書，詎有丹砂井？心悲常欲絕，髮亂不能整。青簟日何長，閑門晝方靜。頹思茅簷下，彌傷好風景！」陳注：「疑居輞川時作。……『後浦』句：輞水入灞水，灞水入渭水，渭水入河，故云。據此，本詩或即作於輞川。」〔註50〕王文予以質疑，認為王詩齒及「後浦」（後沔）、「鄢郢」、「荊州」等地，必是開元廿九年次荊州時作，並謂「後沔通河渭」之內「渭」字應

〔註45〕（後晉）劉昫：《舊唐書》，第2823、2824、2825頁。
〔註46〕（後晉）劉昫：《舊唐書》，第2839頁。
〔註47〕岑仲勉：《唐人行第錄》，上海古籍出版社1978年版，第125頁。
〔註48〕（清）彭定求：《全唐詩》，第2554頁。
〔註49〕（清）彭定求：《全唐詩》，第3163頁。
〔註50〕陳鐵民：《王維集校注》，第469～470頁。

乃「沮」字〔註51〕。

按，王文誤。(一)王詩:「後浦通河渭，前山包鄢郢。」趙殿成注:「後浦，諸本俱誤作『後沔』，惟劉須溪本是『浦』字，顧玄緯因沔、鄢、郢、荊州諸字俱是楚地，遂於題下注云:『公次荊州時作』。成按:沔水不通河渭，雖《禹貢》梁州貢道有『逾於沔，入於渭，亂於河』之文，孔穎達云:『計沔在渭南五百餘里，故越沔陸行而北入渭，渭水入河，故浮渭而東。帝都在河之東，故渡河陸行而還帝都。』則是言其水陸相間而行之道如此，非謂其一水通流也。其為『浦』字之誤明甚。鄢郢雖是楚地，然前山則指秦地之山而言，與〈送李太守赴上洛〉詩云『商山包楚鄧，積翠藹沉沉』文意一例。『荊州』與『齊后』對用，是引故事，非實指楚地。參互考之，非次荊州時作也。」〔註52〕此說甚是，故為陳注援引以作考辨。而王文未仔細分析字詞、推敲典故，徑將「鄢郢」、「荊州」故事當作實地，從而改判王詩繫年，頗有斷章取義之嫌。(二)《水經注》卷二七〈沔水〉:「沔水出武都沮縣東狼谷中。沔水一名沮水。闞駰曰:以其初出沮洳然，故曰沮水也，縣亦受名焉。導源南流，泉街水注之，水出河池縣，東南流入沮縣，會於沔。沔水又東南徑沮水戍，而東南流注漢，曰沮口，所謂沔漢者也。」〔註53〕據此，可知沔水、沮水實一。如果按照王文說法而將「後浦通河渭」改作「後沔通河沮」，即沔水通沮水，則此「通」字也就失去意義而無著落了，可見王文亦有生拉硬扯之弊。

六、〈飯覆釜山僧〉:「晚知清淨理，日與人群疏。將候遠山僧，先期掃敝廬。果從雲峰裡，顧我蓬蒿居。藉草飯松屑，焚香看道書。燃燈晝欲盡，鳴磬夜方初。一悟寂為樂，此生閒有餘。思歸何必深，身世猶空虛。」陳注:「王維被宥復官後至卒前的三、四年間，每於京師飯僧(參見〈年譜〉)，本詩疑即此一期間所作。」〔註54〕王文則謂「王維寫是詩時已辭官歸隱於終南山」，以此合勘〈慕容承攜素饌見過〉之內「年算六身知」，王詩作於廣德元年前後〔註55〕。

按，王文誤。(一)王維之生卒年「學術界仍有一定爭議」，但是「大體可定於上元二年卒」〔註56〕，及至廣德元年，其卒已兩年矣，故而王文所持廣德

〔註51〕王輝斌:〈王維作品綜考〉，第196～197頁。
〔註52〕(清)趙殿成:《王右丞集箋注》，第19～20頁。
〔註53〕陳橋驛:《水經注校釋》，杭州大學出版社1999年版，第486頁。
〔註54〕陳鐵民:《王維集校注》，第521頁。
〔註55〕王輝斌:〈王維作品綜考〉，第202頁。
〔註56〕曲景毅、林宜青:《唐五代文編年史》，盛唐卷，黃山書社2018年版，第405頁。

元年之說，不僅無稽，而且不經。然其所以致誤，實是因為錯解王詩所涉典故，以及過信王勛成關於王維生年所作結論。王詩「年算六身知」之句，典出《左傳》襄公卅年：「晉悼夫人食輿人之城杞者。絳縣人或年長矣，無子，而往與於食。有與疑年，使之年。曰：『臣小人也，不知紀年。臣生之年，正月甲子朔，四百有四十五甲子矣，其季於今三之一也。』吏走問諸朝，師曠曰：『……七十三年矣。』史趙曰：『亥有二首六身，下二如身，是其日數也。』士文伯曰：『然則二萬六千六百有六旬也。』」〔註57〕「二首六身」為七十三歲隱語，王文即據之而判王維年七十時仍在，並將〈慕容承攜素饌見過〉、〈飯覆釜山僧〉兩詩繫年定在王維七十歲時。另王勛成據其《唐代銓選與文學》所倡「唐代及第進士必須守選三年方能釋褐授官」之說〔註58〕，考證王維生於延載元年〔註59〕，王文即自延載元年逆推七十年，得出兩詩作於廣德元年的結論。然而「二首六身」誠然是指七十三歲，但其意義在流傳中已有遷變。例如《全唐文》卷二四五李嶠〈為王及善請致仕表〉：「直以頽齡向盡，衰疹遍加。二首六身，甲子催其歲月；百骸九竅，寒溫煎其骨髓。」〔註60〕辛棄疾《稼軒長短句》卷二〈沁園春．壽趙茂嘉郎中〉：「甲子相高，亥首曾疑，絳縣老人。」〔註61〕吳錫麒《有正味齋駢體文》卷中〈袁簡齋前輩八十壽序〉：「夫使千秋萬歲，揚金石之諛詞；二首六身，侈支干之隱語。則絙泥墮落，可齊盤古之齡；斗籍鈎稽，莫算陀移之齒。」〔註62〕諸例均以「二首六身」、「亥首」作長命高壽解，亦即王詩「年算六身知」乃謂自己年老而已，並無隱含時歲或者生年（畢寶魁〈王維生年考辨〉據以考證王維生於聖曆二年〔註63〕）之意。

除卻以上所列數例，王文還有一些錯訛太過明顯或質疑太過牽強處，如以〈終南別業〉「晚家」指「晚年家於」〔註64〕，又以〈同比部楊員外十五夜遊有懷靜者季〉「同舍」為「居處」〔註65〕等等，以及已為陳鐵民〈考證古代作

〔註57〕（春秋）左丘明：《左傳》，嶽麓書社1988年版，第255頁。
〔註58〕王勛成：《唐代銓選與文學》，中華書局2021年版，第61～102頁。
〔註59〕王勛成：〈王維進士及第之年及生年新考〉，見氏著《唐代銓選與文學論稿》，中華書局2022年版，第14～25頁。
〔註60〕（清）董誥：《全唐文》，第2484頁。
〔註61〕（宋）辛棄疾：《稼軒長短句》，上海人民出版社1975年版，第25頁。
〔註62〕（清）吳錫麒：《有正味齋駢體文》，上海大達圖書供應社，1936年版，第110頁。
〔註63〕畢寶魁：〈王維生年考辨〉，見《文獻》，1996年第3期，第3～8頁。
〔註64〕王輝斌：〈王維作品綜考〉，第178頁。
〔註65〕王輝斌：〈王維作品綜考〉，第182頁。

家生平事迹易犯的幾種錯誤〉、〈再談考證古代作家生平事迹易犯的幾種錯誤〉〔註66〕間接駁辨之處，則均從略。

〔註66〕陳鐵民：〈再談考證古代作家生平事迹易犯的幾種錯誤〉，見《南京師範大學文學院學報》，2007年第2期，第49～62頁。

《洛陽新獲墓誌》王維書迹證偽

《洛陽新獲墓誌（二〇一五）》，齊運通、楊建鋒編，中華書局2017年出版。此書收有八面柱形經幢拓本一方，題作〈佛頂尊勝陀羅尼石幢贊並序〉（以下簡稱「經幢序」），高170釐米，上寬14釐米，下寬17釐米，正書，面4行，行38字，不具撰人名氏，款為「大樂丞王維書」。

王維乃唐代大詩人，若經幢序為真品，則對於推進王維研究裨益頗大。一則彌補書迹之缺。史載王維「書畫特臻其妙，筆蹤措思，參於造化」（《新唐書》本傳），但至今無原作遺世，現藏日本大阪市立美術院之〈伏生授經圖〉傳為王維所繪，難以坐實，則經幢序乃王維書迹之首次發現，意義重大。二則印證史籍之評。王維「工草隸」（《舊唐書》本傳），此處之隸並非「古隸」（秦隸與漢隸之合稱），而是「今隸」，即正書之別稱；經幢序為王維正書，如何之工，則可求證。三則訂正行實之非。據陳鐵民〈王維年譜〉，開元九年（721），王維以事坐累，由太樂丞（「太」通「大」）謫濟州司倉參軍〔註1〕，這基本上已是學術界共識；而經幢序有明確紀年為開元十年（722）四月十三日，此時王維尚在太樂丞任，則其年譜及相關詩作繫年當據以修正。但事實上經幢序乃一偽刻，不可依據。

從拓本看，經幢序大體有前後兩個部分。前部分為右起一至四面，乃序文；後部分為右起五至八面，乃經文，節抄《佛頂尊勝陀羅尼經》。其序文云（□謂缺字，〼謂缺字數不詳）：

〔註1〕陳鐵民：〈王維年譜〉，見氏著《王維集校注》（修訂本），中華書局2018年版，第1437頁。

> 公□□□□□西成紀人也。若乃開國承家之茂，已昭□□於□□光朝⍁於史□，可略言也。九代祖全，後漢□□將軍、高州都督、范陽王。□風⍁蓋於西⍁十二□大⍁智□忠州刺史，或□□玉□□高□□之⍁萬細□之□父□□代州都督府長史。百城之□□□惟□□□之班□□是哲。公□祖任□州，卜居萬安山下，至子孫等五代□為伊闕縣人□公□萬峰之□□伊浦之□□忠孝而□操□上□而挺生。硌硌不群，山水諧其性。□恂□□鄉□□其德□任南陽令，俄□汝州司馬⍁匡州□□□尚。豈啚□□未福⍁良木⍁大唐開元十年二月。夫人□州史氏。曾祖□洛陽太守。祖□平州□□令。夫人⍁含貞。夫人□□□氏。曾祖道，周□州刺史。祖，隋本郡太守。父，唐懷州河內令。夫人□精□嶺⍁開元十年歲次甲午四月乙酉朔十三日丁酉，與夫人□於萬安山⍁石佛寺□□石幢一⍁惟祖惟父⍁光朝□□冬日□□惟公光⍁名⍁非好泉⍁兮□白日⍁玄⍁。〔註2〕

因殘泐不全並氈拓不清，損字尤夥，以致文義不盡相貫，然大抵是歷敘此公之籍貫、家世、行實、妻室、卒年、葬日之屬，與墓誌之例同。其中「開元十年歲次甲午四月乙酉朔十三日丁酉」一句，按之《二十史朔閏表》〔註3〕不符，應作「歲次壬戌四月辛未朔十三日癸未」。本來唐碑中不乏干支紀法有誤者，然經幢序紀年作「甲午」一誤，紀朔作「乙酉」再誤，紀日作「丁酉」三誤，有如此者，實在罕見，則經幢序是否真品令人生疑。

當然，僅憑干支之誤，或未敢遽斷經幢序必偽，但以之與《洛陽流散唐代墓誌彙編》所收〈大周故汝州司馬牛公墓誌銘〉拓本（以下簡稱「牛誌」）相較，文字極為近似，如出一轍，足以證實所疑非虛。

2009年，牛誌始出土於洛陽偃師，長55.5釐米，寬55.5釐米，有方界格，且誌中鑿圓孔，正書，24行，行24字，其云：

> 公諱陵，字君，其先隴西成紀人也。若乃開國承家之茂，已昭晰於緹緗；光朝絕俗之英，亦紛綸於史諜；可略言也。九代祖金，後漢驃騎將軍、幽州都督、范陽王。蘋風萬里，翼飛蓋於西園；桂嶺千尋，鬱平臺於東菀。曾祖仙，北齊十二衛大將軍。祖貴，周汝州刺史。或韜奇玉帳，榮高去病之功；或奮略彤襜，德萬細侯之最。

〔註2〕齊運通、楊建鋒：《洛陽新獲墓誌（二〇一五）》，中華書局2017年版，第167頁。

〔註3〕陳垣：《二十史朔閏表》，見《陳垣全集》，第6冊，安徽大學出版社2009年版。

父興，隨代州都督府長史。百城之寄，所輔惟良；六察之班，其規是哲。公因祖任汝州，卜居緱氏山下，至子孫等五代，遂為緱氏縣人焉。公稟緱峰之精，縕伊浦之靈；含忠孝而植操，體上仁而挺生。硌硌不群，山水諧其性；恂恂善誘，鄉黨歸其德。唐授南陽令，俄遷汝州司馬。鳴弦撫縣，馴翟非優；洗幘匡州，徙貙何尚。豈啚大年未福，小豎遄災；智石爰傾，良木斯壞。春秋八十有九，以大周長壽二年一月十四日卒於私第，嗚呼哀哉。

夫人武威賈氏。曾祖彥，洛陽太守。祖道，雍州櫟陽令。夫人瓊臺縕妙，芝浦含貞；落蕣彩於先朝，戢蘭儀於厚夜。夫人彭城劉氏。曾祖道，周益州刺史。祖，隨本郡太守。父，唐懷州河內令。夫人稟精魚嶺，凝粹鳳樓；掩神珮於珠皋，寢仙袿於雲澤。

粵以長壽三年歲次甲午一月乙酉朔十三日丁酉，與夫人等合葬於緱氏山南麓之平原，禮也。啟故塊於先魂，合新塋於後魄；悲松風於松路，慘山煙於山陌。嗚呼哀哉，乃為銘曰：蟬聯緒閥，淼漫源長。惟祖惟父，知微知彰。光朝秀郡，冬日秋霜。惟公光誕，實茂名揚。器宇虛寂，風儀俊朗。榮利非好，泉林縱賞。耆哲忽萎，云誰可像。掩九泉兮辭白日，冥萬古兮紀玄壤。〔註4〕

據牛誌載，牛陵出自牛金之後。牛金其人見於《三國志・魏書・曹仁傳》，初為曹仁「部曲將」，其後「官至後將軍」〔註5〕。另據《晉書》卷六〈元帝紀〉，「初，《玄石圖》有『牛繼馬後』，故宣帝（指司馬懿）深忌牛氏，遂為二榼，共一口，以貯酒焉，帝先飲佳者，而以毒酒鴆其將牛金」〔註6〕。惟其歷仕漢魏晉，謂之「後漢驃騎將軍」，或「魏司徒公」，或「晉將軍」，均宜。其餘人則史籍不載，無從查考。

牛誌屬辭有法，用事亦當，而且葬日「長壽三年歲次甲午一月乙酉朔十三日丁酉」，按之《二十史朔閏表》皆合，則非贋石。雖經幢序「剝蝕」尤甚，然就現有文字與牛誌作比勘，除篡改或刪汰個別辭句、地名、職官、年號之外，諸如改「緱氏山」為「萬安山」，改「幽州都督」為「高州都督」，改「長壽三

〔註4〕毛陽光、余扶危：《洛陽流散唐代墓誌彙編》，國家圖書館出版社2013年版，第94頁。

〔註5〕（晉）陳壽：《三國志》，中華書局1959年版，第275、276頁。

〔註6〕（唐）房玄齡：《晉書》，中華書局1974年版，第157～158頁。

年」為「開元十年」；其餘沿襲之迹顯然，幾無二致，尤其「若乃開國承家之茂」、「硌硌不群，山水諧其性」、「至子孫等五代」、「祖，隋本郡太守。父，唐懷州河內令」各句。「麒麟皮下露出馬腳」，經幢序係以牛誌為底本刻石偽造者，實非王維書迹。

《洛陽新獲墓誌》誤收偽刻，重印時應將經幢序剔去，或加注一「偽」字，以示審慎。

王維研究領域又一扛鼎之作
——評修訂本《王維集校注》

王維是唐代著名的作家之一，在詩文畫各個方面均有較高成就，其詩「詞秀調雅，意新理愜，在泉為珠，著壁成繪」〔註1〕，藝術獨絕，造詣尤深，「唐無李、杜，摩詰便應首推」〔註2〕，故為歷代讀者所推崇與鍾愛。同時，亦引起後世文人對其作品進行校勘、評點、箋釋的興趣，這方面的代表作有宋劉辰翁《須溪先生校本唐王右丞集》、明顧起經《類箋唐王右丞詩集》、明顧可久《唐王右丞詩集注說》、清趙殿成《王右丞集箋注》。然劉辰翁本有校無注，顧起經、顧可久二本或有詩無文，或「注詩而不及文，詩注亦間有舛漏」，惟趙殿成本是首個完整而詳慎的王維詩文校注本。雖說四庫館臣曾指出其編次未協及體例不一等不足，但「核其品第，固猶在顧注上也」〔註3〕，故自乾隆二年（1737）刊行以來，歷經200餘年，尚屹立在學術著述之林，仍不失其參考價值。

不過，隨著學術的不斷演變與研究的持續深入，趙殿成本的局限性與日俱增，難以適應現代學術研究的發展與需求。特別是進入新時期以來，在新問題、新材料、新方法、新觀點、新思潮影響下，唐代文學研究狂飆突進，在詩文集整理、工具書編纂、史料考訂、理論探討諸多方面，均取得了顯著成績。王維作為盛唐文學代表作家，為之編撰一部相較於趙殿成本更為完善的王維詩文

〔註1〕（唐）殷璠：《河嶽英靈集》，見《唐人選唐詩十種》，中華書局1958年版，第58頁。

〔註2〕（清）賀裳：《載酒園詩話又編》，見《清詩話續編》，上海古籍出版社2016年版，第300頁。

〔註3〕（清）愛新覺羅·永瑢：《四庫全書總目》，中華書局1965年版，第1282頁。

校注本，自然成為「天下舉首戴目」之事。

1981 年，陳鐵民先生即著手編撰《王維集校注》，歷時近七年乃脫稿，又經九年編排，纔於 1997 年 8 月由中華書局列入「中國古典文學基本叢書」以繁體字排印出版，約計 97 萬字。此書以趙殿成本為底本，在充分吸收其有益成果並盡量彌補其明顯疏漏的基礎上，著重作了增加校本、補正注語、按年編次、甄辨偽作、輯錄詩評等多方面工作，將全書分為十二卷，卷一至卷六為編年詩，卷七為未編年詩，卷八至卷十一為編年文，卷十二為未編年文，收詩 376 首、文 70 篇，另附資料 6 種（〈傳本誤收詩文〉、〈王維事迹資料彙錄〉、〈詩評〉、〈畫評〉、〈王維年譜〉、〈王維集版本考〉），「校勘精審，注釋準確，匯聚了校注者多年潛心研究王維詩文的新成果，其使用、參考價值，無疑已勝過趙注本」〔註 4〕，曾獲第三屆中國社會科學院優秀科研成果獎（三等獎）〔註 5〕。據粗略地統計，1998 年至 2018 年期間有關王維研究的期刊論文約 3000 餘篇（不含論著 100 餘種以及港臺期刊論文），比 1949 年至 1997 年期間的期刊論文多出四倍以上，雖遜於李白研究與杜甫研究，然方興未艾，蔚為大觀，可見此書作為基礎性著作的出版，對王維研究產生了較為深遠影響。自 1997 年 8 月至 2017 年 6 月，此書已經重新印刷 9 次，累計印數 21000 冊，平均年需求量 1000 餘冊，銷量之多、受眾之廣、影響之大，在集部古籍整理類著作之中尚不多見。

此書出版之後，陳鐵民先生便開始了修訂工作。但重印時因係用舊紙型，故只得在不影響版面的前提下，對極個別地方進行挖改，至於較重要的問題，則在〈重印後記〉加以交代。2016 年，有鑒於學術界的新成果與自身的新認知，以及編撰《新譯王維詩文集》〔註 6〕的新經驗，陳鐵民先生又對此書進行了全面而細致的修訂，由中華書局改版重排，並於 2018 年 7 月出版，約計 90 萬字。與初版相比較，在編排上，新版仍使用繁體字；詩文之卷數及分類如舊，惟各卷所收篇目及其次序有不同程度的調整；所附資料 6 種不變，但具體文字或論述有所改動。在內容上，新版既保持了初版的長處，又修正了初版的短處，還在字詞釋義、詩文編年、校勘異文、文義串講、校注援據、考訂按語、稽考本事、回應質疑許多方面均取得了長足進步。

〔註 4〕傅璇琮、羅聯添：《唐代文學研究論著集成》，第 5 卷，三秦出版社 2004 年版，第 474 頁。

〔註 5〕中國社會科學院辦公廳綜合處：《中國社會科學院基本情況統計年報》（2000 年，內部資料），第 63 頁。

〔註 6〕陳鐵民：《新譯王維詩文集》，臺北三民書局 2009 年版。

一是字詞釋義更加精細。初版注釋準確，並在「難詞注釋上，用力甚巨，發明豐碩」，尤其是口語疑難詞注釋「也時多著意心裁，新見間出」〔註7〕。新版後出轉精，對初版所注不夠明確處有所補益，並且「為適應年輕讀者的需要，又適當增加了一些注釋」，希望盡量規避「誤解詩意的現象」〔註8〕。例如〈獻始興公〉，初版注謂「始興公，即張九齡」〔註9〕，以開元二十三年（735）三月九日晉封為始興縣開國子。但學術界有一種似是而非的說法，「謂王維呼九齡為始興公，是以郡望（或籍貫）加『公』相稱，同九齡的封爵沒有直接聯繫，因此不能把王維作〈獻始興公〉的時間，限定在開元二十三年三月九日以後」〔註10〕，故新版補注謂「『始興』為爵號之省稱，『公』為尊稱」〔註11〕。又如〈慕容承攜素饌見過〉「年算六身知」，初版注引《左傳》絳縣老人七十三歲之典，謂「此句即用其事，意謂自己年紀已經很大了」〔註12〕。但學術界「或將王維所用『年算六身』的典故坐實，並以之確定王維作此詩時的年齡和生年」，故新版補注謂「筆者考察過唐人詩文中使用這一典故的所有例子，皆作年老之義使用，無一例是將七十三歲當作事實來使用的」，並提醒學術界「將詩文中所用的典故坐實，並以之考證作家的生平事迹，這種做法是很靠不住的」〔註13〕，嘉惠後學可云備至。

二是詩文編年更加精準。初版通過細致考證，為大部分詩文（詩302首、文58篇）作了編年，這是區別於趙殿成本的最突出特點。新版則對原有編年予以逐一複核（刪去未編年詩2首，列為「傳本誤收」之作），增加編年詩8首、文1篇，調整編年詩19首、文2篇，移出編年詩1首。例如〈送孟六歸襄陽〉，初版繫於開元十七年（729）冬，「時孟浩然在長安應試落第，即將返里，維因作此詩送之」〔註14〕。但據《舊唐書》記載，孟浩然於開元十六年（728）「年四十來遊京師，應進士不第，還襄陽」〔註15〕，故新版改繫於開元

〔註7〕魏耕原：〈王維詩口語疑難詞疑議〉，見《文史》，第56輯，中華書局2001年版，第273頁。

〔註8〕陳鐵民：《王維集校注》（修訂本），中華書局2018年版，第4頁。

〔註9〕陳鐵民：《王維集校注》，中華書局1997年版，第113頁。

〔註10〕陳鐵民：《王維集校注》（修訂本），第1486～1487頁。

〔註11〕陳鐵民：《王維集校注》（修訂本），第117頁。

〔註12〕陳鐵民：《王維集校注》，第519頁。

〔註13〕陳鐵民：《王維集校注》（修訂本），第566頁。

〔註14〕陳鐵民：《王維集校注》，第84頁。

〔註15〕（後晉）劉昫：《舊唐書》，中華書局1975年版，第5050頁。

十六年。又如〈宮門誤不下鍵判〉，初版據《通典》卷一五所載銓選試判之制，認為「此判乃維預文官之選時所撰，非真為斷獄而作」，繫於「天寶七載（748）維始任從五品上的庫部郎中之前」〔註 16〕。新版則進一步考出六品以下敕授官（又稱常參官，如左右補闕、左右拾遺等）不由吏部銓選，換言之，即不試判，「考王維自開元二十三年授右拾遺後，即一直任擺脫守選的六品以下常參官和五品以上官，無需再參加吏部的銓選與試判」，故改繫於「開元二十三年以前」〔註 17〕。其餘所調整的編年，均持之有故而言之成理，所得的結論比初版更為科學。

三是校勘異文更加精良。初版在趙殿成本基礎上，增校宋蜀刻本、述古堂影鈔宋麻沙本、元刊劉須溪校本、明十卷本等舊刊本，「糾繆補缺，探微抉奧，為讀者提供了一個最具權威性的校訂本」〔註 18〕。新版則對個別異文再次做了深入的甄辨與合理的選擇。例如〈漢江臨泛〉，初版之詩題據《瀛奎律髓》改為「臨眺」，注謂「登高遠望」〔註 19〕。「然細味此詩五、六一聯，所寫者當為臨流泛舟所見之景，而非登高覽眺所見。且王維詩諸舊本及《文苑英華》……題均作〈漢江臨泛〉」〔註 20〕，故新版回改為「臨泛」〔註 21〕。又如〈工部楊尚書夫人贈太原郡夫人京兆王氏墓誌銘並序〉「夫人一入空門……無復餘乘」，初版注謂「飾，底本原作『餘』，此從宋蜀本」〔註 22〕，即將「飾乘」當作一般性帶有裝飾的車乘。新版則回改為「餘」，並引《法華經．方便品》「如來但以一佛乘（謂引導教化眾生成佛的唯一途徑或教說，即指大乘）故，為眾生說法，無有餘乘」為證，認為「含雙關之義，又指王氏只信奉大乘」〔註 23〕，使得句意愈明晰而深長。

四是文義串講更加精盡。初版在解釋字詞與徵引例證之後，擇要串講大意，將上下文連成一氣，裨益文義闡發，方便讀者理解。新版則對串講不足或欠妥處進行修訂，臻於完善。例如〈寓言二首〉其二「君家御溝上……生死在

〔註 16〕陳鐵民：《王維集校注》，第 860 頁。
〔註 17〕陳鐵民：《王維集校注》（修訂本），第 753 頁。
〔註 18〕劉躍進：《走向通融：世紀之交的中國古代文學研究》，知識產權出版社 2005 年版，第 75 頁。
〔註 19〕陳鐵民：《王維集校注》，第 168 頁。
〔註 20〕劉學鍇：《唐詩選注評鑒》，中州古籍出版社 2013 年版，第 341 頁。
〔註 21〕陳鐵民：《王維集校注》（修訂本），第 183 頁。
〔註 22〕陳鐵民：《王維集校注》，第 983 頁。
〔註 23〕陳鐵民：《王維集校注》（修訂本），第 1086 頁。

八議」，初版注謂此君「掌八議之權，可定人生死」〔註 24〕，新版改為「詩中所描寫的貴人，無論生與死都被列在有八議減刑特權的範圍之內」〔註 25〕，如此乃見「其權勢之盛」。又如〈上張令公〉「學《易》思求我，言《詩》或起予」，初版注引《易・蒙》「匪我求童蒙，童蒙求我」以及《論語・八佾》「起予者商也，始可與言《詩》矣」相關出典之後，串講其文義說，兩處均是「用其字面之意，謂己思念有人能來『求我（指尋找、任用自己）』；……言盼望有人或許能『起予（指薦舉自己）』。二句委婉地表達了請求九齡援引之意」〔註 26〕。新版改為「以童蒙自喻，委婉地表達了請求九齡援引之意。……以卜商（孔子弟子）自喻，謂己或許能對九齡有所啟發」〔註 27〕，即將句內「我」以及「予」明確為張九齡，故與文義更為契合。

五是校注援據更加精切。初版在校勘、箋注、考證時徵引史料百數餘種，新版不僅對所有引文進行了複核，而且對個別重要史料開展了史源考察與版本檢勘，校訂訛誤，修正脫衍。有些地方雖說只改了一兩字，但其所反映的卻是嚴謹而細致的學風。例如〈息夫人〉，初版注引《本事詩・情感》，內有「坐客無敢繼者，王乃歸餅師，以終其志」〔註 28〕三句，新版則在其後括注「以上三句原無，見《唐詩紀事》卷一六引《本事詩》」〔註 29〕。又如〈留別山中溫古上人兄並示舍弟縉〉「舍弟官崇高」，初版注引王縉〈東京大敬愛寺大證禪師碑〉，謂「（大照）即普寂……開元二十七年（739）卒於京師興唐寺」〔註 30〕，「京師」乃指長安。《唐會要》卷四八〈寺〉：「興唐寺，太寧坊。神龍元年（705）三月十二日，敕太平公主為天后立為罔極寺。開元二十年（732）六月七日，改為興唐寺。」〔註 31〕是興唐寺在長安太寧坊，然洛陽亦有之。蓋據李邕〈大照禪師塔銘〉「怡然坐滅於都興唐寺」〔註 32〕以及《宋高僧傳・普寂》「終於上都興唐寺」〔註 33〕之載，「都」及「上都」均謂洛陽，則普寂卒地並不在長安，

〔註 24〕陳鐵民：《王維集校注》，第 50 頁。
〔註 25〕陳鐵民：《王維集校注》（修訂本），第 51 頁。
〔註 26〕陳鐵民：《王維集校注》，第 107 頁。
〔註 27〕陳鐵民：《王維集校注》（修訂本），第 113 頁。
〔註 28〕陳鐵民：《王維集校注》，第 21 頁。
〔註 29〕陳鐵民：《王維集校注》（修訂本），第 17 頁。
〔註 30〕陳鐵民：《王維集校注》，第 117 頁。
〔註 31〕（宋）王溥：《唐會要》，上海古籍出版社 2006 年版，第 991 頁。
〔註 32〕（清）董誥：《全唐文》，中華書局 1983 年版，第 2659 頁。
〔註 33〕（宋）贊寧：《宋高僧傳》，上海古籍出版社 2014 年版，第 181 頁。

故新版將此興唐寺所在改為「洛陽」〔註34〕。

六是考訂按語更加精審。初版於每篇題注下概述其題旨大意或背景資料，並且酌加按語，對某些疑難複雜問題作進一步地說明，深入淺出，簡明扼要。而新版則精益求精，從中可以窺測其考辨之思路與心驗。例如〈使至塞上〉「蕭關逢候騎」，初版注謂「王維赴河西並不經過蕭關」〔註35〕，新版未從舊說，據嚴耕望《唐代交通圖考》，認為「王維此次赴河西，當走古絲綢之路東段的北道，又稱蕭關道，即由長安都亭驛出發西北行，經邠州（今陝西邠縣）、涇州（今甘肅涇川北）、原州（今寧夏固原）、會州（今甘肅靖遠），渡過黃河至涼州」〔註36〕，將王維的足迹勾勒出來，較之初版，更為豐滿。又如〈與魏居士書〉，初版將之繫於「乾元元年（758）春之後或二年」，其理據為「此篇下文『偷祿苟活，誠罪人也』、『德在人下』云云，蓋指己嘗受安祿山偽職、又被宥罪復官而言」〔註37〕，言簡意賅，已具足說服力。新版更對比了〈謝除太子中允表〉、〈責躬薦弟表〉兩篇內證，進一步論證並闡釋安史之亂以後王維所具有的強烈「罪人」意識，且分析出其中細微區別，「二表是寫給皇帝的，目的是感謝皇帝赦己之罪和『責躬薦弟』，本文是寫給友人（魏居士）的，主旨是勸其出來做官，所以措詞自然不同，但三文所反映的作者陷賊後接受偽職的愧疚心情卻是一致的」〔註38〕。以王維注王維，是為得之。

七是稽考本事更加精當。王維生平相與往還者約180餘人，「多為中下級官吏、懷才不遇者、隱士、居士、和尚、道士」〔註39〕，故見於史籍者不多，初版旁搜博採，取精用弘，確切考出70餘人。新版則據新發現的史料，對人物及本事進行了補益或修正。例如〈過乘如禪師蕭居士嵩嶽蘭若〉，初版注引《宋高僧傳》、《代宗朝贈司空大辨正廣智三藏和上表制集》，對乘如的事迹作了有限考證，而蕭居士「玩詩意，當是乘如之兄弟」〔註40〕。新版據綴合復原的〈蕭和尚靈塔銘〉，補充了乘如的氏族、生卒年月以及主要行實，並謂蕭居

〔註34〕陳鐵民：《王維集校注》（修訂本），第121頁。
〔註35〕陳鐵民：《王維集校注》，第135頁。
〔註36〕陳鐵民：《王維集校注》（修訂本），第148頁。
〔註37〕陳鐵民：《王維集校注》，第1100頁。
〔註38〕陳鐵民：《王維集校注》（修訂本），第1216頁。
〔註39〕陳貽焮：〈評陳鐵民著《王維新論》〉，見《首都師範大學學報》，1993年第5期，第96頁。
〔註40〕陳鐵民：《王維集校注》，第110頁。

士乃「乘如之兄蕭時護」。同時，以靈塔銘「左側刻有佚名同詠詩『同王右丞寄蕭和（下闕）』。據『寄』字，此詩似非王維過訪乘如時所作」〔註41〕。又如〈送高道弟耽歸臨淮作〉「聖主詔天下，賢人不得遺；公吏奉纁組，安車去茅茨」，初版於前二句無注〔註42〕，新版則補注以《舊唐書》、《唐大詔令集》、《冊府元龜》所載天寶三載（744）徵送高蹈不仕舉人以及次年賜物還郡之詔，認為「玩詩意，高耽蓋即蒙賜物十段而送還者之一」〔註43〕。

八是回應質疑更加精詳。「聖人千慮，必有一失」，初版問世以來，有學者就其考證不周或論述欠妥的地方撰文與之商榷，本屬於正常的學術現象，不同觀點之間相互交流，取長補短，辨偽存真。新版則對自認為不正確的一些代表性看法作了積極而詳盡的集中回應，並主要體現在〈王維年譜〉之內，這是新版最關鍵的亮點。例如《新唐書》記載王維「開元初，擢進士，調太樂丞」〔註44〕，《唐五代文學編年史》（開元九年，721）以為「云『調』，知王維前此已為官，惟未知任何職」〔註45〕，「蓋以初任之官，不當言更調，意其曾歷他官故爾」〔註46〕。新版則謂「調，漢時即有『選』義。……唐時以『調』指銓選的用法很普遍」〔註47〕。何況「稽之字書，『調』亦無更換之意。改調降調之名，《明史》始有之，唐以前未之有也」〔註48〕，所以《唐五代文學編年史》說法失之臆斷。又如〈賀玄元皇帝見真容表〉、〈賀神兵助取石堡城表〉均有「臣等限以留司」〔註49〕之語，《唐五代文學編年史》（天寶九載，750）以為「唐代於洛陽置尚書園（留？）省及御史臺留臺，其官員稱分司官，時王維當分司東都，故表中屢自稱『限以留司』」〔註50〕。新版則謂「『留司』確實可作分司東都解，然也有別的含義，可否僅據『限以留司』一語，即判定王維本年分司東都，值得懷疑」〔註51〕，故據天寶年間王維履迹以證其非。其實，

〔註41〕陳鐵民：《王維集校注》（修訂本），第122頁。
〔註42〕陳鐵民：《王維集校注》，第393頁。
〔註43〕陳鐵民：《王維集校注》（修訂本），第274頁。
〔註44〕（宋）歐陽修、宋祁：《新唐書》，中華書局1975年版，第5764頁。
〔註45〕傅璇琮：《唐五代文學編年史》，初盛唐卷，遼海出版社1998年版，第567頁。
〔註46〕（清）錢大昕：《潛研堂集》，上海古籍出版社2009年版，第604頁。
〔註47〕陳鐵民：《王維集校注》（修訂本），第1437頁。
〔註48〕（清）錢大昕：《潛研堂集》，第604頁。
〔註49〕陳鐵民：《王維集校注》（修訂本），第966、974頁。
〔註50〕傅璇琮：《唐五代文學編年史》，初盛唐卷，第842頁。
〔註51〕陳鐵民：《王維集校注》（修訂本），第1466頁。

唐代貞觀、永徽、垂拱三朝有所謂的法規彙編《留本司行格》,「其曹之常務但留本司者,別為《留司格》一卷,蓋編錄當時制敕,永為法則,以為故事」〔註52〕,王維「留司」正取義於「留本司」,非職官名,故而《唐五代文學編年史》所言失之偏頗。

以上所列舉的幾點,僅是對新版的粗略一瞥,讀者如能通覽細讀,必將如入寶山,隨取而得。當然,新版也存在著個別可商之處,有些是從初版沿襲過來時產生的,有些是在新版修訂過程中出現的。

注音方面。例如〈桃源行〉「山口潛行始隈隩,山開曠望旋平陸」,「隈隩」,初版注謂「指山崖彎曲處」〔註53〕,新版注謂「指山口中彎彎曲曲」〔註54〕,注音均作「隈(wēi 威)隩(ào 傲)」。然「隩」一字兩讀:讀 yù 時,謂水岸彎曲處;讀 ào 時,謂室內西南隅〔註55〕。此處當讀 yù,乃合字義,並與下句末字「陸」同押屋韻。又如〈晦日遊大理韋卿城南別業四首〉其四「徘徊以躑躅」,新版注謂「躑躅(zhízhú 指竹)」〔註56〕,與初版同〔註57〕。但「指」之讀音為 zhǐ,並非 zhí,似宜改注「直」。

釋地方面。例如〈送岐州源長史歸〉「故驛通槐里,長亭下槿原」,初版注謂「尋繹詩意,槿原應是亭名」〔註58〕,新版從之〔註59〕。然考「槿」字,宋蜀本、述古堂影鈔宋麻沙本均作「堇」,當是。「堇原」猶言「周原」,出自《詩・大雅・綿》「周原膴膴,堇荼如飴」。「岐之周圍皆山,中有原,故曰周原」〔註60〕,位於今陝西省關中平原西部,北倚岐山,南臨渭河,「東西延袤七十餘公里,南北寬達二十餘公里」〔註61〕,內多葬地。蘇頲〈揚州大都督長史王公神道碑〉:「卜葬於京兆咸陽洪瀆原,禮也。周之堇原,漢之槐里。」〔註62〕

〔註52〕(宋)王欽若:《冊府元龜》,鳳凰出版社 2006 年版,第 7067 頁。
〔註53〕陳鐵民:《王維集校注》,第 17 頁。
〔註54〕陳鐵民:《王維集校注》(修訂本),第 13 頁。
〔註55〕王力:《王力古漢語字典》,中華書局 2000 年版,第 1603 頁。
〔註56〕陳鐵民:《王維集校注》(修訂本),第 179 頁。
〔註57〕陳鐵民:《王維集校注》,第 165 頁。
〔註58〕陳鐵民:《王維集校注》,第 158 頁。
〔註59〕陳鐵民:《王維集校注》(修訂本),第 172 頁。
〔註60〕(明)曹學佺:《詩經剖疑》,見《續修四庫全書》,第 60 冊,上海古籍出版社 1996 年版,第 156 頁。
〔註61〕史念海:《周原的變遷》,見《河山集》(二集),生活・讀書・新知三聯書店 1981 年版,第 214 頁。
〔註62〕(清)董誥:《全唐文》,第 2619 頁。

《唐大詔令集》卷三二〈昭靖太子哀冊文〉:「堇原霜若，松阡雪映。」〔註63〕堇為草類，槿為木類，兩者並非一物，「槿原」當係傳抄所改。又如〈千塔主人〉，初版注謂「疑『千塔』為寺名」〔註64〕，新版注謂「疑『千塔』為地名或寺名」〔註65〕。然據《舊唐書》所載，長慶二年(822)，宣武兵亂，以韓充為節度使，「發軍入汴州界，營於千塔」〔註66〕，其事亦見《資治通鑑》卷二四二唐穆宗長慶二年條，胡三省注:「千塔，當在汴州北。」〔註67〕顧祖禹《讀史方輿紀要》卷四七從其說〔註68〕，則為地名，並非寺名。至於「千塔」具體所在，吳熙載《資治通鑑地理今釋》卷二將之歸於清代「河南開封府祥符縣」〔註69〕之下。

校字方面。例如〈登辨覺寺〉「蓮峰出化城」，初版注引《法華經·化城喻品》，內有「譬如五百由旬(天笠里數名)」〔註70〕一句，「天笠」當為「天竺」之訛，新版失校〔註71〕。僧肇《注維摩詰經》卷六:「由旬，天竺里數名。上由旬六十里，中由旬五十里，下由旬四十里也。」〔註72〕又如〈故西河郡杜太守輓歌三首〉其二「卷衣悲畫翟」，初版注引《禮記·玉藻》鄭玄注，內有「刻缯而畫之」〔註73〕一句，「缯」為簡體字，並未按例排印成繁體字「繒」，新版亦然〔註74〕。另外，初版注引《三國志》多次，其類傳名均作「志」，不作「書」，〈與胡居士皆病寄此詩兼示學人二首〉其二「降吳復歸蜀」注引《三國志·蜀志·黃權傳》〔註75〕，〈送元中丞轉運江淮〉「去問珠官俗」注引《三國志·吳志·孫權傳》〔註76〕，〈故任城縣尉裴府君墓誌銘〉「世為冠族」注引

〔註63〕(宋)宋敏求:《唐大詔令集》，商務印書館1959年版，第132頁。
〔註64〕陳鐵民:《王維集校注》，第42頁。
〔註65〕陳鐵民:《王維集校注》(修訂本)，第203頁。
〔註66〕(後晉)劉昫:《舊唐書》，第499頁。
〔註67〕(宋)司馬光、(元)胡三省:《資治通鑒》，中華書局1956年版，第7820頁。
〔註68〕(清)顧祖禹:《讀史方輿紀要》，中華書局1957年版，第1979頁。
〔註69〕(清)吳熙載:《資治通鑒地理今釋》，見《續修四庫全書》，第342冊，第527頁。
〔註70〕陳鐵民:《王維集校注》，第176頁。
〔註71〕陳鐵民:《王維集校注》(修訂本)，第191頁。
〔註72〕(後秦)僧肇:《注維摩詰經》，線裝書局2016年版，第199頁。
〔註73〕陳鐵民:《王維集校注》，第254頁。
〔註74〕陳鐵民:《王維集校注》(修訂本)，第284頁。
〔註75〕陳鐵民:《王維集校注》，第537頁。
〔註76〕陳鐵民:《王維集校注》，第548頁。

《三國志・魏志・曹爽傳》〔註77〕，均是其例。新版則校正為「書」，不稱之為「志」，蓋「《三國志》，大名也；〈魏書〉、〈蜀書〉、〈吳書〉，小名也。……但自來引者俱曰〈魏志〉、〈蜀志〉、〈吳志〉，豈因大名而改稱與」〔註78〕。但是〈送丘為落第歸江東〉「羞為獻納臣」注引《三國志・蜀志・董允傳》〔註79〕，尚未改稱「蜀書」。

引文方面。例如〈上張令公〉「方幰畫輪車」，初版注引《通典》卷六四，內有「綠油纁朱絲青交給」〔註80〕一句，新版改為「綠油幢，纁朱絲青交給」〔註81〕，校補「幢」字及逗號。據《晉書・輿服志》載，畫輪車之形制「上起四夾杖，左右開四望，綠油幢，朱絲絡，青交路」（「路」與「絡」通）〔註82〕，故所補之「幢」字為有據，然「纁」字義不通。此處《通典》暗引《晉書・輿服志》，「纁」字、「給」字當分別是「幢」字、「絡」字之形訛，「朱絲」下脫「絡」字。「朱絲絡」謂絲製而成的紅色網狀形飾物，「青交絡」謂交錯而成的青色覆蓋類飾物。又如〈留別山中溫古上人兄並示舍弟縉〉，新版注引《金石萃編》卷七八「〈嵩山會善寺故崇賢大師身塔石記〉，沙門溫古書，開元二十五年（737）八月十五日建」〔註83〕。複核《金石萃編》，「崇賢」原作「景賢」，「十五日」原作「十二日」〔註84〕，所引均誤。另外，石記之末有王昶按語謂「開元廿五年是丁丑歲，非乙亥，碑蓋誤書廿三為廿五也，自《金石文字記》以來諸家皆未加留意，並承其訛作廿五年，今正之」〔註85〕，故中國國家圖書館在為其舊拓本編目時直接將出版項改為開元二十三年，新版失檢。

證事方面。例如〈吏部達奚侍郎夫人寇氏輓歌二首〉，新版注引《唐僕尚丞郎表》，謂達奚珣任吏部侍郎在天寶五載至七載（746～748），「據詩題，知寇氏之卒，當在珣為吏部侍郎時，即天寶六載（747）前後，本詩之寫作時間同」〔註86〕，然無確據。而事實上，達奚珣夫婦墓已於2011年8月在洛陽被

〔註77〕陳鐵民：《王維集校注》，第794頁。
〔註78〕（清）周中孚：《鄭堂札記》，中華書局1985年版，第38頁。
〔註79〕陳鐵民：《王維集校注》（修訂本），第231頁。
〔註80〕陳鐵民：《王維集校注》，第103頁。
〔註81〕陳鐵民：《王維集校注》（修訂本），第109頁。
〔註82〕（唐）房玄齡：《晉書》，中華書局1974年版，第756頁。
〔註83〕陳鐵民：《王維集校注》（修訂本），第119頁。
〔註84〕（清）王昶：《金石萃編》，見《續修四庫全書》，第888冊，第480、481頁。
〔註85〕（清）王昶：《金石萃編》，第481頁。
〔註86〕陳鐵民：《王維集校注》（修訂本），第295頁。

發現，並出土兩人墓誌各一方。2015 年 5 月，洛陽市文物考古研究院披露〈洛陽唐代達奚珣夫婦墓發掘簡報〉〔註 87〕，寇氏墓誌首題〈大唐故襄城郡君墓誌銘並序〉，次題「通議大夫守尚書吏部侍郎達奚珣撰」。據墓誌載，寇氏「以天寶六載二月四日終於西京升平里之私第。……即以其載七月廿八日還葬於北邙山先塋之東北」，此雖印證新版所考大致可信，但卻更為直接。又如〈裴僕射濟州遺愛碑〉「大駕還都，分遣……御史劉日政……等巡按」，新版注謂「劉日政，嘗官……江東採訪使、潤州刺史。……『日政』諸書或作『晸』、『日正』，均同人」〔註 88〕，持說同於初版〔註 89〕。2017 年 6 月，《書法研究》刊發〈唐故長安縣尉彭城劉府君墓誌銘並序〉拓片圖版。此墓主人「諱顥，字太沖。……烈考潤州刺史、江南東道採訪使、贈兗州都督諱日正」〔註 90〕，似當以此為準。至於「大駕還都」，新版注謂「玄宗東封泰山後，於開元十三年『十二月己巳，至東都』（《舊唐書・玄宗紀》）」〔註 91〕，晏殊《晏元獻公類要》卷一七引《唐紀》載此事為「車駕東封，學士等扈從。……至滑州，御史劉日正奏云」〔註 92〕，亦作「日正」。

同時，新版還存在一些技術性失誤，主要體現在標點符號與編輯體例方面，多數是初版的遺留問題。

標點符號方面。例如〈曉行巴峽〉題注「參見〈自大散以往深林密竹蹬道盤曲四五十里至黃牛嶺黃花川〉注〔一〕巴峽：……」〔註 93〕，「巴峽」之上脫一句號。又如〈上張令公〉「從茲罷角抵，希復幸儲胥」，注謂「二句謂九齡諫止君王，使其不復為戲樂遊幸之事」〔註 94〕，「事」之下脫一句號。又如〈晦日遊大理韋卿城南別業四首〉題注「宋蜀本《全唐詩》俱作大字」〔註 95〕，「宋蜀本」之下脫一頓號。又如〈送縉雲苗太守〉「腰章為長史」，注謂「令長史二

〔註 87〕洛陽市文物考古研究院：〈洛陽唐代达奚珣夫婦墓發掘簡報〉，見《洛陽考古》，2015 年第 1 期，第 35～43 頁。
〔註 88〕陳鐵民：《王維集校注》（修訂本），第 839 頁。
〔註 89〕陳鐵民：《王維集校注》，第 779 頁。
〔註 90〕（唐）李君房：〈劉顥墓誌〉，見《書法研究》，2017 年第 2 期，封四。
〔註 91〕陳鐵民：《王維集校注》（修訂本），第 839 頁。
〔註 92〕（宋）晏殊：《晏元獻公類要》，見《四庫全書存目叢書》，子部，第 116 冊，齊魯書社 1995 年版，第 663 頁。
〔註 93〕陳鐵民：《王維集校注》（修訂本），第 98 頁。
〔註 94〕陳鐵民：《王維集校注》（修訂本），第 112 頁。
〔註 95〕陳鐵民：《王維集校注》（修訂本），第 175 頁。

千石（漢書·百官公卿表》:『郡守……秩二千石。』)」〔註96〕,「漢書」之上脫前書名號。

編輯體例方面。一是使用書名號之標準未劃一。例如〈謁璿上人並序〉「不物物也」注引「王先謙集解」〔註97〕,而在〈座上走筆贈薛璩慕容損〉「吾固和天倪」注內則作「王先謙《集解》」〔註98〕,而與之類似者還有「趙殿成《箋注》」〔註99〕、「趙殿成《注》」〔註100〕、「趙殿成注」〔註101〕。二是撰寫校勘記之格式未劃一。例如〈過秦皇墓〉注謂「秦皇,宋蜀本、《文苑英華》作『始皇』,述古堂本作『秦始皇』」〔註102〕,其體例是字頭不加引號,其下以逗號隔開。然而〈濟上四賢詠三首〉其三注謂「『繁』,《河嶽英靈集》作『京』」〔註103〕,乃字頭加引號。至於〈寒食汜上作〉注謂「『上』述古堂本作『中』」〔註104〕,則增引號而刪逗號。三是規範異體字之處理未劃一。例如〈酬諸公見過〉「仰廁群賢」,「群」在初版作「羣」〔註105〕,乃異體字,新版校訂為正體字「群」〔註106〕。不過,〈濟州過趙叟家宴〉注謂「題下底本有注曰:『原註:公左降濟州司倉參軍時作。』」〔註107〕,〈故太子太師徐公輓歌四首〉其三「東堂哭大臣」注謂「按摯虞《決疑註》云」,則於「註」字未規範。此三方面情況尚多,或以劃一為宜。

上文雖然列舉了新版的一些不足,但均屬於細末之節,是獨力完成大型古籍整理類著作時在所難免的,大醇小疵,瑕不掩瑜。正如余嘉錫在《四庫提要辨證》自序內評紀昀總纂《四庫全書總目提要》時所說的,「一得之愚,或有足為紀氏諍友者。然而紀氏之為《提要》也難,而余之為辨證也易。……譬之射然,紀氏控弦引滿,下雲中之飛鳥,余則樹之鵠而後放矢耳。易地以處,紀

〔註96〕陳鐵民:《王維集校注》(修訂本),第300頁。
〔註97〕陳鐵民:《王維集校注》(修訂本),第196頁。
〔註98〕陳鐵民:《王維集校注》(修訂本),第603頁。
〔註99〕陳鐵民:《王維集校注》(修訂本),第87頁。
〔註100〕陳鐵民:《王維集校注》(修訂本),第42頁。
〔註101〕陳鐵民:《王維集校注》(修訂本),第45頁。
〔註102〕陳鐵民:《王維集校注》(修訂本),第1頁。
〔註103〕陳鐵民:《王維集校注》(修訂本),第46頁。
〔註104〕陳鐵民:《王維集校注》(修訂本),第69頁。
〔註105〕陳鐵民:《王維集校注》,第472頁。
〔註106〕陳鐵民:《王維集校注》(修訂本),第513頁。
〔註107〕陳鐵民:《王維集校注》(修訂本),第56頁。

氏必優於作《辨證》，而余之不能為《提要》決也」〔註 108〕。而且列舉其不足之用意在於，讓讀者能全面認識、準確把握、科學利用新版之成果及價值，揚其長而避其短，刮其垢而磨其光，如「動以一字之失訾段氏，余不忍效也」〔註 109〕。總而言之，新版是陳鐵民先生繼初版後貢獻給學術界的又一扛鼎之作，「根柢槃深，枝葉峻茂」，體大思精，繼往開來，代表著新時代王維研究領域的最新成就與最高水準，必將進一步推動並深化學術界對王維及其詩文的認識與研究。

〔註 108〕 余嘉錫：《四庫提要辨證》，中華書局 1980 年版，第 52 頁。

〔註 109〕（清）楊峴：《藐叟年譜》，見《北京圖書館藏珍本年譜叢刊》，第 163 冊，北京圖書館出版社 1999 年版，第 625 頁。

《王維資料彙編》拾遺

新近所梓《王維資料彙編》〔註1〕用力甚勤，所萃亦豐，為王維研究者提供了極大之便宜。然而「聖人千慮，必有一失」，此編博贍之餘，不免或遺，茲就平素翻檢所得，拾補如次，以備同人利用。

（1）顧可久《唐王右丞詩集注說》〔註2〕

卷首〈新刻王右丞詩集注說序〉:「六藝之文，其以詩勝，在唐人集中，稱摩詰王右丞焉。右丞之詩精深崇峭，詞與旨稱，而華婉蔚沉之氣興發於比興間，當時贊言至比大雅，流傳後世，莫不慕而讀之。狹襟單量，未窺萬一，得其言而未得其所以言，猶未讀也，況能陳其義而說之乎？解頤於鼎者寡矣。予友無錫顧洞陽氏，少嗜學，蚤以文名，尤邃於詩。自舉進士，歷官藩臬，凡所經行，賦詠喜為漢魏之辭，自漢魏而下，殊不屑意。晚歲獨好右丞詩，日置一卷几上，晨曦宵魄，欣忻對之，意有所會，即書於冊，句為之注，篇為之說，犂然泮然，如與右丞面談於一堂之上，抵掌而示肝鬲者，予於是又知洞陽之博洽，神其遇矣。使其綜覈之未審，斷以己意之未融，則詩之訣也，安能知其『義深則意遠、旨達則詞工、學辯則事該』之若是乎。是故，景之測也而後可以知堂下之陰，泉之疏也而後可以順達溟之勢，其注說之謂也。昔司空圖善評古今人詩，自謂『裂月排霆，能劫人之肝脾』，與入骨髓，不以為難。而向秀嗜莊子書，於其舊注外，復為解義，妙析音致，玄風為之大暢，得不與洞陽類耶。《詩》曰『惟

〔註1〕張進、侯雅文、董就雄：《王維資料彙編》，中華書局2014年版。

〔註2〕（明）顧可久：《唐王右丞詩集注說》，日本正德四年（1714）玉成軒、豫章堂刻本。

其有之，是以似之』，予於洞陽亦云。洞陽名可久，字與新。其在右丞，《唐書》有傳，弟縉有表，可不著也。嘉靖庚申夏六月，江陰張袞撰。」

卷末〈王右丞詩集跋〉：「詩有別材，非關書也，詩有別趣，非關理也。然非入路之正、立志之高，且加工力，不免有愈騖愈遠之憂矣。故學詩者先以楚騷漢賦為本，次熟讀盛唐諸名家詩，服膺其法體，游泳咀嚼，久之，自成立志之基，而縱學之未至，亦不為失正路也。方今皇朝盛唐各集既行於世者，惟有李翰林、杜工部、孟襄陽、崔司勛耳。夫李之飄逸、杜之沉鬱，向所謂有別材別趣者，而今昔之所未易覬覦也。至於孟之清雅、崔之雄渾，雖出於諸名家之右，顧王右丞之精致雅韻，豈亦在於孟崔之下乎？余蚤歲遊學於東武二十年，近歸省於雒，講習於鄉，兩地奔走，齡向強仕，而家世事明經，惟憾其文之不足，故有餘力，作詩寓意，亦以為晚學之娛矣。高達夫五十始為詩，蘇明允三十始讀書，共為達者所許。余今雖非以二子期，齡適在於二子之中間，亦不為晚矣，是以欲博覽諸名家集。往日請人得見《王右丞集》十本，欣賞無已，僅錄三卷，而每讀之猶思得其全，重索之，不易得。頃幸因人得復見合部，讀之直如輞川之諸勝瞭瞭於眥睫之際，又知坡翁所謂『詩中有畫，畫中有詩』之意，於是收錄終篇，補向不足，還辨異同，以為文房之奇珍也，恐其藏笥多年，謾充蛃蟫之蠹末，遂除文四卷，繕寫詩六卷，以附刻工，壽諸梓，且欲以副國字，而便覽觀。然王詩多用梵語，顧注亦引佛經，以余不達其理，略有違作者之意，後來有博達士，幸正余訛謬云。正德癸巳陽復日，平安木房祥跋。」

（2）張燧《千百年眼》〔註3〕

卷一〈巢許非曠士〉：「王維云：『古之高者曰許由挂瓢、巢父洗耳，耳非駐聲之地，聲非染耳之迹。惡外者垢內，病物者自戕。此尚不能至於曠士，豈入道之門也。』」（第183頁）

卷八〈詩詞訛字〉：「古書無訛字，轉刻轉訛，莫可考證，略舉數條。如……王右丞詩『鑾輿迥出千門柳』，用建章宮千門萬戶事也，『歸鴻欲度千門雪』、『卻望千門草色間』皆本此，俗本『千門』作『仙門』，謬甚。」（第290、291頁）

〔註3〕（明）張燧：《千百年眼》，見《四庫禁毀書叢刊》，第11冊，北京出版社1997年版。

（3）周復俊《涇林雜紀》〔註 4〕

卷二：「晉人有至吳者，吳人以菱角食之，因問君地有此物否，晉人曰滿山皆是，吳人笑之。或曰：王右丞詩中『採菱渡頭風急』，又云『桃花源裡人家』，桃花非採菱時也，右丞其晉人邪。予曰：此右丞興到之詩，不必泥也。因思右丞畫雪中芭蕉，宋人以世無此景嘲之，然予往來滇蜀間，其地芭蕉秋冬蒼翠特甚，每每於雪中見之，始知世間之物目所未經、迹所未到，未可執以為無也。」（第 146 頁）

卷二：「王右丞清詞雅調，如〈登樓歌〉、〈雙黃鵠歌〉、〈送友人歸山歌〉、〈魚山神女祠歌〉，洎五言律可弦歌者無慮數十首，七言律粹然者十首，田家樂六言五首，古詩五七言絕，大抵高古清妙，信乎藝林之獨步。其佞佛也，比唐諸公為尤篤焉。妻亡不復再娶，蕭然一室，日事禪誦，至老不衰。然觀其〈獻始興公〉詩『賤子跪自陳，可得帳下否』，何其氣之卑、言之下也，不將為彼釋所笑哉。」（第 147 頁）

卷二：「王右丞佞佛雖其素性，然亦有託而逃也。右丞昆弟夙相友愛，公得罪於凝碧時，弟縉願削己職，乞代兄死，公之感弟何如也。及縉為相，倚勢怙權，贓賄狼籍，公或規之，而縉不從，且虞其禍之逮己也，於是一意棲寂，以養生而免禍焉，故曰右丞之佞佛有託而逃也。」（第 148 頁）

（4）方弘靜《千一錄》〔註 5〕

卷一一〈詩釋〉三：「王右丞〈送錢少府還藍田〉云『手持平子賦』，謂〈歸田賦〉也，此易見事。以平子對老萊，工矣，若所引僻則不可。」（第 270 頁）

卷一二〈詩釋〉四：「盛唐詩王孟並稱久矣，王司寇序盧山人詩過為二家優劣，失言哉，且所序乃藩籬外者耳，惡可與襄陽同日而評也。余嘗評二家，王如清水芙容，孟如深山老栢，風韻骨力，各臻其趣矣。」（第 276 頁）

卷一二〈詩釋〉四：「余又嘗語汪司馬，王妙達禪機，時與四眾示疾，孟冥棲高士，獨於千仞振衣耳，司馬以為知言。」（第 277 頁）

卷一二〈詩釋〉四：「七言律取王李是矣，然二家風韻之美，杜集中具之，而杜之變態色色具足，王李或未盡也，七言律竟當以子美為宗耳。」（第 277 頁）

〔註 4〕（明）周復俊：《涇林雜紀》，見《續修四庫全書》，第 1124 冊，上海古籍出版社 2002 年版。

〔註 5〕（明）方弘靜：《千一錄》，見《續修四庫全書》，第 1126 冊。

卷一二〈詩釋〉四：「右丞詩『方將與農圃，藝植老丘園』，『方將』字對，『藝植』字對，乍看不覺也，第以為律中古意耳。」（第283頁）

卷一二〈詩釋〉四：「右丞詩『白社』、『青門』、『青菰』、『白鳥』，二青二白，雖云不拘，非不可易，佳句偶然，未加點耳。」（第283～284頁）

卷一二〈詩釋〉四：「〈梅道士水亭〉而云『傲吏』，此別有指，非引梅福也，須自注。右丞詩『似舅即賢甥』自可解，不可注，不必注。」（第284頁）

卷一二〈詩釋〉四：「『秦川一半夕陽開』，日向西返照正得一半，題固云『和溫泉寓目』也，中二聯皆寓目成畫。右丞『詩中有畫』，信然。今乃謂宮苑得秦川半為四百里，而以露臺寓諷，又謂詩人失實，誤矣。『青山盡是朱旗繞』，亦寓目一望所見耳，豈謂遂盡秦山哉。」（第284頁）

卷一二〈詩釋〉四：「王李非不超秀，杜集中所具耳。」（第285頁）

卷一二〈詩釋〉四：「七言律結構之精，變化曲中，老杜至矣，盛唐名家猶有可指，如嘉州『雨滋苔鮮侵階綠』，本言寂寞，右丞『草色全經細雨濕』，意感世情，然前後句未見映帶，興比頗疏。又『周文』、『漢武』、『堯尊』、『舜樂』一首四君，杜無是也。」（第285頁）

卷一二〈詩釋〉四：「『草色全經細雨濕』，以為感慨，語不顯。『寵光蕙葉與多碧』、『身過花間沾濕好』，自是佳景，雨何負於草乎，『花枝欲動春風寒』則稱矣。」（第285頁）

卷一二〈詩釋〉四：「王右丞詩『晚鐘鳴上苑，疏雨過春城』，唐人多於雨中言鐘，蓋雨則喧，寂寂故鐘聲清耳，雨驟則鐘聲反不易聞，故云『疏雨』。韋蘇州『楚江微雨裡，建業暮鐘時』，又『禁鐘春雨細』，『細』、『微』、『疏』用意一例。……不得其趣，則『晚鐘』、『疏雨』本不相屬，奚取焉。」（第287～288頁）

卷一二〈詩釋〉四：「右丞『重門朝已啟，起坐聽車聲』，拾遺『午時起坐自天明』，一有待而不至，一許邀而不果，敘情事各臻其妙。『新妝可憐色，落日捲羅帷』，春眠遲起之態宛然，工在『落日』字，試詠之，則『臥穩慵起』之句猶覺未超耳。」（第288頁）

卷一二〈詩釋〉四：「詩中引事須映帶沉著，使可復也。若惟語之工而神意不符，亦明月之類耳。盛唐大家亦時有之，如『別婦留丹訣，驅雞入白雲』，『驅雞』用拔宅事也，雞既可驅，婦何用別與，前後語皆戾矣，讀者第擊節佳句，而未深玩也。」（第288頁）

卷一二〈詩釋〉四：「『脫貂貰桂醑』，詩人每以為佳致，解龜典衣，詠之不厭矣，然駙馬家何得乏酒，貂之脫，無乃非情乎。」（第 288 頁）

卷一二〈詩釋〉四：「〈歸輞川作〉何以用『惆悵』字，五六『菱蔓弱難定，楊花輕易飛』，大有慨耳，不得其意，則不得二句之佳。」（第 288 頁）

卷一二〈詩釋〉四：「『柳條疏客舍，槐葉下秋城』，秋之為氣，可悲也。結以『語笑且為樂，吾將達此生』，則無悲矣。唐人佳句每工於語外，而右丞尤所長，蓋風人之致也，亦深於禪者也。『催客聞山響』須後有『松風』句，乃響耳。『長松響梵聲』，『響』字乃工。」（第 288 頁）

卷一二〈詩釋〉四：「『青菰臨水映，白鳥向山翻』，言物各得其所，有道者自得之語，『青』、『白』字重奚足論。」（第 288 頁）

卷一二〈詩釋〉四：「劉夢得言九日茱萸詩人三道之，子美為優。余意王杜句俱工，未可優劣，朱放則非其倫耳。杜『醉把茱萸仔細看』，王『遍插茱萸少一人』，朱『學他年少插茱萸』。」（第 288 頁）

卷一二〈詩釋〉四：「『當令外國懼，不敢覓和親』、『須令外國使，知飲月支頭』、『當令犬羊國，朝聘學昆耶』，三結句頗近套，以上六句皆稱，故不令人厭耳。」（第 288 頁）

卷一六〈客談〉四：「沈宋、李杜、王孟各齊名一時，至七言律則宋不及沈，李不及杜，孟不及王，才固有所長短耶，諸家所長杜無不具，所以為大成。」（第 338 頁）

卷一八〈客談〉六：「《輞川集》裴迪竭力而不逮，若無右丞在前，亦自楚楚，故知才情由於天賦，不可強也。王戲贈『猿吟一何苦』，杜亦云『知君苦思緣詩瘦』，二詩蓋實錄哉。」（第 370 頁）

卷一八〈客談〉六：「孟浩然以『不才明主棄』之句見放不用，世皆悲其不遇。李邕詞賦稱旨，中使臨問，索所為文章，可謂遇矣，竟以讒嫉老而杖死。然則遇幸耶，不遇幸耶，士可以知命矣。太白、摩詰亦以文見知，晚節何若，使其不負時名，乃免耳。孟歸山詩『淚濕薜蘿衣』，薜蘿衣自不寒凍耳，何以淚。」（第 371 頁）

卷二一〈客談〉九：「藥欄，右丞、工部皆謂花藥之欄，用修以為不通，以今花欄票為證。余意花欄票之義正以欄之刻畫文飾加花字耳，王杜非誤也。」（第 406 頁）

卷二二〈客談〉一〇：「王摩詰作〈能禪師碑〉，稱其『變彎弓跳殳之風，畋漁悉罷，蠱猷知非』，果然是佛教可以助王化，胡弗取為。究之，則前所云從古至今未嘗革面，王之碑虛為佞耳，惟當久任循良，刑禮兼施，庶幾可勝殘去殺，惡用彼西夷之異言乎。」（第 418 頁）

卷二四〈家訓〉二：「王摩詰何如人也，其詩類澹泊於世味者，終身蔬食，類有得於如來之教者。如來之教，無論種種空華即死生幻泡，無足以入其心，而維也始以王門伶人進，晚而污於祿山，幸免大僇，猶自名頗好道，何也？其論陶淵明恥折腰五斗米，而自令乞食，以為『一慚之不忍，而終身慚』，斯言也，使陶家漉酒童子聞之，定洗其耳，而如來善之耶。嗟乎，今之佞佛者類維也，苟能充蔬食之心，不以飢渴之害為心害，斯無事於佛矣。」（第 449～450 頁）

（5）朱亦棟《群書札記》〔註 6〕

卷五〈垂楊生肘〉：「王右丞〈老將行〉：『昔時飛箭無全目，今日垂楊生左肘。』按，《莊子》：『支離叔觀於冥伯之邱，昆侖之墟，黃帝之所休，俄而柳生其左肘。』柳，瘍也，瘤也，以為垂楊，誤矣。芹考《抱朴子．論仙篇》『牛哀成虎，楚嫗為黿，支離為柳，秦女為石』，則直作楊柳解，右丞蓋本諸此。」（第 82 頁）

卷五〈天幸〉：「王維〈老將行〉：『衛青不敗由天幸，李廣無功緣數奇。』案，《漢書．衛霍列傳》：『去病所將常選，然亦敢深入，常與壯騎先其大軍，軍亦有天幸，未嘗困絕也。』又高達夫〈送渾將軍出塞〉：『李廣從來先將士，衛青未肯學孫吳。』按，《漢書》：去病為人少言不泄，有氣敢往。上嘗欲教之孫吳兵法，對曰：『顧方略何如耳，不知學古兵法。』此與右丞詩皆誤以去病事作衛青用也。芹按《莊子．漁父篇》『今者邱得遇也，若天幸然』，『天幸』二字本此。」（第 82 頁）

卷一一〈驅馬〉：「王右丞〈出塞作〉頷聯云『暮雲空磧時驅馬』，結句云『玉靶角弓珠勒馬』。（沈確士云兩馬字押腳亦是一病，毛西河云兩馬字偶不檢，無礙。）案，上『馬』字乃『雁』字之訛。鮑照詩『秋霜曉驅雁，春雨暗成虹』，又楊衒之《洛陽伽藍記》有『北風驅雁，飛雪千里』之句，右丞蓋本此也。」（第 154 頁）

卷一一〈中州〉：「王右丞〈奉和聖製送朝集使歸郡〉詩『祖席傾三省，褰帷向九州』，又云『宸章類河漢，垂象滿中州』，兩『州』字重押。案，下『州』

〔註 6〕（清）朱亦棟：《群書札記》，見《續修四庫全書》，第 1155 冊。

字乃『洲』字之訛。《楚詞》『君不行兮夷猶，蹇誰留兮中洲』，《爾雅》『水中可居者曰洲』，此〈送朝集使歸郡〉與〈送秘書晁監還日本〉大約相同，則『中洲』二字乃切合也。」（第154頁）

卷一一〈桃源西面〉：「王摩詰〈訪呂逸人不遇〉詩起聯云：『桃源西面絕風塵，柳市南頭訪逸淪。』（毛河西（西河？）云『西面』、『南頭』對起，初以『西』字類『面』字，誤作『面面』，既又云一『面』字，將一『面』字分拆作『一向』二字，大誤。）案，唐人律詩多用對起法，毛說甚允，別本亦有作『四面』者，皆『西』字之訛也。《漢書・遊俠傳》『萬章字子夏，居城西柳市，號曰城西萬子夏』，《漢宮闕疏》『細柳倉有柳市』，王詩本此。又結句云：『閉戶著書多歲月，種松皆老作龍鱗。』《西河詩話》曰：『種松皆作老龍鱗』，有云原本是『皆老作龍鱗』，老在松，不在鱗。後觀唐試士詩，有〈謝真人還舊山〉題，范傳正試卷云『種松鱗未老』，正用摩詰此句。然老在鱗，不在松，何耶？案，此句自以原本為允，松老則鱗老可知，毛必據范詩以改之，無乃強作解事。」（第154～155頁）

卷一一〈手綻寒衣〉：「劉長卿〈送靈澈上人還越〉詩：『身隨敝履經殘雪，手綻寒衣入舊山。』（毛西河云『紉』俗本作『綻』，誤，綻何用手耶。）案，古樂府『新衣誰當補，故衣誰當綻』，韓退之〈酬崔十六少府〉詩『蔬飧要同吃，破襖請來綻』，『綻』字即作縫綻解，猶治亂曰『亂』、去污曰『污』之意也。毛本改『綻』作『紉』，不考古人用字之義。〈內則〉『衣裳綻裂，紉箴請補綴』，鄭注『綻猶解也』，毛第據此義耳。王右丞詩：『綻衣秋日裡，洗鉢古松間。』按，揚子《方言》『擘，楚謂之紉』，郭注『今亦以線貫針為紉，音刃』，毛本作去聲用，本此。」（第155頁）

卷一三〈隱囊〉：「《楊升庵集》：晉以後士大夫尚清談，喜晏佚，始作麈尾。隱囊之製，《顏氏家訓》云『梁朝全盛之時，貴遊子弟駕長檐車、跟高齒屐、坐棊子方褥、憑班絲隱囊』，王右丞詩『不學城東遊俠兒，隱囊紗帽坐彈棊』。按，隱，倚也，如隱几之隱，隱囊如今之靠枕。杜少陵詩『屏開金孔雀，褥隱繡芙蓉』，亦其義也。」（第174頁）

（6）彭端淑《雪夜詩談》〔註7〕

卷上：「殷璠曰：『王維詩詞秀調雅，意新理愜，在泉成珠，著壁成繪，才高弗可及矣。』」（第69頁）

〔註7〕（清）彭端淑：《雪夜詩談》，見《續修四庫全書》，第1700冊。

卷上:「蘇子瞻曰:『味摩詰之詩,詩中有畫;觀摩詰之畫,畫中有詩。』」(第69頁)

卷上:「摩詰詩佳句甚夥,如『青皋麗已淨,綠樹鬱如浮』、『黃雲斷春色,畫角起邊愁』、『日落江湖白,潮來天地青』、『窗中三楚盡,林外九江平』、『行到水窮處,坐看雲起時』、『流水如有意,暮禽相與還』、『白雲回望合,青靄入看無』、『欲投人宿處,隔水問樵夫』、『草枯鷹眼疾,雪盡馬蹄輕』、『江流天地外,山色有無中』、『大漠孤煙直,長河落日圓』,皆超然絕俗,出人意表。」(第69頁)

卷上:「七律最難,惟少陵、右丞乃造其極,而維詩甚少,殊不滿意,如『雲裡帝城雙鳳闕,雨中春樹萬人家』、『九天閶闔開宮殿,萬國衣冠拜冕旒』、『草色全經細雨濕,花枝欲動春風寒』、『漠漠水田飛白鷺,陰陰夏木囀黃鸝』,皆雄視古今,無與行者。」(第69頁)

(7)黃子雲《野鴻詩的》〔註8〕

「杜陵兼風、騷、漢、魏、六朝而成詩聖者也,外此若沈、宋、高、岑、王、孟、元、白、韋、柳、溫、李,太白、次山、昌黎、昌谷輩猶聖門之四科,要皆具體而微。」(第191~192頁)

「大抵近代能自好者,五律則冠裳王孟,五古則皮毛《文選》,然不過遊覽宴賞數韻而已,若夫大章大法,竊恐有待。」(第192頁)

「高岑王三家均能刻意煉句,又不傷大雅,可謂文質彬彬。」(第203頁)

(8)蔡鈞《詩法指南》〔註9〕

卷首〈詩法指南序〉:「三唐名家不下百餘,其間以應制擅場者莫如摩詰,以長律橫絕千古者莫如少陵。然試取二公全詩讀之,則諸格畢備,無美不臻,何者?詠歌大旨,歸於抒寫性靈、發揮底蘊,學者苟未上溯源流,博求旨趣,而徒斤斤於五排八韻之間,句櫛而字比之,吾知其詩必不工。詩不工而求工試帖,猶斷港絕潢而蕲至於河海也。……乾隆二十有三年夏四月,舊史官錢塘任應烈撰。」(第383頁)

(9)吳仰賢《小匏庵詩話》〔註10〕

卷一:「仁和趙松谷殿成箋注《王右丞集》,義例矜嚴,詳簡有法,善本

〔註8〕(清)黃子雲:《野鴻詩的》,見《續修四庫全書》,第1701冊。
〔註9〕(清)蔡鈞:《詩法指南》,見《續修四庫全書》,第1702冊。
〔註10〕(清)吳仰賢:《小匏庵詩話》,見《續修四庫全書》,第1707冊。

也。然右丞深耽禪悅，博覽竺經，其引用之語誠有不易搜討者，如卷二〈贈裴迪〉詩云：『不見相（句），不相見來久（句）。日日泉水頭，常憶同攜手。攜手本同心，復嘆忽分衿。相憶今如此，相思深不深。』起二句只八字，初閱不解，箋注亦未及，疑有脫誤，後乃知語出《維摩詰經》，維摩問文殊師利『不來相而來，不見相而見』，文殊師利答云『若來已更不來，若去已更不去』。按，《一切經音義》云：『相，先羊反。彼此二邊曰相。』然於詩中兩『相』字仍費索解，當質之熟精內典者。」（第 5 頁）

卷一：「王右丞之陷賊與鄭虔不同，少陵詩於王則云『一病緣明主，三年獨此心』，於鄭則云『反覆歸聖朝，點染無瀉滌』，此史筆也。然讀右丞〈謝除太子中允表〉，涕泣引罪，無諱無飾，此又豈今人所能耶。」（第 5 頁）

卷一：「王孟並稱，而兩人襟懷不同。孟云『北闕休上書，南山歸敝廬。不才明主棄，多病故人疏』，看他何等激昂。王云『漆園非傲吏，自缺經世具。偶寄一微官，婆娑數株樹』，看他何等閒淡。」（第 5～6 頁）

卷一：「戴叔倫〈除夕〉詩：『一年將盡夜，萬里未歸人。』黯然銷魂，幾令客中不忍卒讀。然此併十字為句，能合不能分，其句法本於王維之『五湖三畝宅，萬里一歸人』，而王句卻分開得。」（第 8 頁）

（10）徐經《甃坪詩話》〔註 11〕

卷一：「余謂先儒必因〈東巡歌〉有『更取金陵作小山』、『西入長安到日邊』之言，遂致疑於白之從璘，不知其歌中稱『帝』以寵之，稱『天子』以臨之，名分凜然，豈有昧於大義而從璘反？故白〈獄中上崔相〉云『應念覆盆下，雪泣拜天光』，又云『日月無偏照，何由訴蒼昊』，此事關白大節，何可妄誣。同時王右丞亦抱重冤，後人皆不為之伸雪，可發一慨。」（第 542 頁）

卷二：「杜少陵稱王右丞『高人』，顧寧人謂『豈有高人仕賊』。余謂右丞為賊所拘，不得脫走，非仕之也。虞伯生謂其志荒於山水，故無卓然之高節，皆非公平之論。當時李供奉亦坐永王之冤，宣慰大使崔渙、御史中丞宋若思已為推覆清雪，及代宗即位，有拜拾遺之命，而後人尚欲誣之，甚矣，求全之難也。」（第 567 頁）

〔註 11〕（清）徐經：《甃坪詩話》，見《北京師範大學圖書館藏稀見清人別集叢刊》，第 19 冊，廣西師範大學出版社 2007 年版。

（11）馬先登《勿待軒詩話存稿》〔註12〕

卷上：「五律中煉字多在第三字。……唐人有五字俱煉者，如『綴葉披天藻，吹花飲（散？）御筵』，『綴』字，『吹』字；『竹憐新雨後，山愛夕陽時』，『憐』字，『愛』字；『泉聲咽危石，日色冷青松』，『咽』字，『冷』字；『野爐風自熱（爇？），山碓水能舂』，『自』字，『能』字；『吳楚東南坼，乾坤日夜浮』，『坼』字，『浮』字；至『牛渚西江夜，青天無片雲』，則體格俱煉；『暮雲征馬速，曉月故關開』，則聲色俱煉矣。」（第42頁）

卷上：「詩之自然句似易實難，如王摩詰『流水如有意，暮禽相與還』、『行到水窮處，坐看雲起時』，劉長卿『古路無行客，空（寒？）山獨見君』，劉禹錫『以閒為自在，將壽補蹉跎』，常建『故人家在桃花岸，直到門前溪水流』，李白『桃花流水杳然去，別有天地非人間』，杜甫『秋水纔添（深？）四五尺，野航恰受兩三人』，皆略不經意，自成妙句。」（第43頁）

卷上：「予雅不喜絕句即截律之說，雖唐人絕句俱稱律詩，其實源流迥別，體制自殊。五絕昉於兩漢，七絕起於六朝，俱樂府中一體，而皆至唐始工。五七言律以渾灝流轉為主，若絕句，則意致欲其含蓄，神韻欲其悠遠。五言惟摩詰獨臻絕頂，餘若崔孟儲王俱堪輔乘。七言則高情逸韻，冠絕群流者，端推太白，龍標少伯次之。逮開成以後，愈變愈盛，若如裁律之說，將古樂府〈白頭吟〉、〈歡聞歌〉、〈挾琴歌〉、〈烏棲曲〉，安可俱謂之裁律。況五言如崔顥〈長干行〉、李白〈玉階怨〉、盧綸〈塞下曲〉、李益〈江南曲〉，七言如王昌齡〈長信怨〉、李白〈清平調〉、王維〈渭城曲〉、杜秋娘〈金縷衣〉，皆以絕句作樂府，必謂皆束縛於律，而強為割裂，安得復有真氣。為彼說者，亦見其泥而鮮通矣。」（第43～44頁）

卷下：「律詩之不叶平仄者，如『中歲頗好道，晚家南山陲』、『興來每獨往，勝事空自知』、『行到水窮處，坐看雲起時』、『偶然值林叟，談笑無還期』，與夫『日落數歸鳥，夜深聞扣舷』、『高閣客竟去，小園花亂飛』各句，皆興到筆隨，純任自然之作，必謂其有意拗折，恐作者未必如是。」（第54頁）

卷下：「詩無論律古總爭起句，一起得勢，則全體俱振，五言如『萬壑樹參天，千山響杜鵑』、『柳暗百花明，春深五鳳城』，七言如『昔人已乘黃鶴去，此地空餘黃鶴樓』、『將軍魏武之子孫，於今為庶為清門』，皆氣勢沉雄。」（第

〔註12〕（清）馬先登：《勿待軒詩話存稿》，見《北京師範大學圖書館藏稀見清人別集叢刊》，第23冊。

54頁）

卷下：「頷聯腹聯之沉博雄麗者，略舉一二，如『荒城臨古渡，落日滿秋山』、『海暗三山雨，花明五嶺春』、『山光浮水至，春色犯寒來』、『關河雙鬢白，風雪一燈青』、『歧路風將遠，關山月共悠（愁？）』、『梅花萬古色，雲氣（樹？）一庭陰』、『花漏沉山月，雲陰（衣？）起海風』、『風音響北牖，月影度南檐（端？）』、『殺氣生龍劍，威風動虎旗』、『浪經蛟浦闊，山入鬼門寒』、『門開邊月近，戰苦陣雪（雲？）深』、『紫塞連天險，黃河劃地雄』、『長江流剩（遠？）夢，孤（短？）棹撥殘星』、『謀拙艱生計，愁來羨死人』，皆光堅響切，生氣浮出紙上。」（第55頁）

（12）蔡家琬《陶門詩話》〔註13〕

「作詩必有我在，詩情始活。昔人說詩云『輞川詩中有畫，左司詩中有人』，此韋之所以勝於王也。有人者，即有我之謂也。」（第729～730頁）

（13）杭世駿《訂訛類編》〔註14〕

卷二〈事訛〉「王右丞誤用柳生左肘事」條：「《說詩晬語》云：《莊子》『柳生左肘』，柳，瘍類也。王右丞〈老將行〉云『今日垂楊生左肘』，是以瘍為樹矣。愚案，東坡詩『柏生左肘烏巢肩』，施注引《傳燈錄》野鵲巢於佛頂事，而『柏生左肘』獨無所引，意亦用《莊子》語。但不知右丞何以誤為『垂楊』，東坡何以復誤為『柏』也。」（第459頁）

卷二〈事訛〉「霍去病事誤作衛青」條：「王維詩『衛青不敗由天幸』，《西清詩話》、《邵氏聞見錄》皆謂誤以霍去病為衛青。《野客叢書》又云：《漢書》『不學孫吳兵法』，乃霍去病，非衛青也。高適詩『衛青未肯學孫吳』，與王維同以去病事為衛青用，蓋衛霍同時為將，而二傳相近，故多誤引用之。」（第459頁）

卷三〈字訛〉「唐詩中訛字」條：「《堅瓠集》：王右丞詩『迸水定侵香案濕』，魏禹卿辨云『定水迸侵』。又『桃源面面絕風塵』，陳可一辨云『桃源西面』，正對『柳市南頭』。」（第488頁）

卷六〈稱名訛〉「內兄弟外兄弟之別」條：「《柳南隨筆》云：《儀禮・喪服

〔註13〕（清）蔡家琬：《陶門詩話》，見《清代詩文集彙編》，第468冊，上海古籍出版社2010年版。

〔註14〕（清）杭世駿：《訂訛類編》，見《清人著述叢刊》，第1輯，第26冊，廣陵書社2019年版。

篇》『舅之子』，鄭氏注云『內兄弟也』，賈公彥疏云『內兄弟，對姑之子外兄弟而言，舅子本在內不出，故得內名也』。按，齊陸厥有〈奉答內兄顧希叔〉詩，唐王維有〈秋夜獨坐懷內弟崔興宗〉詩，皆謂舅之子也。」（第 525 頁）

（14）周中孚《鄭堂札記》〔註 15〕

卷二：「盛侍御符升題王新城尚書《雍益集》總述『尚書八歲能詩，伯氏西樵授以王裴詩法』，而尚書《香祖筆記》云『唐人五言絕句，往往入禪，有得意忘言之妙，與淨名默然、達磨得髓，同一關捩，觀王裴《輞川集》及祖詠〈終南殘雪〉詩，雖鈍根初機亦能頓悟』。案，《輞川集》四十首，最宜啟迪初學，故尚書即以幼時所受者標舉於人，所撰《唐賢三昧集》於王裴諸體詩大有取棄，獨是集，王則選十五首，裴則選十一首，其嘉惠後學之盛心，固昭然於簡策中也。」（第 13 頁）

（15）周中孚《鄭堂讀書記》〔註 16〕

卷四八：「《畫學秘訣》一卷，《說郛》本，舊題唐王維撰。（維，字摩詰，太原祁人。徙家於蒲，遂為河東人。開元九年進士擢第，官至尚書右丞。）《四庫全書》存目。按摩詰集為其弟（縉）所編，本無是書，唐、宋史志、諸家書目亦俱不載，至焦氏《經籍志》始載有《山水訣》一卷，而尚未稱《畫學秘訣》，惟陶氏《說郛》所收始有是稱。書僅三頁，所載三則。首一則稍詳，次一則最略，末一則最詳。《王氏畫苑》僅載其末一則，題曰《山水論》，詹氏《畫苑補益》又作《荊浩山水賦》。後之評題繪事者，援引摘句，多稱王維，不稱荊浩。然考其辭語，殊不類盛唐人，況摩詰文章筆墨冠天下，宜有絕妙好辭，以寫其胸中所得之秘，傳為模範，以啟佑後人，乃卑卑無甚雋言，其為後人所託，又何疑焉。」（第 762 頁）

（16）焦循《易餘籥錄》〔註 17〕

卷一五：「齊梁者，樞紐於古律之間者也，至唐，遂專以律傳。杜甫、劉長卿、孟浩然、王維、李白、崔顥、白居易、李商隱等之五律七律，六朝以前所未有也，若陳子昂、張九齡、韋應物之五言古詩，不出漢魏人之所範圍，故論唐人詩以七律五律為先，七古七絕次之，詩之境至是盡矣。」（第 463 頁）

〔註 15〕（清）周中孚：《鄭堂札記》，中華書局 1985 年版。

〔註 16〕（清）周中孚：《鄭堂讀書記》，上海書店 2009 年版。

〔註 17〕（清）焦循：《易餘籥錄》，見《叢書集成續編》，第 91 冊，上海書店出版社 1994 年版。

卷一五：「王維〈老將行〉『今日垂楊生左肘』，用《莊子・至樂篇》『柳生其左肘』，以垂楊釋柳，是柳為木也。元稹詩亦云『乞我杯中松葉酒，遮渠肘上柳枝生』，林希逸謂《莊子》之柳乃瘍。毛稚黃、沈歸愚因譏右丞為誤。近武進湯大令大奎《炙硯瑣談》並譏元微之。仁和孫侍御志祖《讀書脞錄》云：柳訓瘍，《釋文》無此說，他書亦無以柳為瘍者。《南華》本寓言，即謂垂楊生肘，何害乎。《抱朴子・論仙篇》『支離為柳，秦女為石』，亦以柳為楊柳。按，侍御辨是也。《莊子》此篇上文云『支離叔與滑介叔觀於冥伯之邱，昆侖之墟，黃帝之所休，俄而柳生其左肘』，謂邱墟為葬處。肘，司馬本作『胕』，謂足胕上。人之葬也，首後足前，當其邱墓之前，有楊柳生焉，支離叔感於幽冥生死之故，故其意蹷蹷然惡之。滑介叔云：『子何惡？生者，假借也。假之而生生者，塵垢也。死生為晝夜。且吾與子觀化而化及我，我又何惡焉。』惡者，惡死埋於邱中而墓生木也。俄而者，言死生一瞬間也。解作『瘍生於肘』，失其義矣。右丞〈胡居士臥病遺米〉詩云『徒言蓮花目，豈惡楊枝肘』，〈能禪師碑碣〉云『蓮花承足，楊枝生肘』，皆以柳為楊枝，右丞固不誤。」（第 467 頁）

（17）夏荃《退庵筆記》〔註 18〕

卷四〈鹿女〉：「邑天目山鹿女得道事，具胡昉〈天目山記〉，又《述異記》『真山在毗陵，梁時有村人韓文秀，見鹿生一女，因收養之。及長，令為女道士，武帝為立觀，號曰鹿娘』，與鹿女事正相類。姜西溟論王右丞〈遊感化寺〉詩『雁王銜果獻，鹿女踏花行』詩意即用此，劉須溪疑美用《周禮》鹿女之誤。案，〈郊特牲〉：索蜡之時，諸侯之貢使草笠而至，大羅氏致鹿與女，戒諸侯曰『好田好女者亡其國』，與詩意絕不涉，辰翁殆不知有鹿女故事耶。」（第 409 頁）

（18）魏源《詩比興箋》〔註 19〕

卷三〈王維詩箋・偶然作〉：「前章見朝政之日非，思歸隱而未能也。後章刺鷄神童之寵幸，而賢材遺棄。與太白詩同旨。」（第 530 頁）

卷三〈王維詩箋・西施詠〉：「吳修齡喬《圍爐詩話》曰：唐人詩意不必在題中，如右丞〈息夫人〉詩云：『莫以今時寵，能忘舊日恩。看花滿眼淚，不共楚王言。』使無稗說載其為寧王奪餅師妻作，後人何從知之？可見〈西施詠〉

〔註 18〕（清）夏荃：《退庵筆記》，見《四庫未收書輯刊》，第 3 輯，第 28 冊，北京出版社 1997 年版。

〔註 19〕（清）魏源：《詩比興箋》，見《魏源全集》，第 20 冊，嶽麓書社 2004 年版。

之『君寵益嬌態，君憐無是非』，當為李林甫、楊國忠、韋堅、王鉷輩寵幸而作。」（第530頁）

（19）章學誠《校讎通義》〔註20〕

外篇〈王右丞集書後〉:「王摩詰詩文二十八卷，弁語一卷，附錄一卷，序目一卷，總三十一卷，仁和趙殿成松谷氏箋注，李穆堂紱、杭大宗世駿、全謝山祖望、厲太鴻鶚皆為之序。趙君於此書博贍精辨，於近代注書家號為傑出。其自述所見王集舊本，如廬陵劉須溪、武陵顧玄緯、句曲顧可久、吳興凌初成四家之書，推須溪本為最善，而惜於蜀本、廣信本、維揚本與何義門考正宋槧本俱未得見。又以詩有多本可校，而文則僅有顧玄緯本，餘皆不見為惜。嘗考王縉進維集表『詩筆十卷』，今須溪本詩集六卷，合武陵本文集四卷，卻如其數，則析為二十八卷自趙君箋注始也。趙君又云:《舊唐書》維傳『弟縉對代宗言編綴都得四百餘篇』，今須溪本所載僅三百七十一篇，疑非寶應所進原本。今按，傳載代宗語云『多少文集，卿可進來』，表進文云『共成十卷，隨表奉進』，則四百餘首似合詩文計之，詩篇三百七十，雜體文字六十餘篇，合計正符其數，似未有所遺也。摩詰蕭遠清謐，淡然塵外，詩文絢爛，歸入平淡，似不食人間煙火味者。『鬱輪袍』取解之辱，杭大宗已辨其誣。陷身於賊，服藥取痢佯瘖，賦凝碧池詩，前人謂其心未忘君，不能引決為遺憾耳。歷觀前世清靜自好之士，能輕富貴寡嗜欲，而往往顧惜身命，臨難不能引決，依違濡忍，卒遺後世譏議，若揚子雲之投閣餘生，王摩詰之輞川晚節，均可惜也。子雲心儀老氏，摩詰神契空王，聰明才學，使人可欲者多，則不免於雉羅之患，而淡泊寧靜，不自義方敬直中來，則隱微私□猶存，不能臨危難而授義命也，故責以古人之道義，摩詰可謂君子而不幸者矣。若其庸懦猥鄙，患得患失，本非學道之人，則文章流麗，必有跼蹐牽率，發於不知其然而然，不能有此物外遠致，是又在乎知言者之善鑒也。」

（20）曾紀澤《歸樸齋詩鈔》〔註21〕

戊集卷上〈讀外舅劉霞仙先生尺牘有感〉自注:「先太傅批云:『律詩約分句法、章法兩種。講句法者，奇警蘊藉，針線滅迹，以王摩詰、劉文房為最，而少陵集其成。講章法者，氣機流動，開合自然，以劉夢得、白樂天為最，而東坡集其成。歷代作者各有偏廢，然果能名家，則精於句法者，未嘗無捲舒自

〔註20〕（清）章學誠:《校讎通義》，見《章氏遺書》，1922年吳興劉氏嘉業堂刊本。
〔註21〕（清）曾紀澤:《歸樸齋詩鈔》，見《曾紀澤集》，嶽麓書社2008年版。

如之章，精於章法者，未嘗無雄奇秀絕之句，又不可偏廢也。此卷頗講章法，體質於劉、白、大蘇為近，若再能多構傑句，出以醞藉，更躋勝境矣。』」（第230頁）

（21）康有為《南海師承記》〔註22〕

卷二「講勵節」：「王昌齡（王維？）以〈鬱輪袍〉一曲干公主，進身已壞，無怪污於祿山也。」（第247頁）

（22）孫寶瑄《忘山廬日記》〔註23〕

光緒卅三年六月廿四日條：「覽王右丞五古。右丞古體，不如律詩，尤以五律為最。如：倚杖柴門外，臨風聽暮蟬。流水如有意，暮禽相與還。頗得陶之神髓。人當俗務猬冗，勞悴煩亂之際，抽暇讀古人詩，為之心境清涼，其味彌永。」（第1055頁）

（23）陳曾壽《讀廣雅堂詩隨筆》〔註24〕

其三：「公不喜王右丞詩。一日見王伯唐鐵珊主事遺筆，所論適與公合，則大喜，以為知言，蓋不喜其人，遂及其詩耳。」（第152頁）

（24）邵祖平《無盡藏齋詩話》〔註25〕

其二八：「先生論詩亦絕精，有……〈答問王孟優劣〉曰：『輞川得味禪悅，深達性旨，故其詩纖淡通明，若雲英化水，了無塵障，亦其晚年得罪後，頓悟真如，直超賢劫之驗，不可以〈鬱輪〉燥進少年事議其人品。此正如鎖子菩薩，雖曾作妓，仙骨猶存，亦何礙於西升耶？襄陽終不仕，人品固高，第觀「不才明主棄」及「端居恥聖明」、「徒有羨魚情」流露諸語，似亦非淵明、和靖一流人物，然其詩亦清妙矣。』」（第200～201頁）

其四三：「數月前鈔選《全唐詩》竟，曾題五詩，錄此以當詩話。……其三：『初唐四傑出，富艷若春花。喬劉實酣綺，張宋何高華。盛時李與杜，飛動龍鸞拏。高岑與王李，驂乘亦同車。鳴戛盡金玉，容裔比雲霞。群謂頗挺出，荊玉抱家家。大曆十才子，吐詞仰天葩。秀色難為貞，蹈隙或抵瑕。韋柳皎而峻，孟韓高而夸。秀潔與深雄，兩兩實分衙。末流漸淆亂，荒險羼僻邪。元白

〔註22〕康有為：《南海師承記》，見《康有為全集》，第2集，中國人民大學出版社2007年版。

〔註23〕孫寶瑄：《忘山廬日記》，上海古籍出版社1983年版。

〔註24〕陳曾壽：《讀廣雅堂詩隨筆》，見王培軍、莊際虹《校輯近代詩話九種》，上海古籍出版社2013年版。

〔註25〕邵祖平：《無盡藏齋詩話》，見王培軍、莊際虹《校輯近代詩話九種》。

雖俗輕，尚為詩教嗟。晚唐為綺靡，薄惠生齒牙。淳風欲茫昧，古體髻已髽。二許才未稱，方羅意有涯。後起有李杜，曾莫救偏斜。世衰元音閟，細響徵箏琶。』其四：『文章以氣勝，一代不數輩。吾愛五夫子，真采樹千載。太白逸天下，軒豁出塵埃。杜公抱忠貞，悲憫世如瘵。倔彊韓吏部，橫轢出胸肺。東野窮復窮，沉鷙六尺內。惟有太傅白，氣和色無壞。吁嗟此五君，吐辭各極態。其人實賢傑，氣作於詩外。他如劉與柳，遠謫蓄嘆慨。王孟暨儲韋，偶然清氣會。是皆包有餘，惜未抵其最。拙哉昌谷生，乃以詩雕繪。』」（第217～218頁）

（25）俞陛雲《吟邊小識》〔註26〕

卷二：「詠花鳥之詩多矣，若晚唐人之『曉來山鳥鬧，雨過杏花稀』、『風暖鳥聲碎，日高花影重』，元人詩『布穀叫殘雨，杏花開半村』，皆稱佳詠。但專詠花鳥，不若王右丞之『興闌啼鳥散（換？），坐久落花多』，以身所見聞者寫之，便饒情味。此盛唐人詩之高於後人處。」（第383頁）

卷二：「唐人詩中，句眼用『上』字者，右丞之『墟裡上孤煙』，子美之『花蕊上蜂鬚』、『行蟻上枯梨』，皆善用『上』字。」（第385頁）

卷五：「僧惠崇有詩云：『河分岡勢斷，春入燒痕青。』士大夫稱誦之，乃唐人舊句也。崇有師弟，學詩於崇，贈崇詩曰：『河分岡勢司空曙，春入燒痕劉長卿。不是師偷古人句，古人詩句似師兄。』語殊諧妙。王右丞亦曾用前人句，如『行到水窮處，坐看雲起時』，乃《英華集》中句。但誦古人詩多者，積久或不記，往往用為己有，非必如『生吞郭正一』之儔也。」（第436頁）

卷一〇：「王右丞詩：『興闌啼鳥散（換？），坐久落花多。』『草枯鷹眼疾，雪盡馬蹄輕。』其意味工力，不減杜陵。右丞出則陪岐、薛諸王及貴主遊，歸則飽飫輞川山水，且學佛工畫，故其詩於臺閣山林兩得之。」（第519頁）

卷一一：「單句之佳者易得，如『楓落吳江冷』之類，好聯之佳者難得，且兩句勻稱尤難。唐人詩。如：『天勢圍平野，河流入斷山。』『朽株生濕菌，傾屋照斜陽。』『風兼殘雪起，河帶斷冰流。』『興闌啼鳥換，坐久落花多。』『客尋朝磬至，僧背夕陽歸。』『廢巢侵艸色，荒塚入鋤聲。』『石梯迎雨潤，沙井帶潮鹹。』『迸筍侵窗長，驚蟬出樹飛。』皆下句勝於上句。」（第523頁）

〔註26〕俞陛雲：《吟邊小識》，見王培軍、莊際虹《校輯近代詩話九種》。

《王維資料彙編》續拾

《王維資料彙編》，張進、侯雅文、董就雄編，中華書局2014年版。此編「是海內外第一部全面而系統的王維資料整理之作，彌補了《古典文學研究資料彙編》中王維資料長期闕如的缺憾。《王維資料彙編》系統全面搜集歷代研究王維資料，內容涉及詩歌、散文、繪畫、音樂、書法等領域；又通過選本、刊本等資料的搜集、編者按語的新形式，以及兩岸三地學者共同協作，呈現出與以往資料彙編不同的諸多新特色」〔註1〕。然其博贍之餘，不免或遺，筆者力謀貂續，技效蠅鑽，曾有〈《王維資料彙編》拾遺〉發表。茲就所見續補如次，以備此編重印時作參考。

（1）龔頤正《芥隱筆記》〔註2〕

其一「古人用字」:「王維詩『九天閶闔開宮殿，萬國衣冠拜冕旒』，老杜『閶闔開黃道，衣冠拜紫宸』。」（第23頁）

（2）張泰階《寶繪錄》（按，以下所錄諸家題跋之內有張氏託名偽撰者，不可不辨也。）〔註3〕

卷一〈六朝唐畫總論〉:「古來以繪事名者，大抵皆作人物、花鳥、佛道、鬼神之類。自顧、陸、張、吳輩出，始創為山水一格，然而世代悠邈，不可得而詳矣。自唐以來其最烜赫者，如二李、閻相、右丞、盧鴻、荊、關之屬，皆

〔註1〕鍾書林：〈王維資料整理研究的一大創獲——評張進教授等編《王維資料彙編》〉，見《陝西廣播電視大學學報》，2015年第1期，第63頁。

〔註2〕（宋）龔頤正：《芥隱筆記》，中華書局1985年版。

〔註3〕（明）張泰階：《寶繪錄》，見《四庫全書存目叢書》，子部，第72冊，齊魯書社1995年版。

能匠心獨得，自闢宗門，為當時膾炙。數子蹊徑不甚相遠，但二李以工麗勝，右丞以秀潤勝，較為特出。」（第 130 頁）

卷一〈六朝唐畫總論〉：「王右丞之〈捕魚圖〉在元為姚子章所藏，至今尚在吳門，而世之贋託者何龐雜也。……惟〈捕魚〉一圖為巨室所秘，當世特聞而未見，一時鑿空杜撰，大非右丞面目矣。嘗見邇來拙繪，往往作天神夜叉之狀，或譏其不肖，其人忿然作色曰：『汝未見天神，而何以知其肖不肖也？』今之未睹唐畫而並信其非唐者夫亦類是哉，大抵唐世之法，工妍秀潤，雖斤斤規矩，而意趣生動自在其中，二李、右丞原屬一轍。」（第 131～132 頁）

卷一〈雜論〉：「趙魏公秀潤可方摩詰，婉熟可方李氏父子，兼以顧陸，皆在其筆端。凡有模仿，無不盡善，豈止領袖胡元，千年以來一人而已。」（第 134 頁）

卷一〈雜論〉：「或曰：『唐有摩詰，元有松雪。』」（第 135 頁）

卷四〈王維雪渡圖〉其一：「『摩詰仙遊五百年，畫稱雪渡未能傳。只因曾入宣和府，珍重令人綴短篇。』右丞筆人世罕傳，即宣和內府未過五六，此〈雪渡〉其一也，迄今三百載，而復歸之太樸先生，誠可謂奇遇矣。一日出以相示，謹沐手漫書於末。至正乙丑立夏日，大癡學人黃公望記。」（第 148 頁）

卷四〈王維雪渡圖〉其二：「右丞〈雪渡圖〉名世物也，向入宣和內府，罹金人之變散出，歸於趙子固，未幾又轉入吳門宋子虛，子虛與余有忘年之好，以厚直購之，遂得屬余。噫，記室中有此，奚止生色數倍，風日晴和，明窗展對，誠人間一大快事也。臨川危素拜手識。」（第 148 頁）

卷四〈王維雪渡圖〉其三：「『萬樹千山一旦新，寒江凍合淨無塵。是時深閣圍爐者，誰識衝風（寒？）渡雪人。』往歲石田先生為予言及此圖，誠是神物，每形諸夢寐。不數年，河溪陳氏請余題識，此匪特獲睹前代名筆，而石翁之語猶歷歷在心目間也，書畢不勝憬然。正德七年歲次壬申春二月十八日，衡山文壁徵明。」（第 148 頁）

卷六〈王右丞雪溪圖〉其一：「右〈雪溪圖〉乃唐王右丞維真筆也，維詩為四傑之一，至於畫，用筆設色超凡絕俗，又為古今第一，豈昔人所謂資稟高邁、意度瀟灑、下筆便當過人者耶？往歲曾於袁清容處得見〈輞川圖〉，已屬神品，及見此卷，尤覺奇絕，蒼崖古雪，儼然天際峨眉，令覽者蕭然意遠，吾謂虎頭復起，其不北面也者幾希。丹丘柯久九思。」（第 169 頁）

卷六〈王右丞雪溪圖〉其二：「〈敬題王右丞所畫雪溪圖一首〉：『朔風掃氛

埃，彤雲暝不開。千山飛鳥盡，一水溯舟回。波面方鎔汞，林梢已瀉瑰。歸人停策蹇，埜店具新醅。』畫中之妙者莫若右丞，畫之不易得者亦莫若右丞，今見此卷，豈非不世之珍乎？並識數語於後。至正十一年中元日，俞和拜手書。」（第169頁）

卷六〈王右丞雪溪圖〉其三：「王右丞此卷不事墨骨，而以鉛粉先施，繼之丹碧點綴，無一事不入神，無一物不入妙。然何從而得此哉？正以其知不二法門也，吾儕若由此參悟，亦庶乎其有所得，雖然，骨力已定，恐未易以語此。大癡道人黃公望謹書。（嘗見黃子久為危太樸作畫，題云曾於姚子章處見王右丞〈捕魚〉、〈雪溪〉二圖，知古人用筆誠非草草，因此似有所悟。夫子久為元末宗匠，原非溢美，然所稱不二法門則近乎迂矣。）」（第169～170頁）

卷六〈王右丞雪溪圖〉其四：「『寒雲結重陰，密雪下盈尺。群峰失蒼翠，萬樹花俱白。幽居深澗濱，門徑斷行迹。伊誰能遠尋，應是探梅客。』至正十四年三月八日，雲林生倪瓚敬題。」（第170頁）

卷六〈王右丞雪溪圖〉其五：「『繞（曉？）徑沾太（衣？）濕，登臺試屐危。乾坤增壯觀，江海得深期。歷亂瑤華吐，紛披玉樹枝。精微誰與並，顧陸頗相宜』，又『碧樹擁江扉，朱簾捲翠微。崇朝無客過，傍晚有漁歸。嶺耀梅重白，堤縈絮正飛。若留清夜賞，鉛粉更光輝』。至正己丑十一月三日，吳鎮敬題於梅花庵中。」（第170頁）

卷六〈王右丞雪溪圖〉其六：「『吳生落筆風雨快，坡翁第一推神怪。寬於維也無間言，閒遠當求諸象外。京師憶見輞川圖，孟城鹿柴相縈紆。頭風快（恍？）爾頓失去，古迹皆云絕世無。元龍孫子好事者，授我縹緗珠滿把。謂言無意意獨深，詩裡陶潛琴賀若。問君何從得此圖，破篋蛛絲知者寡。我從見之加什襲，氣壓營丘並馬夏。寒林昏鴉棲復驚，平野慘淡煙雲生。湖光涔涔月未起，萬樹銀花天隔水。朱樓畫棟玉妝成，岸上行人猶未止。欲止未止還自疑，水結沙凝歲暮時。峨嵋太白有如此，昔讀維詩今見之。翻思盤礴絕所丐，當年顧陸今安在。千秋晦剎一朝完，臨卷摩挲發長慨。』弘治四年二月七日，長洲吳寬題。（匏翁此詩可謂心手相應，蓋推尊之極矣。）」（第170頁）

卷六〈王右丞雪溪圖〉其七：「『右丞畫卷真奇觀，江山一夜皆玉換。前崗坡陀帶複嶺，小約凌競連斷岸。水邊疏柳似華柳（髮？），忽有微風與飄散。紺宮幾簇林影分，白鷗一個江光亂。老漁簑笠只自苦，冰拂凍鬚莖欲斷。江空天遠迥幽疏（蹤？），只有一竿聊作伴。此時此景有誰領，今日此圖從我玩。

莞然一笑寒戰腕，萬里江山在几案。』弘治乙卯冬十二月十四日，長洲沈周識。」（第 170 頁）

卷六〈王右丞雪溪圖〉其八：「唐王右丞為開元中第一流人，詩與畫並入神品，故後進悉宗之，至如尺楮點筆獲之不啻連城夜光，今默庵所藏此卷正如河清難俟，豈徒供把玩而已也。昔人有睹名碑不忍遂去，乃為臥其下者三日，余與某某無亦同茲癖云。正德八年孟秋六日，晉昌唐寅書。」（第 170～171 頁）

卷六〈王右丞雪溪圖〉其九：「『城中十日暑如炙，頭目眩花塵土塞。僧樓今日見此卷，雪意茫茫寒欲逼。古木喬柯枝裊矯，下有琱檐倚藂碧。隔溪膠艇不受呼，平溪貫渚何人迹。西風翻鵶忽零亂，遠雁迷雲猶嚦嚦。輕施丹粉精神在，收閱千年若完璧。宛然一段小江南，三遠備全能事畢。維名依稀半未漶，肉眼再摩初認得。所存只是天假借，名手當時重唐室。吳中人家寶古迹，貴宋及元高爾直。若教見此風斯下，倒橐定應無吝嗇。錦標內帑固自宜，人間間出鳳五色。昔年尺素見雪渡，草樹凌競人跼蹐。短方僅尺不盡意，何似此圖長五尺。太丘孫子具法眼，鑿壁韜藏加襲百。我將拙語敢印證，聊寫心知並自識。』右丞佳筆，神妙之致，悠遠之神，見亦罕矣。予於沙溪陳氏獲觀〈雪渡〉，盈尺而已，今又於徐所閱此妙卷，不勝驚喜，漫題其後。正德八年七月既望，文徵明識。（衡翁滿口揄揚，蓋繇欽服之極，但云倒橐不吝，似為收藏家子孫長十倍聲價矣。）」（第 171 頁）

卷六〈王右丞雪溪圖〉其一〇：「〈題王右丞雪溪圖〉：『塵土凍裂號朔風，天孫剪玉紛滿空。扁舟歸來磯下泊，欲覓徑路無行蹤。乾坤一日光璀璨，咫尺猶難辯昏旦。仙人縞花乘素鸞，隱約瓊臺隔霄漢。何如野夫情最閒，茅茨獨住深林間。坐擁寒爐歌郢曲，不知日盡溪南山。』後學祝允明。」（第 171 頁）

卷六〈王右丞雪溪圖〉其一一：「『飛雪漫漫覆艸茨，坐看策蹇過村居。自從兩晉陵夷後，無復精神類虎癡。』右丞真迹流落海內者無幾，而吳中居其三，此外殆寥寥矣。予始得〈江干秋霽〉，以為至幸，今更獲此二種，稱合璧云。崇禎辛未七月朔日，雲間畸人張泰階題。」（第 171 頁）

卷六〈王維春溪捕魚圖〉其一：「〈書王摩詰所畫春溪捕魚圖一首〉：『春江水綠春雨初，好山對面青芙蕖。漁舟兩兩渡江去，白頭老漁爭捕魚。操篙提網相兩兩，慎勿江心輕舉網。風雷昨夜過禹門，桃花浪暖魚龍長。我識扁舟垂釣人，舊家江南紅葉村。賣魚買酒醉明月，貪夫徇利徒紛紜。世上閒愁生不識，江草江花俱有適。歸來一笛杏花風，亂雲飛散長天碧。』大癡道人黃公望。」

（第171～172頁）

卷六〈王維春溪捕魚圖〉其二：「『輞川之景天下奇，我惜曾聞不曾識。若人筆端幹玄氣，萬頃煙濤歸咫尺。漁翁生事浩無窮，醉挹青藍洗胸臆。或披簑笠臥寒艪，或倚孤篷蘸空碧。靜觀此理良可娛，應須仰慕王摩詰。』至大辛亥二月，過姚子章寓舍，獲見王摩詰〈春溪圖〉真迹因題。古涪鄧文原。（按，黃子久別幅題云『曾於姚子章處』見此二圖，今觀此跋，良是。至於卷首『王維春溪捕魚圖』七字乃宋道君真迹，蓋道君初為潞州軍節度，余在彼中見其遺墨甚多，故信之不疑。泰階。）」（第172頁）

卷六〈王維春溪捕魚圖〉其三：「『今年無禁太平年，浪靜風恬穩放船。今夜得魚何處泊，百花洲上白鷗邊。』至正十四年三月八日，雲林生倪瓚敬題。」（第172頁）

卷六〈王維春溪捕魚圖〉其四：「『前灘罾兮後灘網，魚兮魚兮何所往。桃花錦浪綠楊村，浦漵忽聞漁笛響。我行笠澤熟此圖，頓起桃源鷄犬想。不如歸向茅屋底，老瓦盆中醉春釀。』時至正十三年三月小盡日，梅道人吳鎮題於垂虹舟次。」（第172頁）

卷六〈王維春溪捕魚圖〉其五：「《宣和畫譜》載王維〈春溪捕魚圖〉，此卷當時應入御府，黃褫標簽是裕陵親書，靖康之亂散落民間。予悲夫數尺生綃，凝煙靄之中，幾輩漁翁釣叟，閒閱千古興亡、近今曩日。金窗玉几之間，複殿崇臺之上，瓊璲為題，天衣作襲，何其盛也。今日茅屋藜牀，瓦尊篷席，較量晴雨，款曲煙波，疇昔榮華皆如夢寐。然而紅桃岸側，綠柳磯頭；山靄未消，曉煙猶幕；篷窗開而不捲，漁網落而半疏。譬如桃源鷄犬，那知楚漢興亡；扁舟五湖，寧問周秦長短。仲山先生予同心友也，暇日訪予東莊別業，出示此卷，既相道正，因拈數語，以見丹青靈物不與河山俱傾，在在處處，應作希有。弘治丁巳七月，延陵吳寬書。（匏翁此跋有無限興亡之感，乃知御府寶藏諸物其散落榛莽間者，又寧可以數計哉。泰階。）」（第172～173頁）

卷六〈王維春溪捕魚圖〉其六：「〈漁父詞十二首〉：『白鷺群飛水映空，河豚吹絮日融融。溪柳綠，墅桃紅，閒弄扁舟錦浪中』、『笠澤魚肥水氣腥，飛花千片下寒汀。歌欸乃，扣苔菁，醉臥春風晚自醒』、『湖上楊花捲雪濤，湖魚出水擲銀刀。春浪急，晚風高，前山欲雨且回橈』、『四月清波拂鏡平，青天白日映波明。風不動，雨初晴，水底閒雲自在行』、『江魚欲上雨瀟瀟，楝子風生水漸高。停短棹，駐輕橈，楊柳灣頭歷晚潮』、『白藕開花映碧波，榆塘柳陳綠陰多。抛釣餌，枕漁簑，臥吹蘆管調魚歌』、『霜落吳松江水平，荻花洲上晚風生。新壓酒，旋炊秔，網得鱸魚不入城』、『月照蒹葭露有光，木蘭輕楫篾頭航。煙漠漠，水蒼蒼，一片蘋花十里香』、『黃葉磯頭雨一簑，平頭舴艋去如梭。桑落酒，竹枝歌，橫塘西下少風波』、『敗葦蕭蕭斷渚長，煙消水面日蒼涼。魚尾赤，蟹膏黃，白釀村醪倍雪霜』、『雪晴溪岸水流澌，閒罩冰鱗掠岸歸。收晚棹，傍寒磯，滿篷斜日曬簑衣』、『陂塘夜靜白煙凝，十里河流瀉斷冰。風颯笠，月涵燈，冰冷魚沉不下罾』。王摩詰〈捕魚圖〉為畫中神品，膾炙人口，曾屬匏翁識語，知其向已至吳中者，不二十年後復為某所得，豈非物之聚散有時，而得失之靡定也？予閱之，不勝嘆賞，輒書〈漁父〉十二詞於後，但珠玉在前，覺我形穢多矣，書此識媿。衡山文徵明。（向聞有吳仲圭〈漁父圖〉，頗為當時膾炙，聞已流落不可物色矣。）」（第 173 頁）

卷六〈王維春溪捕魚圖〉其七：「『澄江何悠哉，滉漾春未晚。恬風水鏡淨，一望疋練坦。遠山積濃翠，歷歷煙樹短。草平露洲溆，夾岸桃花暖。羨彼垂綸翁，扁舟寄疏散。赬魴與赤鯉，來往亦纘纘。危坐下中流，自送飛鴉遠。』客歲見王右丞〈雪溪圖〉，以為希世之珍，不意今日再見此卷，豈神物有靈，散而復聚耶？予深異之，並賦短句。蘇臺唐寅。」（第 174 頁）

卷六〈王維春溪捕魚圖〉其八：「予題此卷憶自癸酉歲，及今丁丑，恰四年矣，而復從某先生齋頭得見〈江干秋霽圖〉，鬥奇爭勝，不可名狀，是何神物聚合於一時也。今日再過某請觀，細玩其精微變幻處，又以見某好古不倦而得其道，因並識之。二月五日，徵明再題。（〈江干秋霽圖〉與此卷伯仲間耳，衡山以為神物聚合，信然哉。）」（第 174 頁）

卷六〈王維春溪捕魚圖〉其九：「『關城弱柳綠蓁蓁，隱隱漁舟輞水濱。一自右丞施點染，滿原芳草迴生春。』新秋大雨如注，足迹不能出戶，遂於閒窗簡出王右丞三卷閱之，識語殆遍，然得無為右丞累乎，所不免矣。崇禎辛未七月朔日，雲間張泰階。」（第 174 頁）

卷六〈王摩詰江干秋霽圖〉其一：「『山空木落絕囂塵，雨過江干幾釣綸。樓閣參差雲外寺，煙霞古今景中人。長松故掩歸樵徑，墅竹時穿隔舍鄰。千古右丞誰得似，依稀點染自生春。』黃鶴山樵王蒙題。」（第 174 頁）

卷六〈王摩詰江干秋霽圖〉其二：「『繪理精微世莫群，秋嵐過雨鎖蒼雲。右丞筆力能扛鼎，五百年來無此君。』雲林生瓚。」（第 174 頁）

卷六〈王摩詰江干秋霽圖〉其三：「畫家右丞，書家右軍，世不多見，予昔年於徐武功處所見〈雪江圖〉，都不皴染，但有輪廓耳。及世所傳摹本，若王叔明〈劍閣圖〉，筆法大類李中舍，疑非右丞畫格。又予至長安見趙大年臨右丞〈林塘清夏圖〉，亦不細皴，稍似史氏所藏〈雪江圖〉，而竊意其未盡右丞之致，蓋大家神品必於皴法有奇。大年雖俊爽，不耐多皴，遂為無筆，此得右丞一體者也。最後復得郭忠恕〈輞川〉粉本，乃極細潤，相傳真本在新安，既稱摹寫，當不甚遠。然余所見者庸史，故不足以定其畫法矣。惟虞山李氏處有趙松雪二圖小幀，頗用金粉，閒遠清潤，迥異常作。余一見，定為學王維。或曰何以知是學維？余應之曰：『凡諸家皴法自唐及宋皆有門庭，如禪燈五家宗派，使人聞片語單詞，可定其為何派兒孫。今文敏此圖行筆非僧繇、非思訓、非洪谷、非關仝，乃至董巨李范皆所不攝，非學維而何？』今年秋間梁溪有王維〈江山秋霽〉一卷為吾郡王守溪學士所得，過其舍索觀，學士珍之，自謂如頭目腦髓，以余有右丞畫癖，遂不辭而出示，展閱一過，宛然松雪小幀筆意也，予用是自喜。且右丞自云『宿世謬詞客，前身應畫師』，予未嘗得睹其迹，但以想心取之，果得與真有合，豈前身曾登右丞之室，而親覽其磐礴之致，故結夕不寐乃爾耶？學士云此卷是梁溪友人從後宰門拆古屋於折竿中得之，凡有三卷，皆唐宋書畫也。予又妄想彼二卷者安知非右軍迹，或虞褚諸名公臨晉帖耶？倘得合劍還珠，足辯吾兩事，豈造物妬完耶？老子云：『同於道者，道亦樂得之。』予且珍此以俟時。弘治丁巳秋九月廿二日，延陵吳寬書。（按匏翁跋語，則摩詰尚有〈雪江圖〉及〈林塘清夏圖〉，但元季諸公未嘗齒及，似亦非其至者，今二圖不可概見，何哉？）」（第 174～175 頁）

卷六〈王摩詰江干秋霽圖〉其四：「『江頭潮下秋水枯，青山落日雲模糊。樓臺遠近路長驅，蕭蕭行李行人孤。蹇驢渡橋歸思急，村南村北天秋色。何者相呼鷄犬聲，山前山後煙林立。江風水面吹淺莎，打魚小艇如飛梭。何人蕩槳立船頭，釣者船頭腰半跎。仲寬劉君焉能作，粉筆流傳愁剝落。莫釐長者寶之奇，特書召我示新跋。相城白髮畫亦狂，見翁此卷心即降。攜家便欲上船去，買魚煮酒揚子江。』王右丞先生丹青博學，宿世有傳，自古以來未有能並者，奪天機化工，萬重丘壑宛在握中矣。予昔年觀史氏類古編纂載諸名家畫帙，永思先生評右丞公效晉人〈江干秋霽圖〉『工細入神，妙在奇絕』，想慕已久，今為守翁先生所藏，正謂惜天下之寶者得天下之寶者矣。明後學長洲沈周。」（第 175 頁）

卷六〈王摩詰江干秋霽圖〉其五：「右丞畫世不多見，余生平所見者惟〈雪溪圖〉、〈捕魚圖〉而已，余無聞焉。況右丞至今八百餘年，其罹兵火不知凡幾，而欲求其無恙，不亦難乎。以故益信右丞之畫為不易也。其用筆高古，點綴清深，為百代畫家之祖。今少傅王公所藏〈江干秋霽圖〉為右丞真迹，向得之於梁溪友人之手，雖物之聚合有時，亦由少傅公之好古不倦，此又非市駿骨而千里馬至者可比。徵明每過從，辱少傅公不棄，時出法書名畫賞玩，竊謂武庫中有此奇珍，諸品皆為減色矣。時正德丙子四月九日，後學文徵明書於蒼玉齋中。」（第 176 頁）

卷六〈王摩詰江干秋霽圖〉其六：「王摩詰畫思致高遠，出於天性，故昔人謂其『詩中有畫，畫中有詩』，非虛語也，然纖細工致如此卷者則又絕少。予嘗謂摩詰如衛夫人〈筆陣圖〉，一點一畫別是一切鈎戟利劍，毛根出肉，力健有餘，巨壯雄麗，膚脈連絡，真為探微、道玄敵手，而開元中第一人也。正德丙子四月廿八日，吳門唐寅書。」（第 176 頁）

卷六〈王摩詰江干秋霽圖〉其七：「戊寅三月既望，予以公事過少傅公園居，坐談間再出此卷，不勝欣暢，不啻重入山陰道上。同觀者有湯珍子重、吳爟次明、彭昉寅之，並記其後。文徵明。」（第 176 頁）

卷六〈王摩詰江干秋霽圖〉其八：「王右丞〈江干秋霽圖〉在文恪王公亦推為丹青之冠，衡山太史見後即與唐子畏柬云『自見此卷，寤寐不忘』，誠非虛語。所云〈捕魚〉、〈雪溪〉兩圖在徐處者，余亦先後購得，今並藏笥中，稱三絕云。崇禎辛未七月朔日，張泰階。」（第 176 頁）

卷六〈王維輞川圖〉其一：「『輞口林亭手自圖，當年題字未模糊。朝元偶憶開元勝，還擬王維尚可呼。』宣和殿御筆題。『王維此圖可稱三絕。』宣和五年再題。」（第 178 頁）

卷六〈王維輞川圖〉其二：「清容所得矮本〈輞川圖〉乃王摩詰生平第一筆，兼之詩句入禪，字法入妙，而宣和主題為三絕，真知言哉。余向僻處寡營，適清容過慰岑寂，並以佳卷索跋，欣喜無已，遂為書之。延祐庚申四月九日，吳興趙孟頫識。」（第 178 頁）

卷六〈王維輞川圖〉其三：「王摩詰輞川別業，一時名滿天下，千載而下，猶令人企慕之，其圖乃摩詰手自點染，一木一石，皆極精工秀美，毫髮無遺。首輞川，次華子崗，次孟城坳，次輞口莊，而文杏館、斤水（竹？）嶺、木蘭柴、茱萸沜、宮槐陌、鹿柴繼焉，鹿柴而後則為北垞，此則輞川之北莊也。中間院宇、亭榭、草木、鳥獸，種種具備，而摩詰乃坦襟靜坐，傍列圖史，而奚僮侍立，玄鶴翔舞於階除之下，亦樂矣。由北垞而南則有欹湖，湖上構亭曰臨湖亭，亭下為柳浪，又南為欒家瀨、金屑泉，而南垞在焉，此即輞川之南莊也。比北垞差小，而茅茨土樸，雅有古風。自此而白石灘、竹里館、辛夷塢、漆園、椒園，皆儷於南垞，而田廬耕作，宛然村落景色，所謂『蒸藜炊黍餉東菑』者，水田、白鷺、夏木、黃鸝在在有之，真詩中之畫也。而此卷其畫中之詩乎？予素向慕久矣，茲辱清容先生出示，不勝喜躍，漫敘其景物如此。時天曆二年春王正月下浣，大癡學人黃公望拜手書於虞山山居。」（第 178 頁）

卷六〈王維輞川圖〉其四：「『開元宇宙承平日，華子崗頭曾燕適。至今自貌輞川圖，下有幽人交莫逆。辛夷戶外茱泮隔，亦復扁舟春蕩潏。竹君冰霰歲寒傲，未辨申椒能辨屈。平生雅志厭朝市，醒醉悠哉睠泉石。是間山水無限趣，況乃佳賓得裴迪。宣和昔日手親題，千載流傳人愛惜。鳥啼花落香仍在，誰信長安嘆凝碧。後來附卷意迷忙，且復追惟三太息。』〈輞川圖〉為王摩詰生平畫卷第一，清容先生所藏前代名人真迹固多，亦當以此為最。短句附尾，烏足以盡其美，聊供一笑可耳。至順二年秋八月廿九日，紫芝山人俞和謹書。」（第 178 頁）

卷六〈王維輞川圖〉其五：「『猪龍兒嬉錦棚（襉？）好，三郎歲晚歡娛老。阿環姊妹擁華清，朝士宮前誰敢到。右丞脫卻尚書履，布襪青鞋弄煙水。藍田別業堪畫圖，矮本丹青自遊戲。華子岡頭輞口莊，湖亭竹館遙相望。小橋揩轉青紅窗，樹窠歷歷煙茫茫。欒家瀨前兩舟上，柳浪一尺清風狂。詩成相與和者誰，我家裴迪無能雙。丘壑風流固如此，安知畫外清涼意。凝碧池頭天樂聲，白石纍纍淨如洗。亂後歸來舊第中，玄墻綠戶老秋風。人生過眼皆夢境，乞與山僧開梵宮。半幅吳綃如傳舍，俟誰得此千金價。客來寒具莫匆匆，三百年前御廚畫。』〈輞川圖〉矮本尤為妙絕，心切慕之，今日偶從清容先生齋頭得見此圖，殊為慶幸，敬賦長句。時至順二年秋九月十二日，丹丘柯九思拜手記。」（第 178～179 頁）

卷六〈王維輞川圖〉其六：「王維字摩詰，開元初進士，官至尚書右丞，工詩畫，輞川其所居，自寫為圖，精密細潤，若陸探微，又似李思訓，此矮本更覺神妙，尤可寶也，敬贅短句：『園圖新畫早流傳，已是人間五百年。凝碧池頭秋句在，當時幾負此林泉。』黃鶴山人王蒙書。」（第 179 頁）

卷六〈王維輞川圖〉其七：「右丞〈輞川圖〉有二本，此即矮本也，畫格高絕，尤有生意，展觀良久，為賦短句：『詩中傳畫意，畫裡見詩餘。山色無還有，雲光捲復舒。前溪漁父隱，舊宅梵王居。千古風流在，披圖儼起余。』至正辛巳冬十一月五日，梅花道人吳鎮書於天寧僧舍。」（第 179 頁）

卷六〈王維輞川圖〉其八：「予見前人墨迹畫卷亦多矣，有畫而未必兼詩，有詩而未必兼畫，有詩畫而未必書法之具備也。此卷為王右丞神妙之筆，其二十詠俊逸清麗，冠絕李唐，而書法又似蕭子雲，間乎出入大令，以一卷而眾美畢萃，古人畫卷中所未有也。中靜宜什襲而藏之。正德辛未夏四月下浣，吳郡唐寅書於夢墨亭。」（第 179 頁）

卷六〈王維輞川圖〉其九：「王右丞〈輞川圖〉有二，一為高本，一為矮本。高本不知所傳，世稱郭忠恕摹本乃其高者，吾恐非原本之所自來。若矮本，此卷是也，所謂『詩中有畫，畫中有詩』，於茲見之，豈非繡心、錦腸、神工、聖腕始得臻此，苟非其人而欲步武，雖禿筆成塚，猶未能得其一二。此圖墨法設色又出入陸探微、李思訓間，然右丞何心哉？大抵古人高才絕藝，意之所至，筆之所之，自不容於不合矣，未可以後先而定其優劣也。卷前後有宣和題識，其為徽廟愛重如此，不知何由散落人間，而為袁清容得之，至國初，又為宋昌裔所藏，復逸去，為新安古中靜寶愛二十年。中靜不能守，而歸之默庵，默庵以重價購之，斯稱得所矣，第武庫中不宜少此。昔白尚書云『六宮粉黛無顏色』，以太真色美而壓群也，若右丞此卷曷異乎是。予以語質默庵而並書其左，時嘉靖九年冬十月七日，長洲文徵明書於悟言室。附文太史手柬：『前者孫文貴同新安古中靜以王摩詰〈輞川圖〉至，不宿留而去。昨徐默庵來云已與彼斟酌六百數，而中靜猶以為不然。今早遣人去，竟無處覓，倘一到梁溪，再無復來之理。今默庵深有冉子之意，煩復孺為彼調停斡旋此局，默庵斷不負所舉也。畫冊尚未設色，至十九日可完事。此覆，徵明肅拜。復孺賢甥茂異。』」（第 179～180 頁）

卷六〈王維輞川圖〉其一〇：「嘗見文衡翁題王右丞〈終南草堂〉小幅云：『生年七十有四，所見右丞真卷凡四，今更見〈終南〉一幅，深自慶幸。』隨遡衡翁他跋中，初於陳沙溪處見〈雪渡圖〉，盈尺而已，繼又於徐默庵處見〈捕魚〉、〈雪溪〉二圖，又於王文恪公處見〈江干秋霽圖〉，最後又見默庵矮本〈輞川圖〉，所稱四卷，蓋指〈捕魚〉、〈雪溪〉、〈秋霽〉、〈輞川〉，並〈終南〉為五，而盈尺之〈雪渡〉不與焉。至於〈輞川〉一圖，始為新安大豪古中靜所得，嘗攜至吳門，為名公吳匏翁輩嘖嘖不已，止索唐子畏一跋而去，故匏翁於〈秋霽〉卷中有〈輞川〉已入新安之語。嗣後又經數年，中靜再持至，吳默庵酬價六百有奇，白鏹出而古生竟拂衣去，衡翁為尼其舟，託復孺恳請復以千金為壽，而此圖遂歸徐氏記室矣。衡翁客於海上顧氏，嘗謂先祖言〈輞川〉入吳源委甚悉，先君曾於庭趨時為予述之，至今歷歷在耳也。偶簡衡翁致復孺柬，宛然當日情景，世曾有欺人文叟哉。嗚呼，右丞真迹傳布人間者數幅之外寥寥矣，默庵得其四，文恪得其一，而〈雪渡〉短幅初為危太樸《四朝合璧》中散出者，仍為合浦之珠，默庵之搜索誠可為不遺餘力矣。意者用志不分，而鬼神遂陰助之乎。予何人斯，而兩公所不能兼者盡攬之於篋中，抑何幸哉。特右丞為兩公幽秘二百餘載，予又櫝而藏之，世人既不見右丞之真，而何以辯右丞之偽，使〈捕魚〉等贋卷紛紛四出，而舉世夢夢曾不敢辭而闢之，真可慨也。崇禎四年臘月廿有八日，雲間張泰階。」（第 180～181 頁）

卷六〈王維高本輞川圖〉其一：「王維〈輞川圖〉有二，此高本當為第一，以其布置更勝也。宣和五年十二月，御筆題。」（第 181 頁）

卷六〈王維高本輞川圖〉其二：「朝散無聊，檢出再觀一過，畢竟妙於矮本。是月廿有二日，宣和御筆重題。」（第 181 頁）

卷六〈王維高本輞川圖〉其三：「王摩詰家藍田輞口，所為臺榭亭垞合有若干處，無不入畫，無不有詩，以此則摩詰之胸次瀟灑、情致高遠，固非塵壤中人所得髣髴也。其圖亦出自摩詰點染，有高本、矮本傳世，此圖乃高本也，較之矮本更勝，後復繫以詩題，種種神妙，世所稱卷中三絕，孰有逾於此者。昔明皇見鄭虔畫，題為三絕，其亦未見此耳。若見此卷，其稱賞又當何如耶。一日太樸危君出示於余，惜余衰邁已甚，而不能悉其旨趣，唯有擊節三嘆而已。延祐辛酉春三月十有一日，吳興趙孟頫書於鷗波亭中。」（第 181 頁）

卷六〈王維高本輞川圖〉其四：「『輞口風煙春日遲，淺沙深渚帶東菑。紅杏花開翔白鶴，綠楊絲裊逗黃鸝。山雲寂寂入寒竹，野露瀼瀼裛嫩葵。誰似右丞清絕處，千秋一士更何疑。』古涪鄧文原。」（第 181 頁）

卷六〈王維高本輞川圖〉其五：「一日太樸先生持高本〈輞川圖〉問於予曰：『〈輞川圖〉有高本、矮本，何也？』予應之曰：『摩詰始為矮本，本低則丘壑不聳、景物延緩，故摩詰復演為高本。本高則山嶽嵯峨、臺館周匝，以此知矮本尤不若高本之更佳也。』太樸曰：『非子言，則予心幾茅塞矣。』予又聞趙子固云：『此圖遭金人之變，遺落頹垣中，一卒拾歸，不知其為重寶也。後尚有裴迪唱和詩，不相連屬，其妻裂去，與兒相戲，竟投之於火，此可為深嘆惜者也。』夫子固素稱博雅，深曉古今事迹，豈無據而出此語。今已歸於太樸，可為得所，復何慮哉。茲因出示，輒以夙昔所聞而書其左，後之覽者藉此亦足知〈輞川圖〉之始末矣。大癡學人黃公望拜手書。」（第181～182頁）

卷六〈王維高本輞川圖〉其六：「〈題太樸先生所藏右丞輞川圖二首〉：『瀟灑開元士，神圖繪輞川。樹深疑垞小，溪淨見沙圓。徑竹分青靄，庭槐飲暮煙。此中有高臥，欹枕聽飛泉。』其二：『畫裡詩仍好，縈迴自一川。湖晴嵐氣爽，浪靜柳陰圓。賦詠成珠玉，經營起霧煙。當年滿朝士，若個在林泉。』梅花道人吳鎮書。」（第182頁）

卷六〈王維高本輞川圖〉其七：「〈輞川圖〉出自摩詰一一點染，其臺榭景物無不可遊、可玩、可忘世，以故賞識者稱『畫中有詩』，苟非胸次磊落、指掌神奇，恐未易臻此也。至於詩題俊語，不減陶謝，又詩中畫也。五百餘年來畫家如林，鮮有與之並駕者，披閱一過，不勝神往。丹丘柯九思。」（第182頁）

卷六〈王維高本輞川圖〉其八：「右丞此卷向入宣和御府，流轉人間，今又屬之太樸先生，乃知神物去來原無定處也。吾師松雪翁已為題識，而予何幸，得以展閱，既書而並繫以短句：『開元朝士王摩詰，睥睨金章山水間。槐陌崗頭足遊樂，佳賓觴詠竟忘還。』『園圖流轉幾經年，高本翛然更可憐。誰謂米顛今再見，未應珍玩溷人塵。』紫芝山人俞和書。」（第182頁）

卷六〈王維高本輞川圖〉其九：「先外大父松雪翁嘗語人云：『學書不學右軍，終成下品。繪事不法右丞，不能上達。』信斯言也。翁下世已十有四年，未敢少忘。一日太樸先生出示高本〈輞川〉，畫法詩題俱已入聖，誠藝林中奇珍也。前有鄧善之先輩及我同志子久、仲圭、敬仲、紫芝識語，如珠聯璧絡，亦可見一代文物之盛，當並垂不朽矣。黃鶴山樵王蒙記。」（第182頁）

卷六〈王維高本輞川圖〉其一〇：「袁清容有矮本〈輞川〉，危太樸先生有高本〈輞川〉，均是神品。若布景點綴，矮本不能不少遜一籌。前一峰道人題語詳備，可稱知畫。汝南袁凱題。」（第183頁）

卷六〈王維高本輞川圖〉其一一：「二泉先生所藏高本〈輞川〉已久，一日過其寓舍，予欲求觀甚堅，先生知不能已，遂為出示，乃知摩詰一生精脈盡萃於此，相與嘆賞竟日。余曰：『君有〈輞川〉卷，予有古冊七十二幅，足相敵也。』援筆書之，以紀一時之勝晤云。震澤王鏊識。」（第183頁）

卷六〈王維高本輞川圖〉其一二：「王摩詰〈輞川〉二圖悉屬宣和御府所藏，因遭金虜之厄散落人間，後曾歸賈秋壑，又歸趙彝齋，二三其說，然今亦不可考矣。至勝國時，矮本屬之袁清容，高本屬之危太樸。卷首徽廟及諸名人一一題識，精備不啻琳琅琬琰之在目也。至我明，矮本為某所得，高本竟不知何所。一日某友兄購得，後有文恪公手書，方知為梁溪邵二泉所藏，雖不甚富，日惟置之密室，不欲示人，故賞鑒者竟莫得而知也。惜乎二泉公下世已久，無嗣，近為其族人鬻出，某不吝重價易之，誠可謂能繼先志矣。前人歷歷評此本更勝，信非妄語。余年過大耋，觀覽頗多，即摩詰真迹合有數種，終不若此本之精妍也，不識觀者以為何如。嘉靖甲寅九月五日，文徵明題，時年八十有五。」（第 183 頁）

卷六〈王維秋林晚岫圖〉其一：「『千峰凝翠宛神州，中有仙翁寤寐遊。林麓漸看紅葉暮，風煙俄入野塘秋。搖搖小艇尋溪轉，寂寂雙扉向晚投。我欲探幽未能去，畫中真境許誰儔。』鄧文原題。」（第 183 頁）

卷六〈王維秋林晚岫圖〉其二：「『群山矗矗凝煙紫，萬木蕭蕭向夕黃。豈是村翁戀秋色，故將輕舸下橫塘。』『秋嵐荏冉泛晴光，處處村村帶夕陽。一段深情誰得似，故知輞口味應長。』王右丞生平畫卷所稱最者，唯〈輞川〉、〈雪溪〉、〈捕魚〉等圖耳，吾意以為絕響，不謂太樸於中州友人家又得此卷，而用筆之妙、布置之神，殆尤過焉，固知右丞胸中伎倆未易測識，而千奇萬變時露於指腕間，無窮播弄，豈非千載一人哉。置之案頭，臨摹數過，終未能得其髣髴，漫書短句，並識而歸之。大癡學人黃公望。」（第 183～184 頁）

卷六〈王維秋林晚岫圖〉其三：「〈敬題王摩詰所畫秋林晚岫圖二首〉：『右丞深繪理，應有個中詩。樹色連天末，巒光擁暮時。霜餘山市靜，水落野航遲。處處人來往，優遊不負期。』又：『巒靜秋光肅，煙消樹色明。隔鄰頻慰問，轍迹不須驚。返照穿林麓，歸人入化城。應知圖畫裡，幽思託無聲。』紫芝山人俞和。」（第 184 頁）

卷六〈王維秋林晚岫圖〉其四：「唐王維詩句入神，畫格入妙，於以知心靈資敏二者未始不相通也。予往歲每見外大父松雪公畫卷往往宗之，又知摩詰為古今畫家之祖。此〈秋林晚岫〉卷尤為精絕，無一景物不入神品，無一木石不可為後人法，繪理至此，無復加矣。吾恐太樸武庫中有此，諸卷當為之減色，奈何。至正癸巳十月三日，王蒙。」（第 184 頁）

卷六〈王維秋林晚岫圖〉其五：「夫畫至右丞正在中古交易之際，諸美畢臻，遂為山水中絕藝。此〈秋林晚岫〉高古精密，閒曠幽深，無纖微煙火氣，雖由學力高贍，而尤得於資禀之超邃也。噫，學力可到，而資禀不可及。吾於此卷不能不為之神馳目駭，唯有擊節三嘆而已：『右丞已往六百載，翰藻神工若個同。千嶂遠橫秋色裡，山家遙帶暮煙中。』梅花道人吳鎮拜手題。」（第184頁）

卷六〈王維秋林晚岫圖〉其六：「王摩詰此卷不獨為諸名勝畫中第一，即摩詰生平卷中誠未能過之者，太樸先生可不什襲而藏之。汝南袁凱沐手敬題。」（第184頁）

卷六〈王維秋林晚岫圖〉其七：「右〈秋林晚岫圖〉為王摩詰真筆也。摩詰畫卷有〈輞川〉之嚴整秀發，〈捕魚〉、〈雪溪〉之高雅幽閒，為古今畫中神品，雖明月水精之朗潔，恐未足以方之。此卷往歲外舅大參吳公為予言及，猶然在耳。曾入宣和內府，至勝國時，為危太樸所得，諸名士題識歷歷可據。至我明，又為某公所藏。公於執政之初，晉府以是圖為饋，公欣然受之，而卻其餘，於此以見公之有真識，而不止於徒好，就中畫法設色更覺神奇，當出於三卷諸畫一頭地。大癡、梅庵，畫家董狐也，而於此卷尤將北面，況後人乎。予竊慕已久，一日公出示，留之几上，把玩浹旬，因並書其顛末而歸之。嘉靖壬午十一月三日，長洲文徵明題。」（第184～185頁）

（3）陳師《禪寄筆談》〔註4〕

卷五：「崔塗〈旅中〉詩『漸與骨肉遠，轉於僮僕親』，詩話亟稱之，然王維〈鄭州〉詩『他鄉絕儔侶，孤客親僮僕』已先道之矣，然王詩渾含，似勝於崔耳。」（第660頁）

卷五：「王維詩膾炙人口者多矣，即當時廁名藝苑者或用其意，或用其語，殊不以為歉。如維云『猿聲不可聽，莫待楚山秋』，孟浩然亦曰『清猿不可聽，沿月下湘流』，又維云『雲黃知塞冷，草白見邊秋』，耿湋亦曰『白草三冬色，黃雲萬里愁』，他如『憐君不得意，況復柳條新』，劉長卿『憐君不得意，川谷自逶迤』，維『露冕見三吳，方知百城貴』，韓翃亦云『頃過小丹陽，應知百城貴』，維『為客黃金盡，還家白髮新』，宋唐庚『桂玉黃金盡，風塵白髮新』，維『豈學書生輩，窗前老一經』，譚用之『莫學區區老一經』，維『拔劍已斷天橋（驕？）臂，控鞍共飲月氐頭』，黃山谷『幄中已斷匈奴臂，車前更飲月氐頭』，維『宿世謬詞客，前身應畫師』，而《白氏長慶集》『房傳往世為詞客，王道前身應畫師』又實用其詩與字也。」（第661頁）

〔註4〕（明）陳師：《禪寄筆談》，見《四庫全書存目叢書》，子部，第103冊。

卷五:「予前所言王維詩為人祖述者多矣,然右丞好取人句而裁剪用之者亦多,略舉數隅,如顏延年『悲哉遊宦子』,王則『心悲遊宦子』;陸機『人生無幾何』,王則『人生能幾何』;古樂府『誰家女兒對門居』、『女兒年幾十五六』,王則『洛陽女兒對門居,纔可容顏十五餘』;應休璉『避席跪自陳,賤子實空虛』,王則『賤子跪自陳,可為帳下不』;鮑照賦『積雪滿群山』,王則『開門雪滿山』;何敬祖『廣庭發暉素』,王則『積素廣庭閒』;沈約『去去掩柴扉』,庾信『蒼茫落暉餘』,王則『寂寞掩柴扉,蒼茫對落暉』;陶潛『步止蓽門稀』,王則『人訪蓽門稀』;鮑照『豎儒守一經』,王則『豈學書生輩,窗前老一經』;顏延年『城闕生雲煙』,王則『枕席生雲煙』;其他類此者尚不一也。《國史補》言王右丞『有詩名,好用人章句』,雖以己意裁截,實源委之矣。昔人謂老杜詩無一字無來處,豈古之文人大約樂取善而忘爾我耶,而亦何損於文人聲價也。狂子不察,或漫以請客譏評,是誠小兒曹強解事倫矣,此可與知詩者道之。」(第664頁)

(4)張丹《張秦亭詩集》〔註5〕

卷五〈短歌行與弟祖定〉:「盛明作者何信陽,二十詩名滿大梁。我弟十四足與敵,伯仲之間自同行。我初學詩氣磊落,王維杜甫才卓礫。夢中或共輞川吟,花下時披草堂作。中年頗好三謝詩,子山明遠亦吾師。每恨古人不可遇,千載以下徒相思。君不見國初袁凱號海叟,白燕詩成播人口。北地空同繼崛起,一代詞華稱作手。我今隱几惟好此,賦詩往往擬數子。其餘碌碌不足為,勸君力須追四始。君每談詩逸興飛,春風狼藉桐花稀。黃鸝紫燕偏曉事,銜來時點薜蘿衣。」(第538頁)

(5)劉世偉《過庭詩話》〔註6〕

卷上:「唐人作絕句,其法多般,亦須理會得法用,方能自作,大率作者多截去中四句,如王維『金杯緩酌清歌轉,畫舸輕移艷舞回。自嘆鶺鴒臨水別,不同鴻雁向池來』,老杜『兩個黃鸝鳴翠柳,一行白鷺上青天。窗含西嶺千秋雪,門泊東吳萬里船』,此截去首二句與末二句者也。」(第122頁)

卷上:「王摩詰愛孟浩然吟哦風度,繪為圖以玩之;李洞慕賈浪仙詩,鑄為像以師之。古人好尚之篤如此。」(第123頁)

〔註5〕(清)張丹:《張秦亭詩集》,見《四庫全書存目叢書》,集部,第210冊,齊魯書社1997年版。

〔註6〕(明)劉世偉:《過庭詩話》,見《四庫全書存目叢書》,集部,第417冊。

卷上:「王摩詰為盛唐大家，世皆謂『漠漠水田飛白鷺，陰陰夏木囀黃鸝』為公平生第一詩。世偉嘗愛〈漢江臨泛〉，云『楚塞三湘接，荊門九脈通。江流天地外，山色有無中。郡邑浮前浦，波瀾動遠空。襄陽好風日，留醉與山翁』，其豪邁之氣上逼霄漢，下視晚唐諸子之作，猶促織居鐘樓壁耳。」(第124頁)

(6)陳懋仁《藕居士詩話》〔註7〕

卷上:「王摩詰『酌酒與君君自寬，人情翻覆似波瀾』，上句用鮑明遠『酌酒以自寬』，下句全用陸士衡〈君子行〉語。」(第308頁)

卷下:「史謂孟浩然對玄宗『不才多病』之作，乃王維邀入內院，駕至匿牀下，詔出。《北夢瑣言》謂在李白第，仁謂在白第駕至必預聞可他逸，內院倉促，故牀下耳。」(第320頁)

(7)王之績《鐵立文起》〔註8〕

前編卷二〈紀〉:「王懋公曰：文莫難於傳記，必令筆筆飛舞，方為妙手。蘇穎濱謂白樂天詩詞甚工，拙於記事，寸步不遺，猶或失之。〈大雅・綿〉九章，事不接，文不屬，如連山斷嶺，相去絕遠，而氣象聯絡，此最為文之高致。杜少陵〈哀江南〉詞氣如百金戰馬，注坡驀澗，如履平地。得詩人遺法，使以此為記事之文，雖昌黎，何以復加。王摩詰有〈藍田山石門精舍〉五言古，鍾退庵以為妙在說得變化，有步驟而無端倪，作記之法亦然，益可見詩文之道相通如此，惟在人能佳處領其要爾。」(第705～706頁)

前編卷一二〈騷〉:「王懋公曰：王摩詰之〈山中人〉以淡遠勝，劉復愚之〈哀湘竹〉、〈下清江〉以峭麗勝。即此亦可見文中天地儘寬，何所不有，作詩必此詩者殆泥矣。」(第754頁)

(8)王肯堂《鬱岡齋筆麈》〔註9〕

卷二:「王維畫雪中芭蕉，世以為逸格，而余所知嘉善朱生因以自號，然梁徐摛嘗賦之矣，『拔殘心於孤翠，植晚玩於冬餘，枝橫風而碎色，葉漬雪而傍枯』，則右丞之畫固有所本乎。松江陸文裕公深嘗謫延平，北歸宿建陽公館時，薛宗鎧作令，與小酌堂後軒。是時閩中大雪，四山皓白，而芭蕉一株橫映粉墻，盛開紅花，名美人蕉，乃知冒雪著花蓋實境也。」(第42頁)

〔註7〕(明)陳懋仁:《藕居士詩話》，見《四庫全書存目叢書》，集部，第418冊。

〔註8〕(清)王之績:《鐵立文起》，見《四庫全書存目叢書》，集部，第421冊。

〔註9〕(明)王肯堂:《鬱岡齋筆麈》，見《續修四庫全書》，第1130冊，上海古籍出版社2002年版。

卷二：「前輩畫山水皆高人逸士，所謂『泉石膏肓，煙霞痼癖』，胸中丘壑，幽映迴繚，鬱鬱勃勃不可終遏，而流於縑素之間，意誠不在畫也，自六朝已來一變，而王維、張璪、畢宏、鄭虔再變。」（第 54 頁）

卷二：「王維畫雁如章草字。」（第 62 頁）

（9）孫能傳《剡溪漫筆》〔註 10〕

卷一〈淵明種秫〉：「淵明為飢所驅，至叩門乞食，及為令，乃不能為五斗米折腰，視折腰之恥甚於乞食，平生恨飲酒不得足，公田之利足以為酒，自淵明意中事，乃不及一稔而去之，略無斗醞之戀，視奪志飢渴甘屈身以狥世者，奚啻若九牛毛？王摩詰云『一慚之不忍，而終身慚』，九原有知，當笑王維嚇鼠耳。」（第 324 頁）

卷二〈可人〉：「陳後山〈絕句〉云『書當快意讀易盡，客有可人期不來。世事相違每如此，好懷百歲幾回開』，其〈寄王充〉云『俗子推不去，可人費招呼。世事每如此，我生亦何娛』，二詩語意全似，其屬意『可人』一何惓惓也。自昔高人隱處，必與一二同志相為周旋，若莊周之惠施、蔣詡之二仲、向平之禽慶、龐公之司馬德操、陶令之羊松齡、少陵之錦里先生、太白之孔巢父、摩詰之裴迪、樂天之四友，臭味既同，而文采又足以相資，正後山所謂『可人』，誠未易得。」（第 339 頁）

（10）吳桂森《息齋筆記》〔註 11〕

卷上：「王維詩『宿昔朱顏成暮齒，須臾白髮變垂髫。平生幾許傷心事，不向空門何處消』，可謂無聊之計矣，蓋才華富貴一無可恃若此，學問可貴，無他，必不入此可憐場耳。」（第 440 頁）

（11）顧起元《客座贅語》〔註 12〕

卷八：「黃美之家有王維〈著色山水〉一卷，又王維〈伏生授書圖〉一卷，又出數軸皆唐畫也，吳中都玄敬看畢吐舌，曰：『生平未見。』」（第 227 頁）

卷八：「王維〈江天霽雪〉卷為胡太史懋禮家藏，後其子沒，馮開之先生以數十金購之，今尚在其長子驥子家，慕而欲購者懸予其直，且數百金矣。」（第 227 頁）

〔註 10〕（明）孫能傳：《剡溪漫筆》，見《續修四庫全書》，第 1132 冊。
〔註 11〕（明）吳桂森：《息齋筆記》，見《續修四庫全書》，第 1132 冊。
〔註 12〕（明）顧起元：《客座贅語》，見《續修四庫全書》，第 1260 冊。

（12）張爾岐《蒿庵閒話》〔註 13〕

卷一：「王摩詰〈與魏居士書〉云：『近有陶潛不肯把板屈腰見督郵，解印綬棄官去，後貧，〈乞食〉詩云「叩門拙言辭」，是屢乞而多慚也。嘗一見督郵，安食公田數頃，一慚之不忍，而終身慚乎？此亦人我攻中，忘大守小，不鞭其後之累也。』摩詰見解乃爾，據此而推〈鬱輪袍〉非誣也。當其把鄭虔手灑涕詠〈凝碧池頭〉之句，與夫囚首聽處分時，回想柴桑老人曳杖訪親，知風味孰慚孰不慚。」（第 101 頁）

（13）袁棟《書隱叢說》〔註 14〕

卷一一〈古詩誤用〉：「古人詩有誤用者，有改字者，不可學也。如……王右丞詩『衛青不敗由天幸』，誤以霍去病為衛青。」（第 544 頁）

卷一七〈用事之誤〉：「自古用事之誤，承訛不覺。……《莊子》『柳生其左肘』，『柳』是瘡瘍類，王維詩云『今日垂楊生左肘』。」（第 616 頁）

卷一七〈名句來歷〉：「古人詩中名句往往多有來歷。……王摩詰詩『漠漠水田飛白鷺，陰陰夏木囀黃鸝』，本李嘉祐詩『水田飛白鷺，夏木囀黃鸝』。」（第 616 頁）

卷一七〈臨歧詩歌〉：「昔人臨歧握別，戀戀不忍捨，形於詩歌。〈邶風〉云『瞻望弗及，泣涕如雨』，王摩詰云『車徒望不見，時見起行塵』，歐陽詹云『高城已不見，況復城中人』，東坡云『登高回首坡隴隔，時見烏帽出復沒』，各極其致。而王實甫《西廂》曲云『四圍山色中，一鞭殘照裡』，尤為遒麗得神也。」（第 618 頁）

卷一八〈昔人詩病〉：「王摩詰〈九成宮避暑〉中四句『隔窗雲霧生衣上，捲幔山泉入鏡中。簾下水聲喧笑語，檐前樹色隱房櫳』，『衣上』、『鏡中』、『簾下』、『檐前』連用之。」（第 640 頁）

（14）俞樾《湖樓筆談》〔註 15〕

卷六：「王維〈終南別業〉詩：『中歲頗好道，晚家南山陲。興來每獨往，勝事空自知。行到水窮處，坐看雲起時。偶然值鄰叟，談笑無還期。』此詩極有意味，真所謂一篇如一句者，讀者或未之見及也。蓋詩中『往』、『還』字乃一詩之關鍵。其『興來獨往』也，有無窮之『勝事』，人不能知而自知之，『行

〔註 13〕（清）張爾岐：《蒿庵閒話》，見《續修四庫全書》，第 1136 冊。

〔註 14〕（清）袁棟：《書隱叢說》，見《續修四庫全書》，第 1137 冊。

〔註 15〕（清）俞樾《湖樓筆談》，見《續修四庫全書》，第 1162 冊。

到水窮』,『坐看雲起』,『勝事』之在其中者不可勝寫矣,使不逢『鄰叟』,則亦興盡而還耳,乃偶與叟遇,遂談笑而忘還。人讀至此,以為尋常結句,不知『還』字與『往』字正相應也,苟不為拈出,負作者苦心矣。」(第412～413頁)

卷六:「有即古人成句易一二字而遂為己有者,如江為詩『竹影橫斜水清淺,桂香浮動月黃昏』,林君復易『疏』、『暗』二字,遂成詠梅名句是也。有截去其二字而為己有者,如王右丞詩『漠漠水田飛白鷺,陰陰夏木囀黃鸝』,李嘉祐截去『漠漠』、『陰陰』四字,變七言為五言是也。有移易其上下句而為己有者,如坡詩『才大本難用,論高常近迂』,放翁〈謁昭烈惠陵及諸葛祠〉即用此二語,以下句作上句是也。若斯之類,咸所未喻,昌黎云『惟古於詞必己出』,何必蹈襲前人乎。」(第414頁)

(15)俞樾《茶香室叢鈔》〔註16〕

卷八〈律詩一聯中有重複字〉:「國朝駢藁道人《薑露庵筆記》……又云:王右丞詩『一從歸白社,不復到青門』,起句已用『青』、『白』二字,腹聯更用『青菰臨水映,白鳥向山翻』,徐子能謂『大手筆不嫌重複』,未免矯枉過正。按,詩中複字原不必盡避,如右丞此詩則疏忽太甚矣。」(第238～239頁)

卷二〇〈藍輿之輿讀去聲〉:「國朝宋長白《柳亭詩話》云:右丞〈酬嚴少尹徐舍人見過不遇〉詩『偶值乘藍輿,非關避白衣』,『藍』字從『草』,對『白』,『輿』作仄聲。按,《廣韻》『九御』有『輿』字,亦注云『車輿』,則『輿』字自可讀去聲也。其『藍』字從『草』,未詳。」(第353頁)

(16)俞樾《茶香室續鈔》〔註17〕

卷一六〈王摩詰語〉:「國朝張爾岐《蒿庵閒話》云:王摩詰〈與魏居士書〉云『近有陶潛不肯把版屈腰見督郵,棄官去,後貧,〈乞食〉詩云「叩門拙言辭」,是屢乞而多慚也。嘗一見督郵,安食公田數頃,一慚之不忍,而終身慚乎?此亦人我攻中,忘大守小,不鞭其後之累也』。摩詰見解乃爾,據此而推〈鬱輪袍〉非誣也。」(第515頁)

(17)俞樾《茶香室四鈔》〔註18〕

卷二〈輞川為宋子問別業〉:「明徐𤊹《筆精》云:摩詰〈輞川〉詩『來者復為誰,空悲昔人有』,注皆未分明。蓋輞川舊為宋之問別業,『昔人』即之

〔註16〕(清)俞樾:《茶香室叢鈔》,見《續修四庫全書》,第1198冊。
〔註17〕(清)俞樾:《茶香室續鈔》,見《續修四庫全書》,第1198冊。
〔註18〕(清)俞樾:《茶香室四鈔》,見《續修四庫全書》,第1199冊。

問也。按，輞川至今為摩詰所專，莫知其本屬宋之問矣。」（第 160～161 頁）

卷一三〈喻良能評詩〉：「元吳師道《敬鄉錄》載喻良能字叔奇，有評詩一則云：『杜子美如司馬溫公，自是三代以還弟一等人，無豪髮可議。韓退之如藺相如、顏平原，雖死，而千載凜凜，尚有生氣。李太白如謝安石，雖紆身朝紱，而志在林泉，或攜妓自娛，不拘小節，要之蕭然有出塵姿，自不可掩。孟浩然、王維、韋應物如志和霅水、和靖孤山，雖未能追蹈高隱，然不至為俗氣所敝。白樂天如公羊傳經，羽翼聖道，根本教化，其失也不能不俗。杜牧之如荊軻匕首、子房鐵錐，吁可畏邪，其駭人也。孟東野如翳桑餓人，形影相吊，悲鳴憔悴，有辛酸可憐之狀，雖膏粱狐貉，不能不為之惻然動心。李長吉如汲塚古書，茫然異物，雖瓌詭奇怪，動人耳目，然莫能名狀，不知其適用與否也。』按，以人品詩，與自來品評迥別，雖無獨出之見，比擬亦尚允當。」（第 255～256 頁）

卷一三〈古人句調多複〉：「國朝周亮工《書影》云：王摩詰〈九成宮避暑〉中四句『隔窗雲霧生衣上，捲幔山泉入鏡中。簾下水聲喧笑語，檐前樹色隱房櫳』，『衣上』、『鏡中』、『簾下』、『檐前』乃一連用之。……在古人皆不以為嫌，今人用之，不知如何揶揄矣。」（第 256 頁）

（18）許起《珊瑚舌雕談初筆》〔註 19〕

卷七〈詩同意不同〉：「詩中有同指一物，而句意雖不同，然皆佳妙，一則如王維云『遍插茱萸少一人』，朱放云『學他年少插茱萸』，老杜云『好把茱萸仔細看』。」（第 593 頁）

（19）趙翼《陔餘叢考》〔註 20〕

卷一一〈新唐書多迴護〉：「《新書》於名臣完節者雖有小疵，而於本傳多削之，蓋亦為賢者諱之意。……其於文士尤多所迴護，如〈王維傳〉不載其入侍太平公主，彈〈鬱輪袍〉，求及第之事。鄭虔污偽命，六等定罪，謫台州司戶，而〈虔傳〉未尚云終不臣賊。」（第 200、202 頁）

卷二三〈六言〉：「任昉云『六言始於谷永』，然劉勰云『六言七言雜出《詩》、《騷》』。今按，《毛詩》『謂爾遷於王都，曰予未有室家』等句，已開其端，則不始於谷永矣。或谷永本此體創為全篇，遂自成一家。……至王摩詰等又以之創為絕句小律，亦波峭可喜。」（第 452 頁）

〔註 19〕（清）許起：《珊瑚舌雕談初筆》，見《續修四庫全書》，第 1263 冊。
〔註 20〕（清）趙翼：《陔餘叢考》，商務印書館 1957 年版。

卷二三〈和韻〉:「《劉貢父詩話》:唐時賡和有次韻(先後無易),有依韻(同在一韻),如張文潛〈離黃州〉詩而和老杜〈玉華宮〉詩是也。有用韻(用彼韻,不必和),如韓吏部用皇甫〈陸渾山火〉之類是也。又有和詩不和韻者,如賈至〈早朝大明宮〉之作,王維、岑參、杜甫皆有和章,而不用其韻也。」(第466頁)

卷二四〈古今人詩句相同〉:「古今人往往有詩句相同者。……然如『河分岡勢,春入燒痕』,本非一人之詩,而掇拾作聯,亦未為不可。而行墨間興之所至,偶拉入前人詩一二句,更不足為病也。惟全用一聯一首,略換數字,此則不免剽竊之誚。今按,庾信詩『地中鳴鼓角,天上下將軍』,而駱賓王賦有云『隱隱地中鳴鼓角,迢迢天上下將軍』;陰鏗詩『水田飛白鷺,夏木囀黃鸝』,而王維詩有云『漠漠水田飛白鷺,陰陰夏木囀黃鸝』;薛據詩『省闥開文苑,滄浪學釣舟』,而杜甫詩有云『獨當省署開文苑,兼從滄浪學釣舟』;白居易〈寄元九〉詩『百年夜分半,一歲春無多』,而黃魯直詩有云『百年中半夜分去,一歲無多春暫來』;羅隱〈隴頭水〉詩云『借問隴頭水,年年恨何事。全疑嗚咽聲,中有征人淚』,而于濆詩亦云『借問隴頭水,終年恨何事。深疑嗚咽聲,中有征人淚』;唐詩『忍以浮雲看世代,悲將流水照鬢眉』,而劉青田〈題太公釣渭圖〉有云『浮雲看世代,流水照鬢眉』。此皆不得謂非抄襲也。」(第498頁)

(20)趙紹祖《消暑錄》〔註21〕

〈以畫奉崔圓者非王維〉:「《韻語陽秋》謂王維以畫而奉崔圓,不欲言,故集中無畫詩。余按王維與鄭虔同陷安祿山而得罪,然維自以〈凝碧池〉詩得免,而以畫奉崔圓而獲免者鄭虔也。葛氏固知而言之矣,何忽作此語?」(第149頁)

(21)朱三錫《東喦草堂評訂唐詩鼓吹》(亦名《重訂唐詩鼓吹箋注》)〔註22〕

卷二〈和賈舍人早朝大明宮之作〉:「此與賈舍人同一章法,而中間措手各有不同。賈之『銀燭朝天紫陌長』一起即寫早朝,此卻從天子未視朝之先寫起。三四方寫『朝』字,體格獨超。五六寫景同用『香』字,賈云『衣冠身惹御爐香』,此云『香煙欲傍袞龍浮』,更為出色。末則歸美舍人,結出奉和意,言此

〔註21〕(清)趙紹祖:《消暑錄》,中華書局1997年版。
〔註22〕(清)朱三錫:《東喦草堂評訂唐詩鼓吹》,乾隆四十年(1775)刻本。

時千官朝散，我輩獨歸鳳池，含毫待詔，高華清切，無能比也。」

卷二〈酬郭給事〉:「前四句先生自道比來況味如此也，官舍之中洞門、高閣、花陰、柳絮。曰『靄餘暉』者，言餘暉從洞門穿入，倒照高閣，所聞者疏鐘耳、啼鳥耳，雖居清要，一無所事。五六酬郭給事也，言搖玉佩、捧天書、與君同事，豈不甚願，奈晨趨夕拜，老不能堪。此必因給事有詩相贈，故作此以酬之也。」

卷二〈秋雨輞川莊上〉:「前四句寫輞川積雨之苦，後四句寫輞川自適之況。惟積雨，故炊遲，惟炊遲，故餉晚。漠漠水田，陰陰夏木，雖寫莊上積雨景象，實有一段憫恤勞人情緒，不僅空空作寫景觀也。然積雨炊遲者其時，而習靜清齋者其性，觀朝槿之榮落可以自娛，採葵葉以克膳可以療飢。當斯時也，無是非權力之爭，有和光混俗之樂，機心盡忘，隨在自得，如欲令二三野老側目待我，一如楊朱所云執高（席？）避灶，然後自為愉快，亦大非本色道人也。《爾雅》:『葵為百菜之主，味尤甘滑。公儀休相魯，食於舍而茹葵，慍而拔之，不欲奪園夫之利。』《顏氏家訓》:『蔡朗父諱純，遂呼蓴為露葵，面墻者效之。有士人聘齊，主客郎李恕問江南有露葵否，答曰:「露葵是蓴，水鄉所出，今所食者綠葵耳。」』此詩云松下折之，豈亦誤以為綠葵耶？然《七啟》云『霜蓄露葵』，注曰『葵宜露』，公或本此。公時嘗齋奉佛，故有此語。」

卷二〈送楊少府貶郴州〉:「通首只寫『不久留』三字耳。起曰『明到』，又曰『若為』，是逆料其後來到衡山與洞庭時必不能對秋月而聽猿者，細玩語意，似乎多此一別。三四抽筆出來，曰『愁看』，曰『惡說』，又重寫一段惜別光景，此真絕妙文章、絕細手筆也。五六又敘其所經之地、所過之時，言既已如此，不妨暫去，多應未必前到郴州而再召之命即下，故曰『不久留』也。『三湘客』，集作『三湘遠』。」

卷二〈敕借岐王九成宮避暑應教〉:「題旨是敕借九成宮，而先云『帝子遠辭』者，言帝子瞻戀天闕，何敢遠遊，只為敕借避暑，暫爾告辭，則天子友愛之情與帝子恭敬之忱俱躍躍紙上矣。三『雲霧生衣上』，四『山泉入鏡中』，極形九成宮之高敞，是單寫宮中此等景況，惟宮中人知之。五『水聲喧笑語』，六『樹色隱房櫳』，極形九成宮之清幽，是通寫合宮此等景況，統宮內宮外之人知之，總是極寫所借之地暑氣全無，清涼隔世，所謂『仙家未必能勝』者即此也。『此』字總承上文，而結言可知。唐人之七八必定是結上五六，嘗看唐詩七八多用『此』字作結，便知其法，如此詩『仙家未必能勝此』，『此』即

『水喧笑語』、『樹隱房櫳』也。其餘如杜牧〈齊山登高〉『古往今來只如此』，又吳商浩（胡曾？）〈泛清遠峽〉『便來此地結茅庵』，又陸魯望〈褚家林亭〉『若知方外還如此』，皆用『此』字承結上二句意，須知五六特為生起七八，非與三四同寫景物可知。」

卷二〈和太常韋主簿五郎溫泉寓目〉:「題和太常溫泉寓目，曰『寓目』者，目中之所望所見也。目之所望必從遠而及近，目之所見自由邊而及中，譬如善畫者，於筆墨之或濃或淡以分形勢之為遠為近，而善觀畫者，亦即於濃淡遠近之間而知何者為起筆、何者為落筆，分其界限，看其層次。而作詩之法亦然，正所謂『詩中有畫』也。一『漢主離宮』即指溫泉，『接露臺』言自始皇露臺祠邊而起也，二『秦川』、『夕陽』言自長安秦川而往，半程即見樓臺，此寓目者由遠而及近也。三四實寫溫泉，然三猶通寫合宮，言儀衛旌旗圍繞滿山也，四方寫湯殿，言泉流灌輸迴環殿旁也，此寓目者由邊而及中也。五六就宮中所見言之，此即〈甘泉賦〉，料以子雲比太常，句中有託諷意。」

卷二〈酌酒與裴迪〉:「起句極妙，言人情翻覆，直可酌酒釋之。三四正寫翻覆波瀾也，『相知按劍』加上『白首』二字，極其刻毒，言半世知交轉瞬敵國，『朱門彈冠』插入『先達』二字，極其輕薄，言一朝得志頓忘貧賤，大可慨也。五六雖就酌酒時景色言之，而語意各有所指，曰『細雨濕』者是晤遭浸潤失於不覺也，曰『春風寒』者是重受排擠不得自持也。『高臥加餐』正『酌酒與君』之意耳。」

卷二〈春日與裴迪過新豐里訪吕逸人不遇〉:「題曰『過新豐里訪吕逸人』，不是特地來訪，可知昔日共聞其名，今日偶過其里，如遇逸人，果足為欣，即不遇逸人，亦不為憾。一『桃源面面少風塵』先將逸人所居之里擡高一層，言山川花鳥總非人境，有不得不訪之勢矣。三曰『到門』，四曰『看竹』，豈以逸人不遇而遂去耶。五眺其山，六玩其水，七八窺其窗中、撫其庭樹，亦可為大慊來應矣。新豐在陝西臨潼縣。」

卷二〈早秋山中作〉:「前四句是當秋思歸，後四句是因秋感暮。唐人感懷遲暮詩必用秋晚歲暮等意，其法本自初唐人。」

卷二〈敕賜百官櫻桃〉:「題曰『敕賜百官櫻桃』，俗手為之，不知如何先寫櫻桃矣。妙在第一句，先曰『芙蓉闕下會千官』，便見百官日會闕下，君咨臣俞，共襄大事，而櫻桃不過偶然之賜耳。如此寫來，方見立言之高、筆法之妙。三四又將櫻桃寫得如許慎重，以明敕賜之非小。五寫先受賜者，六寫後受賜者，末又寫到慰諭飽食，益見君恩之無窮，殊出意外。」

卷二〈出塞作〉:「一曰獵天驕，下三句皆寫天驕也。『野火連天』有可驕之地，『驅馬』、『射雕』有可驕之技，真北望一大憂也。五六『乘障』、『渡遼』重言邊鎮之得人，言必如此方足以制彼之驕耳。」

（22）鄧繹《藻川堂譚藝》〔註 23〕

〈唐虞篇〉:「『述而不作，信而好古，竊比於我老彭』，杜甫之為詩也近之。『集大成也者，金聲而玉振之也。金聲也者，始條理也；玉振之也者，終條理也』，杜甫之為詩也似之。『其志嘐嘐然，曰古之人、古之人』，李白之為詩也近之。『人知之亦囂囂，人不知亦囂囂』，李白之為詩也似之。李白得詩之清，王維得詩之和，陳子昂得詩之任，杜甫得詩之時，四子者皆聖於詩，然而杜甫遠矣。」（第 750～751 頁）

〈三代篇〉:「唐宋以來兼長詩古文辭者，其詩每不若古文詞之盛，韓柳歐蘇皆其人也。韓蘇雄直之氣，一往無餘，而其中之包蘊淺矣。柳歐之詩，清而不深，歐能以文為詩，而嗣子長之逸響。『物莫能兩大』，其斯之謂也乎。李杜王孟之不能於文也，其心思有所專注耳。兼之者，其子建、淵明乎，然亦不能備諸體也。文章與賦兼勝者，惟班揚。班稱良史，而上掩於司馬；揚號通儒，故韓愈儷之以荀卿，抑將以自況也。然二人為詩不能及蘇李與枚叔，兼才之難，乃若是乎。」（第 888～889 頁）

（23）佚名《不敢居詩話》〔註 24〕

「律詩最爭起勢，工部為長，如〈行次昭陵〉云『舊俗疲庸主，群雄問獨夫。讖歸龍鳳質，威定虎狼都』，〈重經昭陵〉云『草昧英雄起，謳歌曆數歸。風塵三尺劍，社稷一戎衣』，均是高唱而入。惟王右丞埒之，〈終南山〉云『太乙近天都，連山到海隅。白雲回望合，青靄入看無』，〈觀獵〉云『風勁角弓鳴，將軍獵渭城。草枯鷹眼疾，雪盡馬蹄輕』，固可相提並論。」（第 14 頁）

「右丞長於律句，五言如『興闌啼鳥緩，坐久落花多』、『日落江湖白，潮來天地青』、『江流天地外，山色有無中』、『古木無人徑，深山何處鐘』、『大漠孤煙直，長河落日圓』，七言如『雲裡帝城雙鳳闕，雨中春樹萬人家』、『九天閶闔開宮殿，萬國衣冠拜冕旒』、〈酬郭給事〉起四語云『洞門高閣靄餘暉，桃

〔註 23〕（清）鄧繹：《藻川堂譚藝》，見《中國詩話珍本叢書》，第 19 冊，北京圖書館出版社 2004 年版。

〔註 24〕（清）佚名：《不敢居詩話》，見《中國詩話珍本叢書》，第 20 冊。

李陰陰柳絮飛。禁裡疏鐘官舍晚，省中啼鳥吏人稀』，真足橫行今古。」（第 14～15 頁）

（24）王禮培《小招隱館談藝錄初編》〔註 25〕

卷一〈論唐代詩派〉:「唐賢境界又別乎漢魏晉宋，究其所依以為性命者，卒無有能捨漢魏晉宋而能自成為一家之詩，其從入之途徑，則少陵所云『精熟文選理』耳，後之學者不於其理而於其辭，愈離愈遠，漫曰『吾以唐賢為依歸』，唐賢所依歸者果安在乎，盍亦反其本矣。王孟韋柳，五言之宗匠，何嘗不沿襲大謝，而化其板比之迹，開闢關鍵，上契淵明澹靜之境，益求精澂，此中功用資於學，尤資於識。」（第 716 頁）

卷一〈論唐代詩派〉:「開元、天寶是為盛唐，聲律格局始登大雅，稍去沈宋穠麗之風，華實兼收，無所偏倚。五言如王維之工致、孟浩然之清逸、儲光羲之真靜，是為唐代五言古詩極盛之時。」（第 720 頁）

卷一〈論唐代詩派〉:「五律五排，少陵已極廣大而盡精微之能事，籠罩諸家，奄有諸家之長而無其短，乃論者並其七律推之，卻欠分際。少陵七律發端高揭，結束稍落緩弛，明者自能辨之，尚不若摩詰之能發皇，首尾匀稱，如『花近高樓』、『風急天高』二首之喚起何等興象，試問『可憐後主還祠廟，日暮聊為梁甫吟』、『艱難苦恨繁霜鬢，潦倒新亭濁酒杯』能無頭重腳輕之病乎，如是者，謂之『游結』，未極『束緊』、『拓開』兩法之妙用。惟『玉露凋傷』一首八句皆振，再接再厲，不獨〈秋興〉之冠，實為集中所僅。故夫沈宋之濃厚、摩詰之振興、少陵之闔闢頓挫，是皆七律之階梯，從此參透，自入正軌。太白則託意孤遙，不為鋪陳排比，又一境也。少陵贈太白云『李侯有佳句，往往似陰鏗』，又云『清新庾開府，俊逸鮑參軍』，可見低首小謝、沉酣六朝，其於黃初、建安，已非所習。」（第 724～725 頁）

卷一〈論唐代詩派〉:「五絕為體，二十字耳，措辭嫌盡，不使句盡於字、意盡於辭，其境界似天與俱高，一碧無際，摩詰獨擅其長。七絕，二十八字，取境在遠，構思宜微，堅而不縛，融而能散，故所貴乎咫尺萬里者，勢也，如其無勢，何異縮繪一幅輿圖。自盛唐而下，或以溫麗見長，或以幽秀致美，此中晚所以別乎盛唐，自為音節，有非浮響庸調所得攙入者。」（第 725～726 頁）

〔註 25〕（清）王禮培：《小招隱館談藝錄初編》，見《中國詩話珍本叢書》，第 22 冊。

（25）宋育仁《三唐詩品》〔註 26〕

卷二〈盛唐二十八家〉:「盛唐代興，群言廣匯，沿波布葉，各異條流，絜而論之，其歸二體，或沉蒼以結響，或清潤以永致。乃如李杜韓岑，叩堅同骨；王孟儲韋，取神共味。雖疏古綿密，視貌不同；而沉蒼稟質，務振采以瀏亮；清潤名家，必酌雅而深穩。綜其旨要，源流在斯，疏密之途，各具深致。」（第281 頁）

卷二〈盛唐二十八家〉:「尚書右丞、太子中庶子、中書舍人河東王維，字摩詰，其源出於應德璉、陶淵明。五言短篇尤勁，〈寓言〉二首直是脫胎〈百一〉。『楚國夫狂（狂夫？）』諸詠，則〈詠貧士〉之流；『田舍』諸篇，〈閒居〉之亞也。七言矩式初唐，獨深排宕，律詩神超，發端亦遠。夫其煉虛入秀，琢淡成腴；變六代之深渾，發三唐之明艷；而古芳不落，夕秀方新。司空表聖云：『如將不盡，與古為新。』誠斯人之品目，唐賢之高軌也。」（第 282 頁）

（26）蔣瑞藻《續杜工部詩話》〔註 27〕

卷上:「王摩詰云『九天宮殿開閶闔，萬國衣冠拜冕旒』，子美取作五字云『閶闔開黃道，衣冠拜紫宸』，而語益工。」（第 1693 頁）

卷上:「得好句易，得好聯難，『池塘生春草』之類是也。唐人『天埶圍平野，河流入斷山』、『朽關生濕菌，傾屋熠斜陽』、『風兼殘雪起，河帶斷冰流』、『興闌啼鳥換，坐久落花多』、『客尋朝磬至，僧背夕陽歸』、『廢巢侵曉色，荒塚入鋤聲』、『石梯迎雨潤，沙井帶潮鹹』、『迸筍侵窗長，驚蟬出樹飛』，下句皆勝上句。」（第 1694 頁）

（27）江庸《趨庭隨筆》〔註 28〕

「《叶石林詩話》謂詩下雙字最難，唐人記『水田飛白鷺，夏木囀黃鸝』為嘉祐詩，王摩詰竊取之，非也。此兩句好處正在『漠漠』、『陰陰』四字，此乃摩詰為嘉祐點化，以自見其妙。又周紫芝《竹坡詩話》亦言摩詰四字最為穩切。案，李肇《唐國史補》云：王維有詩名，然好取人文章佳句，『行到水窮處，坐看雲起時』，李華集中詩也；『漠漠水田飛白鷺，陰陰夏木囀黃鸝』，李嘉祐詩也。據此，則『漠漠』、『陰陰』四字亦不出自右丞矣。《四庫提要》謂

〔註 26〕（清）宋育仁：《三唐詩品》，見《古今文藝叢書》，江蘇廣陵古籍刻印社 1995 年版。

〔註 27〕蔣瑞藻：《續杜工部詩話》，見《古今文藝叢書》。

〔註 28〕江庸：《趨庭隨筆》，見《近代中國史料叢刊》，第 9 輯，文海出版社 1990 年版。

『水田』、『白鷺』之聯今李集無之，然《四庫》著錄並無李嘉祐集，不知何據，《李遐叔集》則《四庫》所有，於『行到』二句初不置辯，何也？」（第55～56頁）

（28）胡懷琛《中國詩學通評》〔註29〕

〈總敘〉：「然詩之為用，則仍不外吾前所述之三種，即『（1）對己：（一）發揮感情；（2）對人：（二）適應交際，（三）感化人群』是也。……發揮感情，本係一己之自由，一己為如何之性情，處於如何環境之中，即發揮如何之感情，原無所顧忌，故讀此類詩者，苟非與作者有相似之性情、相似之環境，往往不能領會，而欲加批評，亦不能是此非彼。但視其所發揮之感情，能真且摯，斯為上品耳。無病者固不必呻吟，有疚者亦豈能強為歡笑哉。言情之作，〈國風〉尚矣，繼之者為屈原之《離騷》，又後為陶公，又後為李太白、杜少陵，是詩家之卓卓者，人多知之。然自是而外，無論何人，苟能發揮其一己感情真而且摯，皆不失為詩人，而其作品不失為好詩也。中國詩學作品之最佳者，亦以此類為多，不遑遍舉。吾今所評，只擇其尤著者若干人，以代表其餘而已。……屈原出於〈國風〉，其弟子宋玉、唐勒、景差等祖述之，自後太白、摩詰之詩，亦有出自《離騷》者，至於孟郊、李賀，則全自《離騷》來矣。……陶公詩浩蕩元氣，自然流布，而又包羅萬象，胸次高絕，真千古第一人也。唐人祖述之者，為王摩詰、孟浩然、儲光羲、韋蘇州、柳子厚，而各得一偏，王得其清腴者也，孟得其閒遠者也，儲得其真樸者也，韋得其沖和者也，柳得其峻潔者也，雖得一偏，然皆不愧名家矣。」（第3～6頁）

〈通評〉「陶淵明一派」：「王維，字摩詰，唐河東人。工書畫，與其弟縉並有名。開元中進士，官至尚書右丞。得宋之問輞川別業，居之，與友人裴迪浮舟往來，彈琴賦詩，嘯詠終日。維又好佛書，故字摩詰云，後人或稱為輞川，或稱為王右丞。為詩善狀山水，蘇東坡云『味摩詰之詩，詩中有畫；觀摩詰之畫，畫中有詩』，沈歸愚云『摩詰宗陶而得其清腴者也』，朱晦庵謂『其詞雖清雅，亦萎弱少氣骨』。按，『萎弱少氣骨』五字，可云道著摩詰短處。」（第24～25頁）

〈通評〉「陶淵明一派」：「王孟韋柳四人，又並稱，王孟前於韋柳，與高適、岑參，又並稱為王孟高岑。而沈歸愚則謂王孟儲韋柳同宗淵明，而各得一偏，今細讀其詩，深信歸愚之言為允當矣。」（第27頁）

〔註29〕胡懷琛：《中國詩學通評》，上海大東書局1923年版。

（29）王承治《評注唐詩讀本》〔註30〕

卷一〈送別〉：「白雲無盡，山中之樂亦無盡。鍾伯敬云『感慨寄託，盡此十字中』，信然。」（第3頁）

卷一〈藍田石門精舍〉：「用筆變化不測，似仿陶記而作。」（第4頁）

卷一〈渭川田家〉：「真率中有靜氣，自是摩詰勝致。」（第4頁）

卷二〈夷門歌〉：「一結點出正意，為夷門增多少氣概。」（第3頁）

卷二〈答張五弟〉：「清空一氣。」（第4頁）

卷三〈山居秋暝〉：「詞意恬適，深得自然之趣。」（第6頁）

卷三〈過香積寺〉：「曰『咽』，曰『冷』，具見用字之妙，鐘韻一聯尤超逸。」（第6頁）

卷三〈觀獵〉：「寫得有聲有色，結有餘味可玩。」（第7頁）

卷五〈鹿柴〉：「有聲有色，卻於靜中得之。」（第3頁）

卷五〈竹里館〉：「明月相照，興不孤矣。」（第3頁）

卷六〈九月九日憶山東兄弟〉：「憶兄弟卻寫到兄弟憶己，此〈杕杜〉之遺韻。」（第2頁）

卷六〈與盧員外象過崔處士興宗林亭〉：「想見賢主人遺世獨立之概。」（第2頁）

卷六〈送元二使安西〉：「勸飲之情，真摯如許。」（第3頁）

卷六〈戲題磐石〉：「吹送落花，硬坐春風為有意，不脫『戲題』之旨。」（第3頁）

（30）沈仁《亮欽詩話》〔註31〕

〈詩評〉：「人但知王維能寫景，其實不然，如〈黃雀癡〉云『黃雀癡，黃雀癡，謂言青鷇是我兒。一一口銜食，養得成毛衣。到大啁啾解遊颺，各自東西南北飛。薄暮空巢上，羈雌獨自歸。鳳凰九雛亦如此，慎莫愁思顦顇損容輝』，則亦寫社會也。」（第33頁）

（31）朱寶瑩《詩式》〔註32〕

卷二〈少年行〉：「前兩句寫少年之技擊，四句寫少年技擊奏功，要從三句轉出，信哉變化工夫，全在第三句也。蓋『坐金鞍』寫少年方騎馬，『調白羽』

〔註30〕王承治：《評注唐詩讀本》，上海大東書局1930年版。

〔註31〕沈仁：《亮欽詩話》，見《沈亮欽詩及詩話》，文明印刷局1933年版。

〔註32〕朱寶瑩：《詩式》，中華書局1935年版。

寫少年方射箭，而『殺單于』三字，自迎機而上矣。」（第 10 頁）

卷二〈贈裴旻將軍〉：「首句寫旻之武裝，二句寫旻之武功，三句『擒黠虜』係從『百戰』轉出，四句嘆旻處又從『擒黠虜』轉出，蟬蛻而下，何等靈澈。宋嚴羽云：『詩意貴透徹，不可隔靴搔癢；語貴脫灑，不可拖泥帶水。』如此詩絕無拖泥帶水之病，洵可為法。」（第 11 頁）

卷二〈齊州送祖二〉：「祖詠過王維留宿，維詩以送之。首句就題起，二句『使我悲』三字承上句『淚如絲』，『君向東州』四字言詠之所向，三句託言傳語，以報故人凋謝，良足以悲。四句從三句發之，言憔悴可傷，不似洛陽全盛之時，而三句四句又從送別發出一種感慨，所謂辭盡意不盡也。」（第 12 頁）

卷二〈九月九日憶山東兄弟〉：「首句以作客說起，『獨』字便見離卻父母兄弟矣。二句言『每逢佳節』，見不第九日也；言『倍思親』，見不逢佳節亦嘗思親，但至佳節，更增一倍耳。憶兄弟而先說思親，父母更切於兄弟也。三句轉入兄弟之憶我，所謂宛轉變化也。『遙知』二字一呼，不特下五字吸起，即四句七字，全行吸起矣。此從對面落筆，蓋因九日而憶兄弟登高之處，且因兄弟登高，而轉思兄弟之憶我。四句只自從三句發之，言昔年在家，與兄弟一同登高，茱萸若干，今我在異鄉，兄弟遍插，卻多一枝茱萸，方知少一個人，在家不必呆指思家，而『思』字自躍然紙上。按，三四句與白居易『共看明月應垂淚，一夜鄉心五處同』意境相似。」（第 13 頁）

卷二〈送韋評事〉：「四句純係用事，蓋送韋而用漢將軍事也。首句二句言欲立功於外，故向塞上去。三句忽轉，言出關遠適，滿目皆愁。『孤城落日』，寫出十分愁思，卻從對面看出，用『遙知』二字，句法與〈憶山東兄弟〉作同。」（第 14 頁）

卷二〈與盧員外象過崔處士興宗林亭〉：「首句寫林亭。二句承林亭，寫出一種幽靜之景，崔處士退隱林亭，自少往來者，故地上青苔日見其厚，不必明言無人走，而自可見無人走，所謂對景興起也。三句從二句轉，寫出遺世獨立之態，『科頭』見處士之瀟灑，『箕踞』見處士之高傲，『長松下』見處士之隔越塵俗，只七字耳，做出如許神境，一句中有層次，耐人尋味。四句從三句發之，找足睥睨一切之概，神理全在『看他』二字，『他』字尤見處士以青眼看摩詰也。」（第 15 頁）

卷二〈戲題磐石〉：「首句就題起，『磐石』二字亦已點清，而磐石『臨泉水』，故覺『可憐』。二句承磐石寫，言石畔復有垂楊，坐石上，臨水邊，酌酒舉杯，而垂楊復來拂之，此境大可玩，要從開首『可憐』二字貫下。三句轉變，此為虛接，言人坐石上舉杯，垂楊何以來拂之？只是春風吹來，似解人意，而為人增趣者。句法反跌，作一開筆，緊呼下意，謂不是春風解意，何以又吹送落花於石上舉杯時耶？兩句開與合相關，下句如順流之舟矣。以落花顯出垂楊，以拂杯顯出臨水，以春風解意顯出磐石可憐，各盡妙境。」（第 16 頁）

卷二〈疑夢〉:「此蓋託興也，純本高曠之懷，而行之歌詠，莫驚寵辱，莫計恩讎，則與世復何所爭。首句二句有突兀高遠之勢，黃帝、孔丘安知不是此身，則自命正自不凡，而於寵辱恩讎，兩無所與，亦勢也。第三句從前兩句『莫』字轉變出來，『安知不是夢中』六字，託之虛幻，栩栩欲活，造境何等靈妙。杜甫『臥龍躍馬終黃土，人事音書漫寂寥』意境略不相同。」（第 17 頁）

卷四〈早秋山中作〉:「發句上句從山中對面入，言不敢以無才而出，恐做壞了事，致累明時，下句承首句入題，『向東溪守故籬』，已在山中也。頷聯上句言婚嫁之事俱了，蓋身無所絆，可以歸山中矣，豈厭其早乎。下句言今始在此山中，只為一官未能遽去，卻嫌其遲也，用尚平、陶令事，所謂用事引證也。頸聯寫景，分帖『早秋』，均切。落句上句渾收山中，言寂寞只是人不到之故，而寂寞如此，斷亦無人到耳，下句言空林之下，惟己與白雲可以相期，亦見在山中人少也，必如此，乃寫出山中真境。」（第 14～15 頁）

卷四〈酬郭給事〉:「凡贈詩，須切是人地位。給事在殿中，故發句上句曰『洞門高閣』，起便壯麗，下句備極風華。頷聯『禁裡疏鐘』、『省中啼鳥』寫景。頸聯『晨趨金殿』、『夕拜瑣闈』寫事。落句言未嘗不欲從君，只以年老臥病，故解下朝衣而將老也。摩詰兩居給事中，故爾云云。起聯、頷聯、頸聯俱華貴，落句尤極蘊藉。題為摩詰〈酬郭給事〉，在摩詰口中，必須推重給事，此即尊題之法，如李頎〈宿瑩公禪房聞梵〉一首，落句云『始覺浮生無住著，頓令心地欲皈依』，於此將毋同。」（第 16 頁）

卷四〈送楊少府貶郴州〉:「發句上句『衡山』、『洞庭』，先定地位，以郴屬衡陽，衡山在衡陽，洞庭在湖南境也。下句『秋月』、『猿聲』寫景，便有淒清之象，以楊少府乃貶至郴州也。頷聯『愁看』、『惡說』，承次句，言『北渚三湘』之『遠』，景雖好而『愁看』;『南風五兩』之『輕』，風雖利而『惡說』;寫出遷客心情。頸聯『夏口』、『湓城』，為郴州作點染，青草瘴時頗惡，白頭浪裡頗險，寫出謫居境地。落句翻用賈誼謫長沙事，為楊少府言，不久貶於此，何須如賈誼之吊屈平，藉以自傷，有溫柔敦厚之旨。凡引前事，或翻用，或正用。如劉長卿〈過賈誼宅〉一首，落句云『寂寂江山搖落處，憐君何事到天涯』，此又正用，蓋長卿謫居長沙，惜誼正所以自悲，亦極悱惻纏緜之致。無論翻用與正用，只在曲盡其妙，此類是也。」（第 17 頁）

（32）潘德衡《唐詩評選》〔註 33〕

〈唐詩評選序言〉：「詩自《三百篇》已開其端，歷《離騷》之演變，漢魏六朝之沿革，而規模漸具，然聲律之工整，與絕句之發揚，自當以唐為全盛時代。……其意境閒適，神理高雋，冥心於自然，寄情於宇外；從容優美，讀之如明月入林、春風滿座者，王右丞也！」（第 1～2 頁）

〈詠唐代詩人〉「王維」條：「冷冷幽澗泉，悠悠綠綺琴。琴泉兩清絕，跳蕩幽人心。其二：微言要不繁，風致何瀟灑？萬象落毫巔，乾坤一爐冶！其三：道入名理深，心與凡塵遠。悠悠望白雲，天外自舒捲。其四：世事從渠淡，襟懷徹底清。榮華與軒冕，未若靜中真。」（第 5～6 頁）

《輞川集》：「王維，字摩詰，河東人，工書畫，開元登進士第。肅宗時為尚書右丞。晚得宋之問輞川別墅，山水絕勝，與裴迪乘舟來往，嘯詠終日，泰然自得。維篤於奉佛，晚年長齋禪誦，一日忽索筆作書別親故，捨筆而卒。」（第 62 頁）

《輞川集》：「維詩高淡閒遠，神理超然，清辭秀句，沁人心脾。其狀物寫情，細膩精致，若展大自然之圖畫於目前，何其妙也！讀其詩，如林下聽泉、月下觀梅，令人心靜氣和，悠然意遠。人或以浩然與右丞相比。浩然詩雖勁健，但比較刻劃而著力，仍不脫苦吟習氣。若論自然高妙，不矜才，不使氣，不求工而自工，不雕飾而自美，則終當遜右丞一籌。右丞是一多方面之作家；其五言絕句，固超逸雋妙，含情不盡，堪稱神品；五律亦嚴整有法，光彩煥發，其上者堪與杜甫齊肩；至其五古，則又渾厚自然，簡練高潔，足以上繼淵明，下開韋柳也。維詩最近淵明，其愛好自然，忘懷得失，亦大有淵明風趣。如〈終南別業〉、〈春夜竹亭贈錢少府歸藍田〉、〈贈裴十四迪〉，及〈渭川田家〉諸作，氣度深醇，一片化機，置之淵明集中，殆不可辨。廣而論之，維詩最大特色有三：一曰富於禪趣。如『深林人不知，明月來相照』、『日暮飛鳥還，行人去不息』、『坐看蒼苔色，欲上人衣來』、『秋夜守羅幃，孤燈耿不滅』，均語盡而意不盡。所謂有『弦外之音、味外之味』者也。二曰善於言情。如『唯有相思似春色，江南江北送君歸』、『勸君更盡一杯酒，西出陽關無故人』，何等神韻！

〔註 33〕潘德衡：《唐詩評選》，日本昭和十二年（1937）神田吉得印本。

『浮雲為蒼茫，飛鳥不能鳴。行人何寂寞，白日自淒清』，又何等淒婉！三曰工於狀物。如『秋山斂餘照，飛鳥逐前侶』、『灑空深巷靜，積素廣庭閒』、『明月松間照，清泉石上流』、『大壑隨階轉，群山入戶登』、『枕上見千里，窗中窺萬室』、『春風動百草，蘭蕙生我籬』，或細膩精致，或娟秀俊逸，或高雄奇趣，無美不備，妙不可言！他如『高情浪海嶽，浮生寄天地』，則精警絕倫。『日落江湖白，潮來天地青』，亦壯麗無匹。」（第 91～92 頁）

（33）張萼蓀《新體評注唐詩三百首》〔註 34〕

卷一〈送別〉:「設為問答辭，其妙處全在末二句，撥轉得勢，便覺意味深長。鍾伯敬云:『感慨寄託，盡此十字，蘊藉不覺，深味之自見。』」（第 5～6 頁）

卷一〈送綦毋潛落第還鄉〉:「從赴試起，次寫落第，次寫還鄉，末四句方實敘送行，謂吾謀偶然不用耳，終有知音者也，慰詞得體。」（第 6 頁）

卷一〈青溪〉:「『隨山萬轉』寫溪之形勢，中四句正寫溪景，末言吾心之閒、清川之澹，將與之徘徊終古，所謂『少與道契，終與俗違』也。」（第 7 頁）

卷一〈渭川田家〉:「絕妙一幅田家晚景圖，所謂摩詰『詩中有畫』也。」（第 7 頁）

卷一〈西施詠〉:「人患無才，不患不為世用，詩之大旨如是，不過以西施為喻耳。『賤日』二語，尤為閱歷名言。」（第 8 頁）

卷二〈洛陽女兒行〉:「題為〈女兒行〉，詩恰似良人作陪，篇中分寫合寫處，總是極形其富麗，末用反襯法，與〈西施詠〉用意不同而同。『春窗』句，『春』字應上『桃』、『柳』;『戲罷』句，『理曲』字應上『教舞』;唐詩最重照應法。」（第 41 頁）

卷二〈老將行〉:「寫少年便寫其轉戰立功，寫衰老便寫其棄置勿用，兩邊都說得淋漓盡致，試問當局者情何以堪。」（第 43 頁）

卷二〈桃源行〉:「將幽事寂境長篇大幅滔滔寫來，流動不羈，自見魄力。中一段寫世外人不知世事，光景如見。《唐文粹》注摩詰作此詩時年十九，但其格律之謹嚴、風神之澹古、意境之超脫，非老手不辦，亦可謂奇已。」（第 44 頁）

卷三〈輞川閒居贈裴秀才迪〉:「幽閒古澹，與儲孟同聲。」（第 14 頁）

卷三〈山居秋暝〉:「秋日山居，俯仰自得，即無芳草留人，而王孫亦不肯去，此境界未易造得。」（第 14 頁）

〔註 34〕張萼蓀:《新體評注唐詩三百首》，上海大東書局 1938 年版。

卷三〈歸嵩山作〉:「『車馬閒閒』與『流水』、『暮禽』相迎送，其間經多少荒城、古渡、落日、秋山，總為『迢遞』二字作勢。」(第 14 頁)

卷三〈終南山〉:「前六句一路寫來，終南氣象如在目前，結到投宿，可見南山之勝，非一日能窮其概，言有盡而意無盡。」(第 15 頁)

卷三〈酬張少府〉:「上四句寫情，五六寫景，末句即景悟情，悠然不盡。」(第 15 頁)

卷三〈過香積寺〉:「潔淨玄微，聲色俱泯，寫『過』字尤善於題前著筆。」(第 16 頁)

卷三〈送梓州李使君〉:「起筆壁立千仞，下引故事以實之，益見章法變化之妙。」(第 16 頁)

卷三〈漢江臨眺〉:「綺麗精工，與沈宋合調。按，右丞五言，工麗閒淡，自有二派，此作與『風勁角弓鳴』同一派也。」(第 17 頁)

卷三〈終南別業〉:「通首根一『道』字，第三句以下正寫樂道之人，行止自在，時人不識，不過偶與鄰叟談笑耳。」(第 17 頁)

卷四〈和賈至舍人早朝大明宮之作〉:「音律雄渾，局法典重，用字清新，諸美俱備，直與老杜頡頏。」(第 6 頁)

卷四〈奉和聖製從蓬萊向興慶閣道中留春雨中春望之作應制〉:「典重溫雅。鍾伯敬曰:『曰迥，曰迥，盛唐用字只如此，不類小家。』」(第 6 頁)

卷四〈積雨輞川莊作〉:「極寫田家景象之幽、風味之美，便見所以與人無爭，結語自然合拍。」(第 7 頁)

卷四〈酬郭給事〉:「李攀龍曰:『情景在言外，所以妙。』顧華玉曰:『結語溫厚，作者少及。』」(第 7 頁)

卷五〈鹿柴〉:「詩意深雋，靜觀自得。」(第 1 頁)

卷五〈竹里館〉:「下二句寫獨坐，耐人尋味。」(第 1 頁)

卷五〈送別〉:「別後歸家，預揣歸期，是進一層說。」(第 2 頁)

卷五〈相思〉:「借物言情，恰到好處。」(第 2 頁)

卷五〈雜詩〉:「通體作訊問口吻，久別思鄉，其情若揭。」(第 2 頁)

卷六〈九月九日憶山東兄弟〉:「下二句從對面寫來，『憶』字更進一層，『少一人』正應『獨』字。孝友之思，藹然言外。」(第 2 頁)

卷六〈渭城曲〉:「臨別贈言，情真意切，音節之妙，猶其餘事。」(第 19 頁)

卷六〈秋夜曲〉:「蘅塘退士曰:『銀箏』二句,貌為熱鬧,心實淒涼,非深於涉世者不知。」(第20頁)

(34)丁翔華《藝人小誌》〔註35〕

卷中〈王維〉:「古圖既不可見,亦不必見;不見之妙,勝於見也。但圖可不必見,而名不可使之亡也。如載籍中〈輞川圖〉,秦太虛觀之,便卻疾。聞其名已使人惝恍神迷,況睹其真迹乎!唐王維,字摩詰,太原人。開元九年進士第一。天寶間,詩名極盛,為尚書右丞。工書畫。措思入神,至山平水遠,雲勢石色,絕迹天機,非人工所到。嘗畫大石一幀,後為風雨飛去。又畫〈袁安臥雪圖〉,有雪裡芭蕉,乃得心應手,意到筆隨,自成妙品。別墅在輞川,與裴迪時遊其中,因為圖畫,極臻其妙。著《王右丞集》。《畫學秘訣》曰:『畫道之中,水墨為上,肇自然之性,成造化之功。』蘇子瞻曰:『味摩詰之詩,詩中有畫;觀摩詰之畫,畫中有詩。』可謂精鑒者矣。」(第40頁)

(35)朱麟《注釋作法唐詩三百首》〔註36〕

卷一〈送別〉:「以問答法成詩,自成一格。」(第7頁)

卷一〈送綦毋潛落第還鄉〉:「從赴試寫起,依次寫到落第還鄉,末方寫到送行,結用寬慰語,尤為得體。」(第7頁)

卷一〈青溪〉:「首敘溪的曲折,次敘溪的深峭靈潔,末言我心的閒和溪水的澹,隱相契合,實是自為寫照。」(第8頁)

卷一〈渭川田家〉:「寫田家晚景,宛如一幅圖畫。末結二句,含有隨遇而安的意思。」(第8頁)

卷一〈西施詠〉:「借西施作喻,言人有其具,不患無其遇。」(第9頁)

卷二〈洛陽女兒行〉:「敘女兒驕貴,良人豪俠,或分寫,或合寫,無不窮形盡相。末用西施反襯,令人讀罷浩嘆。」(第49頁)

卷二〈老將行〉:「篇中分三段,首段狀少年威勇,中段敘衰老廢棄,末段冀其老而復用。」(第50頁)

卷二〈桃源行〉:「敘幽境,則曲而深;寫幽人,則高而古;的是『詩中有畫』。」(第51頁)

卷三〈輞川閒居贈裴秀才迪〉:「上六句寫輞川風景,末以接輿比裴迪,以陶潛自比;幽閒古澹。」(第71頁)

〔註35〕丁翔華:《藝人小誌》,見《蝸牛居士全集》,1940年上海丁壽世草堂印本。
〔註36〕朱麟:《注釋作法唐詩三百首》,世界書局1941年版。

卷三〈山居秋暝〉:「篇中描摹夜景,不漏山居。結語『春芳歇』,正應上『秋』字。」(第 71 頁)

卷三〈歸嵩山作〉:「始言『閒閒』,終言『迢遞』,想不知經過幾許荒城、古渡、落日、秋山,而後得歸。『流水』、『暮禽』,恰好為歸隱襯托。」(第 71 頁)

卷三〈終南山〉:「上六句狀終南山形勢,末以投宿作結。語意含蓄。」(第 72 頁)

卷三〈酬張少府〉:「把『好靜』二字作眼,下二聯承上『好靜』來,末以問答作結。」(第 72 頁)

卷三〈過香積寺〉:「寫一路聞見,於『過』字善為描摹;結聯方落到香積寺。」(第 72 頁)

卷三〈送梓州李使君〉:「前路(段?)寫梓州形勝和民情,末以化行治蜀作結,方落到李使君。起語雄健,尤擅全篇之勝。」(第 73 頁)

卷三〈漢江臨眺〉:「語語為『臨眺』二字傳神,和呆敘漢江形勝者有別。」(第 73 頁)

卷三〈終南別業〉:「此以『好道』二字作骨,『獨往』、『自知』,俱根『好道』而來。」(第 74 頁)

卷四〈和賈至舍人早朝大明宮之作〉:「寫早朝局勢雄壯,聲韻鏗鏘。末寫賈至原作,極其榮貴,兜轉『和』字。」(第 95 頁)

卷四〈奉和聖製從蓬萊向興慶閣道中留春雨中春望之作應制〉:「前寫兩宮道中風景,結用頌揚,極合應制。」(第 95 頁)

卷四〈積雨輞川莊作〉:「歷寫田家樂境,便見與世無爭。末自明心迹,與海鷗相隨,有悠然出世意。」(第 95 頁)

卷四〈酬郭給事〉:「前寫郭給事,語極頌揚。末結到自身,立意溫厚。」(第 96 頁)

卷五〈鹿柴〉:「上二句靜中寓動,下二句動中寓靜。」(第 115 頁)

卷五〈竹里館〉:「描摹『獨坐』,情景逼真。」(第 115 頁)

卷五〈送別〉:「別後預揣歸期,是從題後透寫。」(第 115 頁)

卷五〈相思〉:「借物言情,四句呵成一氣。」(第 116 頁)

卷五〈雜詩〉:「全用問信口吻,異鄉逢故人,確有這般情狀。」(第 116 頁)

卷六〈九月九日憶山東兄弟〉:「寫佳節思親，並及友愛之情。」(第 126 頁)

卷六〈芙蓉樓送辛漸〉〔註 37〕:「上二句寫送別情景，下二句係臨別寄語。」(第 126 頁)

卷六〈渭城曲〉:「起二句寫送行時和送行地，末復把酒相勸，臨別贈言，想見情真意切。」(第 141 頁)

卷六〈秋夜曲〉:「先寫『秋夜』，次寫『曲』字，『心怯』承『未更衣』來，好似閒樂，實有所悼。」(第 141 頁)

(36) 蔣箸超《民權素粹編》〔註 38〕

鈍劍〈願無盡廬詩話〉:「唐初始專七律，沈宋精巧相尚，至王岑高李，格調益高矣。及大曆才子起，而詞意氣格更增完備，謂不逮盛唐者，此謬說也。宋明詩人，於此體佳句頗不乏，特少通體美善耳。」(第 5 頁)

太牟〈澹園詩話〉:「太白之詩以氣韻勝，子美之詩以格律勝，摩詰之詩以理趣勝。太白千秋逸調，子美一代規模，摩詰則精大雄厚，篇章字句皆合聖教。合三長而學之，斯無愧風雅矣。然猶未也，學詩而止學詩則非詩，學詩而止學三家之詩亦非詩。要必天地間之一物一名，古今人之一言一動，〈國風〉、漢魏以來之一字一句，大而至天地造化，陰陽生殺，西方象教，一切皆涵於胸中，充然沛然，而後因物賦形，遇題成韻，必如此始稱詩人之能事。」(第 23 頁)

卷盦〈蘐園詩話〉:「輞川詩以淡遠勝，如『落日鳥邊下，秋原人外閒』。曰『鳥邊』，曰『人外』，曰『閒』，寫暮色入畫。又如孟襄陽之『夕陽連雨足，空翠落庭陰』，妙在『連』、『足』兩字，雨後夕陽，情境絕佳。若有夕陽而無雨，亦不足奇矣。」(第 78 頁)

〔註 37〕按，應為王昌齡詩，《注釋作法唐詩三百首》誤引。

〔註 38〕蔣箸超:《民權素粹編》，第 2 卷，第 3 集，民權出版部 1926 年版。

《王維資料彙編》三拾

2014年，中華書局出版了張進、侯雅文、董就雄所編的《王維資料彙編》，其凡例云：「本編輯錄資料，上自唐代，下迄近代，主要收集歷代對王維詩文、書畫、音樂等所作的評論與評點，以及有關王維生平事迹、交遊出處、詩文集版本源流、書畫收藏流傳情況等方面的考述。」所謂「近代」，按照當前中國史學界的普遍共識，「從1840年鴉片戰爭爆發到1949年中華人民共和國成立前夕的歷史，是中國的近代史」〔註1〕。而從《王維資料彙編》輯錄情況來看，對於這一時期相關資料關注較少，主要依據《民國詩話叢編》輯錄數家，且基本上是以撰者卒於1949年前為其下限（除少數人外，如由雲龍、楊香池等）。其實，當時尚有一些撰者雖然卒於1949年後，但其關於王維的評論或評點乃出現在1949年前，符合凡例「下迄近代」標準，是應予輯錄的，而且唯有如此，方能較為全面而真實地展現「近代」的有關王維研究的情況，故而筆者按照這一原則有所「續補」（包括但不限於民國時期，詳見〈《王維資料彙編》續拾〉）。茲就所見再次續補如下，以備此編重印時作參考。

（1）吕夔〈重刊唐王右丞詩集序〉〔註2〕

「《詩》之所作，《離騷》已為〈風〉、〈雅〉之再變，繼以漢魏五言，猶謂之古詩。迄於唐人近體，則愈降矣，求之格調聲律之間，其在開元、天寶諸大家為勝，故論近體者必稱盛唐，若藍田王右丞維亦其一也。其為律絕句，無問

〔註1〕張海鵬：〈中國近代史和中國現代史的分期問題〉，見《人民日報》，2009年11月20日，第007版。

〔註2〕（唐）王維：《唐王右丞詩劉須溪校本》，中國國家圖書館藏明弘治十七年（1504）吕夔刻本。

五七言，皆莊重閒雅，渾然天成。至於古詩，句本沖澹，而興則悠長，諸辭清婉流麗，殆未可多訾。楊伯謙選唐詩，論次其尤，載在《正音》，而晦翁先生考定《楚辭後語》，亦存其〈山中人〉等作，良有以邪。詩凡六卷，並附裴迪諸人詩，共若干首，劉須溪蓋嘗校之。宋元舊刻，歲遠不存，近刻於蜀，字畫頗舛謬脫落。夔以督甓分司，迎鑾公暇，特加披閱，粗為辨正，遂出俸資之餘，令善小楷者書之，鏤人翻刻如本，用裨詩壇採覽之便，卒不以妄臆為嫌也。亦嘗因詩而竊論其人，於道固無所能明，其於禪寂之機，似有所超悟者，抑夔不足以知言矣。若曰『刪後無詩』，此豈必務於流傳，夔則曰『雖有絲麻，無棄菅蒯；雖有姬姜，無棄憔悴；況盛唐大家，其何說之云云』。」

（2）顧起經〈唐王右丞文集跋〉〔註3〕

「余閱唐宋志及經籍考、藝文略，與夫遂初堂、秘閣二書目，悉稱公集十卷，其文居十之四，已梓於洞庭徐少宰所。余既為公勒成詩箋，而復以其文編校而並刻之，斯為全書矣。惜吳刻舊多錯漏，今用參之《文粹》、《英華》，洎劉會孟本，乃糾其失款者八字，補其脫缺者十七字，更其差者三十四字，總五十九字，俾讀者有驗於嵩簡，而無迷於帝虎也，不亦為藝圃一快邪。歲丙辰日北至，夫湫山人顧起經跋。」

（3）陳鳳〈刻王孟集序〉〔註4〕

「前進士守南陽府推官潁川陳鳳撰。王孟詩皆盛唐名家，王之詩似腴實淡，孟之詩似淡實腴，杜少陵亟稱賞之，所謂『高人王右丞』、『吾憐孟浩然』是也。二人在當時相得甚歡，王入直內省，至觸嚴憲，挾孟以俱，冀一見天子獲進用。玄宗以其『不才明主棄』之句，遽放還山，可悲也已。同寅孟孔彰氏詩似襄陽，而兼取摩詰，恒惜二集未有善刻。寅長屠公出貲為倡，刻置郡齋，別駕胡景顏氏、竇汝成氏咸樂相焉，乃命郡博士吳定甫視其役，命鳳紀其成。王集凡六卷，孟集四卷，為板二百，適有饋蘇刻者，遂取以即工，故其精倍他刻云。皇明嘉靖丁酉秋七月十有九日。」

（4）馮班〈唐王右丞集跋〉〔註5〕

「右《王摩詰集》十卷，余得見柳氏舊本於錢牧齋所，借而錄之。前六卷

〔註3〕（明）顧起經：《類箋唐王右丞詩集．重編王右丞文集》，中國國家圖書館藏明嘉靖三十五年（1556）無錫顧氏奇字齋刻本。

〔註4〕（唐）王維：《王摩詰集》，中國國家圖書館藏明嘉靖十六年（1537）屠倬、陳鳳刻本。

〔註5〕（唐）王維：《唐王右丞集》，上海圖書館藏明崇禎三年（1630）馮班抄本。

是劉須溪校本，後四卷為柳氏寫補，末有大德甲辰跋語，恐是其時本也，頗亦訛脫，惜無以正之。柳氏字大中，吳中先達之好書者。余每嘆劉須溪校書輕脫，恨時無別者，得大中所論，為之慨然。獨《世說新語注》是劉應登者所刪，須溪因而評之，前有應登所為序，大中似未之詳云。崇禎三年立秋後十日，上黨馮班誌。」

（5）王維（傳）〈江皐會遇圖〉題跋

「金碧山水自唐閻、李、王右丞者出，猶法書之鍾王也。此圖之作，則其造乎神品，逶迤平遠；澄江涵綠樹之灣，金沙炳夕陽之下；求醲華於嘉麗之外，寄妍媚於淡泊之中。正邵闇詩謂『白雲窈窕生春谷，翠黛嬋娟對晚岑』之意也，乃詩畫有相同之趣焉。予不知畫，乃識詩者也，觀者當以辨之。大德□戌三月清明日，安陽季惪幾識。」

「宣和御府所收王右丞〈江皐會遇圖〉，凡兩卷，此其一也。梁蕉〔林〕相國目為〈春谷晚岑〉，蓋據季德幾跋語中邵庵詩所謂『白雲窈窕生春谷，翠黛嬋娟對晚岑』之句，今此詩已亡。吳中顧維嶽定為〈江皐會遇圖〉，觀其林木蓊翳，煙水涵空，雲裳素衣，翛然來注，『江皐會遇』之意宛然可見。維嶽之鑒，信不磨也。卷端劉唐老跋不名何人手筆，蕉林相國始目為王右丞，顧維嶽更據《宣和畫譜》定為〈江皐會遇〉，於是聲價乃定。十餘年前，蕉林之孫有刺蘇州者，攜以自隨，新安項書存願以二十鎰購之，不得。今歸董君漢醇，余從借觀，為書其末如此。雍正庚戌十有二月朔之六日，琅邪王澍。」

（6）褚人穫《堅瓠戊集》〔註6〕

卷三：「京師所聚小唱最多，官府每宴，輒奪其尤者侍酒以為盛事，俗呼為南風。《碣石剩談》：有士夫狎一童，與之寢處，捐五金投之，童弗悅也。或戲之曰：『此有成語，君未知耳。』士夫固問，或曰：『不聞右丞詩乎，惡說南風五兩輕。』眾為之絕倒。」（第 13 頁）

（7）錢泳《履園叢話》〔註7〕

卷二一〈五兩輕〉：「國初有某監察眷戀一優兒，連袂接枕者五六夕，賞以五金，其人不懌。一客聞之笑曰：『此唐時王右丞有詩已說其輕矣。』問何詩？曰：『惡說南風五兩輕。』」（第 548 頁）

〔註 6〕（清）褚人穫：《堅瓠戊集》，1926 年柏香書屋印本。
〔註 7〕（清）錢泳：《履園叢話》，中華書局 1979 年版。

（8）王偁《嵎陽詩說》〔註 8〕

卷五：「《詩》貫六義，則諷諭抑揚、渟蓄淵雅皆在其間矣。然直叛所得，以格自奇，前輩諸集亦不專工於此，矧其下者耶。王右丞、韋蘇州澄澹精致，格在其中，豈妨於道學哉。賈島詩誠有警句，視其全篇，意思少餒，大抵寒澀，無可置才，而亦為體之不備也。學者知所取法，則近道矣。」（第 95 頁）

卷五：「作詩欲全篇皆好最難，唐人工部外，王韋集中恒有，其次則如宋之賀方回，往往能造意俱妙，亦不多得。」（第 96 頁）

卷八：「作詩先要結識當代賢人，一則借資指授，再則可望附驥。然在我獨不可以自立哉，當道者傳名易，而布衣之動人難也。布衣亦有傳名，如孟浩然，非識右丞輩，正自不易。詩人必待死後請封，若方干者，亦可不必。」（第 108 頁）

（9）蔣學堅《懷亭詩話》〔註 9〕

卷一：「坊刻《唐詩便蒙》，名為唐詩，實則宋、元、明詩皆在其中，最蕪雜可笑。憶余初入塾時，先君以自選唐詩一冊口授。詩皆五律，又止王、孟、李、杜四家，洵善本也。惜亂後遍覓不得，而其小序則尚存《師經室文稿》中。」（第 231 頁）

卷二：「王右丞詩：『山中一夜雨。』宋刻本『夜』作『半』，後人遂以此詩別宋刻之真偽，名曰『山中一半雨』本。」（第 235 頁）

卷三：「露筋祠詩甚多，自當以漁洋為絕唱。頻伽嘗填平韻〈滿江紅〉題之；又集孟東野、王摩詰詩作楹聯云：『江淮君子水，山木女郎祠。』亦佳。」（第 239 頁）

（10）霞長〈蛻廬詩摭〉〔註 10〕

「李杜之外，自成一家者，則有王維。維詩刻意模陶，得其清腴，下筆以理趣勝，一段悟境皆在文字之外，如禪家之三昧，非淺嘗者所得而參透也。與維同時者，有孟浩然，其詩風格絕肖輞川，世以二人並稱，號曰王孟。儲光羲之詩，亦悠然高出塵表，格調殆與王孟相若，惟流傳不如二人之廣，故名亦少殺，讀『等身著述亦如煙，身後何關傳不傳』之句，不禁悵惘若失也。與王孟

〔註 8〕（清）王偁：《嵎陽詩說》，見《清道光朝詩話六種》，吉林大學出版社 2021 年版。

〔註 9〕（清）蔣學堅：《懷亭詩話》，見《中國詩學》，第 9 輯，人民文學出版社 2004 年版。

〔註 10〕霞長：〈蛻廬詩摭〉，見《讜報》，1913 年第 4、7 期。

相先後者，又有高適、岑參，均才思橫溢，筆力蒼勁，誦其邊塞詩，無不雄壯悲慨，如秋風乍起，金鐵齊鳴，勞人思婦，讀未終篇而清淚已沾臆矣。他若崔曙、張謂、賈至、常建諸人，韻遠思深，品格超卓，詩之正聲也。又若李頎之七律、王昌齡之七絕，亦不愧雄視一代，範厥後進云爾。斯皆盛唐之作手、詞苑之名人，詩家奉為圭臬，未之或替。至於網羅並世作者，無或遺漏，則識謭幅短，謝不敏焉。」（第 8 頁）

「安石之論詩，如其施政，執拗性成，絕不苟合於人。雖然其所作亦多以鍛煉出之，不漫然下筆，未可概訾之也。若『春風又綠江南岸』句之『又』字，曾十數易，不厭推敲，能得苦吟三昧。簡齋病其改『山中一夜雨』之句為『山中半夜雨』，連舉數則，極詆介甫，幾無完膚，耳食者遂一概抹煞之，非完評也。」（第 5 頁）

（11）李平書《平泉書屋書畫目錄》〔註 11〕

甲編「卷之部」：「唐王維〈江干雪霽圖卷〉，絹本，宋徽宗題卷端，明沈周、董其昌長跋。」

（12）闕名〈西人寶貴王摩詰雪景畫〉〔註 12〕

「《字林西報》云：中國唐人王摩詰雪景真筆畫，現為西人所購得，因此畫被中國珍藏家收拾，故不出現者已經三百年，去年二次革命為杭人攜之赴滬，以致為西人所得。」（第 45 頁）

（13）心雲〈樂顏樓詩話〉〔註 13〕

「臨邑女史王清閨，年十一。……又有〈得我亭即事〉二聯最佳，『柏子因風落，松陰逐日斜』，『看書常引睡，撲蝶誤傷花』，寫景精切清淡，皆從王摩詰集中得來，粗心人決不能有此作。」（第 9、10 頁）

（14）山淵〈綠野亭邊一草廬詩話〉〔註 14〕

「為詩之道，往往同一詞句竄易一二字，即迥有天淵之別，智者點鐵成金，愚者點金成鐵，其優劣工拙之分，不在於長篇巨製，廑在於一二字而已。江為詩『竹影橫斜水清淺，桂香浮動月黃昏』，林逋以之為梅花詩，易『竹影』為『疏影』、『桂香』為『暗香』，遂為千古名句。王維詩『漠漠水田飛白鷺，陰

〔註 11〕李平書：《平泉書屋書畫目錄》，日本大正二年（1913）三光堂印本。

〔註 12〕闕名：〈西人寶貴王摩詰雪景畫〉，見《大同報》（上海），1914 年第 20 卷第 8 期。

〔註 13〕心雲：〈樂顏樓詩話〉，見《遊藝雜誌》，1915 年第 1 期。

〔註 14〕山淵：〈綠野亭邊一草廬詩話〉，見《小說新報》，1915 年第 9 期。

陰夏木囀黃鸝』，或謂亦前人五言詩，每句無首二字，王維取之，加『漠漠』、『陰陰』數字，則畫龍點睛，欲破壁飛去矣。《洪北江詩話》錄某君詩云『一路晴光團作雨，四圍花影下如潮』，詩本極佳，然吾友許君楚喬嘗有句云『四圍花影怒於潮』，自是與某君之詩無意暗合，未必如林逋、王維竄改前人之句。然不同者僅二字，二字之中握要者，實僅一字，便覺遠勝某君，蓋不特花影未可言下，即潮有下時，亦有上時，何以獨舉下而言之，若怒字，則可兼上下而言，意且更深一層，讀者可一細味之也。許君名思穎，即杏莊之兄，且為孿生，狀貌極相肖。昆弟二人皆以詩擅場，可謂二難並矣。」（第 25 頁）

（15）葉楚傖〈詩學述臆〉〔註 15〕

「律詩亦有不拘平仄律者，唐王維〈積雨輞川莊作〉。」（第 4 頁）

（16）金紹城《藕廬詩草》（約在 1926 年前）〔註 16〕

〈仿王右丞雪景〉:「山意驚寒欲起棱，隔溪一白冷雨罾。開簾髣髴藍田曉，著個詩人王右丞。」（第 19～20 頁）

（17）覺迷〈一包落花生易得王摩詰山水之奇聞〉〔註 17〕

「唐朝詩人王摩詰，善畫山水，當時稱其『詩中有畫，畫中有詩』。然今人能讀其詩，不能睹其畫，則亦但能觀其詩中之畫，不能觀其畫中之詩矣。而數年前青浦朱家角有一童子，挾畫兩幅，過於街市，為圬者孫小弟所見，視之畫為絹本，一畫花卉，一畫山水，孫小弟遂以六十錢購得落花生一包易之。孫小弟則以花卉託裝裱肆裝裱，擬於裝裱之後，懸之壁間，而於裝裱之時，為當地人所見，則以二十金向孫小弟購去，蓋所畫為荷花，荷下伏一蟾蜍，為前朝方外名人錢江大師手筆。購者固極便宜，孫小弟則已視為意外，思一幅花卉，既已如此值錢，則其一幅山水，或亦值得幾錢，更出一幅山水示人。而此一幅山水，實一小小立軸，上畫老樹一株，茅屋一椽，一老人，策杖而立，其上為山，其下為水，畫帶雪景，上題『大唐王維江干雪霽圖』九字，字作隸書橫寫，下記年月，所鈐歷朝內府印璽、歷朝藏家印記，多至十三顆。雖歷千有餘年矣，絹尚完好，色不甚黯，筆筆可辨。見者知為唐朝王摩詰手澤，因語孫小弟，此實無價之寶，切勿輕輕售去，孫小弟遂亦居為奇貨。事為上海販古董者所悉，

〔註 15〕葉楚傖：〈詩學述臆〉，見《國學周刊》，1923 年第 4 期。

〔註 16〕金紹城：《藕廬詩草》，文海出版社 1975 年版。

〔註 17〕覺迷：〈一包落花生易得王摩詰山水之奇聞〉，見《申報》，1928 年 1 月 15 日，第 5 版。

日趨於孫小弟之門，向之求售。有一販古董者，竟肯出至三萬，孫小弟索價十萬，遂未成交。其後江蘇督軍齊燮元為其故父建築孟芳圖書館於南京，收羅名人字畫，將以陳列館中，孫小弟以為可沽善價，向齊求售。齊但出價三千，孫小弟則以前有人出過三萬，今只三千，相去太甚，不肯脫售。而齊揹其畫，幾為所乾沒，其後向齊再三泣求，始將其畫發還而得珠還合浦。今日此畫，仍藏孫小弟處，且以其畫裝入鏡框，凡往觀者，可出觀看，故收藏家、古董客之往觀者，實繁有徒。平泉書屋主人李平書先生在日，雖未往觀，曾將此畫詳為考據，著之於篇，謂此畫某處有針眼若干，某處有蛀眼若干，某處有某朝印璽，某處有某人印記，人為核之，一一相符。惟於印璽印記，但言十一顆，不言十三顆，蓋其兩顆，實於清代印上，未見前人記載，遂亦漏未列入。其為王摩詰真迹，則可斷定，一無疑義。而清代所印印記，其一蓋為王昶藏印。王昶字關（蘭？）泉，青浦朱家角人，前清乾嘉時，官至兵部侍郎，則此幅當為王氏舊藏。惟何以落於童子之手，此則不可究詰之矣。余憶前人有句云：『一時臥看五朝雪，頃刻論交六代人。』所謂五朝雪者，即謂唐宋元明清五家所畫雪景也。而唐人一幅，即此王摩詰一幅〈江干雪霽圖〉。夫此摩詰得意之作，歷朝著名之畫，乃以落花生一包，落於坊者之手，斯實奇聞，為記於右。」

（18）陳鱣〈唐才子傳簡端記〉〔註 18〕

「王維，開元十九年狀元及第。按，《舊唐書》云：『維登開元九年進士。』」（第 36 頁）

（19）劉大白《白屋說詩》〔註 19〕

〈關於「八病」的諸說〉「平頭」條：「指一聯中上停（就是句）頭兩字和下停頭兩字同聲。……單以第一字為主，以上停第一字和下停第一字同聲為忌。這是《丹鉛總錄》和《藝苑卮言》所說，以為王維〈觀獵〉詩中『風勁角弓鳴，將軍獵渭城』，第一字『風』和『將』同聲，是犯此病的。」（第 257～258 頁）

〈關於「八病」的諸說〉「鶴膝」條：「以第一停底尾字和第三停底尾字同聲為病；就是不押韻的兩停底尾字，忌用同聲。這是《文境秘府論》、《二中歷》、《拾芥鈔》、《詩人玉屑》、《丹鉛總錄》、《藝苑卮言》和《冰川詩式》所主張，以為因為兩頭細中間粗，有如鶴膝而命名的。……又如王維底〈送楊少府貶郴

〔註 18〕陳鱣：〈唐才子傳簡端記〉，見《北平北海圖書館月刊》，1929 年第 2 卷第 1 期。
〔註 19〕劉大白：《白屋說詩》，上海大江書鋪 1929 年版。

州〉:『明到衡山與洞庭,若為秋月聽猿聲;愁看北渚三湘遠,惡說南風五兩輕;青草瘴時過夏口,白頭浪裡出湓城;長沙不久留才子,賈誼何須吊屈平!』……『遠』、『口』和『子』三字都是上聲,並是鶴膝病。但是這種鶴膝病,在最注意聲律的梁陳的詩人,尚且犯而不避的頗多。……況乎在唐代如王維底〈溫泉寓目〉:『新豐樹裡行人度,小苑城邊獵騎回;聞說甘泉能獻賦,懸知獨有子雲才。』不但『度』和『賦』兩字同聲,而且兩字同屬遇韻,這是鶴膝底尤甚的。」(第261、263~264頁)

(20)鼂公〈詩話〉〔註20〕

「豢龍談到昀老的詩因而談到詩的境界。他說佛家的許多微妙莊嚴境界,還從未歸化到詩國裡來。他說東坡詩中之禪,固然不算數,楊昀谷作了幾十年的禪詩也只是苦行頭陀的面目。所以很願意看見有人向這一方打出天下來。我告訴他,我的同學李子建先生持論與他正同,子建說,詩中應該有『華嚴境界』。他並且舉王右丞『雲裡帝城雙鳳闕,雨中春樹萬人家』兩句,以為庶幾近於華嚴境界。子建頗有志於此。和他數年不見,不知他近年的詩向這方面去了沒有。前所舉右丞詩,豢龍說,王湘綺生平教人作律詩必舉以為例,以為必如此纔是律詩。前輩片語,附記於此。」(第18頁)

(21)黃賓虹〈濱虹論畫〉(1908年)〔註21〕

〈派別〉:「禪分兩宗,昉於唐代。南北畫派,山水亦然。北宗自李思訓(〈李邕碑〉云官雲麾將軍。《唐書・本傳》作左武衛大將軍。時人稱思訓為大李將軍,其子昭道為小李將軍)輝煌金碧,彪炳繢林,傳宋趙幹(江寧人)、伯駒(字千里)、伯驌(字希遠),迨於馬(遠,字欽山,興祖孫)、夏(珪,字禹玉,錢唐人),此為一派。南宗自王摩詰(維,太原人)始用渲淡,一變鈎斫之法,傳於張璪(一作藻,字文通,吳郡人)、荊浩(號洪谷子,河內人,謂採吳道玄、項容兩家所長,自成一家)、關仝(一名穜,長安人)、董源(一名元,江南人)、巨然(鍾陵人)、米氏父子(芾,字元章,其子友仁,字元暉)。」(第8~9頁)

〈法古〉:「然世之學畫者必宗唐宋。今考其法,工妍秀潤,雖斤斤規矩,而意趣生動。二李(思訓、昭道)、右丞(王維),原屬一轍。其時去古未遠,

〔註20〕鼂公:〈詩話〉,見《天津半月刊》,1933年第3期。

〔註21〕黃賓虹:〈濱虹論畫〉,見《黃賓虹文集》(書畫編,上),上海書畫出版社1999年版。

風氣淳龐，筆意精深，如木鳶楮葉，數年而成，五日一山，十日一水，諸家皆然，不獨王宰（蜀人）而已。」（第 11 頁）

〈尚文〉:「唐之盧鴻（字浩然，幽州范陽高士），山水樹石，得平遠之趣，筆意位置，清氣襲人，與王維相埒。」（第 14 頁）

（22）黃賓虹〈畫學散記〉（清末）〔註 22〕

〈傳授〉:「唐裴孝源撰《公私畫史》，隋唐以來，畫之名目，莫先於是。張彥遠、朱景元復撰名畫記錄，由是工畫之士，各有著述。如王維《山水訣》、荊浩《山水賦》、宋李成《山水訣》、郭熙《山水訓》、郭思《山水論》諸書，層見疊出，不可枚舉。要皆古人天資穎悟，識見宏遠，於書無所不讀，於理無所不通。得斯三昧，藉其一言，足以津逮後學，啟發新知，無以逾此。……山水畫自唐始變，蓋有兩宗，李思訓、王維是也。李之傳為宋王詵、郭熙、張擇端、趙伯駒、伯驌，以及於李唐、劉松年、馬遠、夏珪，皆李派。王之傳為荊浩、關仝、李成、李公麟、范寬、董源、巨然，以及於燕肅、趙令穰、元四家，皆王派。李派板細乏士氣，王派虛和蕭散，此其惠能之非神秀所及也。」（第 21、23 頁）

〈沿習〉:「顧、陸、張、吳，遼哉遠矣。大小李以降，洪谷、右丞，逮於李、范、董、巨、元四大家，代有師承，各標高譽，未聞衍其緒餘，沿其波流，如子久之蒼渾，雲林之淡寂，仲圭之淵勁，叔明之深秀，雖同趨北苑，而變化懸殊，此所以為百世之寄而無弊者。」（第 25 頁）

（23）黃賓虹〈六法感言〉（1929 年）〔註 23〕

〈隨類傅彩〉:「丹青水墨顯分南北兩宗。文人之畫，自王右丞始，其後董源、巨然、李成、范寬為嫡子，李龍眠、王晉卿、米南宮及虎兒皆從董巨得來，直至元四大家黃子久、王叔明、倪元鎮、吳仲圭皆其正傳，明之文衡山、沈石田，則又遠接衣缽。」（第 474 頁）

（24）黃賓虹〈冰褀雜錄〉（1913～1914 年）〔註 24〕

〈程青溪畫〉:「西士史德匿君航海東來，居我中國，已十餘稔，事獲餘暇，究心美術。故凡瓷銅玉石、工藝雕琢，無不精覈。性尤酷嗜古人書畫，以為中國精神文明逾於異域，口講指畫，皆能深中肯綮。暇出所藏唐王摩詰山水卷示

〔註 22〕黃賓虹：〈畫學散記〉，見《黃賓虹文集》（書畫編，上）。
〔註 23〕黃賓虹：〈六法感言〉，見《黃賓虹文集》（書畫編，上）。
〔註 24〕黃賓虹：〈冰褀雜錄〉，見《黃賓虹文集》（雜著編）。

余，縑墨古暗，精采煥發，頗足驚心動魄，玩賞久之。最後有青溪跋云：此玄宰先生收藏第一圖也。崇禎壬申年，先生以宗伯應召，攜此圖入都，好事者每求一見弗可得，唯余往，先生必出圖相示，展玩必竟日，且為指授筆墨之昧處，謂荊、關、董、巨皆從此出，若繪事不見摩詰真面目，猶北行者不識斗也。又曰凡古人名迹，須擇人而與之。〈蘭亭〉入昭陵，為千古俗事，有識者笑之。異日此圖，當歸君爾。予謝不敏。後先生予告，余亦請假，旋遭患難，遂未得往雲間，而先生已厭世矣。亂後訪聞此圖，為兵火所劫，不知入誰手。有云在嘉興，或在維揚，俱覓之不得。聞入某學士家，亦不果。甲午冬，偶見之長安市上，為之驚喜嘆異，疑其在夢中也，遂購之。計此圖留先生處五十餘年，余見後，亦廿年許矣。異代遷流，海桑屢變，數千年神物，當有鬼神呵護，固不待言。然予何幸而得與此圖相植耶？先生手澤，今昔宛然，『異日歸君』，竟成讖語，先生亦神矣。敬書其事，以誌筆墨之有靈耳。青溪道人正揆題。前尚有沈石田、董玄宰詩跋存，洵奇物也。迄今距青溪又三百年，神物流傳，將之海外，中國秘寶，不能為中國人所有，吾生也晚，猶及一睹此圖為幸。盛衰之概，豈特青溪然哉！」（第 40～41 頁）

（25）鄭昶《中國畫學全史》〔註 25〕

〈自序〉:「迄乎唐代，李思訓、吳道玄、王維輩出，遂赫然以畫號大家，且樹南北宗派焉。循是以往，遞相祖述，名家繼起，不可勝數；纂史乘、作地志者，或列諸藝術，或傳諸文苑，而勒為專書者亦漸多。……唐代繪畫，已講用筆墨，尚氣韻；王維畫中有詩，藝林播為美談，自是而五代而宋而元，益加講研，寫生寫意，主神主妙，逸筆草草，名曰文人畫，爭相傳摹；澹墨楚楚，謂有書卷氣，皆致贊美；甚至謂『不讀萬卷書，不能作畫，不入篆籀法，不為擅畫』；論畫法者，亦每引詩文書法相證印。蓋全為文學化矣。明清之際，此風尤盛。」（第 2、8 頁）

第七章〈唐之畫學・概況〉:「安史亂後，入於中唐，則有王維者，創一種水墨淡彩之山水畫法，謂之破墨山水，與李思訓之青綠山水，絕然異途，而其勢力之大，則或過之無不及，於是我國山水畫遂由此而分宗。李思訓之青綠為北宗之祖；王維之破墨為南宗之祖。王維舉開元中進士，曾官右丞，晚年隱居輞川別業，信佛理，與水木琴書為友，襟懷高澹，放筆迥異塵俗，斂吳生之鋒，洗李氏之習，而為水墨皴染之法，其用筆著墨，一若蠶之吐絲，蟲之蝕木。所

〔註 25〕鄭昶：《中國畫學全史》，中華書局 1929 年版。

作山水，平遠尤工。然其所以為時人所推重，得稱南宗之祖者，亦因中唐以還，佛教之禪宗獨盛，社會風尚皆受其超然灑落高遠澹泊之陶養，而士夫文雅之思想勃然大起，與初唐盛唐時，殊有不同，故王維之破墨，遂為當時士夫所重，卒以成為我國文人畫之祖。同時有盧鴻、鄭虔，亦以高人逸士而興水墨淡彩之畫風，與王維共揚此時代新思想之波也。今日本京都智積院所藏之瀑布圖、千福寺之瀧圖，相傳為王維之遺作，是殆當時日本留學生由中國傳度而去，亦足見王維破墨派山水之逢時。其傳王維者，則有張璪。璪外師造化，中得心源，山水松石，名重一時，為南宗健者。又有王洽者，特開潑墨之法，先將水墨潑於幛上，因其形迹，或為山，或為石，或為雲水，為林泉，隨意應手，倏若造化，時人稱之為『王墨』，亦為王維破墨之別派，而為米氏雲山之遠祖。……山水經王維、鄭虔、王洽輩之變化，筆勢墨韻之間，且見書法而含詩趣，亦多當時文學家所樂與品題，或所作者，即係圖寫詩意；蓋是時繪畫，已漸趨於文學化矣。」（第 124～125、129 頁）

第七章〈唐之畫學．畫迹〉：「王維畫一百二十有六：太上像二，山莊圖一，山居圖一，棧閣圖七，劍閣圖三，雪山圖一，喚渡圖一，運糧圖一，雪岡圖四，捕魚圖二，雪渡圖三，漁市圖一，騾綱圖一，異域圖一，早行圖二，村墟圖二，度關圖一，蜀道圖四，四皓圖一，維摩詰圖二，高僧圖九，渡水僧圖三，山谷行旅圖一，山居農作圖二，雪江勝賞圖二，雪江詩意圖一，雪岡渡關圖一，雪川羈旅圖一，雪景餞別圖一，雪景山居圖二，雪景待渡圖三，群峰雪霽圖一，江皋會遇圖一，黃梅出山圖一，淨名居士像三，渡水羅漢圖一，寫須菩提像一，寫孟浩然真一，寫濟南伏生像一十六，羅漢圖四十八。……唐代山水畫，王李二家為著。故王李畫迹亦最多。就中尤以王氏流派為盛。若王洽、項容、張詢、畢宏、張璪，皆其徒也。……以上所舉，皆屬卷軸的，雖不能盡唐人之所有，然亦足見其著。其他名迹，為上列諸家之作，或為他家之作，有可考見者尚多，如……王維之〈輞川圖〉、〈袁安臥雪圖〉、〈黃梅出山圖〉、〈藍田煙雨圖〉、〈維摩文殊不二圖〉、〈孟浩然騎驢圖〉、〈秋林晚岫圖〉、〈渡水羅漢圖〉、〈演教羅漢圖〉、〈江山雪霽卷〉……等，畫迹較著，流傳較久，皆為歷代鑒藏家所稱道，足以覘唐畫之價值也。」（第 136～137、139、140 頁）

第七章〈唐之畫學．畫迹〉：「唐代壁畫，或飾於道院，或見於佛寺，或飾於石室及其他建築物，雖多沒滅，不可得見，其可見者，如……慈恩寺大殿東廊第一院，畢宏、鄭虔、王維畫。……其施用之地，不限於佛寺道院，即宮殿祠堂第宅之間，亦往往有之，惟施於寺院中者為多數耳。以作家言：則在前期者，以尉遲乙僧、王應詔、吳道玄為最著；在中期者，以王維、左全、趙公祐為最著；在後期者，以孫位、張南本、趙德齊、張素卿為最著。其取對像也，以道釋人物為多，惟王維出，始有專作山水於一堵者，自刁光胤出，始有專作花鳥於一堵者。但其山水也，花鳥也，亦往往含有宗教畫之色彩。」（第 140、146～147 頁）

第七章〈唐之畫學·畫家〉：「王維字摩詰，太原祁人，開元辛酉進士，官至尚書右丞，奉佛善詩能畫，佛像山水並妙。所畫羅漢，於端嚴靜雅外，別具一種慈悲意，袈裟文織組秀麗，千載奕奕。山水平遠，雲峰石色，絕迹天機。創破墨山水，學者甚多。為我國山水畫南宗之祖。安史亂後，自表放歸田里。所居別墅曰輞川，地奇勝，居其中，以詩畫自娛，『詩中有畫，畫中有詩』，實並妙也。真實居士嘗跋王維畫謂：『若蠶之吐絲，蟲之蝕木，至若紛縷曲折，毫膩淺深，皆有意致，信摩詰精神與水墨相和，蒸成至寶』云云。聖曆己亥生，乾元己亥卒，年六十有一。贈秘書監。其畫流派至遠，宋元名家，多宗法之。董其昌謂：『文人之畫，自王右丞始。』其後董源、巨然、李成、范寬為嫡子；李龍眠、王晉卿、米南宮及虎兒，皆從董巨得來；至元四大家，黃子久、王叔明、倪元鎮、吳仲圭，皆其正傳云。」（第 156 頁）

（26）徐恒之〈王維的美術〉〔註 26〕

〈王維美術之殊色〉：「（A）想像力之高超。……我們讀了《玉堂嘉話》和荊浩《畫山水錄》二書，便可知道王維對於美術有特殊的天才，想像力的高超，誠千古無人比擬。惜代遠年湮，他的畫圖，遺留後世，千無一存，所以後來的人，對於他的畫圖範本，無所得睹，只照著書中記載，去研究他。……（B）繪景之奇妙。王維在暮年時候，隱居輞川，奉佛蔬食，暇則遊山玩水，飲酒彈琴，胸次高澹，以致影響他的美術上放筆迥異流俗，而為水墨皴染之法，其用筆墨，如『蠶之吐絲，蟲之蝕木』一樣的。他所繪的山水，平遠尤為雅致，當時已為一班人所推重的。我們看馮夢禎題他的〈江上雪霽〉圖卷裡所說，便可知道他的繪景之奇妙。馮說：『開戶焚香，屏絕他事，便覺神峰吐溜，春浦生煙，真若蠶之吐絲、蟲之蝕木；至於紛縷曲折，毫膩淺深，皆有意致，信摩詰精神與水墨相和，蒸成至寶，得此數月以來，每一念及，輒狂走入丈室，飽閱無聲，出戶見俗中紛紜，殊令人捉鼻也。』」（第 42 頁）

〔註 26〕徐恒之：〈王維的美術〉，見《學風》，1932 年第 2 卷第 9 期。

〈王維山水革命之先驅〉:「至於王的畫學傳統，則依據《畫學編》裡所記載。現在我姑且把南派的畫學作一個圖表如後。南派畫學傳統表：唐王維（字摩詰，官至右丞）。宋董源（字叔達，又字北苑）；釋巨然；米芾（字元章）；米友仁（字元暉，芾之子）。元倪瓚（字元鎮，號雲林子）；黃公望（字子久，號大癡道人）；王蒙（字叔明，號黃鶴山樵）。明董其昌（字玄宰）。由此表可看出他傳下來人數之多，勢力之大，實為我國畫學界上之泰斗。可恨代遠年湮，兵燹之餘，他的畫圖，千無一存，使今日中國畫學界，無所參考，豈不是最痛心的一件事嗎？今把《宣和畫譜》裡載他的畫圖，作一個畫表於下。」（第 42 頁）

王維畫圖表

畫的名稱	數　目	畫的名稱	數　目
太上像	二	山莊圖	一
山居圖	一	棧閣圖	四
劍閣圖	三	雪山圖	一
晚渡圖	一	運糧圖	一
雪岡圖	四	捕魚圖	二
雪渡圖	三	魚市圖	一
騾綱圖	一	異域圖	一
早行圖	二	村墟圖	二
度關圖	一	蜀道圖	四
四皓圖	一	維摩詰圖	二
高僧圖	九	渡水僧圖	三
三谷行旅圖	一	山居農作圖	二
雪江勝賞圖	二	雪江詩意圖	一
雪岡渡關圖	一	雪川羈旅圖	一
雪景餞別圖	一	雪景山居圖	二
雪景待渡圖	三	群峰雪霽圖	一
江皋會遇圖	二	黃梅出山圖	一
淨山居士圖	三	渡水羅漢圖	一
寫須菩提像	一	寫孟浩然真	一
寫濟南伏生像	一六	羅漢圖	四八

「王維遺下來的畫圖，大概載於此書中十有七八，我們尚可得稽考；故拙作以《宣和畫譜》所載王維的圖畫為主表，其餘他書中零碎所載為變遷表，茲把變遷表列在下面。」（第 44 頁）

王維畫圖變遷表

<table>
<tr><th>畫圖名稱</th><th>記　載</th><th>收藏所</th><th>備　考</th></tr>
<tr><td>菩薩圖</td><td></td><td></td><td>《宣和畫譜》未載</td></tr>
<tr><td>普賢圖</td><td></td><td></td><td>同上</td></tr>
<tr><td>孔雀明王圖</td><td></td><td></td><td>同上</td></tr>
<tr><td>山水圖</td><td></td><td></td><td>同上</td></tr>
<tr><td>盤車圖</td><td rowspan="2"></td><td rowspan="2"></td><td rowspan="2">同上</td></tr>
<tr><td>朱陳嫁娶圖</td></tr>
<tr><td>須菩提圖</td><td rowspan="2">宋中興館</td><td rowspan="2">宋中興館所藏</td><td rowspan="2">見《宣和畫譜》</td></tr>
<tr><td>濟南伏生圖</td></tr>
<tr><td>拂林人物圖</td><td rowspan="2">《閣續錄》</td><td rowspan="2">閣儲所藏</td><td rowspan="2">《宣和畫譜》未載</td></tr>
<tr><td>雪霽曉行圖</td></tr>
<tr><td>捕魚圖</td><td></td><td></td><td>見《宣和畫譜》</td></tr>
<tr><td>維摩詰像</td><td>宋周密《雲煙過眼錄》</td><td>喬仲山所藏</td><td>同上</td></tr>
<tr><td>維摩視疾圖</td><td rowspan="2">《困學齋雜錄》</td><td rowspan="2">同上</td><td rowspan="2">《宣和畫譜》未載</td></tr>
<tr><td>秋山蕭寺圖</td></tr>
<tr><td>維摩詰演教圖</td><td rowspan="2">《弇州山人稿》</td><td rowspan="2"></td><td rowspan="2">見《宣和畫譜》</td></tr>
<tr><td>羅漢圖</td></tr>
<tr><td>摩詰演教圖</td><td>《四友齋叢說》</td><td>梁思伯所藏</td><td>同上</td></tr>
<tr><td>渡水僧圖</td><td>《志雅堂雜鈔》</td><td>松江鎮守張萬戶所藏</td><td>同上</td></tr>
<tr><td>黃梅出山圖</td><td>《夢溪筆談》</td><td>宋沈括所藏</td><td>同上</td></tr>
<tr><td>濟南伏生圖</td><td>明都元敬《寓意編》</td><td>金陵王休伯所藏</td><td>同上</td></tr>
<tr><td>孟浩然圖</td><td>宋周密《雲煙過眼錄》</td><td>初藏王介石家，後歸郭北山。</td><td>同上</td></tr>
<tr><td>堯民鼓腹圖</td><td>米芾《畫史》（按，《畫史》比《宣和畫譜》先撰成。）</td><td>王琪家所藏</td><td>《宣和畫譜》未載</td></tr>
<tr><td>輞川圖</td><td>秦少游〈書輞川圖後〉</td><td>高符仲所藏</td><td>同上</td></tr>
<tr><td>輞川圖</td><td>《書畫題跋記》</td><td>杭苕故所藏</td><td>同上</td></tr>
</table>

輞川圖	明都穆《寓意編》	明都穆之祖所藏	同上
輞川雪溪圖			同上
輞川圖			
三峽圖	《珊瑚網》	嚴氏所藏	同上
雪溪圖			
女史圖			同上
輞川雪景圖	《東圖元覽》	金陵胡編修所藏	同上
濟南伏生像			見《宣和畫譜》
江山雪霽圖	明張丑《清河書畫舫》	馮開所藏	《宣和畫譜》未載
雪圖	米芾《畫史》	林虞所藏	《宣和畫譜》未載
江干初雪圖	《石林詩話》	李邦直所藏	同上
江干雪意圖	《眉公秘笈》	王敬美所藏	同上
萬峰積雪圖	《江村銷夏錄》	明項子京天籟閣所藏	同上
雪霽捕魚圖	《清河書畫舫》	周敏仲所藏	見《宣和畫譜》
罜網圖	周密《雲煙過眼錄》	徐容齋所藏	同上
精能圖	《東圖元覽》		《宣和畫譜》未載
精能圖	明茅維《南陽名畫表》		同上
候潮圖	《東圖元覽》	許公子伯尚所藏	同上
松江圖	《眉公秘笈》	項氏所藏	同上
山陰圖	《東圖元覽》	初藏歙縣臨河程氏，後歸雲間董氏。	同上
山水圖	《東圖元覽》	劉宮保所藏	同上

（27）諸宗元《中國畫學淺說》〔註27〕

〈畫體之分別〉下：「善畫山水者曰南北二宗，皆始於唐，北宗則為李思訓及其子昭道，以著色山水著稱。至南宋之馬遠、夏珪皆宗之。南宗則為王維，畫山水始用渲淡。其後董源、李成、范寬及僧巨然、李伯時、米芾父子，以迄於元之黃子久、王叔明、吳仲圭、倪元鎮，明之文徵明、沈石田，皆宗之。又元之黃王吳倪為四大家，以王黃吳皆浙人，故又稱為浙派。至創立一體，則王維之畫墨竹。」（第13頁）

〈論章法〉：「章法之合否，尤在研習畫理，例如唐王維《山水論》所云，

〔註27〕諸宗元：《中國畫學淺說》，商務印書館1933年版。

丈山尺樹，寸馬分人，遠人無目，遠樹無枝，遠山無石，遠水無波，石看三面，路看兩頭，遠山不得連近山，遠水不得連近水，此皆畫理，亦可謂畫之術語，隨時於此注意，可為章法之補助。」（第 34 頁）

〈論皴法及點苔〉:「畫之山石樹木，皆重皴法。其筆法，有濃淡繁簡燥濕之不同，當求筆到意足，各宜合度。其所以合度，則在濃筆宜分明，淡筆宜骨力，繁筆宜檢靜，簡筆宜沉著，濕筆宜爽朗，燥筆宜潤澤；至山石之皴法，多創始於唐宋間人，蓋古人作畫，有染無皴，自唐李思訓、王維始發明皴法也。……雨雪皴，亦名雨點皴，王維亦用點攢簇成皴，下筆均直，形似稻穀，後人以王為南宗。披麻皴，亦名麻皮皴，董源用王維渲淡法下筆均直，點縱為長，遂變為此皴，巨然及元人多學之。」（第 37 頁）

〈畫之品目〉:「古人評畫，有單取士夫畫為一派者；又謂之文人畫，董其昌曾專論之，其言曰：文人之畫，自王維始，其後董源、巨然、李成、范寬為嫡子，李伯時、王晉卿、米芾及其子友仁，皆從董巨得來，直至元四大家，黃公望、王蒙、倪瓚、吳鎮，皆其正傳。吾朝文（徵明）沈（周），又遠接衣鉢。據上所述，實即山水南宗一派，惟畫家多以工詩文稱，故目為文人體；又趙孟頫問畫道於錢舜舉，何以稱士大夫畫？錢曰：王維、李成、徐熙、李伯時，皆士夫之高尚者，所畫能與物傳神，盡其妙也。然又有關捩，要無求於世，不以贊毀撓懷，據此以徐熙列入，足見無論何種畫體，皆有士夫一派，要在能有書卷氣，無論寫意工致，總不落俗，尤在人品之高尚，則其畫益重矣。」（第 46～47 頁）

（28）滕固《唐宋繪畫史》〔註 28〕

第一章〈引論〉:「莫是龍、董其昌輩，把自唐以來的繪畫，分為南北二宗，以李思訓為北宗之祖，以王維為南宗之祖。這不但是李思訓和王維是死不肯承認的，且在當時事實上，絕無這種痕迹。盛唐之際，山水畫取得獨立的地位是一事實，而李思訓和王維的作風之不同亦是一事實；但李思訓和王維之間絕沒有對立的關係。」（第 10 頁）

第三章〈盛唐之歷史的意義及作家〉:「王維（699～759），太原人，年十九（717）進士擢第，官至尚書右丞，所以人稱他王右丞。書、詩、畫、音樂，皆所擅長；尤其詩和畫，是和他的生涯所不能分離的。安祿山稱兵（755），他被祿山所獲，迎至洛陽，拘於普施寺，授以給事中。有一天祿山大會凝碧池，

〔註 28〕滕固：《唐宋繪畫史》，神州國光社印刷所 1933 年版。

召梨園子弟合樂；樂工雷海青擲樂器，西向大慟；被殺於試馬殿。他痛悼國破人亡，有一首詩道：『萬戶傷心生野煙，百官何日再朝天？秋槐葉落空宮裡，凝碧池頭奏管弦。』事平下獄，因有此詩及其弟縉的除官援救，乃得釋出，復官右丞。但他辭了官而歸至輞川（今陝西藍田西南）別業，就在峰巒林壑間送了他的生涯。他的山水畫影響於後代，比盛唐任何人都利害。張彥遠所看見的作品，是破墨山水，筆迹勁爽。朱景玄說他的作品『縱（蹤？）似吳生，而風致標格特出』。則他的山水畫，好用水墨，雖近吳道玄而實超過之。他的詩是音樂，李龜年曾把他的這兩首詩：『紅豆生南國，春來發幾枝；願君多採擷，此物最相思』、『清風明月苦相思，蕩子從戎十載餘。征人去日殷勤囑，歸雁來時數附書』，在筵席上唱過的。他的詩又是畫，《宣和畫譜》摘出的幾行：『落花寂寂啼山鳥，楊柳青青渡水人』、『行到水窮處，坐看雲起時』、『白雲回望合，青靄入看無』，全是繪畫。他的畫亦是詩，蘇東坡說：『味摩詰之詩，詩中有畫；觀摩詰之畫，畫中有詩。』而他的題材，『喜作雪景、劍閣、棧道、綶（騾？）綱、曉行、捕魚、雪渡、村墟等』。這都是當時詩人所不休歌詠的對象。因此人們論他的畫，也必涉及他的詩。他的著名作品〈輞川圖〉，朱景玄說：『山谷鬱鬱盤盤，雲水飛動，意出塵外，怪生筆端。』晁无咎跋宋人臨他的〈捕魚圖〉說：『右丞妙於詩，故畫意有餘，世人欲以言語粉墨追之，不似也。』他又善繪人物，他的〈伏生授經圖〉，孫承澤看見了驚異地說：『人物之妙，有非唐人所能及者。』然而他的畫迹，甚少流傳；〈江山雪霽圖〉（或稱摹本）恐怕是現存中的唯一的東西了。這幅畫，曾給予明末清初的所謂文人畫運動者以重大的刺激。董其昌說：『今年秋，聞王維有〈江山雪霽圖〉一卷，為馮宮庶所收。亟令友人走武林索觀，宮庶珍之，自謂頭目腦髓；以余有右丞癖，免應余請。清齋三日，展閱一過，宛然吳興小幅也。余用是自喜！且右丞自云：宿世謬詞客，前身應畫師。余未嘗得睹其迹，但以心取之，果得與真肖合；豈前身曾入右丞之室而觀覽其盤礴之致，結習不忘乃爾耶？』又一段說：『余在長安，聞馮開之大司成得右丞〈江山雪霽圖〉，走使金陵借觀，馮公自謂寶此如頭目腦髓，不遂余想（此句疑誤）。函至邸舍，發而橫陳几上，齋戒以觀，得未曾有。可應馮公之教，作題辭數百言。大都謂右丞以前作者，無所不工；獨山水神情，傳寫猶隔一塵，自右丞始用皴法用渲染法；若王右軍一變鍾體鳳翥鸞翔，似奇反正。右丞以後，作者各出意造，如王恰、李思訓（李氏係王維的前輩，此係一誤）輩，或潑墨翻瀾，或設色娟麗。顧蹊徑已具，模擬不難。此於書家歐虞褚薛，各得右軍之一體耳。此〈雪霽圖〉已為馮長公遊黃山時所廢，余往來於懷，自以此生莫由再睹。』王時敏說：『右丞〈江山雪霽圖〉為馮大司成舊藏者，後歸新安程季白。余昔年京邸，與程連墻，朝夕過從，時得展玩。迄今十餘年，不知此圖屬誰氏？自分此生已不復再睹矣。』我們很不幸，王維以前的山水畫，除顧愷之的〈女史箴圖〉附景閻立本的〈秋林歸雲圖〉外，絕少聞有遺存；沒有予我們以比較研究的方便。拿〈江山雪霽圖〉和〈女史箴圖〉上的山水來比較，當然存有絕大的鴻溝。前者位置自然，林木邱壑，遠山近景，各予以適如其分的生命；後者山形顢頇，禽鳥、人物不相連續，前景不顯，後景無存，位置配合，至形幼稚。所以王原祁說：『畫中雪景，唐以前但取形似而已。氣韻生動自摩詰開之。』要是唐以前的山水盡是和顧愷之相近的東西，我想這話不是過甚之詞罷！唐初如閻立本的東西，仍不免是『前史』的，和王維也隔了一層。王維在山水畫上劃時期的意義，正是盛唐時代予山水畫獨立而發展的意義。不過我們不要相信董其昌們的感情的贊揚，他以為王維一變鈎斫法而為渲淡法，那有這回事？他的畫富有詩意，我們毫不否認。而有所謂後代那樣的皴法和渲淡法，實在找不出來。他的作品，還是停滯於鈎斫法的階段裡。他不是一個十全十美的畫家，董逌說他『創意經圖，即有所缺；如山水平遠，雲峰石色，絕迹天機』。王世貞說：『右丞始能發景外之趣，而猶未盡。』『缺』和『未盡』，就是指出他的作品，不像後代山水畫那樣圓滿。詩情禪味滿充在他的胸中，他偃息於自然，低首於運命；他的為人，沒有吳道玄的熱狂，沒有李思訓的謹嚴，而自有他自己的蘊藉蕭灑的特質。當山水畫成立之初，突破成法，容易作自己的開發。王維在這當兒，開展了『抒情的』一面，和吳氏之『豪爽的』、李氏之『裝飾的』那類特質相並行。即所謂盛唐山水畫之多方面的展開。此三人間設（沒？）有上下層或階段轉換的意義存其間，所以我們須撇開模糊的捧場，而認清他的歷史的地位。」（第49～54頁）

第三章〈盛唐之歷史的意義及作家〉:「追記：王維有《山水訣》一文，係後人偽託，《四庫總目提要》中已辨明的了。」（第56頁）

（29）盧前《唐詩絕句補注》〔註29〕

卷二:「王維，字摩詰，河中人。為給事中，遇安祿山反。賊平，下遷太子中允，三遷尚書右丞。喪妻不娶，孤居三十年。母亡，表輞川第為寺。終葬其西。商（殷？）璠云:『維詩辭秀調雅，意新理愜，在泉為珠，看（著？）

〔註29〕盧前:《唐詩絕句補注》，會文堂新記書局1935年版。

壁成繪，一字一句，皆出常境。』〈贈元二使安西〉……前按，何焯曰：首句藏行塵，次句藏折柳。兩面皆畫出，妙不露骨。又曰：『朝雨』二字見猶可少留為第三句起本。又謂：此詩從沈休文『莫言一杯酒，明日難重持』變來。沈德潛曰：相傳曲調最高，倚歌者笛為之裂。又曰：陽關在中國外，安西更在陽關外，言陽關已無故人矣，況安西乎。此意須微參。舊注末句曰：嗚咽語。又云：若曰『柳色青青客舍新』，庸俗耳。可悟句法。昔人有飲次舉此詩第三句屬令，客對以太白『與爾同消萬古愁』語，天然工妙。敖英曰：渭城客舍，別之地也。朝雨柳色，別之景也。末二句，別之情也。唐人別詩，此為絕唱。按，《輿地記》：陽關在中國之外，安西在陽關之外。行役之遠，莫過於此。首二句寫景物，渭城實地名，然後客舍有所據。朝雨滋潤，則柳色必新，且暗指出時令來。『勸』字妙，無我之勸，不能顯出陽關外無故人之寂寞。末句是從第三句倒推而出者。」（第24～26頁）

（30）韓寶榮〈讀詩偶記〉〔註30〕

「王維詩：『漠漠水田飛白鷺，陰陰夏木囀黃鸝。』李肇謂『水田飛白鷺，夏木囀黃鸝』為李嘉祐詩。雖然王維益以『漠漠』、『陰陰』四字，便覺生動。讀陳與義〈傷春〉詩『孤臣白髮三千丈，每歲煙花一萬重』，『白髮三千丈』本李白〈秋浦歌〉而益以『孤臣』二字，『煙花一萬重』本杜甫〈傷春〉詩而益以『每歲』二字；如此寫來，彌覺深切。言白髮而更言孤臣之白髮，言煙花更言每歲之煙花，此所謂加倍寫法也。詩不厭襲舊，而能較原句為深，為幽，觀王陳二詩可悟也。夫詩之作，絕少相同。有之惟一二句耳！然亦非故意剿襲，乃偶然之事。」（第6頁）

（31）陳翊林《中國百名人傳》〔註31〕

〈王維〉一：「王維字摩詰，河東人。生於唐武后聖曆二年，卒於肅宗乾元二年，即自民元前1213至1153年，年六十一。他的時代正當盛唐開元、天寶的時候，他是文藝界上最重要的一個大作家。九歲便能為辭章，開元九年進士及第，是早年便顯達的。他是詩人、書畫家，同時也是音樂家，登第後即調為大樂丞，以後歷任右拾遺、監察御史、左補闕、庫部郎中、吏部郎中。天寶末為給事中。安祿山陷兩京後，他被拘留於洛陽普施寺，被迫署偽官。一天祿山設宴於凝碧宮，樂工都是唐宮中梨園弟子、教壇工人，王維聽了樂聲，不覺

〔註30〕韓寶榮：〈讀詩偶記〉，見《國專月刊》，1936年第3卷第1期。
〔註31〕陳翊林：《中國百名人傳》，中華書局1936年版。

對於時局感慨繫之，因暗中作詩云：『萬戶傷心生野煙，百官何日再朝天！秋槐花落空宮裡，凝碧池頭奏管弦。』亂平後，從賊的官三等定罪，他因為這首〈凝碧池〉詩早傳聞於肅宗的行署，又他的弟弟王涽（縉？）也請削去刑部侍郎的官職，代兄贖罪，因特赦無罪，且授太子中允，遷中庶子、中書舍人，復拜給事中，轉尚書右丞。晚年好佛，不食葷，不著文采。得宋之問藍田別墅，在輞口，輞水周流於屋下，有竹洲、花塢等勝迹，常和道友裴迪浮舟往來，彈琴賦詩，吟詠終日。他的生活可以閒靜二字概括之。在京師作官時，也每日齋僧十數名，以玄談為樂，齋中別無所有，唯茶鐺、藥臼、經案、繩牀之類。退朝之後便焚香獨坐，念佛參禪。他的這種生活，自然是受了當時佛教流行的影響，同時也正是天寶亂後對於現實社會的逃避吧。」（第 257～258 頁）

〈王維〉二：「王維對於詩、畫、音樂，都所擅長，但最重要的成就仍在詩和畫。他的詩，早年作品多為樂府歌辭，如〈少年行〉：『新豐美酒斗十千，咸陽遊俠多少年。相逢意氣為君飲，繫馬高樓垂柳邊。』是頗受民歌的影響，有雄壯之味的。晚年住在輞川時，因為生活在清幽的山水之間，日與自然為友，撫琴習畫，奉佛禪誦，詩風也就趨於閒適淡遠，技術見解也更精進。這時期的作品大多是五言的，以描寫自然的美為主，而佛理禪意也在詩中流露出來。如：『中歲頗好道，晚家南山陲。興來每獨往，勝事只自知。行到水窮處，坐看雲起時。偶然值林叟，談笑無還期。』至於《輞川集》五絕二十首尤為傑作。因為他是詩人兼畫家，所以蘇東坡批評他說：『味摩詰之詩，詩中有畫；觀摩詰之畫，畫中有詩。』他的詩全是靜觀自然，而無我無物，所以形成一種獨特的風格——淡遠。他又以詩情禪意而為畫，他的畫也是和詩一樣偏於描寫山水。他的山水畫多用水墨，雖近吳道子而實在超過了他。他的山水畫為南派之祖，和北派的宗師李思訓齊名，對於後代的影響比盛唐任何人還要大。題材喜作雪景、劍閣、棧道、縲（騾？）綱、曉行、捕魚、雪渡、村墟等，朱景玄說他的〈輞川圖〉云：『山谷鬱鬱盤盤，雲水飛動，意出塵外，怪生筆端。』王原祁稱他的〈江山雪霽圖〉說：『畫中雪景，唐以前但取形似而已。氣韻生動自摩詰開之。』可惜他的畫流傳絕少，〈江山雪霽圖〉恐怕是現存的他的唯一作品了。」（第 258～259 頁）

（32）邵祖平〈與錢仲聯教授論詩書〉〔註 32〕

「大作五古秀澹，得輞川、蘇州之髓；七古駿發邁往，殆欲髣髴李東川、

〔註 32〕邵祖平：〈與錢仲聯教授論詩書〉，見《學術世界》，1937 年第 2 卷第 5 期。

王逢原；近體以七律最勝，雄拔奇放，今之元遺山、李長源也；佩極佩極。亂世之詩，聚精於七言。古今治世少、亂世多，故七言之詩，常多於五言，亦常工於五言。曲江、射洪，治世之詩歌。五言之意理瑩暢，雖李杜亦有所不逮。李杜之七言歌行，杜之七律，詩壇視為極格正軌者，殆天寶之亂有以啟之。右丞生於亂世，而有靜邈雅粹之五言詩，其人設非偽詩人（如阮氏詠懷堂），即喜以禪悅自亂其詩者，不得與李杜同論矣。」（第 32 頁）

（33）潘天壽《中國繪畫史》〔註 33〕

第三編〈中世史・唐代之繪畫〉:「唐興，太宗、高宗，均崇尚儒學，砥礪經術，屢幸國子監，獎進天下名儒。一面又皈依佛教，尊崇道教。……至玄宗時，有印僧善無畏三藏、金剛智三藏、不空三藏，相繼東來，稱開元三大士。又慧日三藏遊印度還，深為當時諸名士所重；如顏真卿、王摩詰諸人，均信奉之。」（第 53、54 頁）

第三編〈中世史・唐代之繪畫〉:「玄宗即位，唐室中興。勵精圖治，內修政教，外宣威德，成開元、天寶之治世。延至肅宗末、代宗初，凡五十年，是為盛唐。繪畫亦一變陳、隋、初唐細潤之習尚，以成渾雄正大之盛唐風格，而見空前之偉觀。……而玄宗皇帝，又備能書畫，並以墨色畫竹，為吾國墨竹畫之創祖。當時名家如吳道玄、李思訓、王維等，同時並起，均為吾國畫壇上之特殊人材。然盛唐繪畫，最可為吾人所贊頌者，一為佛教繪畫，脫去外來影響，而自成中國風格。二為山水畫格法之大完成，而得特殊之地位，為吾國繪畫史上中世史前後之一大分野。」（第 59 頁）

第三編〈中世史・唐代之繪畫〉:「吳道玄之山水畫，行筆縱放，如雷電交作，風雨驟至，一變前人細巧之積習。然其畫迹，除佛寺畫壁之怪石崩灘，與大同殿蜀道山水外，餘無所聞。故吳之於山水，僅開盛唐之風氣而已。至完成山水畫之格法，代道釋人物而為繪畫之中心題材者，則賴有李思訓父子、王維等，同時並起。於是山水畫遂分南北二大宗，以李思訓為北宗之始祖，王維為南宗之始祖。是說為明代莫雲卿是龍所唱導，董其昌繼而和之。……王維，開元中舉進士，曾官右丞，然晚年隱居輞川別業，信佛理，樂水石而友琴書，襟懷高曠，迥超塵俗；斂吳生之筆，洗李氏之習，以水墨皴染之法，而作破墨山水，以清雅閒逸為歸。同時有盧鴻、鄭虔，亦高人逸士，與王維同興水墨淡彩之新格而見特尚。蓋吾國佛教，自初唐以來，禪宗頓盛，主直指頓悟，見性成

〔註 33〕潘天壽：《中國繪畫史》，商務印書館 1937 年版。

佛；一時文人逸士，影響於禪家簡靜清妙、超遠灑落之情趣，與寄興寫情之畫風，恰相適合。於是王維之破墨，遂為當時之文士大夫所重，以成吾國文人畫之祖。」（第62頁）

第三編〈中世史・唐代之繪畫〉：「王維，字摩詰，太原祁人。開元辛酉進士，官至尚書右丞。有高致，信佛理，工詩，長書畫，人物、佛像、山水、花卉，無一不精。所作羅漢，端嚴靜雅，文采秀麗。山水松石，頗似吳生；其用筆著墨，一若蠶之吐絲、蟲之蝕木，而風致標格特出。尤工平遠之景，雲峰石色，絕迹天機。蘇東坡云：『味摩詰之詩，詩中有畫。觀摩詰之畫，畫中有詩。』並嘗自製詩曰：『宿世謬詞客，前身應畫師；不能捨餘習，偶被時人知。』作畫至興到時，往往不問四時景物，如以桃、杏、芙蓉、蓮花，同作一景；畫〈袁安臥雪圖〉中，有雪裡芭蕉，此乃得心應手，意到便成，造理入神，迥得真趣，此文人畫與作家畫之不同也。世稱山水南宗之祖。安史亂後，隱居輞川之藍田別墅，竹洲、花塢，極林泉之勝。遂自繪〈輞川圖〉，山谷鬱盤，水雲飛動，意出塵外，尤為世所稱賞。其畫流派至遠，宋元名家，多宗法之，著有《山水訣》一卷，行世。當時山水畫近於王氏者，除盧鴻、鄭虔外，尚有王陀子、李平鈞、鄭逾、張通、張志和、畢宏、韋鑾等。盧鴻（一作盧鴻一），字浩然，洛陽人，善山水樹石，與王右丞埒。」（第63～64頁）

第三編〈中世史・唐代之繪畫〉：「唐代藝苑，隨文運之隆盛，呈百花爛漫之光景，以畫論言，亦極為發達。如裴孝源、王維、張彥遠、李嗣真、僧彥悰、朱景玄等，皆為唐代論畫家之著者。……關於繪畫方法之闡明者，則有張彥遠之〈論顧陸張吳用筆〉、王維之《山水訣》等。」（第72、75頁）

（34）俞劍華《中國繪畫史》〔註34〕

第九章〈唐代之繪畫・唐朝繪畫概論〉：「以壁畫之作家言，在前期者以尉遲乙僧、王應韶、吳道子為最著，在中期者以王維、左全、趙公祐為著，在後期者以孫位、張南本、趙德齋（齊？）、張素卿為最著。茲約計其見諸記載者，撮記於下。畫佛畫道畫者，計有……王維二寺。……畫山水樹石者，計有……王維一寺。」（第95～96、97頁）

第九章〈唐代之繪畫・中唐之畫家〉：「道釋人物則有吳道子，金碧山水則有李思訓，水墨山水則有王維，鞍馬則有韓幹，各立一宗，分庭抗禮，如五嶽並峙，江河爭流，畫苑之盛，千古無倫。……至李思訓出，始將畫法加以變化，

〔註34〕俞劍華：《中國繪畫史》，商務印書館1937年版。

創金碧山水，王維又創破墨山水，山水之宗主既分，山水之方法已全，山水之基礎乃穩固而不可拔。吳道子之山水可謂晉隋山水之解放。李思訓為晉隋山水之進化，王維又為吳道子山水之進步。故後世董其昌以李思訓為北宗之祖，以王維為南宗之祖。此種分宗之方法，雖未必合理，然三百年來，已為繪畫界所公認。」（第 103、107 頁）

第九章〈唐代之繪畫·中唐之畫家〉:「中唐以還，政治失軌，國勢漸衰，強藩割據，中央政治，寖以陵夷，社會風俗，亦由堂皇富麗而流於澹遠清苦。佛教之禪宗獨盛，士大夫皆受其超然灑落之陶養，出世思想因以大興。藝術乃時代之反映，故山水畫一變金碧輝煌而為水墨清淡，王維之破墨山水遂應運而生，為中國文人畫之濫觴，王維初本工青綠山水，及遭安祿山之變，始無意仕進，退居輞川，以彈琴賦詩自娛。故其畫絕去一切浮華，僅用水墨；用筆盡變鈎斫之迹而為渲淡。蘇軾云:『味摩詰之詩，詩中有畫；觀摩詰之畫，畫中有詩。』王維以詩境作畫，賦予中國畫以新生命，遂由宗教化而入於文學化。此種文學化之畫，遂日漸擴充，而占領藝術界之全土，不特因此開中唐以後之風氣，而且立一千餘年文人畫之基礎，以形成東方特有之藝術，矯然獨立於世界。王維開創之功，可謂偉矣。董其昌以為南宗之祖，宜哉。此風一開，聞者興起。盧鴻一高尚不仕，山水與王維埒。」（第 108～109 頁）

第九章〈唐代之繪畫·中唐之畫家〉:「王維，字摩詰，太原祁人，開元中舉進士，與弟縉齊名，喪妻不娶。安祿山反，玄宗出奔蜀，維為賊所獲。祿山固知維才，迎置洛中，迫為給事中。賊平，遂下獄。縉請為贖罪，肅宗憐而許之。授為右丞。維上表還官，隱居輞川。善為詩，為當時四傑之一。書畫特妙，雲峰石色，絕迹天機。於平遠尤工。善破墨山水，嘗自製詩曰:『宿世謬詞客，前身應畫師。不能捨餘習，偶被時人知。』餘韻及於後世，至今未衰。」（第 109～110 頁）

第九章〈唐代之繪畫·中唐之畫家〉:「王維山水雖注重水墨，加意渲淡，然猶拘守規矩，筆墨謹嚴。迨至張璪或用禿豪，或以手摸絹素，『外師造化，中得心源』，畫樹尤為特出，能以手握雙管，一時齊下，而生枯各別，是為王維山水之第一次解放。……及至王墨創潑墨之體，酒顛畫狂，毫無繩墨，是為王維畫之第二次解放。山水至此，已無復拘謹之迹，純任畫家個性，信手揮灑，皆成佳作。然此種方法全恃畫家天才，非學力所可勉強。一人為之則可，他人效顰，則易流於習氣，最為畫道之蠹。」（第 111 頁）

第九章〈唐代之繪畫・中唐之畫家〉:「韓幹,藍田人,太府寺丞。少時嘗為賣酒家送酒,徵債於王維家,戲畫地為人馬,維奇其意趣,乃歲與錢二萬令幹畫十餘年,善寫貌人物,尤工鞍馬。」(第114頁)

第九章〈唐代之繪畫・唐朝之畫論〉:「唐代繪畫之盛既已陵越前代,蔚為藝苑奇觀,同時畫論方面,亦能賡續前修,集其大成,別創新作,啟迪後昆。總其大凡,可分五種:……(乙)畫法類,繼宗炳之〈畫山水序〉、王微之〈敘畫〉、梁元帝之〈山水松石格〉而作者,有(一)王維之《山水訣》;(二)王維之《山水論》。」(第122～123頁)

第九章〈唐代之繪畫・唐朝之畫論〉:「王維之《山水訣》,亦曰《畫學訣秘》。……此篇各本字句互有出入,俱言山水布置之法,專尚規矩,疑為歷代相傳口訣,借維之名以傳,故王縉編維集亦不載此篇。今細觀所論,觀察景物,極為詳審;表現方法,亦要言不煩。歸納各種現象,定為抽象原理,不為高妙空虛之談,而極切於實用。有功於後代之畫學,誠非淺鮮。」(第127～128頁)

第九章〈唐代之繪畫・唐朝之畫論〉:「(《山水論》)此篇唐六如《畫譜》、詹氏《畫苑補益》均題荊浩《山水賦》,其文大同小異,又有以為李成作者,總之皆非也。王維、荊浩、李成均為一代宗匠,自習教人,自必有若干口訣名言,以相傳授。流傳既久,莫知主名,遂不免敷會。且古人著書,不必出於本人,為及門弟子之追記彙集者甚多。故唐代所傳畫論,多不能確定主名,然不害其流傳之價值也。此篇與上篇相似,仍以講經營位置者為多。」(第130頁)

(35)陳直《摹廬詩約》〔註35〕

〈讀王右丞集〉(約在1940年前):「右丞五言詩,淡逸嗣陶令。納諸格律中,風致尤清勁。歸臥南山陲,高人月為性。閒閒車馬中,行坐且高詠。玉面弄胡琴,早歲聲華盛。晚節匿名難,與世卻無競。未若魚脫淵,等筌失其柄。」(第4～5頁)

(36)張元濟〈王摩詰集跋〉(1941年)〔註36〕

「顧子起潛以所輯《明代版本圖錄》示余,中有《王摩詰集》一葉,鈐我六世叔祖雨巖公二印,余欲知為誰氏所藏,以詢起潛。一日書來,云是潘景鄭世兄得自蘇城者,初疑為元和惠氏故籍。按,周惕先生與雨巖公同名,然名同而字實異,且卷耑有紅藥山房印記,是先藏花山馬寒中家。花山距余邑僅二十

〔註35〕陳直:《摹廬詩約》,三秦出版社2002年版。

〔註36〕(唐)王維:《王摩詰集》,上海圖書館藏明嘉靖黃埻刻本。

餘里，馬氏書散，多為余先人所得，余六世祖重鐫《王荊文公詩注》，其原本亦馬氏物也。是書校筆非出先人手，疑是明人所為。景鄭舉以相贈，余不敢受，已歸之矣。又以涉園弆藏均已移庋合眾圖書館，以供眾覽，因亦歸之館中，附於余家舊藏之列。余感其誠，兼徇起潛之請，謹書數行，以著是書淵源之自，並識良友盛誼焉。海鹽張元濟記，時年七十又五。」

（37）中華書局《唐詩評注讀本》〔註 37〕

卷一〈西施詠〉:「此詩大旨，言人貴自立，有才必為世用，決不淪於微賤，故以西施為喻。昔人謂『意新理愜，一字一句，皆出常境』者是也。」(第 6～7 頁）

卷一〈送別〉:「送友歸山，而設為問答之詞，其用意全在結句。蓋『白雲無盡』，山中之樂，亦自無盡，以視世之富貴功名，希寵怙勢，何者不有盡期。『莫復問』，言不須再問也，是承上問答掉轉之詞。鍾伯敬云:『感慨寄託，盡在此十字中，蘊藉不覺，深味之自見也。』」(第 7 頁）

卷一〈藍田山石門精舍〉:「依次寫來，妙有步驟，作記之法亦然。」(第 8 頁）

卷一〈淇上別趙仙舟〉:「不設色而意自遠，是畫中之白描高手。」(第 9 頁）

卷一〈桃源行〉:「《唐文粹》注：摩詰作此詩，時年十九。姑無論其全首之格律謹嚴，風神澹古，意境超脫也。即如『遙看一處攢雲樹，近入千家散花竹』兩句：惟一處故曰攢，又的是遙看；惟千家故曰散，又的是近入。用字俱經千錘百煉，且確是漁人初入桃源，由遠而近，一路所見之景，可以入畫。此等處，讀者切勿輕輕放過。」(第 60 頁）

卷一〈夷門歌〉:「右丞慨世無真好士者，故借侯生事而作是歌。『七十老公，復何所求』，是段灼上書追理鄧艾語，用此恰當。此篇三韻兩轉。」(第 62 頁）

卷二〈竹里館〉:「此詩以『獨坐』二字為主，彈琴長嘯，在竹林中，更覺風雅。俗人雖不知之，而明月似解人意，偏來相照；『相』字與『獨』字反對。但相照者為明月，則愈形其獨也，言外有無盡意味。」(第 2 頁）

卷二〈相思〉:「睹物思人，恒情所有，況紅豆本相思物，願君多採擷者，即諄囑無忘故人之意。」(第 4 頁）

〔註 37〕中華書局：《唐詩評注讀本》，中華書局 1941 年版。

卷二〈雜詩〉:「通首都是訊問口吻，不必作無聊語，即此尋常通問，而遊子思鄉之念，昭然若揭。四句一氣貫注。」(第 4 頁)

卷二〈與盧員外象過崔處士興宗林亭〉:「重陰蓋鄰，厚苔無塵，幽人所居，非俗迹可到。科頭箕踞，白眼看人，處士之高傲如此，則惟己與象為其所契，獨蒙青眼，可於言外見之。」(第 17～18 頁)

卷二〈送元二使安西〉:「朝雨濕塵，不礙行旅；柳青客舍，足遣離衷。此杯中物，何敢多勸，因陽關西去，無復故人同飲，願君更盡一杯也。臨別贈言，情真意切，遂成千古絕調。」(第 18 頁)

卷二〈戲題磐石〉:「踞石酌酒，垂楊拂杯，如此佳趣，已覺可愛；而春風復解人衣，吹送落花。『若道』、『何因』四虛字，咀嚼有味。」(第 19 頁)

卷二〈山居秋暝〉:「山居風景，在在可愛，即無芳草留人，而王孫亦不肯去。言外見不屑仕宦之意。」(第 54 頁)

卷二〈歸嵩山作〉:「前六句一路寫來，總為『迢遞』二字作勢，謂經多少夕陽、古渡、衰草、長堤，而嵩山尚遠也。末句『且』字，乃深一層說，言時衰世亂，姑且閉門謝客耳。」(第 55 頁)

卷二〈終南別業〉:「第三句至第八句，一氣相生，不分轉合，而轉合自分，自是化工之筆。」(第 55 頁)

(38) 玄修〈說王孟韋柳〉〔註 38〕

「以唐王維、孟浩然、韋應物、柳宗元四家詩為一體，其說始於宋，濫觴至於今日，多綜合言之，一若四家詩未有分別，而王孟韋柳，乃成為詩派之名辭。」(第 11 頁)

「詩家同時齊名者，往往同調，不獨習尚切劘使然，亦運會所致。有不期同而同者，王孟同時，其濡染風氣或相近，然骨格面貌，仍各有其不同處。至於韋柳，時代雖或可相及，然顯有先後，詩之風氣，亦有遷變，不可同日語也。」(第 11 頁)

「論時之先後，孟襄陽生於武后永昌元年，卒於玄宗開元二十八年，王摩詰生於武后聖曆二年，卒於肅宗乾元二年，襄陽長摩詰十一歲，先摩詰十九年卒。襄陽所處皆盛世，摩詰則及遭遇祿山之亂，兩人暮齒、身世不同。以王孟之年齡，與李杜較，摩詰與太白同歲生，杜子美生於先天元年，又小於摩詰十四歲，是襄陽尚與初唐四傑為近，摩詰則與李杜同時。唐世文章，自陳子昂橫

〔註 38〕玄修：〈說王孟韋柳〉，見《同聲月刊》，1942 年第 2 卷第 1 期。

制頹波，始歸雅正。子昂當武后朝，為靈（麟？）臺正字，其生卒年月，雖不可考，是當四傑時獨變風氣者，襄陽輩皆其後起從風者也。」（第 11～12 頁）

「摩詰詩，有近李東川者，然與襄陽為近者多，蓋皆出於謝康樂，但摩詰才勝於襄陽耳。計有功《唐詩紀事》云：維詩辭秀調雅，意新理愜，在泉為珠，著壁成繪，一字一句，皆出常境。劉後村謂其詩擺脫世間腥腐，非食煙火人口中語。王世貞謂凡為摩詰體者，必以意興發端，神情敷合，渾融疏秀，不見穿鑿之迹，頓挫抑揚，自出宮商之表，始可。陸時雍謂其寫色清微，已望陶謝之藩籬，離象得神，披情著性。諸說蓋皆從風神方面著評。予謂摩詰善畫，詩中有畫，故其寫景詩最工，雖一句一字，不肯放過，而不見其著力，則從康樂入，復從康樂出，所由變化盡妙也。張戒《歲寒堂詩話》云：世以王摩詰律詩配子美，古詩配太白，蓋摩詰古詩，能道人心中事，而不露筋骨。律詩至佳麗而老成，如〈隴西行〉、〈息夫人〉、〈西施篇〉、〈羽林騎閨人〉、〈別弟妹〉等篇，信不減太白；如『興闌啼鳥換，坐久落花多』、『草枯鷹眼疾，雪盡馬蹄輕』等句，信不減子美。雖才氣不若李杜之雄傑，而意味工夫，是其亞匹也。予謂宋人論詩，輒好牽涉李杜，以相比較，此乃習氣使然。李杜大家，摩詰名家，無庸相比。陸時雍《詩鏡總論》謂世以李杜為大家，王維、高、岑為傍戶，即是此意。但傍戶之說，為未當耳。前人在詩話中，喜引一二聯，以贊其句之工妙，此尤可厭，自宋以來評王孟韋柳詩者，能道著處極少，類為引聯句以充數者，皆予所不取也。」（第 12～13 頁）

「襄陽詩，如其人品，高亢有節，造思極苦，既成，洗削凡近，超然獨妙，氣象清遠，采秀內映。皮日休〈孟亭記〉云：『明皇世章句，大得建安體。論者推李翰林、杜工部為之尤，介其間能不愧者，唯吾鄉之孟先生也。先生之作，遇思（景？）入詠，不拘奇抉異令齷齪束人口者，涵涵然有干霄之興，若公輸氏當巧而不巧也。』蓋在唐世，未有以王孟並論者。……就諸評觀之，襄陽詩遜摩詰一籌，即在其才之不及，僅能短歌微吟也。」（第 13、14 頁）

「子厚出於康樂，其至者以莊騷為大源，故較王孟韋為大，雄深雅健，踔厲風發，又以能文，與韓退之齊名，王孟輩皆止於詩而已，且非長篇手段。子厚則無所不能，的是大家，以子厚詩為王孟韋一體，予深所不解也。……吳喬云：『大曆以還，詩尚自然，子厚始振勵，篇琢句雕，起頹靡而蕩穢濁，出入騷雅，無一字輕率，其初多務蹊（溪？）刻，神峻味冽，後亦漸近溫厚，不意王孟外，復有此詩。』又云：『宋人詩法，以韋柳為一體，更有憂樂也。柳構詩精嚴，韋出手稍易，學韋易以藏拙，學柳難於覆短。』吳氏亦以王孟韋柳四家並論，自是因當時四家並稱之故，其評柳固特有見地。」（第 15、16 頁）

（39）精衛〈讀陶隨筆〉〔註 39〕

「天地之道，博也，厚也，高也，明也，悠也，久也。古今詩人，有此氣象者，唯陶公一人。『涼風起將夕，夜景湛虛明。昭昭天宇闊，皛皛川上平』，令人悠然有天地清明之感。王摩詰詩：『秋空自明迥，況復遠人間。暢以沙際鶴，兼之雲外山。澄波澹將夕，新月皓方閒。此際縱孤棹，夷猶殊未還。』非不清且麗也，以陶公此四句視之，其氣象不侔矣。」（第 1 頁）

（40）馬一浮《馬一浮全集》〔註 40〕

《爾雅臺答問續編》（1943 年）：「作詩以說理為最難。禪門偈頌說理非不深妙，然不可以為詩。詩中理境最高者，古則淵明、靈運，唐則摩詰、少陵，俱以氣韻勝。陶似樸而實華，謝似雕而彌素，後莫能及。王如羚羊挂角，杜則獅子嚬呻。然王是佛氏家風，杜有儒者氣象。山谷、荊公才非不大，終是五伯之節制，不敵王者之師也。堯夫深於元、白，元、白只是俗漢，堯夫則是道人，然在詩中亦為別派，非正宗也。」（第 1 冊下，第 454 頁）

〈與蔣國榜〉其三（1947 年）：「見示近製詩詞卷，有句有篇，不少佳構。稍恨肉勝於骨，下字未極精純。欲更進於此，氣格當力求其高，音節必益期其朗，而簡去凡近習熟語不用，自能迥出常流。五、七言古且宜留意盛唐高、岑、王、李，學其清壯頓挫，寧瘦無腴，然後澤以玄言，乃可優入晉宋，勿自安於小成也。詞以清麗芊緜、音律諧美為上。作者多見名家，自知利病。」（第 2 冊下，第 1023～1024 頁）

〔註 39〕精衛：〈讀陶隨筆〉，見《同聲月刊》，1943 年第 3 卷第 4 期。

〔註 40〕馬一浮：《馬一浮全集》，浙江古籍出版社 2013 年版。

附錄一　裴迪行實訂訛

王維一生交遊甚眾，既有僚友、道友，亦有詩友、畫友，而在諸友之內，裴迪則是與之「最親近的友人」〔註1〕。《舊唐書》卷一九〇下〈王維傳〉:「得宋之問藍田別墅，在輞口，輞水周於舍下，別漲竹洲花塢，與道友裴迪浮舟往來，彈琴賦詩，嘯詠終日。嘗聚其田園所為詩，號《輞川集》。」〔註2〕而在《輞川集》內即附有裴迪和詩多首，「其語皆清麗高勝，常恨不多見。如迪『安禪一室內，左右竹亭幽。有法知不染，無言誰敢酬？鳥飛爭向夕，蟬噪意先秋。煩暑自茲退，清涼何處求？』……非唐中葉以來嘐嘐以詩鳴者可比」〔註3〕，即使「較之王作，味差薄矣。然筆意古淡，自是輞川一派，宜其把臂入林也」〔註4〕，可見其名不卑，盛唐詩壇宜有其一席之地。但史載之裴迪行實甚略，馮棣〈裴迪考論〉乃從「有關的資料中輯錄出一些他的事迹加以大體的排比」〔註5〕，在一定程度上恢復了詩人的「生活歷程」，頗有益於唐詩之基礎研究。然觀馮文所考，可予拾遺補闕間或糾偏訂訛之處尚多，今從家世、籍貫、生年、事迹四個方面進行。

關於裴迪家世，馮文認為「仇氏（即仇兆鰲）在杜甫〈和裴迪登新津寺寄

〔註1〕莊申:《王維研究》，香港萬有圖書公司1971年版，第21頁。

〔註2〕（後晉）劉昫:《舊唐書》，中華書局1975年版，第5052頁。

〔註3〕（宋）蔡啟:《蔡寬夫詩話》，見《宋詩話輯佚》，中華書局1980年版，第388頁。

〔註4〕陳伯海:《唐詩彙評》（增訂本），上海古籍出版社2015年版，第553頁。

〔註5〕馮棣:〈裴迪考論〉，見《唐代文學研究》，第10輯，廣西師範大學出版社2004年版，第192頁。

王侍郎〉的詩後引{{仇兆鰲}}注云：此必公暫入新津，與裴同至寺中，故有此作，當在上元元年，蜀州至成都纔幾百里，故可唱和也。〈唐世系表〉:『裴迪，出洗馬房裴天恩之後。』……《新唐書》上的〈宰相世系表〉中記載裴天恩為後魏武都太守，裴天壽為後魏中書博士。但是裴天恩的後代中並沒有發現裴迪的名字，在裴天壽的後人中卻列有裴迪，為第九代。可能是仇氏引鶴注有誤」〔註6〕。

按，馮文認為裴迪係裴天壽之後是正確的。但對於裴迪家世的考證，實際上還可補充一些資料，今列如次：

（一）《新唐書》卷七一上〈宰相世系表〉一上「洗馬裴氏」條〔註7〕：

天壽，後魏中書博士。				
智深。				
英。				
兢。				
操之。				
弘泰，雍州錄事參軍。				
思義，河東太守、晉城縣子。				
歇珍，薛王騎曹參軍。				
回，字玉溫，任城尉。				
	迪。	通，同州刺史。	造。	達。
	薦。			

（二）《唐代墓誌彙編》大曆〇七八佚名〈大唐故試大理正兼河南府告成縣令河東裴公墓誌銘並敘〉:「公諱适，字通玄，河東聞喜人也。其先冀州刺史徽之後，自晉已來，冠冕茂盛，英賢間起，因為著族，方至於今，諸氏莫出其右也。高祖隋司隸臺刺史諱操之；刺史生京兆府司隸參軍、贈潞府長史諱弘泰；長史生蒲州刺史，天官、地官二侍郎，晉城縣開國子、諱思義；侍郎生薛王府騎曹參軍，贈駕部郎中諱歇珍。公即郎中君之第五子，銀青光祿大夫，巴州刺史薛脩禕之外孫。……以大曆十三年戊午冬十一月癸卯八日庚戌遘疾，終於東都崇政坊之里第，歷官一十政，享齡五十有七。……有六子一女。兒未入仕，女未從人，如何中途，忽然已矣。」〔註8〕

〔註6〕馮棣：〈裴迪考論〉，第193頁。

〔註7〕（宋）歐陽修、宋祁：《新唐書》，中華書局1975年版，第2187～2193頁。

〔註8〕周紹良、趙超：《唐代墓誌彙編》，上海古籍出版社1992年版，第1816頁。

（三）王維〈故任城縣尉裴府君墓誌銘〉：「天寶二年正月十二日，唐故魯郡任城縣尉河東裴府君，卒於西京新昌坊私第，享年三十九，嗚呼哀哉！君諱回，字玉溫，河東聞喜人也。曾祖弘泰，皇雍州錄事參軍，贈上黨長史。祖思義，皇侍御史、吏部員外、左司郎中、戶部吏部侍郎、河東郡太守、晉城縣開國子。父敬珍，皇薛王府騎曹參軍。自晉已降，世為冠族，令德不替，以至於君。夫其事親孝，兄弟順，與朋友信，其從政公平，而壽不中年，官纔一命。慈母在堂，諸弟未仕；兒未有識，女且嬰孩。」〔註9〕

據裴适墓誌內「公即郎中君之第五子」，可知裴敬珍有子五人以上，然據世系表，裴敬珍只有一子裴回。而裴回下所旁出的裴迪、裴通、裴造、裴達四人名字皆從辵部，與裴适同，故疑裴回當作裴迴，即裴迪、裴通、裴造、裴達四人應當上移一格，並且補入裴适，而與裴回（裴迴）同列作為裴敬珍子，即裴天壽第八代孫。此可參周紹良〈新唐書宰相世系表校異〉〔註10〕、趙超《新唐書宰相世系表集校》〔註11〕。

孟浩然〈從張丞相遊紀南城獵戲贈裴迪張參軍〉：「世祿金張貴，官曹幕府賢。」詩題「裴迪」，一作「裴迴」。佟培基《孟浩然詩集箋注》卷上謂裴迴是〔註12〕，並引《新唐書》卷七一上〈宰相世系表〉一上「東眷裴氏」條、《唐尚書省郎官石柱題名考》卷六為證。其中《唐尚書省郎官石柱題名考》卷六記載：「新表東眷裴氏，道護後，檢校右僕射、晉昭公識，子迴，司封員外郎。石刻游芳〈任城縣橋亭記〉，稱尉河東裴迴。開元廿六年七月，山東濟寧州學泮池。新書地理志：『河南府河南縣有伊水石堰，天寶十載，尹裴迴置。』」而劉文剛《孟浩然年譜》開元廿五條謂「以游芳之記觀之，裴迴既尉河東，當不在荊州一代，作裴迴似誤。明銅活字本、叢刊本、汲古閣本、《全唐詩》本作『裴迪』，是」〔註13〕。

而孟詩之「世祿金張貴」即指裴迪而言（從入谷仙介說）〔註14〕。《漢書》

〔註9〕陳鐵民：《王維集校注》（修訂本），中華書局2018年版，第883頁。

〔註10〕周紹良：〈新唐書宰相世系表校異〉，見《紹良文集》，北京古籍出版社2006年版，第894～895頁。

〔註11〕趙超：《新唐書宰相世系表集校》，中華書局1998年版，第7頁。

〔註12〕佟培基：《孟浩然詩集箋注》，上海古籍出版社2019年版，第91頁。

〔註13〕劉文剛：《孟浩然年譜》，人民文學出版社1995年版，第89頁。

〔註14〕入谷仙介《王維研究》：「『世祿金張貴，官曹幕府賢。』前句指裴迪，後句指張參軍的事。這個裴迪被稱為『金張貴』，可見是名門洗馬裴氏的一員。」（中華書局2005年版，第175頁。）

卷七七〈蓋寬饒傳〉:「上無許、史之屬，下無金、張之託。」應劭注:「金，金日磾也。張，張安世也。」〔註15〕又卷六八〈金日磾傳〉:「金日磾夷狄亡國，羈虜漢庭，而以篤敬寤主，忠信自著，勒功上將，傳國後嗣，世名忠孝，七世內侍，何其盛也!」〔註16〕左思〈詠史八首〉其二:「金張籍舊業，七世珥漢貂。」〔註17〕郎瑛《七修類稿》卷二四〈辯證類〉「五侯七貴」條:「五侯七貴人，知其為漢世者，然不知其人也，多誤以金日磾七世內侍，或以張安世七世顯宦名為七貴。」〔註18〕即謂金張二氏子孫相繼而七世榮顯。可見孟詩所云「金張」是在褒贊裴迪祖上七世居官任要，據此，亦可判斷裴迪為裴天壽第八代孫。

關於裴迪籍貫，馮文根據《唐詩品彙》「裴迪，關中人，與王維同倡和」以及《全唐詩》「裴迪，關中人」，認為「由此可知他是唐代長安人」〔註19〕。

按，據裴适與裴回之墓誌銘，兩人均為「河東聞喜人也」，裴迪與之若為兄弟，其籍貫自然應當是「河東」。不過，此三人均出自「洗馬裴氏」，為漢代裴遵之後裔，「燉煌太守遵，自雲中從光武平隴、蜀，徙居河東安邑，安、順之際徙聞喜」〔註20〕，故而「河東」當為裴氏「舊籍」，即所謂的「郡望」。至於「關中」，則為「新貫」，即現居住之地。

毛漢光〈從士族籍貫遷移看唐代士族之中央化〉指出，「士族由原籍遷徙到新地方，並以這個新地方作為其家族的重心，本文有三個標竿以探索之。其一，歸葬之地;其二，兩《唐書》列傳中的籍貫;其三，《新唐書·宰相世系表》中遷徙記載」，並進一步認為，「歸葬是中古士族的大事，客死他鄉，其子孫負柩歸葬成為當時重要的孝行，此事在拓片中屢見，如果客觀形勢無法歸葬，拓片中有『權厝』，表示力有未及。士族歸葬地的改變與籍貫的改變之間有重大關連。……士族歸葬地的改變也是反映該家族重心的轉移，有許多墓誌銘中可以看到在葬地附近城市有私第的記載，行宦於外者亦與歸葬地息息相通。……有許多士族的墓誌銘中記載郡望與新籍貫，其新籍貫與葬地重合。士族的新居住重心實際上包含上述三個標竿，一時又無適當的名稱以蔽之，為了

〔註15〕(漢)班固:《漢書》，中華書局1962年版，第3247、3248頁。
〔註16〕(漢)班固:《漢書》，第2967頁。
〔註17〕(梁)蕭統、(唐)李善:《文選》，上海古籍出版社1986年版，第988頁。
〔註18〕(明)郎瑛:《七修類稿》，上海書店出版社2009年版，第257頁。
〔註19〕馮棣:〈裴迪考論〉，第192頁。
〔註20〕(宋)歐陽修、宋祁:《新唐書》，第2180頁。

方便起見，暫用『新貫』稱之，以與舊郡望相對照」〔註21〕。

據裴适墓誌云，「以大曆十三年戊午冬十一月癸卯八日庚戌遘疾，終於東都崇政坊之里第。……以明年己未歲夏四月辛未廿日庚寅，權窆於河南縣梓澤鄉宣武陵之北原，從其便也，蓋欲歸於秦焉」〔註22〕，「秦」即關中地區，指長安一帶。又裴回墓誌云，「卒於西京新昌坊私第。……以某月日祔葬於鳳棲原先府君之塋」〔註23〕，新昌坊與鳳棲原均在長安。兩者與毛漢光所論相合，故裴迪之「舊籍」實為河東，「新貫」卻為關中，《唐詩品彙》、《全唐詩》之說可從。

這裡應該注意一個問題，魏晉以來，裴氏本係河東大族。《唐代墓誌彙編》開元一二九佚名〈大唐故通議大夫使持節寧州諸軍事寧州刺史上柱國裴公墓誌銘並序〉：「公諱撝，字思敬，河東聞喜人也。其先帝顓頊之苗裔，周封為秦。秦景公母弟曰鍼者，始居於晉平公邑之同川之裴中，因而得姓。夫其靈源遂遠，德門曾構。三光改照，遷魏晉之衣冠；五色自然，象河汾之寶鼎。雖復時經沿革，道有陵夷，在宗載考，世為著姓者矣。」〔註24〕又聖曆〇〇五佚名〈大周故正議大夫行太子左諭德裴公墓誌銘並序〉：「公諱咸，字思容，河東聞喜人也。魏晉之世，裴王著族，司空製圖，藏之秘府，天子探策，議在中書；公侯之緒克昌，河汾之靈無歇。」〔註25〕兩墓誌銘中所齒及的「河汾」即指河東一帶而言。後世則謂裴氏「與韋、柳、薛，關中之四姓焉」〔註26〕，其自河東大族而為關中著姓，實是由於政治因素。對此，毛漢光〈北朝東西政權之河東爭奪戰〉指出，「河東裴氏、柳氏、薛氏是中古時期的大士族，其人物兼具河東地區的地方勢力及任職官僚體系的能力，所以其動向實影響東西政權之實力。以河東地區而論，據上文之分析，汾水之南的汾陰，及黃河西岸之馮翊夏陽等地，堅決支持宇文氏。涑水上游中游的裴氏及涑水中下游的柳氏亦傾向宇文氏，涑水下游蒲坂地方豪強敬珍、敬祥等強烈歸向宇文氏。……上述河東地區已與西魏、北周政權牢牢結合，而使得宇文氏能鞏固地擁有此區」。至於「魏分東西之時，高歡的勢力達黃河西岸，在北中國占絕對優勢。大統三年（537）沙苑之戰，高歡大敗，東魏因此大撤退。而在河東地方勢力的支持之下，宇文氏遂

〔註21〕毛漢光：〈從士族籍貫遷移看唐代士族之中央化〉，見氏著《中國中古社會史論》，聯經出版事業股份有限公司2021年版，第245、246頁。
〔註22〕周紹良、趙超：《唐代墓誌彙編》，第1816頁。
〔註23〕陳鐵民：《王維集校注》（修訂本），第883頁。
〔註24〕周紹良、趙超：《唐代墓誌彙編》，第1245頁。
〔註25〕周紹良、趙超：《唐代墓誌彙編》，第925頁。
〔註26〕周紹良、趙超：《唐代墓誌彙編》，第1839頁。

擁有大部分河東地區，予宇文氏抗衡高氏之機會」。而「河東裴氏著房在東西政權皆有仕者，洗馬房、中眷雙虎支、東眷、東眷道護支等歸向宇文氏，中眷萬虎支、中眷三虎支則歸向高氏，西眷、南來吳等大部分仕高氏，小部分西走關中；歸向宇文氏之房支其地方勢力較強」。另外，「汾陰薛氏、聞喜裴氏、解縣柳氏以及蒲坂敬氏等大族在東西政權對峙之時，其著房之在鄉宗族絕大多數傾向宇文氏，使得汾水以南、涑水上游中游下游、鹽池一帶皆成為西魏北周的鞏固地盤」。「河東大士族裴氏、柳氏、薛氏等其主支大部分歸向西魏北周，其人物與關中政權長期結合，所以時人將此三大士族歸類於關中郡姓之中。」〔註27〕由於政治上的強大勢力，裴氏歷經魏、周、隋、唐數個政權，簪纓奕葉，煊赫延世，故從河東大族變作關中著姓。

關於裴迪生年，馮文認為「錢起曾有一首〈送裴頔侍御使蜀〉，《全唐詩》卷二百三十九收錄，頔字下注明『一作迪』。詩云：『柱史纔年四十強，鬚髯玄髮美清揚。朝天繡服乘恩貴，出使星軺滿路光。錦水繁花添麗藻，峨嵋明月引飛觴。多才自有雲霄望，計日應追鴛鷺行。』……而王定璋先生也談到錢起此詩編年為上元元年：『裴頔或作裴迪……據詩中反映的時令，則可更確知為上元元年春。所謂四十強，不過四十一二歲，又可進一步推知裴之生年應在公元七一八至七一九年間，比李白、杜甫、王維都要年輕，又可補裴平生資料之缺。』按照這一系列來推算，裴迪大約出生於公元七一九年左右」〔註28〕。

按，錢起另有一詩〈裴迪南門秋夜對月〉，一作〈裴迪書齋玩月之作〉，見《全唐詩》卷二三七〔註29〕，詩題未見「裴頔」字樣，兩詩同出一人手筆而有此種差別，當知此裴迪非彼裴頔。迪、頔同音，以裴頔作裴迪者，或係後人據之牽附所致。既然錢起〈送裴頔侍御使蜀〉所及裴頔並非裴迪，那麼馮文對於裴迪生年的推測自然是不可從的。

而裴迪之生年，學術界另有兩說：一為開元四年（716）說，見聞一多《唐詩大繫》〔註30〕；一為開元廿八年（740）說，見陣內孝文〈裴迪生年考〉〔註31〕。

〔註27〕毛漢光：〈北朝東西政權之河東爭奪戰〉，見氏著《中國中古政治史論》，聯經出版事業股份有限公司 2021 年版，第 151、165 頁。

〔註28〕馮棣：〈裴迪考論〉，第 192～193 頁。

〔註29〕（清）彭定求：《全唐詩》，中華書局 1960 年版，第 2628 頁。

〔註30〕聞一多：《唐詩大繫》，見《聞一多全集》，第 7 卷，湖北人民出版社 2004 年版，第 147 頁。

〔註31〕陣內孝文：〈裴迪生年考〉，見《九州大學中國文學論集》，第 33 號，第 61～75 頁。

由於「文獻不足故也」，目前關於裴迪生年之考訂似乎只能各說各話，但以開元四年說或更接近事實。

孟浩然〈從張丞相遊紀南城獵戲贈裴迪張參軍〉：「從禽非吾樂，不好雲夢田。歲暮登城望，偏令鄉思懸。公卿有幾幾，車騎何翩翩。世祿金張貴，官曹幕府賢。順時行殺氣，飛刃爭割鮮。十里屆賓館，徵聲匝妓筵。高標回落日，平楚散芳煙。何意狂歌客，從公亦在旃。」〔註 32〕對此，譚優學〈孟浩然行止考實〉開元廿五年條（737）考證「四月張九齡貶為荊州長史，辟浩然為從事，與之唱和，詩人裴迪同在」〔註 33〕。劉文剛《孟浩然年譜》開元廿五年條同之〔註 34〕。可知開年廿五年左右，裴迪淹留荊州。至於裴迪淹留荊州之由，陳貽焮〈孟浩然事迹考辨〉說是「在張九齡幕」〔註 35〕。又胡震亨《唐音癸籤》卷二七：「唐詞人自禁林外，節鎮幕府為盛。如高適之依哥舒翰，岑參之依高仙芝，杜甫之依嚴武，比比而是。中葉後尤多。蓋唐制，新及第人，例就辟外幕。而布衣流落才士，更多因緣幕府，躡級進身。要視其主之好文何如，然後同調萃，唱和廣。」〔註 36〕其中「布衣流落才士，更多因緣幕府，躡級進身」，蓋指應試落第之人而言。裴迪或許正是因為應試落第，命途多舛，時運不濟，不得已而選擇幕僚生涯。假設裴迪開元廿四年弱冠應試，翌年放榜落第，南下入幕，則其應當生於開元五年（717），此與聞一多所考訂的開元四年相差一年。約而言之，裴迪生年當在開元初年。

關於裴迪事迹，馮文考證「裴迪至少在上元二年時仍留在四川。《全唐詩》中云裴迪與杜甫、李頎友善，李頎曾寫〈聖善閣送迪入京〉云：『雪華斂高閣，苔色上鈎欄。藥草空階靜，梧桐返照寒。清吟可愈疾，攜手暫同歡。墜葉和金磬，飢鳥鳴露盤。伊川惜東別，灞水向西看。舊託含香署，雲霄何足難。』從詩中的伊川和露盤可看出地點是在長安。……因為裴迪上元二年冬仍在蜀都，他回長安作尚書郎至少也應是在此之後，即可推知李頎卒年當在上元二年之

〔註 32〕（清）彭定求：《全唐詩》，第 1617 頁。

〔註 33〕譚優學：〈孟浩然行止考實〉，見氏著《唐詩人行年考》，四川人民出版社 1981 年版，第 50 頁。

〔註 34〕劉文剛：《孟浩然年譜》，第 88 頁。

〔註 35〕陳貽焮：〈孟浩然事迹考辨〉，見氏著《唐詩論叢》，湖南人民出版社 1980 年版，第 45 頁。

〔註 36〕（明）胡震亨：《唐音癸籤》，見《全明詩話》，第 5 冊，齊魯書社 2005 年版，第 3782 頁。

後。從李頎贈裴迪詩中的『舊託含香署，雲霄何足難』之含香一典可推出裴迪曾任尚書郎。庾信〈哀江南賦〉曰：『始含香於建禮，仍矯翼於崇賢。』文後注含香曰：『漢桓帝時，因尚書郎刁存口毒，給以雞舌香含在口中。從此，尚書郎奏事時，口裡嘗含雞舌香。』李頎用『含香』一典喻裴迪任尚書郎。這大概就在上元二年間與王縉回長安後得任的」〔註37〕。

按，聖善閣，即聖善寺之報慈閣。《唐會要》卷四八〈寺〉：「神龍元年二月，立為中興，二年，中宗為武太后追福，改為聖善寺。寺內報慈閣，中宗為武后所立。」〔註38〕《隋唐嘉話》卷下：「武后為天堂以安大像，鑄大儀以配之。天堂既焚，鐘復鼻絕。至中宗，欲成武后志，乃斫像令短，建聖善寺閣以居之。」〔註39〕寺址在洛陽而非長安。裴迪自蜀州入長安，斷不至於曲折取道洛陽，是以李詩未必上元二年後作，其繫年或為至德二載。

上引之史傳謂王維「得宋之問藍田別墅，在輞口，輞水周於舍下，別漲竹洲花塢，與道友裴迪浮舟往來，彈琴賦詩，嘯詠終日。嘗聚其田園所為詩，號《輞川集》」〔註40〕，然而「裴迪與右丞倡和，如〈鹿柴〉、〈茱萸沜〉諸詩，皆質樸而少餘味，其才力未能跨越右丞也」〔註41〕，則王維編《輞川集》附錄裴迪和詩必有所為。對此，內田誠一〈《輞川集》集成之探析〉認為「如果我們想一下裴迪的年齡和考科舉之事，那麼可以認為王維的這種做法是有意圖的，即為了擡高裴迪作詩方面的名望。……在《輞川集》中編入無名詩人裴迪的同詠，這可以看成王維想擡舉裴迪的一種具體的行動。要參加科舉考試，先擡高他詩的名望，這一種做法的確是有效的」〔註42〕。據陳鐵民〈王維年譜〉天寶三載（744）條，王維「始營藍田輞川別業最晚當在本年」〔註43〕，則裴迪參加科考登科及第，並且釋褐授官，當在天寶三載後的數年之間。

至於裴迪是否擔任過尚書郎，這牽涉到如何理解李詩「舊託含香署，雲霄何足難」兩句。對此，歷來看法不一，或謂「君舊為郎，居含香之署，今往，

〔註37〕馮椋：〈裴迪考論〉，第197～198頁。

〔註38〕（宋）王溥：《唐會要》，上海古籍出版社2006年版，第993頁。

〔註39〕（唐）劉餗：《隋唐嘉話》，見《全唐五代筆記》，三秦出版社2008年版，第329頁。

〔註40〕（後晉）劉昫：《舊唐書》，第5052頁。

〔註41〕俞陛雲：《詩境淺說續編》，上海書店出版社1984年版，第10頁。

〔註42〕內田誠一：〈《輞川集》集成之探析〉，見《文化與傳播》，上海文化出版社1993年版，第446、447頁。

〔註43〕陳鐵民：〈王維年譜〉，見氏著《王維集校注》（修訂本），第1458頁。

何患不能致身雲霄哉」〔註44〕，又「君從此入京，必將大用，以舊日託身於含香郎署，今欲作雲霞中人，亦何難哉」〔註45〕，即馮文所稱的「裴迪曾任尚書郎」，至於「具體官職、任職時間均不詳」〔註46〕，或謂「裴迪未見為郎事，殆言舊有知己，如摩詰輩，必能薦達耳」〔註47〕，莫衷一是，而且別無其他史料可徵，無法定讞，只能暫付闕如。

又陳鐵民〈王維年譜〉天寶十五載（756）條：「上年十一月，安祿山反。是年六月，祿山兵陷潼關，尋入長安；玄宗出幸蜀，維扈從不及，為賊所得，服藥取痢，偽疾將遁。賊疑之，嚴加看守，尋縛送洛陽，拘於菩提寺，迫以偽署。七月，肅宗即位於靈武，改元至德。八月，祿山宴其群臣於凝碧池，命梨園諸工奏樂，諸工皆泣，維於菩提寺中聞之，悲甚，潛賦凝碧詩。……又維所賦凝碧詩，本集中題作『菩提寺禁裴迪來相看說逆賊等凝碧池上作音樂供奉人等舉聲便一時淚下私成口號誦示裴迪』。」〔註48〕可知天寶十五載時裴迪在洛陽，並想方設法將王詩傳播，以示忠悃。《舊唐書》卷一九〇下〈王維傳〉：「賊平，陷賊官三等定罪。維以〈凝碧詩〉聞於行在，肅宗嘉之，會縉請削己刑部侍郎以贖兄罪，特宥之，責授太子中允。」〔註49〕是裴迪所做之活動已獲實效。至德二載十月，洛陽收復，王維並及諸陷賊官皆被收繫勒赴長安，裴迪亦當在此時或稍後入京。時與李詩所齒及的「雪華斂高閣」、「梧桐返照寒」、「墜葉和金磬」正合。亦即，李詩繫年或在至德二載冬，而非上元二年後。

至於馮文又謂「也有前人認為王縉做蜀都刺史是因為裴迪而附會。這是有可能的，《全唐詩》載：『裴迪，關中人，處與王維、崔興宗居終南，同倡和，天寶後，為蜀州刺史。與杜甫、李頎友善。嘗為尚書省郎。詩二十九首。』這與錢起在詩中送裴迪入蜀以侍御相稱聯繫起來看，也是合理的」〔註50〕，實未注意當前學術界之研究。前人質疑王縉刺蜀州者，首見吳縝《新唐書糾謬》卷一九〈王維王縉兄弟〉，其所列之主要證據為「〈王維傳〉云：『縉為蜀州刺史，維表己有五短，縉有五長。臣在省戶，縉遠方，願歸所任官，放田里，使縉還

〔註44〕（明）唐汝詢：《唐詩解》，明萬曆刻本。
〔註45〕（清）王堯衢：《古唐詩合解》，嶽麓書社1989年版，第469頁。
〔註46〕吳企明：〈讀《錢起詩集校注》隨記〉，見氏著《葑溪詩學叢稿續編》，蘇州大學出版社2012年版，第84頁。
〔註47〕（清）吳昌祺：《刪定唐詩解》，清康熙四十一年（1702）誦懿堂刻本。
〔註48〕陳鐵民：〈王維年譜〉，第1472、1475頁。
〔註49〕（後晉）劉昫：《舊唐書》，第5052頁。
〔註50〕馮棣：〈裴迪考論〉，第197頁。

京師。久乃召縉為左散騎常侍。』今案〈縉傳〉云：『祿山亂，擢太原少尹，佐李光弼，以功加憲部侍郎，遷兵部。史朝義平，詔宣慰河北，使還有指，俄拜黃門侍郎、同中書門下平章事。』則縉未嘗歷為蜀州及常侍」〔註51〕。後有從其說者，如錢謙益《錢注杜詩》〔註52〕。然此說之誤早已為人摘出，陳鐵民〈王維年譜〉上元二年條附注云：「縉為常侍事，見於《舊唐書．王縉傳》及維〈謝弟縉新授左散騎常侍狀〉；為蜀州刺史事，《舊唐書．王縉傳》雖未言及，但維〈責躬薦弟表〉卻談到了，且又有杜甫詩及皇甫澈詩可為旁證，所以都應當是可信的。又，史傳中對於傳主人的仕履，往往只是擇要記錄，因此顯然不能說凡傳文中未述及的仕履，都一概不可靠。」〔註53〕而鄧紹基《杜詩別解》〔註54〕、楊承祖〈杜詩用事後人誤為史實例〉〔註55〕均有齒及，可參觀之，茲不繁舉。要之，王縉刺蜀是確鑿的，裴迪刺蜀當是因涉王縉而附會之。

〔註51〕（宋）吳縝：《新唐書糾謬》，中華書局 1985 年版，第 205 頁。

〔註52〕錢謙益《錢注杜詩》卷一一〈和裴迪登新津寺寄王侍郎〉：「王侍郎，舊注以為王縉。考縉傳未嘗牧蜀，注家因裴迪而附會也。」（上海古籍出版社 1979 年版，第 379 頁。）

〔註53〕陳鐵民：〈王維年譜〉，第 1487 頁。

〔註54〕鄧紹基：《杜詩別解》，中華書局 1987 年版，第 88～96 頁。

〔註55〕楊承祖：〈杜詩用事後人誤為史實例〉，見《楊承祖文錄》，華東師範大學出版社 2017 年版，第 238～240 頁。

附錄二　趙殿成考

有唐一代，詩人甚多，其中最著名者當推李白、杜甫、王維三人，其光如星之華，其勢如鼎之足。吳喬《圍爐詩話》卷四引唐人語云：「王維詩天子，杜甫詩宰相。」〔註1〕然相較於兩宋以來千家注杜之勢，王維詩之鄭箋頗清寂，逮及明清，方出現了顧起經《類箋唐王右丞詩集》、顧可久《唐王右丞詩集注說》、趙殿成《王右丞集箋注》三家而已。趙注本後出而轉精，實乃「王維詩文最好的古注本」〔註2〕，但自其梓行之後，學術界對其利用者多而研治者鮮，而研治者對於其人其事亦多失於浮泛疏簡，例如入谷仙介〈王維三位注家〉〔註3〕。有鑒於趙殿成之生平事迹尚存一些闕謬，故筆者今擬對其進行再探與深究，以備學術界的同人利用。

趙殿成，字武韓，號松谷，籍貫仁和。生於康熙廿二年（1683），卒於乾隆廿一年（1756），享齡七十四歲。其家世與行實，大要見於杭世駿《道古堂文集》卷四四〈松谷趙君墓誌銘〉之內。

關於家世，墓誌銘云：「遠祖祥三自越之尖山遷上虞，十一傳至明武德將軍諱夑英，始遷杭，遂籍仁和，君曾祖也；諸生諱鶴，君祖也；皆以君從兄司空貴，贈光祿大夫、吏部右侍郎。考諱汝舟，州同知，以君主事銜，贈中憲大夫。妣陳氏，贈恭人。」〔註4〕此載原已詳備，然其「從兄司空」即趙殿

〔註1〕（清）吳喬：《圍爐詩話》，中華書局 1985 年版，第 92 頁。

〔註2〕陳鐵民：〈王維詩文最好的古注本——清趙殿成《王右丞集箋注》〉，見《文史知識》，1986 年第 2 期，第 44 頁。

〔註3〕入谷仙介：〈王維三位注家〉，見《唐代文學研究》，第 10 輯，廣西師範大學出版社 2004 年版，第 172～174 頁。

〔註4〕（清）杭世駿：《道古堂文集》，見《續修四庫全書》，第 1426 冊，上海古籍出版社 2003 年版，第 630～631 頁。

最（1668～1744）〔註 5〕之行狀頗有可相參證者。趙一清《東潛文稿》卷上〈光祿大夫經筵講官工部尚書鐵巖公行狀〉:「曾祖諱燮英，前明敕授武德將軍，皇贈光祿大夫、經筵講官、吏部右侍郎。妣胡氏、唐氏，並贈一品夫人；陳氏，欽褒節孝，贈一品夫人。祖諱鶴，歸安縣學生員，累贈光祿大夫、經筵講官、吏部右侍郎。妣田氏，贈一品夫人。父諱汝楫，考授州同知，累贈光祿大夫、經筵講官、吏部右侍郎。妣王氏，贈一品夫人。本貫浙江紹興府上虞縣人，籍隸杭州府仁和縣。公諱殿最，字奏功，一字鐵巖。先世宋宗室，事遠言湮，譜牒散失，莫詳係出何房。南渡後，有萬廿二府君，家於越之尖山。其後曰祥三府君，自尖山遷上虞縣之鎮龍鄉東潛村，是為趙巷橋支派之始祖。子孫耕讀不輟，在勝朝列庠序者五世。十傳而至思敬府君，能詩文，家集至今傳焉。生三子，仲為泰宇府君，公曾祖也，始家於杭，是為遷杭始祖。亦生三子，仲為雲庵府君，公祖考也。府君少力學，刻意為文，得喀血症，絕棄人事，教授家塾。公外秉師法，內聽祖訓，淵源所自，得之趨庭時尤多。」〔註 6〕合勘兩者所載可知，趙殿成之先祖乃趙宋宗室之後。雖說「事遠言湮，譜牒散失，莫詳係出何房」，然據上海圖書館所藏《鎮龍趙氏宗譜》（1930 年文杏堂木活字本），實乃宋太宗嫡長子趙元佐房，第四代孫趙不抑「皇室之胄，建炎南渡，遷上虞等慈寺。始遷祖景發（祥三），不抑九世孫，元季自上虞翦陽贅遷邑之鎮龍橋」〔註 7〕。

譜至明武德將軍趙燮英（泰宇），即趙殿成之曾祖，乃遷宅杭州而入籍仁和。其具體所在則為平安坊，此據魯曾煜《秋塍文鈔》卷一一〈經筵講官工部尚書鐵巖趙公墓誌銘〉所載「遷杭州仁和之平安坊」〔註 8〕可知。祖趙鶴（雲庵），歸安縣學生員，頗有文名，以喀血症而絕棄人事，教授家塾，課學尤嚴。前揭趙一清〈光祿大夫經筵講官工部尚書鐵巖公行狀〉記載「維公少時，祖雲庵公教公讀書，寒暑不輟。日取所肄，隨意探之，必雒誦瀾翻乃喜，少遲即予大杖。公自言每思吾祖督誨之嚴，猶令人心悸也」〔註 9〕，於此可見一斑。父

〔註 5〕姜亮夫：《歷代人物年里碑傳綜表》，見《姜亮夫全集》，第 19 冊，雲南人民出版社 2002 年版，第 665 頁。

〔註 6〕（清）趙一清：《東潛文稿》，見《清代詩文集彙編》，第 315 冊，上海古籍出版社 2010 年版，第 39～40 頁。

〔註 7〕王鶴鳴：《上海圖書館館藏家譜提要》，上海古籍出版社 2000 年版，第 907 頁。

〔註 8〕（清）魯曾煜：《秋塍文鈔》，見《四庫全書存目叢書》，集部，第 270 冊，齊魯書社 1997 年版，第 241 頁。

〔註 9〕（清）趙一清：《東潛文稿》，第 47 頁。

趙汝舟，杭州同知。母陳氏。三世皆以趙殿最之貴而各有贈官。

據全祖望《鮚埼亭集》卷一八〈工部尚書仁和趙公神道碑銘〉，趙殿最「由康熙癸未（1703）進士授禮部膳曹郎，遷儀曹郎，再遷刑部郎，三遷為刑科給事中，四遷為湖南按察使，五遷為少詹事，六遷而至內閣學士」〔註10〕。乾隆三年（1738），晉工部尚書，此其宦履之最清貴者，「出入三朝，位極六官之長，勳至穹，業至廣，橫目之民並受其福，海內歌頌之。而其隱微含孕，力持乾坤大局，雖親炙之久，亦茫然莫測其涯涘也」〔註11〕。其亦博通經籍，曾於雍正「十二年（1734）正月二十七日以原銜充經筵講官。二月初七日經筵盛典，公講《中庸》，僉都御史邵公基講《易經》。公手采可觀，開通道達，聲徹殿廷，聽者神悚」〔註12〕，又於乾隆「三年三月二十一日進〈耕耤頌〉、〈臨雍賦〉及詩」〔註13〕，而其「所著詩文如干卷藏於家。嗚呼，先生之學，敬以宅心，誠以制行。澹泊寧靜，有諸葛武侯之操；節儉正直，有羔羊大夫之風。有程正叔之理學，而不裂門戶；有范忠宣之氣節，而不樹黨援。有富韓之功名，而不為異同；有元白之文章，而不事聲氣」〔註14〕。

趙殿成另有兩從弟趙昱（1689～1747）〔註15〕、趙信（1701～？）〔註16〕，通於經籍，博於藏弆。李元度《國朝先正事略》卷四一：「同時兄弟並應召試者，有浙中趙谷林、意林昆仲。谷林名昱，字功千，原名殿昂。仁和貢生。性耽風雅，築春草園，有池館之勝。異本書數萬卷，同時蔣繡谷、吳尺鳧亦好藏書，每得秘牒，必互相校讎。有《小山堂酬唱集》，與揚州馬氏相應和。其好客亦如之。弟信，字辰垣，國子生，意林其號也。意林從兄鐵巖與臨川李穆堂同官侍郎，意林投以〈南宋雜事〉詩，穆堂奇其才，欲以鴻博薦。意林讓其兄谷林，而亦為趙通政之垣所舉，報罷。南歸。與谷林溫經研賦，搜訪秘編，時有二林之目。」〔註17〕據全祖望《鮚埼亭集》卷一九〈趙谷林誄〉記載，「谷林之尊人東白先生，親迎實在梅里，猶及見曠園東書堂之籤軸，及舉谷林兄弟，時時以外家之風流勉之。不二十年，谷林露抄雪購，小山堂插架之盛，遂與代

〔註10〕（清）全祖望：《鮚埼亭集》，見《續修四庫全書》，第1429冊，第107頁。
〔註11〕（清）魯曾煜：《秋塍文鈔》，第241頁。
〔註12〕（清）趙一清：《東潛文稿》，第44頁。
〔註13〕（清）趙一清：《東潛文稿》，第46頁。
〔註14〕（清）魯曾煜：《秋塍文鈔》，第243頁。
〔註15〕姜亮夫：《歷代人物年里碑傳綜表》，第682頁。
〔註16〕（清）朱彭壽：《皇清紀年五表》，文海出版社1983年版，第461頁。
〔註17〕（清）李元度：《國朝先正事略》，嶽麓書社2008年版，第1206頁。

興，為吾浙河東西文獻大宗，同學之士雨聚笠、宵續燈，讀書其家，谷林解衣推食以鼓舞之」〔註18〕。

由上可見，趙殿成乃生於顯宦之族，處乎博學之家，此對其優遊歲月與潛逸著述提供了良好的環境。

關於趙殿成之行實，墓誌銘云：「君德性端靜，通曉經義，銳意科舉之學，僦得而復失。會今上即位，詔徵孝廉方正之士，士友推挽，萬口一聲，郡縣遂以君名上。君適居母憂，堅辭不應。郡守秦公炌高其節，弗之強也。服闋，需次之京師。銓有日，心疾作，遽歸。蓋自是君無用世之志矣。」〔註19〕趙殿成以不售於科舉，至雍正初，郡縣舉為「孝廉方正之士」，適以居母憂而不就。逮及服闋，「候選主事」〔註20〕，卻以心疾作而遽歸，自此絕意仕進。

趙殿成事父母至孝，「方贈公之寢疾也，醫禱罔效，君刲股肉和糜以進，而獲少差。逮其棄養，柴毀骨立，殆將滅性」。其父遺囑「葬於上虞之老楮山」，蓋祖塋之所在；其母「陳太恭人以重江越險為嫌，而主合葬」。然而「合葬非古」，故其母卒後，趙殿成乃「踰時而悲，右目為之失明，又以先人之命兩不可違」〔註21〕，猶豫於合葬與分葬之間。《禮記．檀弓》上：「季武子成寢，杜氏之葬在西階之下，請合葬焉，許之。入宮而不敢哭。武子曰：『合葬，非古也。自周公以來，未之有改也。吾許其大而不許其細，何居？』命之哭。」孔穎達疏：「合葬之禮，非古昔之法，從周公以來，始有合葬，至今未改。」〔註22〕據此，西周已有合葬之變。然趙殿成認為「〈檀弓〉出於漢儒，非聖經，大儒如歸震川，若呂心吾，若陳幾亭，皆持此議，而未有定」，繼而「上徵諸古，下博求於麗澤之講習」，眾說紛紜，「最後讀子朱子大全集，知其葬父於崇安，葬母於建陽，乞銘於周益公，而無媿辭」，方纔「不以分葬為疑，意始決行，營吉壤於會保里之蔡河原」。歷十餘年，「而克竟成母志如此，其難且慎也」〔註23〕。

而趙殿成除了「修行於家」而外，還曾「施恩於婣族，為德於鄉鄰」。據墓誌銘，「趙氏自遷杭以來，皆反葬於虞，歲時上塚」，雍正八年（1730），趙殿成乘舟自杭返虞，以為上塚之事，「渡曹娥，過驛亭堰，檢舟中多一囊，擲

〔註18〕（清）全祖望：《鮚埼亭集》，第126～127頁。
〔註19〕（清）杭世駿：《道古堂文集》，第630頁。
〔註20〕（清）朱彭壽：《皇清紀年五表》，第794頁。
〔註21〕（清）杭世駿：《道古堂文集》，第630頁。
〔註22〕（漢）鄭玄、（唐）孔穎達：《禮記正義》，北京大學出版社1999年版，第170頁。
〔註23〕（清）杭世駿：《道古堂文集》，第630～631頁。

地鏗然，有金數百，知為過客所遺，停舟俟之。果有倉皇而至者，詰其數，驗，挈還之。堅詢姓氏，不答」。雍正十二年（1734），「大祲」，趙殿成「為粥以食餓者」。乾隆元年（1736）鄉試，「既鎖闈矣，旅寓不戒於火者凡二百餘人，君資以糗糧，得復入試。又資以舟楫屝履之費，而後得歸」。乾隆十六年（1751）夏旱，「米價翔涌，貴糴賤糶，以濟閭里」。乾隆廿一年（1756）「復饑，君首捐千金，為一郡紳士倡，而民不病」。趙殿成雖對人慷慨，「赴人之急，若嗜欲饑渴之不可待，乳嬰、掩骼、醫危、櫝死之事，習為故常，不德於色」，對己卻是「天資儉約，補衣疏食，與寒畯無異」〔註 24〕。

而其「性耽著撰，所編纂至數萬言，《王右丞集》致力尤深，駁正舊說不下數十條，辨〈霓裳曲〉七疊始有拍，以駁〈按樂圖〉舊說，並以糾新舊《唐書》之謬。臨川李侍郎紱以為『不陋而典，不黠且醇』，蓋實錄也」〔註 25〕。「又有《古今年譜》、《群書索隱》、《臨民金鏡錄》，皆可傳者」〔註 26〕，然三者似未行於世。另有存詩兩首見於阮元《兩浙輶軒錄》卷二〇。一為〈上虞訪周叔茂不遇〉：「泊舟驛亭渡，沿徑入溪灣。流水數家繞，柴門一帶關。無人迎野客，有犬吠深山。徙倚日云暮，高低飛白鷴。」〔註 27〕周叔茂，待考。一為〈登鎮東閣〉：「高閣一登臨，迢遙傷客心。江聲界吳越，秋色亂晴陰。寂寂山煙紫，瀟瀟水竹深。憑欄無限意，日暮發清吟。」〔註 28〕鎮東閣，位於浙江紹興。悔堂老人《越中雜識》卷下〈古迹〉：「鎮東閣，在府治左，吳越王鎮東軍之軍門也。宋元以來，名鎮東閣，明嘉靖元年毀，四年，知府南大吉重建。本朝康熙二十五年，又災。二十九年，知府李鐸又建。五十三年，知府俞卿修之。乾隆五十六年，知府李亨特又修之。高五丈四尺，東西進深四丈六尺，南北寬八丈六尺。閣上有大銅鐘一，明洪武十年鑄，即能仁寺鐘也。今鐘上銘文年月尚存，重可千鈞，聲聞數十里。」〔註 29〕

墓誌銘云：「配王氏，封恭人。州同知聖如季女，德門貴族，動中禮法。松谷以腸澼幾殆，刲臂肉入藥而愈，而匿不自言。先君八年卒，春秋六十有三。子一人：秉恕，國子監生，早世。女一人，適國子監生汪起嵛。孫一人：樹元，

〔註 24〕（清）杭世駿：《道古堂文集》，第 631 頁。
〔註 25〕（清）杭世駿：《道古堂文集》，第 631 頁。
〔註 26〕（清）阮元：《兩浙輶軒錄》，浙江古籍出版社 2012 年版，第 1455 頁。
〔註 27〕（清）阮元：《兩浙輶軒錄》，第 1455 頁。
〔註 28〕（清）阮元：《兩浙輶軒錄》，第 1455～1456 頁。
〔註 29〕（清）悔堂老人：《越中雜識》，浙江人民出版社 1983 年版，第 155 頁。

國子監典簿。曾孫：承熙、承烈、承勳。曾孫女六人。」〔註30〕其妻王氏乃「州同知聖如季女」，實即王琦之姊，民國《杭州府志》卷一四三〈人物〉七：「王琦，原名士琦，字載韓，錢塘諸生，博聞彊識。姊婿趙殿成喪子，孤孫在襁褓，以家政屬琦代為經紀，一錢尺帛，無所私。」〔註31〕《周慎齋遺書》趙樹元序：「余舅祖琢崖王先生……諱琦，字載韓，號緯庵，又號琢崖，晚年自號胥山老人。未弱冠，補弟子員，即館余家。先王父松谷公，相與昕夕討論書史，上下古今，旁及青鳥演禽、蓍筮雲篆、貝葉之文，兼收並覽，孳孳至忘寢食。」〔註32〕舊俗有云「稱父之舅為舅祖」〔註33〕，可證趙王兩氏為姻親之關係。王氏事夫頗賢，然先之卒於乾隆十三年（1748）。

其子趙秉恕為「國子監生，早世」。趙殿成〈王右丞集箋注例略〉：「戊申（1728）初夏，爰命兒子秉恕淨寫一遍，據其鄙見，往往附注側行，迄今十載，字迹猶新，而人已不可復見矣。」〔註34〕據此，則趙秉恕曾參與了《王右丞集箋注》之謄抄與修訂，且卒於乾隆元年（1736）其書付梓之前。據杭世駿《道古堂文集》卷四七〈節孝趙母楊孺人厝志〉，「余與同里諸趙交故深，主事君松谷尤交久。君有才子曰秉恕，德配楊氏，是為璞巖公長女，自幼至性過人。年十九成婦禮，相夫力學。夫嬰疾，侍疾三年無倦。疾篤，誓以身殉。繼念堂上翁姑耄矣，遺孤藐然，趙氏三世單傳，徒死不足塞責，乃稍稍自活，肩子父而似續之。……乾隆二十三年（1758），敕封孺人。二十四年秋，疾卒，年五十有一。守志二十八載，朝以節孝旌其閭」〔註35〕。楊氏卒於乾隆二十四年（1759），既云「守志二十八載」，則趙秉恕當卒於雍正九年（1731）。是年趙殿成四十九歲，「老而無子，且喪明」，惟賴楊氏「事翁姑惟孝，視丈夫子有加」。其後「姑王恭人卒，孤尚少，孺人居喪克易且戚，得主事君心」，故而趙殿成對杭世駿說，「恃吾婦賢能，能治吾家，吾以待吾孫。吾家非是婦，亦云殆哉」，以致「語畢，輒嗚嗚泣」，而杭世駿「因是知孺人之以賢婦兼子職者有然也」〔註36〕。

〔註30〕（清）杭世駿：《道古堂文集》，第631頁。

〔註31〕民國《杭州府志》，見《中國方志叢書》，第199號，成文出版社有限公司1974年版，第2724～2725頁。

〔註32〕（明）周慎齋：《周慎齋遺書》，上海科學技術出版社1959年版，第1頁。

〔註33〕（清）陸以湉：《冷廬雜識》，中華書局1984年版，第109頁。

〔註34〕（清）趙殿成：《王右丞集箋注》，上海古籍出版社1984年版，第6頁。

〔註35〕（清）杭世駿：《道古堂文集》，第663頁。

〔註36〕（清）杭世駿：《道古堂文集》，第663頁。

其孫趙樹元為「國子監典簿」，既有家學，曾為王琦校刊醫書。前揭《周慎齋遺書》之序有云：「余舅祖琢崖王先生，乾隆甲午（1774），壽屆七十有九，病將易簀，手書一編，囑余曰：『是為明醫周慎齋遺書，開雕未半，子幸竟其事，卒成吾志。』余謹受教，唯而退。乃於是年之冬，續刊其餘，共成書十卷。」〔註37〕當時「印行無多，板遭兵燹，故近世已屬罕見」，今所傳者，為曹炳章「舊得楊素園藏本，以重值購歸讀之」而校印者。

〔註37〕（明）周慎齋：《周慎齋遺書》，第1頁。

跋

顧頡剛說：「余讀書最惡附會，又最惡胸無所見，作吠聲之犬。而古今書籍犯此非鮮，每怫然有所非議，苟自見於同輩，或將誚我為狂，故惟此冊是歸焉。吾今有宏願在，他日讀書通博，必舉一切附會、一切影響皆揭破之，使無遁形，庶幾為學術書籍、人心世道之豸。」雖然我亦有此宏願，而今卻不得不將我的非議自見於人了，心內不免忐忑，畢竟裡面的東西大多不成熟。

不過，周作人則認為：「我們印書的目的並不在宣傳，去教訓說服人，只是想把自己的意思說給人聽，無論偏激也好、淺薄也好，人家看了知道這大略是怎麼一個人，那就夠了。至於成熟那自然是好事，不過不可強求，也似乎不是很可羨慕的東西。——成熟就是止境，至少也離止境不遠。」於是，我的心稍微寬了些。

此次結集付印，各篇均作了不同程度的修改，或增補史料，或潤飾文字，但原有的看法或結論則未作更易。如有參考未備、論斷不當、史料失誤以及其他不妥之處，統祈讀者賜正。

承陳鐵民先生惠序，獎飾過情，滋為慚恧，然藉此得以仰窺先生高誼，俾不墜向學之心，則幸甚矣，固當永矢弗諼。

譚莊　2023 年 4 月於如少水魚齋